너
무 좋
아
해

너
무 좋
　아
　해

초판 1쇄 인쇄일 2016년 05월 24일
초판 1쇄 발행일 2016년 05월 26일

지은이 | 드레스
펴낸이 | 김기선
편집장 | 김은지

펴낸곳 | 와이엠북스(YMBOOKS)
출판등록 | 2012년 7월 17일 (제382-2012-000021호)
주소 | 서울시 도봉구 노해로 379, 1005호(창동, 대성빌딩)
전화 | 02)906-7768 / **팩스** | 02)906-7769
E-mail | ymbooks@nate.com

ISBN 979-11-322-3759-4 03810

값 9,000원

YMBOOKS ROMANCE STORY

너무 좋아해

드레스 장편소설

차 례

프롤로그

　하늘에 구멍이라도 난 건지 오후 일찍부터 내리기 시작한 비는 밤이 되어서도 그칠 기미가 보이지 않았다. 누나 세인의 부탁으로 그녀의 반려견인 토르를 데리러 가기 위해 태이는 집이 아닌 일산의 한 동물병원으로 향했다.

　토르를 찾아 길가에 세워둔 차로 향하던 중 자신의 옆을 스쳐 지나가는 여자를 보고 잠시 걸음을 멈췄다.

　어딘가 낯이 익은 느낌. 여자의 얼굴을 다시 확인하기 위해 고개를 돌렸지만, 여자는 세차게 내리는 비를 피해 이미 동물병원 안으로 들어가버린 후였다. 내리는 비에 바지 끝이 젖어가고 품에 안아 든 토르가 낑낑거리는 소리를 냈지만 그는 궁금증을 풀기 위해 다시금 병원 쪽으로 방향을 돌렸다.

　유리문을 사이에 두고 적당한 거리에서 병원을 보고 있던 그의 눈에 여자의 모습이 포착되었다.

여자는 몸에 묻은 빗물을 손으로 털어내고 있었다. 여자의 얼굴을 유심히 바라보던 그의 입에서 짧은 한마디가 흘러나왔다.

"손…… 지원?"

그의 생각이 맞다면 여자는 손지원이라는 이름을 가진 자신의 고등학교 동창임이 분명했다. 오랜만에 본 동창생이 몹시도 반가웠던 걸까. 그는 한동안 자리를 뜨지 못했다.

그의 기억 속에 그녀는 교복이 무척이나 잘 어울리는, 공부를 아주 잘하던 여학생이었다. 앞에서 두 번째 자리였던가. 작고 마른 체구였던 그녀는 1년간 늘 비슷한 자리에 앉아 있었던 것 같다. 항상 맨 뒷자리를 차지하던 그는 그녀의 얼굴보다 뒷모습을 더 많이 본 것 같았다.

수업 시간에 굉장한 집중력을 보이며 성적은 늘 상위권이었고, 담담한 얼굴로 선생님을 도와 학급 일에도 열심이었던 아이. 친구들 사이에서 평판도 꽤 좋은 편이었다.

같은 반 착한 친구, 공부 잘하는 모범생, 부탁을 거절하지 못하는 조금은 어수룩한 여학생.

생각보다 그녀의 대한 기억이 많다. 그 사실에 태이는 스스로도 깜짝 놀랐다.

태이는 문득 궁금증이 들었다.

내가 널 기억하고 있는 만큼 너도 날 기억할까.

운전석에 앉아 그녀에 대한 기억을 떠올리던 그는 고개를 돌려 그녀가 자신의 시야에서 사라진 마지막 장소를 몇 초간 뚫어지게 응시했다.

몇 분 전보다 비가 더욱 쏟아져 내려 이제는 앞이 제대로 보이지도 않았다. 굵은 빗줄기 사이로 그는 눈에 보이는 글씨를 소리 내어 또박또박 읽었다.

"호수 동물병원."

3학년 3반 손지원. 오랜만이다.

그가 엷게 웃으며 차창 밖 그곳을 향해 무언의 인사를 건넸다.

지난 추억에 대한 감상도 잠시, 주머니 속 휴대폰이 그의 과거 여행을 방해했다.

"어. 윤세인."

하이톤의 낭랑한 목소리가 귀를 파고들자 자신의 의지와는 상관없이 눈썹이 미미하게 꿈틀거렸다.

"토르 옆에 있어. 근데 애 상태가 왜 이래. 유행? 별게 다 유행이네. 아니 빈정거린 게 아니라, 독특하고 신기해서. 어. 정말 신기해서 한 말이야. 오해하지 마. 그래서 지금 어딘데? 삼당 냉면? 그렇게 말하면 내가 모르지. 아니, 화낸 게 아니라……."

하아. 급속도로 피곤이 몰려왔다. 그는 눈을 감은 채 손가락으로 관자놀이 부근을 힘주어 꾹꾹 눌렀다. 말꼬리를 물고 늘어지는 세인에게 그는 끊임없이 변명 아닌 변명을 해야 했다.

주룩주룩 비 내리는 밤, 참 아름다운 남매의 통화가 아닐 수 없었다.

오후 9시, 동물병원 업무가 모두 종료된 시각. 호수 동물병원 원장 현지가 평상복으로 갈아입고 나온 지원을 보며 우렁찬 목소리로 말했다.

"지원 실장님! 오늘도 수고 많으셨습니다."

"원장님도 수고 많으셨어요."

빠듯했던 하루 일과에 몸이 고될 법도 한데, 전혀 내색하지 않는 지원의 차분한 음성에 현지는 '역시 그녀야'라고 생각했다.

지원은 동물병원에서 미용을 담당했다. 지원과 같은 공간에서 일한 지도 어언 2년째. 결코 적지 않은 시간을 함께해온 현지는 그녀에 대해 매우 높은 인간적인 호감을 가지고 있었다.

"비도 많이 내리는데, 실장님, 오늘 저랑 같이 퇴근해요. 오피스텔까지 태워다드릴게요."

"아니에요. 걸어서 가면 금방인데요. 먼저 들어가볼게요, 원장님. 내일 봬요."

우산을 챙겨 병원을 나서는 지원의 뒷모습을 보며 현지가 아쉬운 마음에 입을 삐죽 내밀었다. 굵은 빗줄기를 뚫고 조심스럽게 한 발 한 발 걸어가던 지원의 모습이 시야에서 완전히 사라졌다.

"'현지 동생'이라고 해주면 참 좋을 텐데. 그치, 바바야?"

현지의 물음에 대답이라도 하듯 머리 위에 리본을 단 요크셔테리어 바바가 덩치에 맞지 않는 큰 소리로 짖었다.

'근데 걔 고아래. 지금 고아원에서 산다는데?'

'누가 그래?'

'7반에 심선아라고 있잖아. 걔가 손지원 고아원에서 나오는 거 보고 물어봤대. 너 여기서 사느냐고. 그랬더니 손지원이 그렇다고 대답했다던데?'

'헐. 대박. 전혀 몰랐네. 손지원, 걔 왠지 짠하다.'

'불쌍해. 근데 걔도 대단하지 않냐? 나 같았으면 거기서 산다고 말 못했을 거 같아. 창피하잖아. 알려지는 것도 싫고.'

'걔 은근 독하다니까? 성적 봐라. 독한 애 아니고서야 그 환경에 전교에서 노는 게 쉬운 일이겠어?'

'크크. 그런가?'

꿈을 꾸었다. 그런데 그 꿈은 과거의 한 장면이기도 했다. 시간을 거슬러 올라가 그가 슈트가 아닌 교복을 입던 그때.

임팩트가 강한 것은 확실히 이쪽인데 어째서 지원을 처음 발견했을 땐 그녀가 앉았던 자리나 교번을 더 자세히 기억하고 있었는지 그는 잠시 어리둥절했다.

아마 두 여학생이 지원에 대한 이야기를 나눌 때, 멀쩡한 상태는 아니었을 것이다. 뻔히 책상에 엎드려 잠이나 자고 있었겠지.

그나저나 눈 뜨자마자 또 손지원이다. 잠깐 얼굴 한 번 본 게 다인데. 그렇게나 반가웠나. 도대체 뭐냐, 나. 아니, 너.

씻고 나온 태이는 붙박이장 문을 열어 셔츠를 골랐다. 그리고 조금 더 신중하게 셔츠에 걸맞는 타이도 선택했다. 수년간 해왔던 일인데 오늘따라 손이 더디게 움직였다. 그가 이렇게 버벅거리는 데는 다 이유가 있었다. 그의 머릿속에 다시 한 번 과거의 기억이 떠올랐기 때문이다. 아니 떠올렸다는 게 더 맞는 표현이었다.

소문은 절대로 막지 못한다. 태이의 조부 윤태송 회장의 전 재산을 다 쏟아붓는다 해도 말이다. 장치를 이용해 속도를 늦출 수는 있겠지만 소문의 특성상 암암리에 1에서 2로, 2에서 3으로 가는 건 그 누구도 막을 수가 없다. 그의 경우도 그랬다.

손지원이 고아라는 사실이 알려진 것처럼 그가 태송그룹 윤태송 회장의 손자라는 사실도 순식간에 학교에 퍼졌다. 누군가는 전교생에게 동정 어린 시선을 받고, 또 다른 누군가는 부러움을 넘어 경이로운 시선을 받았다. 아이러니하게도 그 시기가 맞물려 같은 학년 같은 반에 '태송 황태자'와 '범생이 고아'라는 우스꽝스러운 단어들이 심심치 않게 들렸다.

다른 이들은 그에게 대놓고 부럽다는 둥 근사하다는 둥 꿀 바른 소리를 아낌없이 해대었고, 지원에 대해선 이리저리 수군거리기에 바빴다. 물론 그 애 앞에서 대놓고 그런 말들을 하지는 않았지만 바보가 아닌 이상 눈치채지 못한다는 것이 더 말이 안 되는 상황이었다.

그러나 손지원은 그 어떤 내색도 하지 않았다. 기분이 나빠 보인다거나 상처를 받았다던가 그런 모습도 전혀 볼 수 없었다. 평소와 같이 아이들을 대했고, 늘 같은 일상이었다. 그가 그녀가 아닌 이상 진실은 알 수 없겠지만 보여지는 모습은 그랬다.

지잉. 지잉.

이번에도 그의 과거 여행을 방해한 건 전화 진동음이었다.

발신자는 한규성이었다.

"왜, 아침부터."

-까칠한 건 아닌데 은근 가시가 느껴지는 말투다? 집이냐?

"이제 나가려고. 왜?"

-사거리에 있는 카페로 와. 아침 먹고 같이 출근하자.

툭 끊긴 전화. 태이는 다시 전화를 걸어 '너나 먹어'라고 하려다가 규성도 자신과 고등학교 동창이라는 사실을 떠올리곤 전화기를 도로 주머니에 집어넣었다.

'잘됐네' 그가 혼잣말을 했다.

카페에 도착한 태이는 창가 쪽에 앉아 샌드위치를 우걱우걱 입에 밀어 넣고 있는 규성을 발견했다. 워낙 자주 보는 사이라 특별히 반가울 것도 없었다. 규성에게 다가간 태이는 무심한 얼굴로 의자를 빼서 앉았다.

"왔냐? 넌 뭐 먹을래?

"커피나 한잔 마시지, 뭐."

태이가 주문한 커피를 기다리고 있는 그사이에 식사를 끝낸 규성이 냅킨으로 입가를 닦으며 태이에게 물었다.

"새로 맡은 일은 어때? 할 만하냐?

"그럭저럭. 적응해가고 있는 중이야."

"올해는 너나 나나 해윤시티 일로 정신없긴 하겠다. 요즘 우리 팀도 비상 걸렸거든. 앞으로 얼굴은 자주 보게 생겼네. 좋지?"

"좋을 것도 많다."

"까칠하시기는."

"한규성, 나 뭐 하나만 묻자."

"뭐? 얘기해."

"손지원."

어? 그게 무슨 소리냐. 규성은 말은 않고 딱 그런 표정을 했다.

"기억해?"

"뭐를."

"손지원. 기억하느냐고."

"그러니까 지금 네가 묻는 게 사람이지? 손지원…… 손지원이라……. 우리 학교 나온 손지원 말하는 거야?"

"그럼 또 있어? 기억해, 못해?"

태이의 질문이 그의 궤도를 한참 벗어난 것이라 규성은 잠시 머리가 멍했다.

"기억하지. 너와 쌍벽을 이루는 우리 학교 유명 인사였는데, 기억하고말고. 근데 갑자기 걘 왜? 아! 그러고 보니 나 개랑 같은 클럽이었다. 그 있잖아. 토요일마다 했던 클럽활동."

태이는 규성의 말을 끊지 않고 잠자코 듣고만 있었다.

"친하다 할 정도는 아니었지만 걔가 워낙 똑순이라 내가 몇 번 도움도 받고 그랬었지. 너는 잘 모르겠지만 걔가 좀 묘한 느낌이 있었어. 되게 착하고 좋은 앤데 쉽게 말 걸 수 있는 분위기는 아닌…… 뭐 그런 거? 좀 신비스럽다고 할까. 암튼 내 기억은 그 정도인데? 근데 윤태이, 나는 네가 걜 기억한다는 게 더 놀랍다. 농구에 미쳐 있던 놈이."

"농구에 미쳤었지, 그땐. 그리고 또 뭐 있지."

"뭐가?"

"고등학생 때 나는 어떤 놈이었나 해서."

"오늘 질문들 참 여러 가지로 신선하다? 무슨 대답 해줄까?"

"질문 그대로. 나 어떤 놈이었냐고."

"막 사심 넣고 그래도 되냐? 그럼 오늘 하루로는 부족할 텐데."

"사심 빼고 팩트만."

아쉽다는 듯 규성은 혀를 한 번 차고 생각을 정리하는 듯 기다란 손가락으로 테이블을 툭툭 쳤다.

"윤태이, 괜찮은 놈이었지. 공부 잘해, 얼굴 잘생겨, 집안, 아우! 훌륭하다 못해 뷰티풀. 성격 특별히 모난 데 없었고, 하나에 미치면 누구도 못 말린다는 게 장점, 혹은 단점. 친구들과 사이도 원만했고, 막판에 태송 황태자라는 사실이 밝혀지면서 벌들이 좀 꼬이긴 했지만 특별함을 숨긴 채 나름 평범한 학생이었지, 넌. 그래서 결론은 내가 꽤 괜찮은 놈과 친구라는 것. 이 정도면 답이 되냐?"

"애매하네."

"뭐가?"

"아냐, 아무것도. 회사 늦겠다. 그만 일어나자."

몸을 일으킨 태이는 그 길로 곧장 카페를 빠져나갔다. 태이의 뒷모습을 보며 규성은 어리둥절해했다.

"근데 갑자기 손지원 얘기는 왜 물은 거지?"

퇴근 후 그는 자연스럽게 일산으로 차를 몰았다. 마치 처음부터 계획했던 것처럼. 더는 안 되겠다는 생각이 들어서였다. 뭐가 이렇게 머릿속에 한가득인지, 지원의 얼굴을 다시 보든가 아니면 오랜만이라고 인사라도 한번 나누든가, 뭐라도 해야 할 것 같았다. 근데 오긴 왔는데 이제 뭘 어쩌지.

곰곰이 생각하던 태이는 휴대폰을 꺼내 누나 세인에게 전화를 걸었다. 지금 그에겐 구실이 필요했다. 눈앞에 보이는 저 유리문을 자연스럽고 당당하게 열고 들어갈 수 있는 구실 말이다.

"어, 윤세인. 난데. 혹시 아픈 애들 없어? 아, 없어. 그럼 예방 접종 이런 건? 아, 다했어. 아니 일 때문에 일산 왔거든. 여기? 그때 그 동물병원 근처. 뭐 필요한 건 없나 해서."

세인의 눈치를 살피며 말을 잇던 그의 얼굴에 일순간 화색이 돌았다.

"어? 간식? 그거 필요해? 알았어. 내가 바로 사가지고 갈게. 어. 끊어."

전화를 끊고 차에서 내린 태이는 세인에게 줄 강아지 간식을 사야 한다는 큰 구실을 가지고 당당하게 병원 유리문을 밀었다.

딸랑, 하고 문에 달린 작은 방울이 소리를 내며 그의 방문을 환영해주었다.

얼굴 반 이상을 마스크로 가린 채 그를 맞이한 두 여자.

두 사람은 모두 연한 핑크빛이 도는 차이나식 유니폼을 입고 있었다. 차이점이 있다면 한 명은 에이프런을 두르고 있다는 것. 태이는 자신이 찾고 있는 사람이 누구인지 단박에 찾아냈다.

"어서 오세요. 어제 토르 데리러 오셨던…… 맞죠?"

반갑게 자신을 맞이하는 여자 1. 명찰엔 이렇게 쓰여 있다.

<원장 공현지>

미안하지만 당신이 아니야. 태이는 가볍게 대꾸한 뒤 시선을 여자 2에게로 돌렸다. 그런데 그 여잔 단순히 병원을 찾은 손님이라고 생각했는지 그에게 시선도 주지 않은 채 유유히 몸을 돌려 자리를 벗어나려 했다.

"손지원."

그가 담담한 목소리로 그녀의 이름을 불렀다. 두 사람의 눈이 마주쳤다. 짧은 순간이었지만 그는 놓치지 않고 그녀의 표정을 관찰했다.

놀라움. 당황, 당황, 당황.

그는 그녀의 반응이 아주 마음에 들었다. 다행스럽게도 그녀는 어렴풋이나마 그의 얼굴을 알아봤는지 두 눈에 물음표를 달고 있지는 않았다.

"오랜만이네. 우리."

그는 순간적으로 '우리'라는 표현이 적절한 건가 생각했지만 이내 그 생각을 지워버렸다.

갑작스러운 그의 등장에 많이 놀랐는지 그녀는 조금의 텀을 둔 후에 그에게 첫 마디를 건넸다.

"……응, 그러네. 정말 오랜만이네."

학교를 다녔을 당시 그녀와 많은 대화를 나눴다거나 하지는 않았지만 나지막하게 흘러나온 지원의 목소리가 낯설게 느껴지지는 않았다.

두 사람 사이에 어색한 공기가 흘렀다.

더는 무슨 말을 해야 할지 모르겠는지 지원이 입술을 달싹거렸다.

그런 그녀를 보며 태이가 태연하게 말을 이었다.

"간식 사러 왔어. 좀 골라줄래? 뭘 가져가야 좋을지 몰라서."

"토르, 늘 먹던 거 있어. 하나면 돼?"

"식구 많은 거 알잖아. 네가 알아서 챙겨줘. 근데 매일 먹여도 되는 거야?"

"치석 제거에도 효과 있고, 한 번에 많은 양만 안 주면 괜찮아."

지원은 간식 두 개를 병원 로고가 찍힌 비닐 봉투에 담아 태이에게 내밀었다.

봉투를 받아 든 태이는 지갑을 꺼내 카드를 지원에게 내밀었다.

"2만 4천 원이야."

"응. 근데 넌 몇 시에 끝나?"

"어?"

"퇴근이 언제냐고."

"아홉 시. 근데 그건 왜?"

"커피나 한잔하자고."

그에게 또 왜냐고 묻기엔 실례일 것 같았고, 무슨 대답을 해야 할지 몰라 난감해진 지원은 결국 침묵을 택했다.

"오랜만이니까. 반가우니까. 그러니까 커피나 한잔하자고. 아홉 시에 병원 앞으로 다시 올게. 그때 봐."

"저기……."

"카드 안 줄 거야? 이따 줘도 되긴 하는데."

"아……. 여기."

"영수증은 버려줘. 간다."

그가 병원 문을 밀고 밖으로 나갈 때까지 지원은 결국 아무 말도 하지 못했다. 어느새 지원의 옆으로 다가온 현지가 호기심에 찬 목소리로 물었다.

"실장님, 두 분 아는 사이였어요?"

2만 4천 원이 찍혀 있는 영수증을 지원은 손에 꼭 쥔 채로 현지의 물음에 대답했다.

"고등학교 동창이에요."

정말 그게 전부였다.

그에 대해 그것 말고는 달리 말할 것이 없었다.

1장

　'오랜만이야' 하고 인사를 건네고 반갑다는 이유로 커피를 마시자고 했던 그날. 그날이 처음이었고, 시작이었다. 태이와 카페에 나란히 앉아 차를 마시며 이야기를 나누는 게 된 것은.

　어색하고 불편했던 처음과 달리 이제는 그와의 만남이 조금은 편안해지고 자연스러워졌다.

　'비도 오는데 막걸리 한잔할래?'

　'근처 왔는데 괜찮으면 커피 마시자.'

　소소한 이유를 대가며 그는 지원을 찾아왔다. 받을까 말까 망설였던 태이의 전화를 이제는 흐뭇한 미소를 띠며 '여보세요'라고 말할 수 있는 그런 사이가 되었다.

　오늘도 마찬가지였다. 퇴근 30분 전. 휴대폰 액정에 '윤태이'라고 찍힌 이름을 보며 지원은 자연스레 미소를 지었다.

'밥 먹자'라고 간단하게 용건을 말한 그는 정확히 30분 뒤 병원 앞에 차를 세워두고 지원을 기다리고 있었다. 근처 샤브샤브 전문점에서 저녁을 먹은 후, 두 사람은 그 아래층 카페에 앉아 김이 모락모락 올라오는 뜨거운 커피 한 잔씩을 앞에 두고 전혀 수다스럽지 않은 대화를 이어가고 있었다.

블랙 팬츠에 화이트 드레스셔츠가 무척이나 잘 어울리는, 잘생겼다는 말보단 수려하다는 말이 더 잘 어울리는, 그런 사람이었다. 윤태이. 자신의 앞에 앉아 있는 근사한 사람을 보며 지원은 엉뚱하지만 이런 생각을 했다.

우리, 친해진 건가. 이 정도면 친한 사이라고 할 수 있는 걸까.

……친구라고 해도 될까.

"그렇게 뚫어져라 보면 내가 좀 민망한데."

아……. 지원은 태이에게 향했던 시선을 황급히 거두고 더듬거리는 손길로 테이블 위의 잔을 들어 올렸다. 커피의 온도는 까맣게 잊은 건지 잔을 입술에 댄 채 곧바로 음료를 꿀꺽 넘겨버렸다.

뜨거워……. 화끈거리는 입술을 매만지며 지원이 중얼거렸다.

"미안."

"미안? 사과는 왜. 속으로 내 욕이라도 했어?"

"아니야, 그런 거. 진짜 아니야."

욕이라니. 그런 거 절대 아닌데.

당황스러운 지원의 마음을 아는지 모르는지 태이는 다소 느물거리는 얼굴로 지원을 더욱 코너로 몰아갔다.

"그럼 뭐지. 뭘까? 갑자기 나한테 사과하는 이유. 궁금한데."

진심인지 장난인지 좀처럼 알 수 없는 눈빛과 말투. 지원은 태이와 눈도 제대로 마주치지 못했다.

"난 그냥…… 지금이 조금 신기하다는 생각을 했어."

지원의 말에 태이의 눈빛이 흥미롭다는 듯 반짝거렸다.

"학교 다닐 때 우리 말 한마디 제대로 나눈 적 없었잖아. 그런
데 지금은……."

"지금은 밥도 먹고, 차도 마시고."

"응."

"전화번호도 알고, 통화도 하고."

"응."

"되게 친해졌다, 우리. 그치?"

"응. 응?"

지원은 본인의 입에서 나온 대답에 놀라 눈을 동그랗게 뜨고 반
문했다.

"아니면 아니라고 해도 돼. 조금 무안하고 민망하고, 그러고 말
겠지."

테이블에 턱을 괸 채 지원의 대답을 기다리는 윤태이의 얼굴은
여유롭고 평온해 보였다. 그의 입에서 튀어나온 무안, 민망과는 아
주 거리가 멀었다.

그가 지원에게 원하는 대답은 정해져 있었다. 방금처럼 '응'이
라고 한마디만 해주면 될 일인데, 그 한마디가 뭐가 그리 어려운지
그녀는 또 망설이고 있었다.

그런 그녀를 보며 태이는 결정타를 날렸다.

"비참도 하겠지, 아마."

점점 더 뻔뻔해지는 그의 표정과 과격해지는 말투에 지원은 백

기를 들고 말았다.

그가 기대했던 한마디가 아닌 작은 웃음소리로.

태이는 지원의 움푹 파인 양 볼의 보조개를 멍하니 바라봤다.

지원이 자신에게 진짜 웃음을 보여준 건 이번이 처음인 것 같았다. 평소 자신과는 눈도 잘 못 맞추는 그녀였는데…… 지원의 새로운 모습이 놀랍기도 하고 신기하게 느껴졌다.

태이의 빤한 시선이 민망했는지 지원이 고개를 돌려버렸지만 그럼에도 그의 눈빛은 여전히 그녀에게 고정되어 있었다.

그는 이미 본래의 수줍은 모습으로 돌아와 있는 지원을 보며 아쉬워했다.

"웃는 건 반칙이지. 이쪽은 꽤나 심각했는데."

"그래 보이지 않았어. 절대로."

이번엔 태이가 웃었다. 어깨를 으쓱하고는 지원의 시선을 피해 커피를 마셨다.

"너무 달라."

"뭐가 다른데."

용케도 지원의 혼잣말을 그가 알아들었다.

'너, 윤태이.'

입을 꾹 다물고 있는 지원이 마음에 들지 않는지 태이는 눈썹을 모으며 채근했다. 그러나 겨우 들을 수 있었던 한마디는 '너 말이야' 하는 알쏭달쏭한 대답뿐이었다.

"내가 기억하고 있던 너랑 지금의 넌 많이 다른 것 같아."

"네 기억 속에 나는 어땠는데?"

"너를 잘 알지는 못했지만…… 내 기억 속에 너는 키가 굉장히 컸고, 책상에 늘 엎드려 자고 있었어. 그런데 공부는 굉장히 잘해서, 가끔 널……."

"날?"

"……밥맛이라고 생각했어."

그의 새까만 눈동자가 일순간 더욱 또렷해졌다가 이내 눈이 반달 모양으로 부드럽게 휘었다. 기분 나빠할 수도 있겠다 잠시 생각했지만 지원의 기우였다. 무슨 좋은 소릴 들었다고, 태이는 어깨까지 들썩거리며 웃었다. 옆 테이블에 앉아 있던 커플이 대화를 하다 말고 태이를 쳐다보는 것이 느껴졌다.

"그 말이 널 그렇게 기쁘게 할 줄은 몰랐어."

"그런 말은 좀 악센트를 주면서 해야지. 욕인지 칭찬인지 헷갈리네. 그거 말고 또 있었어? 있으면 말해봐."

태이는 궁금증을 넘어 기대감에 가득 찬 얼굴로 지원에게 물었다. 지원은 그런 그가 어이없기도 했지만 그녀의 머릿속은 이미 교복을 입던 그때를 자연스럽게 떠올리고 있었다.

윤태이는. 윤태이는…….

나와는 다른 세계에 살고 있는 사람. 같은 교복, 같은 교실에 있었지만 전혀 다른 삶을 살고 있었던…… 가깝다, 멀다 정의를 내릴 수 없는 그런 사람.

그랬던 너였는데 지금 내 앞에 네가 있어.

그땐 알 수 없었던, 새롭게 알게 된 윤태이는 매우 솔직하고 직선적인 성격을 가지고 있었고, 완전함을 가진 남자의 얼굴에선 가끔씩 소년의 장난스러움이 보였다.

말을 할 때는 꼭 상대의 눈을 바라보고, 생각했던 것보다 웃음도 많은 편이었다. 그리고 또.

"벽 보고 얘기하는 기분이다. 지금 나."

투덜거림이 심하고.

"무슨 생각하는데. 말해보라니까."

뻔뻔하고 당당하게 요구를 하고.

복잡함이 가득했던 지원의 얼굴이 부드럽게 풀어졌다. 태이도 그것을 느꼈는지 잠시 의아하단 표정을 지었다. 14년 전 윤태이에 대한 기억을 떠올려보다가 현재 윤태이를 생각하면서 지원은 문득 새로운 사실을 깨우쳤다.

"태이야."

듣기 좋은 음성. 지원의 부름에 태이는 묘한 기분이 들었다.

"나는 그날."

수줍음으로 살짝 떨리는 목소리. 어떤 말이 나올까 태이는 좀 더 귀를 기울였다.

"네가 굉장히 반가웠어. 그랬던 것 같아."

다른 사람 눈엔 치열해 보였겠지만 정작 당사자는 뚜렷한 목표 없이 그저 열심히 살아야겠다는 생각이 전부였던 그때. 누군가에게 기억되고 있었다는 사실이 지원을 들뜨게 했다.

어느 날 갑자기 만나게 된 동창생. 그게 전부였는데, 불쑥불쑥 성큼성큼 다가와 '우리 되게 친해'라는 말을 스스럼없이 꺼내는 네가 참 고마웠다고. 이 마음을 전하고 싶었다.

"정말 기뻤어."

태이에겐 자신의 의지와 상관없이 반응하는 두 가지 신체 변화가 있다. 하나는 손끝이 시리도록 차가워지는 것이고, 다른 하나는 귀 쪽으로 열이 확 몰려 벌겋게 변하는 것이다.

지금은 후자다. 머리카락에 가려 아무도 볼 수는 없겠지만 그 자신은 알고 있었다. 귀 전체가 뜨겁다 못해 활활 타고 있다는 것을.

"야, 손지원 너는……."

목구멍? 가슴인가? 정확히는 알 수 없는 어딘가가 콱 막힌 느낌이 들었다.

"손지원 오늘 사람 여러 번 놀라게 하네."

"내가 그랬나."

"너 나한테 되게 고맙겠다. 내가 반가웠다며. 그냥도 아니고 정말 기뻤다며."

자신에게서 무슨 말이 듣고 싶은 건지 태이가 한 말의 의미를 파악하기가 쉽지 않았다.

지원은 순간적으로 머리가 지끈거렸다.

"보통 이런 경우 고마우면 고맙다 표현을 해야 하는데. 어떻게 할래."

"어떻게 해야 되는데."

"맛있는 밥, 그거면 좋겠는데."

태이가 말을 꺼내지 않았어도 지원은 언젠가 그에게 밥을 사야겠다 생각하고 있었다. 지금까지 두 사람이 먹고 마셨던 비용을 태이가 전부 지불했었는데, 그때마다 지원은 마음이 편치 않았다.

그래서 지원은 밥을 사라는 그의 말이 굉장히 반갑게 들렸다.

"그리고 그땐 네가 오는 거야. 나한테."

지원이 천천히 고개를 들었다. 지원의 앞엔 흔들림 없이 오롯이 자신만을 보고 있는 태이가 있었다. 밥 사러 오라는 말을 한 것뿐인데 왜 이렇게 그 한마디가 특별하게 들리는 건지…….

"그때 먹을게. 네가 사는 밥."

"……응."

지원이 그의 시선을 피해 작은 목소리로 대답했다. 그 순간, 태이는 똑똑히 보고 말았다. 지원의 두 귀가 서서히 붉게 변해가는 것을.

똑똑. 여러 번 노크를 했음에도 안에서 아무런 인기척이 들려오지 않았다. 규성은 고개를 갸웃하며 다시 한 번 문을 두드렸다.

"분명 안에 있다고 했는데?"

문을 열고 사무실 안으로 들어선 규성은 눈앞에 보이는 기막힌 광경에 웃음이 터지려는 걸 꾹 참았다.

책상 위 수북하게 쌓여 있는 문서들. 그리고 그 사이로 보이는 낯익은 얼굴.

"윤태이 본부장님. 주무십니까?"

장난기 가득한 규성의 목소리에도 태이는 별다른 반응을 보이지 않았다.

"윤태이, 너 진짜 자냐? 완전 자세 불량인데."

"잘 자고 있었는데 너 때문에 지금 깼다."

태이가 손바닥으로 얼굴을 쓸어내리며 천천히 고개를 들었다.

"한규성. 초대도 안 했는데 여긴 왜 왔어? 누가 반가워한다고."

"다 죽어간다기에 걱정돼서 와봤더니 말하는 거 봐라."

부서 발령으로 업무가 많을 거라고 예상은 했었지만 문서에 치여 있는 친구의 모습을 눈으로 직접 보게 되자 규성은 짠한 마음이 들었다.

"태이야. 밥 먹고 사우나라도 갈래?

"됐어."

"가자. 간만에 땀도 빼고, 그러고 나서 한잔하자. 너 승진 턱 쏴야지."

"다음에 해. 오늘 약속 있어. 후우. 근데 얜 왜 답장이 없어."

태이가 휴대폰 화면을 쓰윽 한 번 보더니 책상 위로 다시 툭 던졌다.

"약속 있었던 거야?"

규성의 물음에 대답은 하지 않고, 태이는 연신 한숨만 토해냈다. 뭐가 저렇게 불만인지 규성은 알 수 없었다.

"태이야, 그러지 말고……."

규성이 한 번 더 그를 설득해보려고 말을 꺼내려는데, 태이의 전화벨 소리가 울렸다. 그 소리에 그가 몸을 벌떡 일으켰다.

"너 어디야? 거기 그냥 있어. 내가 바로 갈게. 너 오는 거 기다리다 굶어 죽겠다. 20분이면 돼."

규성의 존재를 새까맣게 잊은 건지 태이는 이렇다 할 말 한마디 없이 그를 지나쳐 사무실을 빠져나갔다.

정확히 2주 만에 온 전화였다. 심지어 지원에게서 걸려온 첫 전화. 손지원한테 밥 한번 얻어먹기가 이렇게 힘들 줄이야. 사실 지원의 전화 타이밍은 과히 환상적이었다. 더 빨랐다면 어쩌면 그가 거절해야 하는 상황이 벌어졌을지도 모르겠다.

부서 발령 후 정신이 하나도 없었다. 새로운 업무 파악은 물론이고 그가 당장 처리해야 할 문서들이 더하고 뺄 것 없이 말 그대로 산더미처럼 쌓여 있었다. 빽빽한 일정에 그는 밥 한 끼조차 여유롭게 먹지 못했고 수면 양도 턱없이 부족했다. 말 그대로 최악의 날들이었다. 그랬던 그에게 지원의 전화 한 통은 사막의 오아시스와도 같았다.

지하철역 3번 출구 앞에 있다는 지원의 메시지를 확인한 그는 차의 속도를 줄이면서 빠르게 주변을 훑었다.

"손지원!"

주변에 많은 사람들이 있었음에도 그는 쉽게 지원을 찾아냈다. 태이의 목소리를 들은 지원이 그가 있는 곳으로 천천히 걷기 시작했다. 지원과의 거리가 가까워지자 태이가 차창을 끝까지 내렸다.

"빨리 왔네."

"어. 나 진짜 배고팠거든. 차 그냥 여기 세워도 되겠다. 잠깐만."

태이는 차창을 올린 뒤 시동을 끄고 밖으로 나왔다.

"손지원, 메뉴는 정했어?"

"그게……. 메뉴는 네가 정하는 게 좋을 것 같아."

"지금은 돌이라도 씹어 먹을 수 있을 것 같아. 일단 저쪽으로 가자. 식당 많으니까."

길을 걷던 태이는 지원과 메뉴를 상의하기 위해 옆을 돌아봤지만 그곳엔 지원이 아닌 다른 사람이 있었다. 뭔가 싶어 주변을 둘러보니 저 뒤에서 그를 향해 열심히 걸어오고 있는 지원의 모습이 보였다. 그는 외투 주머니에 손을 찔러 넣은 채 제게 거리를 좁히며 다가오는 지원을 유심히 바라봤다.

단정하게 하나로 묶은 머리가 좌우로 흔들린다. 몸에 비해 조금 큰 남방이 그녀의 가는 몸을 오히려 더 부각시켰다. 교복만 안 입었지, 예전이나 지금이나 그녀는 크게 달라진 점이 없어 보였다.

어느새 지원은 그의 앞에 와서 서 있었다.

"태이야, 왜 안 가고?"

"느려, 너."

그의 말에 지원이 입가를 씰룩거렸다.

태이가 지원을 데리고 간 곳은 중국요리 전문점이었다. 식사 시간이 지나서인지 식당 안은 거리와는 다르게 한산했다. 두 사람은 창가 쪽에 자리를 잡고 메뉴판을 살폈다.

태이는 칠리새우와 짜장면을, 지원은 해물짬뽕을 골랐다.

"매운 거 잘 못 먹는 거 같더니 짬뽕이네. 짬뽕, 좋아해?"

"아마 그럴걸."

"뭐야, 그 애매한 대답은."

"먹을 땐 힘들어. 다신 먹지 말자 그래놓고 또 생각나. 그래서 잘 모르겠어. 좋아하는 건지 아닌 건지."

그녀의 말이 무슨 뜻인지 알겠다는 듯 그가 고개를 끄덕였다.

자신에게도 그런 비슷한 종류의 것들이 있었다. 커피나, 초콜릿 같은.

지원이 잠시 손을 씻고 오겠다며 자리를 비웠다. 그사이 따뜻한 차로 허한 속을 달래려는데, 지금 이 순간 들려서는 안 될 목소리가 태이의 귓가에 파고들었다.

"윤태이, 너 이러려고 나 버린 거냐?"

"한규성? 네가 여긴 어떻게……."

"너 뒤따라왔다. 대체 누구를 만나려고 저러나 했더니 여자였나? 이 자식, 네가 이렇게 나를 배신할 거라고는 상상도 못했다. 근데 아까 그 여자 낯이 좀 익은 것 같던데 누구야? 나도 아는 사람이야?"

갑작스런 규성의 등장에 태이는 황당해 말문을 잃었다. 악착같이 몰래 쫓아온 걸로 봐선 가란다고 순순히 꼬리 내릴 규성도 아니었다. 태이는 규성에게 메뉴판을 던졌다.

"먹을 거나 골라."

"누구냐니까?"

"네 눈으로 직접 봐. 저기 오네."

마침 자리로 돌아오는 지원을 알아본 규성이 눈을 크게 떴다.

"어? 너는! 지원이, 지원이 맞지?"

"손지원. 미안. 어쩌다 보니 이게 따라왔네. 한규성, 너 이쪽으로 와. 거기 얘 자리야."

"어어, 그래. 알았어."

규성이 황급히 태이 옆으로 가 앉았다.

"이야, 너 진짜 오랜만이다."

"응, 오랜만이야. 반가워."

태이가 만나고 있던 사람이 지원이라는 사실에 놀란 것도 잠시, 규성은 오랜만에 보게 된 지원을 진심으로 반가워했다.

"근데 지원이 넌 그때 그대로인 것 같다. 하나도 안 변했어."

규성의 말에 지원이 머쓱한 표정을 지으며 웃었다.

"근데 너희 둘 계속 연락하고 지낸 건 아닐 테고, 언제 만난 거야?"

"최근에."

규성의 물음에 태이가 짧게 대꾸했다.

"최근 언제? 어떻게?"

"우연히 만났어. 한규성, 넌 뭐가 그렇게 궁금해?"

규성은 얼마 전 태이가 자신에게 지원에 대한 질문을 했을 때를 떠올렸다. 그때쯤 다시 만난 건가?

주문한 음식들이 차례대로 세 사람 앞에 놓여졌다. 먹음직스러운 음식을 보며 규성은 술이 빠지면 되겠냐며 맥주를 추가 주문했다.

"지원아, 한잔해야지. 윤태이, 넌 안 마셔?"

"난 밥부터 먹을 거야."

진심으로 배가 고팠는지 태이는 술은 거들떠도 보지 않은 채 접시를 비우는 데 열중했다. 그사이 지원과 규성은 연거푸 맥주잔을 비웠다. 규성은 굉장히 수다스러운 편이었다. 그는 음식물을 오물오물 씹고 있으면서도 쉬지 않고 말을 이어나갔다.

제법 취기가 올랐는지 한참을 웃고 떠들던 규성이 지원과 태이를 한 번씩 번갈아 보더니 두 사람에게 동시에 물었다.

"근데 너희는 어째 말 한마디를 먼저 안 하냐? 둘이 만나면 뭐해? 밥만 먹고 헤어져? 오늘 나 없었음 어쩔 뻔했냐."

"별게 다 걱정이지."

"윤태이 넌 가만히 있고. 지원아, 넌 이 자식 뭐 예쁘다고 만나주냐. 털면 재수밖에 없는 놈인데."

규성에 말에 지원이 대답하기 곤란하다는 듯 시선을 피했다.

"한규성. 너 이제 그만 마셔."

"왜애. 나 더 마실 수 있거든?"

"일어나. 너 눈 풀렸어. 대리 불러줄게."

"무슨 소리야. 오랜만에 반가운 얼굴도 만났는데 이대로 헤어질 순 없지. 지원아, 안 그래? 우리 한잔 더 해야지."

규성을 따라 엉겁결에 지원이 잔을 들었다. 그러자 태이가 그녀를 보며 한소리했다.

"넌 또 뭘 그걸 받아줘. 손지원, 너 여기 밥 먹으러 온 거야. 술이 아니라. 잔 내려놓지?"

"아니 나는 그냥 건배만 하려고⋯⋯."

"됐고, 키 받아. 차 어디 있는지 알지? 너 먼저 차에 가 있어."

입을 벙긋거리던 지원은 그가 내민 차 키를 얌전히 받아 들었다.

지원은 규성에게 제대로 인사도 건네지 못하고 먼저 식당을 빠져나왔다.

어두운 차 안. 핸드폰으로 시간을 확인한 지원은 깜짝 놀랐다.

벌써 12시가 넘었다. 평소라면 잠자리에 들고도 남을 시간이었다. 그러고 보니 눈꺼풀이 점점 무거워지고 있었다.

하품, 또 하품. 그리고 또 한 번의 하품이 나오려는 때 운전석 차문이 열리며 실내등이 켜졌다.

"규성이는?"

"대리 불러 보냈어. 아하, 진짜 싫다. 한규성."

체력적으로 힘이 들었는지 태이는 몹시 지친 듯했다. 그의 이마에 송골송골 맺힌 땀방울이 보였다.

"출발할 거야. 벨트 매."

"운전하려고?"

"그럼, 안 해?"

"너 술⋯⋯."

"안 마셨어. 한 모금도."

지원이 고개를 갸웃했다. 입가에 잔이 닿았던 것 같은데.

"안 마셨다고."

"아까 분명히⋯⋯."

"안 믿네."

순식간에 태이의 얼굴이 지원의 코앞으로 다가왔다.

깜짝 놀란 지원이 흡 하고 숨을 멈췄다. 태이의 까만 눈동자가 지원의 눈앞에서 반짝이고 있었다.

"이래도 안 믿을래? 마셨어, 안 마셨어?"

태이가 후우 하고 작게 숨을 뱉었다. 그가 말한 대로 술 냄새는 조금도 나지 않았다.

지원은 더 이상 그의 눈을 마주하고 있을 수가 없었다. 반대쪽으로 고개를 홱 돌린 지원은 귀에서 자꾸 그의 목소리가 울리는 것 같아 오른손으로 자신의 귀를 꾹꾹 눌렀다.

그는 지원에게 장난스럽게 말한 후 차를 출발 시켰다.

"원래 오늘⋯⋯ 밥은 내가 사기로 했었잖아. 근데 계산을 네가 하면 어떻게 해."

"한규성이 있었잖아."

"규성이랑은 상관없는 거였어."

"왜 상관이 없어? 나는 너한테 밥 한 번 얻어먹는 데 2주나 걸렸는데 그 자식은 얼굴 보자마자, 그건 내가 억울해서 안 되지."

"별게 다 억울해."

"어, 나는 억울해. 그러니까 밥 사는 건 다음으로 미뤄."

"알았어, 그럴게."

지원은 한결 가뿐해진 마음으로 차창 밖으로 시선을 돌렸다. 어둠 속 오렌지빛으로 예쁘게 물들어 있는 한강은 영화의 한 장면처럼 멋지고 근사했다.

바깥 야경에 흠뻑 빠져 있는데 언제부터인지 귓가에 잔잔한 노래 소리가 들려왔다.

이 노래를 어디서 들었더라. 영화 OST였던 것은 분명한데.

노래는 점점 끝을 향해 갔다. 노래 제목을 기억해내고 싶은 욕심에 지원의 마음이 조급해졌다.

"아까……."

잔잔한 노래 소리에 그의 음성이 더해졌다.

"규성이 때문에 기분 나빴다면 미안. 내가 대신 사과할게."

미안하다는 갑작스런 그의 말에 지원이 이유를 모르겠다는 표정을 짓다 이내 머릿속에 스치는 장면이 있었는지 옅게 웃으며 고개를 가볍게 저었다.

규성은 자신과 태이가 어떻게 다시 만나게 되었는지 그 이유에 대해 무척이나 궁금해했었다. 규성의 물음에 건성으로 대답하는 태이를 대신해서 설명을 하던 중 자신이 동물병원에서 애견미용사로 일하고 있다는 사실을 알게 된 규성이 다소 과하다 싶을 정도로 놀란 표정을 지었던 것이다. 태이는 아마도 이때의 일을 얘기하고 있는 듯했다.

"기분 나쁘지 않았어."

"그럼 다행이고."

지원이 진심으로 하는 말인 줄 알면서도 태이는 마음이 편치 않았다. 어쩐지 자꾸 옛 생각이 났다. 학교에서 한참 지원에 대한 이야기로 시끄러웠을 때, 마치 자신과는 상관없는 이야기인 듯 너무나 아무렇지도 않았던 그때의 그 얼굴이 자꾸만 떠올랐다.

"그런데 태이야."

"어."

"있잖아. 혹시 방금 라디오에서 나온 노래. 그 노래 어디서 나왔는지 알아?"

"노래가 나왔어?"

"라디오 켠 거 너잖아."

"……몰라. 노래 같은 거 못 들었어."

그는 정말 노래가 나오고 있는지도 몰랐다. 그의 머릿속은 온통 지원에 대한 생각으로 가득 차 있었다. 문득 그 사실을 깨닫게 되자 태이는 당황스러운 기분이 들었다. 자신을 바라보고 있는 지원의 시선을 피해 운전에 집중했다.

짧은 대화가 이어지다가 끊기고, 그리고 또 짧은 대화가 이어지길 여러 번. 어느새 옆을 보니 지원이 얌전한 얼굴로 잠들어 있었다.

태이는 지원의 오피스텔 건물 앞에 차를 정차시키고 핸들에 팔을 기대 엎드린 채 잠들어 있는 지원을 바라보았다.

처음 약속을 잡던 날, 카페에 앉아 잔뜩 긴장한 얼굴로 말 한마디도 제대로 하지 못하던 지원이 이제는 제법 자신이 편해졌는지 이렇게 눈앞에서 잠을 자고 있다. 술의 영향이 크겠지만 태이는 지원의 작은 변화가 아주 마음에 들었다. 이제 그만 깨워서 집으로 보내야 하는데 손도 마음도 움직이지를 않았다.

안전벨트 때문에 불편했는지 지원이 몸을 뒤척이다 눈가를 비비며 잠에서 깼다.

"타이밍 좋네, 손지원. 쿨쿨 잘 자더라."

민망했는지 지원이 머리를 긁적거렸다.

"고마워. 데려다줘서."

"얼른 들어가. 너 눈 막 감기려고 한다."

지원은 벨트를 푸르고 차에서 내렸다. 지원이 그를 향해 가볍게 손을 흔들었다.

"태이야, 운전 조심해."

"손지원."

"응?"

"밥 사는 데 또 2주 걸려라."

협박인지 아니면 장난인지 정확한 의미는 알 수 없었지만 그의 말에 지원은 웃을 수밖에 없었다.

2장

　해윤시티 일로 규성과 상의할 일이 있었던 태이는 규성과 점심
약속을 잡았다.

　"나 애인 생겼다."

　규성이 태이의 얼굴 앞에 대고 왼손을 위, 아래로 흔들어댔다.
규성의 네 번째 손가락엔 심플한 디자인의 반지가 끼워져 있었다.

　"누구? 그때 그 홍홍홍?"

　한 달 전이었던가, 소개팅을 하고 온 규성이 상대방 여자의 웃
음소리가 무척 매력적이었다며 그 웃음을 여러 번 따라 했던 기억
이 있었다.

　"그래, 그 홍홍홍."

　태이는 규성의 말을 듣고도 별다른 반응을 보이지 않았다.

　"아니 계속 보니까 귀엽고 애교도 좀 있고 그렇더라고."

시큰둥한 태이가 신경 쓰였는지 규성이 변명을 늘어놓았다.

"누가 뭐래?"

"아, 새끼. 축하한다, 뭐 그런 말은 죽어도 안 나오지?"

"축하해. 됐어?"

"근데 반지는 좀 오버 아니냐? 대뜸 사와서 나눠 끼자는데 싫다고 할 수도 없고, 받긴 받았는데 기분이 참 거시기하더라고. 누가 보면 나 유부남인 줄 알 거 아냐."

"홍홍홍이랑 결혼하면 되겠네."

"야, 결혼은 무슨. 사귄 지 일주일밖에 안 됐는데. 그리고 나는 아직 사랑보다 일이 우선인 사람이라."

결혼이라니. 규성에게는 아주 멀고도 먼 이야기일 뿐이다.

"쿨하게 사귀는 거지, 쿨하게. 자고로 남자나 여자나 많은 사람들과 교류를 해야 돼, 교류를."

말없이 식사에만 집중하는 태이를 보며 규성이 혀를 끌끌 찼다. 도대체가 이 자식 뇌는 어떻게 생겨먹었기에, 아니 뇌가 아니라 심장의 문제인 건가. 나이 서른 넘은 남자가 연애에 이토록 무관심할 수가 있나. 외모 되고, 재력 되고, 앞날은 실크로드. 이 여자 저 여자 고르고 골라도 시원찮은 마당에.

"넌 심장이 무슨 돌덩어리냐? 연애 관심 없어?"

"없어."

"야, 윤태이. 이 형님 말씀 잘 들어봐. 연애? 연애 그거 별거 없다. 전화 통화하고 문자 막 날려주고, 또 뭐냐, 만나서 밥 먹고 차마시고, 드라이브도 한번 가고. 뭐 그런 거야. 절대 복잡하고 귀찮은 게 아니라니까? 어쨌든 이 나이에 혼자 궁상떠느니 애인 있으면 좋잖아. 외롭지도 않고."

"……."

"말만 해. 네가 생각만 있으면 한 달 내내, 아니 한 달이 뭐야. 1년 내내 소개팅 주선할 수 있어. 일단 만나보고……."

저나 잘할 것이지 남의 일에 왜 저렇게 나서는 건지. 태이는 규성의 지나친 관심이 귀찮게만 느껴졌다. 묵묵히 수저질만 하고 있는데 저 망할 놈의 주둥아리는 도무지 닫힐 생각을 하지 않는다.

"어렵고 복잡할 거 없다니까. 만나서 좋으면 계속 보면 되는 거고 아니다 싶으면 접으면 되는 거고. 간단해."

"그 간단한 연애 너나 잘 하시라고. 밥 먹고 차 마시는 정도는 알아서 잘 하고 있으니까."

"뭐? 누구랑? 누군데?"

규성의 눈이 튀어나올 정도로 커졌다.

"누구면."

"너 설마, 지원이? 너 걔 자주 만나? 너 혹시……."

"혹시 또 뭐."

"지원이 여자로 보고 있는 거야?"

"그럼 걔가 남자냐."

둘이 만나는 자리에 본의 아니게 합석하게 되었을 때, 그저 반가움 마음에 분위기 띄우다 금방 취해버렸다. 별다른 생각 없이 웃고 즐기고 했었는데, 지금 생각해보면 이상한 점이 한둘이 아니었다. 오랜만에 만난 동창생? 만나면 당연히 반갑다. 그런데 그것도 사람 나름이다. 둘은 같은 반이라는 것 말고는 아무런 접점도 없지 않은가. 동창회를 비롯한 각종 모임에 함께 가자고 했

40

을 때 단 한 번이라도 흔쾌히 응한 적도 없었던 놈이 누굴 만나? 손지원을?

"그럼 지원이 왜 만나는데?"

"만나고 싶으니까."

조금의 망설임도 없는 명확한 대답. 규성은 잠시 할 말을 잃었다.

윤태이는 자신의 생각이나 감정에 늘 솔직한 녀석이다. 더하거나 빼지도 않고, 있는 그대로의 생각을 표현하는 사람. '만나고 싶으니까' 간결한 그의 말은 어떠한 수식어도 붙지 않는 아주 담백한 그의 마음일 것이다.

여기서 문제는, 아니 문제까지는 아니고 짚고 넘어가야 할 점은 담백하게 만나고 싶다는 상대가 어째서 지원이냐는 것이었다.

"짧은 시간에 대단한 우정을 쌓은 건 아닐 거고, 지원일 왜 만나고 싶은지에 대해선 생각해봤고?"

손지원에 대한 윤태이의 정의. 규성은 그게 알고 싶었다.

생소했다. 윤태이가 누군가에게 이토록 관심을 갖는다는 것이. 그것도 사람, 여자에게 말이다. 그러니까 윤태이. 보태지도, 덜지도 말고 솔직하게 말해보라고. 네 머릿속에 있는 그 생각을.

"즐거워. 걔랑 있으면."

"즐겁다?"

지원은 과거에도 현재에도 재미와는 거리가 아주 먼 캐릭터였다.

태이에게만 통하는 특별한 유머 코드라도 가지고 있는 걸까.

"궁금해. 알고 싶은 것도 많고. 지금은 그 정도."

"사람들은 보통 그런 걸 관심, 혹은 호감이라고 하지."

"그럼 그런 거겠지. 관심, 혹은 호감."

"지금 남 얘기 하냐? 이거 네 얘기라고, 네 얘기. 지원인 네가 이런 생각 갖고 있다는 거 알아?"

"알 리가 있나. 아직도 내 전화 긴장하면서 받는 앤데."

왜지. 왜 그 말이 이리도 쌤통으로 들리는 거지? 그러니까 천하의 윤태이가 지금 짝사랑…… 까지는 아니지만 그 비슷한 것을…….

대단한 건수라도 잡은 사람처럼 게슴츠레한 눈으로 자신을 보는 규성을 보며 태이는 절레절레 고개를 저었다.

"또 앞서 가지, 또."

지원을 친구로 두고 싶은 건지 아니면 그 이상의 것을 바라고 있는지 아직은 그도 확실히 알지 못했다. 시간이 흐르듯 감정 또한 자연스럽게 흘러가겠지. 그는 굳이 서두르고 싶지 않았다.

바리깡 작업이 끝이 났다. 기계 전원을 껐음에도 손바닥을 비롯해서 어깨까지 미세한 진동의 기운이 남아 있었다.

작업실 바닥에 귀용이의 털이 수북하게 쌓여 있었다. 지원은 장시간 작업을 함께해준 귀용을 기특한 눈으로 바라보며 말했다.

"수고했어, 귀용아. 인물이 훤하다. 이제 목욕만 하면 진짜 끝."

지원은 귀용을 안아 세면대로 갔다. 물을 틀어 손으로 물의 온도를 체크하고 있는데 '똑똑' 노크 소리가 들렸다. 열린 문 사이로 현지가 고개를 빠끔 내밀었다.

"손 실장님. 다 끝나셨어요?"

"네. 이제 목욕만 하면 돼요. 진료 다 끝나셨어요?"

"고생하셨어요. 저도 마감까지 다 끝냈어요. 오늘 괜찮으시면 저녁 같이해요. 우리 회식 안 한 지 너무 오래된 것 같아요."

피곤하긴 했지만 지원도 현지와 같은 생각을 하고 있던 터라 웃는 얼굴로 그녀의 제안에 응했다.

두 사람이 고른 메뉴는 칼국수였다. 메인이 칼국수인 집이었지만 사실 더 좋아하는 것은 마지막에 먹을 수 있는 볶음밥이었다.

"다른 데 다 가봤는데 볶음밥은 역시 여기가 최고인 것 같아요."

현지의 말에 지원도 고개를 끄덕였다.

"우리 이거 먹고 2차 가요. 시원하게 맥주 한잔 어떠세요?"

"그래요. 맥주는 제가 살게요."

"좋아요! 2차는 지원 언니가!"

현지의 갑작스런 '언니' 소리에 지원이 눈을 동그랗게 떴다. 두 사람 사이에 잠시 어색한 공기가 흐르고……

쭈뼛쭈뼛 지원의 눈치를 살피던 현지가 뒷머리를 긁적거리며 헤헤헤 소리 내 웃었다. 현지는 직장 동료로서의 지원을 무척 신뢰하고 좋아했지만 그녀와 개인적으로도 조금 더 가까워지고 싶다는 생각을 늘 하고 있었다.

"사실은 몇 번 얘기하려다가…… 또 고민하다가 그랬거든요. 실장님만 괜찮으시다면 사적인 자리에선 언니, 동생 그렇게 지내고 싶은데 어떠세요?"

긴장을 하고 있는지 현지의 눈이 파르르 떨리는 것이 보였다.

현지와 가까워지기 위해 제 나름대로 노력했다고 생각했었는데, 다른 사람과의 관계를 맺고 유지하는 데 있어서 자신은 여전히 부족한 점이 많다는 생각이 들었다.

"고마워요. 그렇게 말해줘서."

"그럼 우리 앞으로 언니, 동생 하는 거예요?"

"저야 너무 좋죠."

"그동안 저 왜 이렇게 망설인 걸까요? 이렇게 간단히 해결될 문제였는데. 언니, 저도 고마워요. 저 진짜 기분 좋아요. 우리 빨리 맥주 마시러 가요."

작은 호프집으로 이동한 두 사람은 500cc 두 잔을 앞에 두고 훈훈한 분위기를 이어갔다.

"현지야. 전화 오는 거 같은데."

"어? 그러네요. 어? 우리 오빠예요. 오빠! 나 여기 호프집. 누구랑? 우리 지원이 언니랑. 큭큭. 오늘부터 그러기로 했지롱. 그래서 나 기분 너무 좋아. 진짜 좋아. 응? 여기? 잠깐만. 지원 언니, 현준 오빠가 근처라고 잠깐 온다는데 괜찮아요?"

현준은 현지의 둘째 오빠로, 지원도 몇 번 그를 만난 적이 있었다.

"여기가 어디냐면……. 나 잘 모르겠는데. 잠깐만."

현지가 현준에게 위치 설명을 해줄 것을 부탁하며 휴대폰을 지원에게 넘겼다.

"네, 여보세요? 현지가 취기가 올라오나 봐요. 번화가 골목이구요. 30미터쯤 길따라 오셔서……."

현준에게 가게 위치를 설명하고 전화를 끊었을 때 현지는 이미 테이블 위에 머리를 박은 채 잠들어 있었다.

잠이 들었음에도 현지는 기분 좋은 웃음소리를 냈다. 그 소리에 지원도 따라 웃었다.

태이는 야근을 하던 중 지원에게 문자 메시지를 보냈다. 하지만 10분이 지나고 30분이 다 되어가도록 지원에게서 답장이 오질 않았다.

기다림이 지루해진 태이는 지원에게 바로 전화를 걸었다.

-응, 태이야.

"문자 보냈는데 답이 없어서. 뭐 하고 있어? 시끄러운 소리 들리는데. 밖이야?"

-응. 공 원장님…… 아니 현지랑 저녁 먹고 맥주 한잔 하고 있었어.

"꼬박꼬박 원장님 하더니 갑자기 무슨 일이래."

-오늘부터 언니 동생, 그렇게 하기로 했어.

기분이 좋은지 지원의 말 소리 중간중간에 웃음소리가 섞여 있었다.

"근데 너 은근히 술 좋아하는 것 같다? 전에도 한규성이 주는 술 다 받아 마시더니."

-……그런가?

"애매함이 특기냐."

한 손엔 휴대폰을, 다른 한 손으론 서류를 넘기던 태이가 의자를 반 바퀴 돌려 창가를 마주 보았다.

"손지원. 지금 엄청 깜깜해. 밤이라고. 집에 언제 들어갈 거야?"

-으음. 이제 곧 가야지. 태이야, 넌 어디야?

"참 일찍도 물어본다. 나는 누구와는 다르게 열심히 일하고 있는 중이지."

-그렇구나. 아직도 일을 하고……. 많이 피곤하겠다. 너는 집에 언제…….

지원의 말이 점점 느려지는 것을 느낀 태이는 목소리를 한 톤 높여 지원을 불렀다.

"손지원."

-으응?

"너 취했지? 공 원장 좀 바꿔봐."

-아니야. 나 안 취했어. 어? 잠깐만. 태이야, 잠깐만…….

"손지원! 지원아!"

통화를 하던 중 지원의 목소리가 갑자기 사라져버리자 태이는 뚱한 얼굴을 해서는 휴대폰에 귀에 대고 있었다.

-지원 씨, 안녕하세요. 우리 정말 오랜만이네요.

수화기를 통해 들린 낯선, 그리고 젠틀한 남자의 목소리. 슬그머니 의자에서 일어난 태이는 주머니 안으로 한쪽 손을 찔러 넣은 채 휴대폰을 잡은 손에 더 힘을 주었다.

야경을 바라보는 그의 시선이 어쩐지 삐딱해졌다. 이유는 알 수 없지만 유쾌한 기분은 아니었다.

잠깐만이라고 하더니, 어디를 가셨나. 생각도 점점 삐딱해지고 있었다. 이걸 끊어, 말아 고민하며 묵묵히 지원을 기다리고 있었는데 다시 연락하겠다는 말을 툭 던진 지원이 일방적으로 전화를 끊어버렸다.

"와, 손지원. 넌 무슨 전화 매너가 이러냐."

허무하게 끊긴 전화에 미련이 남았는지 태이는 한참 동안 휴대폰을 노려보다가 책상에 던지듯 올려놓았다.

'지원 씨, 안녕하세요. 우리 정말 오랜만이네요.'

우리. ……우리라고?

"누구지. 친군가?"

그런데 남자는 분명 '지원 씨'라고 했다. 그럼 친구는 아닐 것 같고, '오랜만이에요' 하는 걸 보면 자주 얼굴 보는 사이도 아닐 테고. 근데 나 왜 이러고 있는 거지. 지원이 전화한다고 했으니 전화가 왔을 때 물어보면 간단한 답이 나오는 것을.

다시 일을 하기 위해 책상 앞에 앉았는데 서류가 눈에 들어오지 않았다. 일하고 싶은 마음 싹 사라져버렸다. 결국 태이는 외투를 챙겨 사무실을 빠져나왔다.

차로 이동하는 동안에도, 집에 도착해 옷을 갈아입고 씻고 나오는 동안에도 휴대폰은 다시 울리지 않았다.

그는 침대에 누웠음에도 쉽사리 잠들지 못했다. 오기로 한 전화가 안 와서인지 술에 취한 지원이 걱정이 되어서인지, 그것도 아니면 낯선 남자의 목소리가 신경 쓰였기 때문인지.

어느 쪽에도 확신이 서질 않았다. 하지만 한 가지 확실한 건 썩 좋은 기분은 아니라는 것. 그것만은 확실했다.

날이 제법 쌀쌀했다. 내일은 조금 더 두꺼운 외투를 챙겨야 할 것 같았다. 지원은 조그마한 네 발로 열심히 자신의 뒤를 따라오고 있는 바바를 사랑스러운 눈으로 보았다. 그렇게 20분쯤 걸었을까. 바바가 힘이 든지 헥헥거리며 숨을 몰아쉬었다. 지원은 바바를 가뿐하게 안아 들었다.

그렇게 공원 산책을 끝내고 병원으로 돌아가는 길. 지원은 길가에 은은하게 퍼지는 커피 향에 이끌려 카페 안으로 들어갔다. 카페 아르바이트생이 지원의 얼굴을 알아보고 반갑게 인사를 건넸다.

"어서 오세요."

"카페라테 두 잔 주세요."

"오늘은 와플 안 사가세요?"

여전히 배가 부른 상태이기는 했지만 이따가 간식으로 먹어도 될 것 같아 지원은 와플도 추가로 더 주문했다. 한 개는 늘 부족했고, 두 개는 또 양이 많았다.

"와플 두 개도 주세요."

"네. 금방 만들어드릴게요. 와플 두 개, 라테 다 해서 만이 천 팔백 원입니다."

지원이 계산을 하기 위해 아르바이트생에게 카드를 내밀었다.

"커피 하나 더 주시죠. 이분이랑 같은 걸로. 계산도 이분이 같이 할 거예요."

느닷없이 들려오는 낯익은 목소리. 지원은 뒤를 돌아봤다. 태이였다.

태이가 왜 여기에…….

"병원 앞에 차 세우는데 네가 이리로 들어가잖아. 그래서 따라왔지. 뭐 해? 계산 안 하고."

"아……. 응."

지원은 영수증과 진동벨을 받은 후 태이가 앉아 있는 곳으로 갔다.

"태이야. 연락하지 그랬어."

"난 했어. 안 받은 건 너고."

그러고 보니 휴대폰을 안 챙겼다. 버릇처럼 휴대폰을 넣어놓는 오른쪽 주머니가 텅텅 비어 있었다.

"애 이름이…… 바보라 그랬나……. 멍멍아, 너 이름이 뭐지?"

진심으로 하는 소린지. 지원은 기가 찼다. 이름이 뭐냐니.

"바바야. 바보가 아니라."

"미안. 멍멍이 바바야. 크큭."

지원은 바바의 코를 손가락으로 누르며 장난을 치고 있는 그를 의아한 얼굴로 바라보았다.

퇴근까지는 1시간 정도 남았는데 태이도 그 사실을 아주 잘 알고 있을 것이다. 그럼 오늘은 자신을 보러 온 게 아닌가. 이렇게 갑자기 온 걸 보면 다른 일이 있어 잠깐 들른 거겠지? 그에게 물어볼까 하다가 말았다.

진동벨이 울려 지원이 일어서자 태이도 따라서 몸을 일으켰다. 그녀는 트레이에 담긴 커피 하나를 그에게 내밀었다.

"와플도 하나 줄까?"

"그건 됐어. 저녁 먹어야지."

두 사람은 나란히 카페를 나섰다. 병원이 점점 가까워지고 길가에 세워진 차 한 대가 보였다. 태이가 주머니에서 키를 꺼내 버튼을 누르자 삑삑 소리가 나면서 전조등이 깜빡거렸다.

정말 가려는 거구나. 지원은 아쉬웠지만 겉으로 내색하지는 않았다.

"여기 건물에 주차해도 되지? 끝나는 대로 주차장으로 와. 기다릴게."

"어?"

"왜. 약속 있어?"

"아니 그런 건 아닌데. 난 잠깐 들른 건 줄 알았지."

"내가 여기 올 일이 뭐가 있어. 너 보러 왔지."

그의 말을 듣는 순간 손바닥에서 땀이 났다. 지원은 바바의 리드 줄을 더욱 세게 쥐었다.

가슴이 콩콩거렸다. 그리고 기뻤다.

멍하니 서 있는 지원의 이마를 태이가 손가락으로 살짝 튕겼다. 아프진 않았지만 갑작스러운 행동에 정신이 번쩍 들었다.

"뭐 해. 안 들어가고. 커피 다 식겠다. 와플 너무 많이 먹진 마. 밥 먹어야지."

'끝나고 주차장으로 와' 태이는 그녀에게 한 번 더 말하고는 자신의 차에 올랐다. 건물 뒤편으로 향하는 그의 차를 확인하고 지원은 참았던 숨을 한번에 뱉어냈다.

병원으로 들어가자 소파에서 납작한 코가 매력적인 시츄 진실이와 장난을 치고 있는 현지가 보였다. 인기척을 느낀 현지가 냉큼 지원에게로 달려와 그녀의 손에 들린 커피와 와플 봉투를 챙겼다.

"와플이다아아아! 근데 언니, 밖에 많이 추워요? 귀도 그렇고 얼굴도 되게 빨개요."

지원의 두 손이 자동적으로 볼과 귀로 올라갔다. 화끈거리는 곳은 비단 볼과 귀뿐이 아니었다. 현지가 계속 지원에게 말을 걸었지만 제대로 들린 건 거의 없었다. 정신이 온통 딴 데로 가 있었다.

기다림이 지루하지는 않을까.

태이의 대한 걱정만 앞섰다. 지원의 눈은 계속해서 시계로 향했고, 사 온 와플과 커피엔 거의 손도 대지 않았다. 퇴근 시간이 이렇게 길게 느껴지는 건 처음이었다.

병원 문을 닫고, 지원은 주차장으로 향했다. 건물 주차장이 워낙 넓어서 눈으로 그의 차를 찾기란 쉽지 않았다. 전화를 하는 게 나을 것 같아 휴대폰을 꺼냈는데 태이에게 이미 문자메시지가 와 있었다.

[1층. A23에서 대기 중.]

수신 시간을 확인해보니 50분 전이다. 기둥에 새겨진 마크를 확인하며 지원은 점점 태이가 있다는 곳과 가까워졌다.

차는 어둡게 선팅이 되어 있었지만 얼굴이 안 보일 정도는 아니었다.

지원은 운전석이 있는 쪽으로 가까이 다가갔다. 태이는 팔짱을 낀 채로 눈을 감고 있었다.

잠들어 있는 건가.

어디서 그런 용기가 나왔을까. 지원은 까치발까지 들면서 그의 얼굴을 자세히 관찰했다. 눈을 마주 보고는 절대로 할 수 없는 행동이었다.

한 시간이라는 짧지만 아주 길게 느껴졌던 그 시간 동안 지원의 머릿속은 온통 윤태이로 가득했다. 초조했고, 애가 탔고, 미안했다. 그런데 그는 이렇게 편안한 얼굴로 잠이 들어 있다. 뻔뻔하다 할 수도 있겠지만 그가 야속하다는 생각도 들었다.

작고 날렵한 얼굴. 그 중심에 자리한 반듯한 모양의 코. 비록 지금은 보이지 않지만 때로는 장난스러움으로, 또 때로는 깊이를 알 수 없는 짙음으로 자신을 바라보는 두 눈.

그의 두 눈에…… 말투에…… 표정에…… 가슴 떨리는 횟수가 점점 늘어만 간다. 낯설지만 싫지 않은 이 마음을 어떻게 하면 좋을까.

복잡하고 혼란스러운 마음. 그 시끄러움이 그에게 전달이라도 된 것일까. 지그시 감겨 있던 태이의 두 눈이 어느새 지원을 향해 있었다. 아직도 용기가 진행 중인가 보다. 그렇지 않고서야 이렇게 그의 눈을 똑바로 바라볼 순 없었을 테니까.

먼저 움직인 것은 태이였다. 기계음과 함께 차창이 내려졌다. 둘 사이를 막고 있던 유일한 것이 사라졌다. 태이는 창틀에 두 팔을 포개어 몸을 기댔다. 둘의 얼굴이 조금 더 가까워졌다.

"손지원."

"……응."

잠이 덜 깨 나른해 보이는 얼굴, 그리고 목소리. 그래서 지원은 그에게서 더욱 눈을 뗄 수가 없었다.

"너 나랑 연애…… 해볼래?"

순간적으로 태이의 입에서 흘러나온 말. 충동이었을까. 아니면 장난이었을까. 그것도 아니면 진심이었을까.

규성과 나눴던 대화, 지원과 통화하던 중 수화기를 통해 들린 낯선 남자의 목소리. 그리고 그때 당시 자신이 느꼈던 불쾌함. 최근 며칠 동안 그는 그런 여러 가지 생각들로 머릿속이 복잡했었다. 이 모든 원인이 지원인 것 같아 그는 지원에게 알리지도 않고 무작정 그녀 찾아온 것이다.

예고도 없이 지원을 찾아 온 건 이번이 두 번째였다. 처음은 호기심이었고, 오늘은 그냥…… 단순히 만나고 싶다는 마음이 들어서였다. 태이는 지원의 반응을 기다렸다.

무슨 말을 듣게 될까 궁금했다.

"대답, 안 해줄 거야?"

태이는 그녀를 재촉했다. 무슨 말이든 해봐.

"모르겠어."

"뭐가."

"태이 널…… 잘 모르겠어."

"장난 같아?"

"……조금은."

뚜렷한 확신을 갖고 한 말은 아니었지만 지원에게 장난으로 치부되자 울컥 화가 났다.

"……그렇게 느껴졌다면 그럴 수도 있겠지."

그래서 마치 이 모든 건 장난이었다는 걸 인정하듯 그녀에게 해서는 안 될 못된 말을 해버렸다.

원망과 혼란스러움으로 뒤엉킨 지원의 눈빛이 그를 향했다. 찰나였지만 똑똑히 보게 된 지원의 분노. 하지만 그녀가 자신에게 감정을 드러낸 시간은 아주 짧았다.

"기다리게 했는데…… 미안. 오늘은 그냥 갈게. 미안해."

힘없이 돌아서는 작은 몸을 보며 태이의 얼굴이 딱딱하게 굳었다.

그는 그녀에게 무엇을 기대한 걸까. 그리고 그녀는 그에게 무엇을 기대했을까. 이런 걸 바라고 온 것은 아니었는데, 뒤죽박죽 엉

커버렸다.

　차에서 내린 태이는 그녀의 뒤를 쫓았다. 지원은 이미 주차장 출구에 다다른 상태였다. 태이는 뛰었고, 곧 지원을 잡을 수 있었다. 그는 온 힘을 다해 지원의 몸을 끌어당겼다. 작은 몸이 순순히 그에게로 끌려왔다.

　"장난이었는지…… 아니었는지 지금은 나도 몰라."

　"……."

　"다만, 내가 지금 너한테 확실히 해줄 수 있는 말은……."

　지금이 떨림이 지원에게서 전해지는 것인지 자신으로부터 시작된 것인지 알 수가 없었다.

　"나는, 너한테 끌리고 있어."

3장

　태이와 헤어지고 집으로 돌아온 지원은 싱크대에서 컵라면을 꺼내고 전기포트에 물을 올렸다. 예정된 저녁은 라면이 아니었다. 지원은 태이와의 근사한 저녁을 기대했다. 그래서 와플과 커피엔 손도 대질 않았었다.

　그런데 결과는 혼자서 먹는 컵라면이다. 일이 이렇게 되어버린 건 누구의 잘못도 아니었다.

　그냥…… 그는 그녀를 설레게 만들었고, 흔들었고, 또…….

　'나는, 너한테 끌리고 있어.'

　그런 말을 들어버렸으니까.

　정신없이 뛰어대는 제 심장 소리에 귀가 먹먹해지고 얼굴은 자꾸만 뜨거워졌다. 지원은 그 후에 태이가 했던 말을 다시 한 번 상기시켰다.

'3일 줄게. 너한테도, 그리고 나한테도 분명 필요한 시간일 거야. 전화도 안 할 거고, 오늘처럼 이렇게 불쑥 찾아오지도 않을 거야. 3일간은. 그러니까 생각하고, 고민해. 나에 대해서. 나도 그럴 생각이야.'

지원에게 주어진 3일의 시간. 그녀 역시 그의 말대로 해볼 생각이었다.

첫째 날은 정신없이 바빴다. 진료와는 다르게 미용은 대부분이 예약으로 이루어지는데, 오늘따라 스케줄이 빡빡했다. 모든 일을 마치고 집에 돌아왔을 때, 몸은 파김치가 된 상태였다. 씻고 나온 지원은 그대로 침대에 몸을 파묻었다.

푹신한 감촉에 오늘 하루의 피곤이 해소되는 듯했다. 몸은 무겁고 잠이 쏟아졌지만 그녀는 해야 할 일이 있었다. 잠들기 전, 지원은 머릿속과 가슴속을 윤태이로 차곡차곡 쌓았다.

둘째 날은 현지와 커피를 마시며 담백한 대화도 나누었고, 바바와 진실이를 데리고 산책을 다녀오기도 했다. 전날과 다르게 지원은 휴대폰을 자주 쳐다보고 만지작거렸다.

연락이 오지 않을 거라는 걸 알고 있었다. 그런데도 자꾸 허전한 마음이 드는 건 어쩔 수 없었다. 만약 그가 3일이 아닌 그 이상의 시간을 주었다면 그건 굉장히 괴로운 일이 되었을 것이다.

3일. 서로에 대해 생각하기에 어쩌면 짧다고 느낄 수 있는, 하지만 그리워하기에는 충분한 시간이었다. 태이가 무척이나 보고 싶어지는 하루다.

어렵고 복잡한 문제라고만 여겼다. 설렘, 떨림, 그리움……. 이런 감정들은 전부 다 처음이라. 하지만 이제는 조금 알 것 같았다.

생각보다 답은 간단했다.

자신의 마음을 인정하는 것.

지원은 태이를 만나기 위한 모든 준비를 모두 끝냈다.

"본부장님, 괜찮으십니까?"

결국 영진은 묻고 말았다. 아무래도 상사의 분위기가 전과 많이 달라 보였다. 컨디션의 문제라고 해야 하나. 식사도 제대로 못하고 업무에도 전만큼 집중하지 못했다. 한 번은 아침에 스케줄 전달을 하는데, 같은 말을 세 번이나 하고 나서야 'ok' 회답을 받았다.

특별히 몸에 이상이 있는 것 같지는 않은데 아무래도 영진의 업무에 있어서 가장 큰 부분이 태이의 보좌이기 때문에 평소와 다른 그의 상태가 마음에 걸렸다.

"최 실장님이 보기에도 제 상태가 정상은 아닌 것 같죠?"

대답하기 곤란했다. '그렇다'라고 말하면 왠지 실례를 하는 것 같았다. 영진의 무언에 태이의 입매가 부드럽게 휘었다. 본인이 생각해도 요 며칠간 그는 제정신이 아니었다. 할 일은 넘쳐나는데 정신은 온통 딴 데 가 있었다.

그래도 3일간의 기다림은 오늘로 끝이다.

"걱정되네요."

"예?"

"벌여놓은 일이 있는데⋯⋯. 오늘 그 일 마무리 지으러 가야 하거든요. 온갖 센 척은 다 했는데⋯⋯. 막상 부딪치려니 긴장되네요. 되게⋯⋯ 많이요."

"무슨 일이신지 여쭤도 될까요."

"듣고 싶은 말이 있고, 해주고 싶은 얘기도 있고, 뭐 그런 거요. 긴장을 하긴 했나 보네요. 최 실장님께 자꾸 하소연하는 걸 보면."

"어떤 얘기를 하시든 들을 준비는 되어 있습니다만……."

"그 말 되게 힘나는데요. 적어도 하고 싶은 얘기는 다 하고 올 수 있을 것 같네요."

"자세한 내용은 알 수 없지만 본부장님께서 듣고 싶다던 말씀도 꼭 들으시길 바랍니다."

영진과의 대화는 유익했다. 태이는 한결 가뿐해진 마음으로 사무실을 나올 수 있었다. 이제 지원에게 가는 일만 남았다.

지원이 어떤 얼굴을 하고 있을지, 또 지원에게서 어떤 말을 듣게 될지 알 수 없겠지만 그는 그녀를 마주했을 때 가장 먼저 하고 싶은 말을 이미 생각해두었다. 그의 말을 듣고 그저 미소 지어주기를……. 태이는 그걸 바랐다.

"언니, 약속 있어요? 오늘 왜 이렇게 예뻐요? 혹시 소개팅?"

"그런 거 아닌데……."

지원이 당황하며 말끝을 흐렸다. 현지가 수상하다는 눈으로 지원을 보았다. 현지의 따가운 시선에 얼굴로 열기가 몰려 지원은 괜스레 볼을 만지작거렸다.

"……화장이 너무 진한가."

"안 그래요. 언니, 완전 예뻐요. 베리 굿!"

현지는 엄지손가락을 번쩍 들어 올렸다. 과장이 아니라 오늘 지원은 정말로 예뻤다. 평소 수수한 모습의 그녀도 좋다고 생각했지만 살짝 꾸밈을 더해주니 같은 여자가 봐도 참으로 예쁘고 사랑스러웠다.

"언니, 그럼 혹시 애인…… 어? 현준 오빠?"

현준의 갑작스러운 등장에 현지는 눈을 동그랗게 떴다. 온다는 말도 없었는데. 뛰어왔는지 현준이 숨을 헉헉거렸다.

"오빠, 어쩐 일이야. 연락도 없이. 뛰어왔어?"

"응. 병원 문 닫았을까 봐. 후우, 다행이다. 지원 씨, 안녕하세요."

현준은 호흡을 가다듬고 지원에게 인사를 건넸다.

"이제 닫으려고. 잘됐네. 오빠, 앞문 좀 부탁해. 나는 뒷문 잠그고 주차장 가서 차 가지고 올게. 병원 앞에서 기다려."

"그래, 알겠어. 지원 씨, 저랑 같이 나가요."

"네."

지원에게 열쇠를 받은 현준은 출입문을 능숙하게 잠갔다. 열쇠 구멍이 뻑뻑해서 현지와 매번 돌아가며 고생스러웠는데, 오늘만큼은 현준 덕에 손가락이 고생을 덜었다.

실내 조명이 모두 꺼지고 간판 불도 꺼지자 병원 앞은 빛 하나 없이 캄캄했다.

"오늘 시간 괜찮으시면 같이 저녁 어떠세요. 제가 맛있는 거 사드릴게요."

현준의 호의는 너무 고마웠지만 오늘은 지원에게 아주 중요한 날이었다. 태이에게 아직 연락을 받지는 못했지만 일단은 혼자서라도 그를 기다리고 싶었다.

"죄송해요. 오늘은 선약이 있어서요."

"아……. 선약이…… 그러시구나."

현준의 음성엔 아쉬움이 한가득 배어 있었다. 가는 날이 장날이라더니, 그 말이 딱 맞았다.

태이는 병원 앞에서 지원을 기다리는 중이었다. 전화를 걸어 그녀를 불러내려다 곧 휴대폰을 내려놓았다. 병원 문이 열리며 사람이 나오는 것을 확인했기 때문이었다.

어둠 속에 보이는 두 사람. 한 사람은 지원이었고, 다른 이는 남자였다. 가만히 지켜보던 태이가 클랙슨을 눌렀다. 두 사람의 시선이 모아졌다. 지원이 바로 움직여 이쪽으로 걸어올 거라 생각했지만 그녀는 그러지 않았다. 아니 그러지 못했다. 남자가 다시 지원을 붙잡았기 때문이었다.

두 사람이 무슨 이야기를 하는지 알 수 없었지만 태이의 눈에 분명하게 보이는 게 있었다.

지원을 바라보는 그 남자의 눈빛. 태이는 그게 참 거슬렸다.

그래서 또 한 번 빵.

지원이 다가와 차 문을 열 때까지 태이는 남자에게 향했던 제시선을 거두지 않았다.

'안녕' 하며 인사를 건네는 지원에게 의도치 않은 퉁명함을 보였다. 지원에게 괜한 화풀이를 한 것 같아 미안했지만 그래도 싫은 건 어쩔 수 없었다.

"오래 기다렸어? 미안. 난 너 온 줄도 모르고……."

지금 '미안' 해야 할 사람은 따로 있는데 결국 그 소리를 지원이 하게 만들었다. 절대로 이럴 생각은 아니었다. 너한테 하고 싶은 말은 따로 있었다고.

오늘은 그에게도 지원에게도 의미가 큰 날이었다. 더 이상 제3자로 인해 기분 상하고 싶지 않았다.

일단은 너와 나, 우리 둘에게 집중하자고.

"내 생각, 많이 했어?"

"어? 아……. 응. 많이 했어."

직선적인 그의 물음에 당황한 것도 잠시, 지원은 침착하게 대답했다. 밥은 먹었어? 응, 먹었어. 마치 이런 종류의 대화 같았다.

"손지원. 모범생 근성은 여전하네."

지원의 꼿꼿한 얼굴을 보면 장난기가 발동한다. 씩씩거리며 화를 내는 모습도 보고 싶고, 배가 당길 정도로 웃는 모습도 보고 싶다. 그리고 이건 진짜 자신이 생각해도 특이하지만, 엉엉 우는 지원의 모습도 꼭 보고 싶었다. 이런 생각을 하고 있는 걸 지원이 알게 된다면, 뭐 이런 미친놈이 다 있나 하겠지만.

"근데 미안해서 어쩌지. 난 회사 일이 너무 바빠서 네 생각 많이 못 했는데."

"어쩔 수 없지. 바빴으니까."

"왜 안 했냐고 묻고 따져야지. 오늘 너랑 나, 단순히 밥 먹자, 차 마시자 그런 약속 한 거 아니잖아."

"……."

"내가 너라면 그렇게 쿨하게 말하지는 못했을 거야."

"무슨 말이 듣고 싶은데?"

"정해진 건 없어. 그냥 솔직한 네 생각. 가령, 밥맛이라던가 그런?"

후우. 저 말 되게 여러 번 우려먹는다. 큭큭거리며 웃을 땐 언제고, 태이는 은근 뒤끝 있는 성격인지도 모르겠다.

"솔직히…… 조금 서운했어. 아니 많이 그랬던 것 같아. 태이 네 말대로 오늘이 밥 먹고 차 마시기 위함은 아니었으니까."

심도 있는 대화로 차는 어느새 목적지에 도착해 있었다. 태이는 안전벨트를 풀고 조수석 쪽으로 몸을 돌렸다.

"거봐, 지금 그 말이 나한테 더 와 닿잖아."

지원이 솔직함을 보였으니 이번엔 그의 차례였다.

"바빠서 생각하지 못했다는 건 사실 아니야. 거짓말했어. 바빴던 건 맞는데 그 와중에도 난 너만 생각했어. 생각하니까 보고 싶고, 연락하고 싶고, 근데 내가 너한테 해놓은 말이 있어서 그러지도 못했어. 전화는 한다고 할걸 후회했어. 되게 보고 싶더라, 너."

지원은 백번 다시 태어난다고 해도 하지 못할 말을 그는 너무나 편안하게 술술 뱉어낸다. 오늘만큼은 솔직해지자, 몇 번이나 결심했는데 그를 따라갈 수는 없을 것 같았다.

지긋한 그의 시선이 지금 이 순간 더욱 뜨겁고, 아릿하게 느껴졌다. 저녁도 먹기 전인데 벌써부터 체한 것 같았다. 머리와 가슴속을 가득 채우고 있던 말들이 하나로 뒤엉켜버렸다. 쏟아내고 싶은데, 아직은 역부족이다.

"얼굴이 토마토색으로 변했다. 신기해."

"너 때문이잖아. 네가…… 태이 넌……."

"미안. 잘못했어. 내가 너무 솔직했다. 사과했으니 얼른 원래 색으로 돌아와."

너무나 진지한 말투에 지원은 기가 차 헛웃음이 터졌다. 손가락이 요술지팡이라도 되는 양 지원의 볼을 콕콕 찌르며 '돌아와, 돌아와' 한다.

롤러코스터를 타는 느낌. 그게 가장 정확할 것 같다.

오늘 태이의 차에 오르는 순간부터 지금까지, 지원은 몇 번이나 오르막길을 오르는 것처럼 아슬아슬했고 내리막길을 거침없이 내달리는 것처럼 아찔했다.

"벌써부터 긴장하면 어쩌자는 거야. 나는 아직도 듣고 싶은 말, 하고 싶은 말 다 못했는데."

롤러코스터는 멈추지 않았다. 아직도 운행 중이었다.

"열두 번째."

물 잔에 손을 뻗던 지원의 손이 그대로 멈췄다. 느닷없이 튀어나온 태이의 한마디 때문이었다.

"물배나 채우라고 너 여기로 데려온 거 아니거든."

열심히 먹기 바빴으면서, 언제 그걸 다 세고 있었는지 놀라울 뿐이었다.

"메뉴 선택을 잘못했나. 음식 맛이 별로야?"

"아니야, 그런 거."

"근데 왜 그렇게 못 먹어."

너무 떨려서 그런다고. 긴장이 돼서 죽을 것만 같다고. 그렇게 솔직하게 말해버릴까. 분명 그는 특유의 짓궂은 얼굴을 하며 지원에게 장난을 걸어올 게 뻔했다. 오늘만큼은 태이의 그런 여유로움을 보고 싶지 않았다. 이 지독한 긴장감이 혼자만의 것이라면 너무 억울할 것 같았다.

"아니, 그냥 좀……."

"그냥 좀?"

"……먹을게. 맛있게."

꼭 대답을 듣겠다는 듯 집요해진 태이의 눈을 피해 지원은 고개를 팍 숙이고 스테이크 한 조각을 입에 물었다. 잠깐 눈이 마주치는 것조차 오늘은 쉽지 않았다.

"그래, 맛있게 먹어야지. 그래야지. 내가 너 여기 데려오려고 인터넷으로 검색까지 했는데. 스테이크 맛있는 집. 이렇게 쳐서. 살면서 처음이야. 맛집 검색한 건. 아! 규성이 놈이 추천을 해주긴 했는데 그 자식 말은 영 믿음이 안 가서. 난 굉장한 미식가이고, 걘 배고프면 흙도 주워 먹을 놈이라."

"컥."

오물거리던 스테이크 조각을 목구멍으로 넘기려는데 태이의 마지막 말에 고깃덩어리가 콱 하고 걸려버렸다.

의자를 박차고 일어난 태이는 지원 옆으로 다가가 물 잔을 내밀었다. 물 먹지 말라고 시작한 얘기가 결국 그의 손으로 지원에게 다시 물을 주는 꼴이 되어버렸다.

"이제 괜찮아."

기운이 빠졌는지 지원의 목소리에 힘이 없었다. 일이 참 이상하게 꼬였다. 나는 널 위해 이렇게까지 했다 생색 좀 내려고 했던 말이었는데. 어느 부분이 문제가 된 건지 그는 지금도 알 수 없었다. 결국 궁금증을 참지 못하고 태이가 지원에게 물었다.

"흙을 먹는다고 하니까."

"뭐야, 그거였어? 있으나 없으나 한규성이 문제네."

모든 일에 책임을 규성에게 전가해버리는 태이의 태도에 지원이 풋 하고 웃음을 터트렸다.

"드디어 한 번을 웃네."

어쩐지 굉장히 안심된다는 말투여서 지원은 의아했다.

생각해보면 오늘 지원은 태이의 얼굴을 제대로 본 적이 한 번도 없었다. 그가 말을 걸며 눈을 마주치기 무섭게 그 시선을 피하기 바빴다.

조금 더 일찍 볼걸. 그랬다면 너 역시 나만큼이나 긴장하고 있었다는 것을 알았을 텐데. 지원은 태이에게 미안한 마음이 들었다. 그리고 동시에 깨달았다. 오늘은 너와 나, 우리 두 사람 모두에게 특별한 날이라는 것을.

식사를 마치고 레스토랑을 나온 두 사람은 한강으로 향했다. 바이크를 타는 사람, 산책을 나온 가족들, 애완견과 함께 열심히 달리기를 하는 사람, 하하 호호 웃고 있는 커플들. 그곳은 많은 사람들로 붐볐다.

쌀쌀한 밤의 공기는 문제가 되지 않을 만큼 한강의 야경은 근사했다. 한결 가벼워진 몸과 마음으로 두 사람은 보폭을 맞추며 나란히 걸었다.

"좀 앉을까."

태이가 벤치를 가리켰다. 태이가 먼저 앉고, 뒤따라 지원도 앉았다.

"한강 좋네. 매일 차 타고 지나다니기만 했지 이렇게 온 건 처음인 것 같아."

지원만큼이나 태이도 이곳을 마음에 들어 하는 것 같았다. 실내 카페가 아닌 이곳을 선택하기를 잘했다는 생각이 들었다. 서울에 일이 있을 때 지하철이나 버스를 타고 다리 위를 쌩쌩 달릴 때는 미처 보지 못했던 것들이 보였다.

다리에서 뿜어져 나오는 엄청난 양의 화려한 불빛들도 그랬고, 강물이 생각했던 것보다 천천히 흐르고 있다는 것이 더욱더 그랬다. 마음만 먹으면 매일도 올 수 있는 가까운 곳임에도 마치 대단한 발견을 한 것처럼 뿌듯한 기분이 들었다. 지원이 서울의 야경에 흠뻑 빠져 있을 때 태이는 그런 지원을 말없이 바라보고 있었다.

그날이 떠올랐다. 앞이 보이지 않을 만큼 비가 쏟아져 내리던 그날. 지원을 다시 만나게 된 그날 말이다. 돌이켜보면 시작은 그때이지 않았을까.

"너한테 만나서 반갑다고 차 마시자고 했던 날……. 사실 널 다시 보게 된 건 그날이 처음이 아니었어."

"……응?"

"신기했어. 당황스러울 만큼. 아니 당황했지, 굉장히. 잠깐 스쳐 지나간 것뿐이었는데 교복을 입었을 때의 너, 네 이름, 교번, 너랑 처음 나눴던 대화까지 모조리 생각이 났거든."

처음 듣는 이야기였다. 지원은 그의 말을 한 단어도 빠짐없이 듣고 싶다는 욕심이 들었다. 차마 그의 얼굴을 보고 있을 순 없을 것 같아 지원은 강물에 눈을 떼지 않은 채 그의 이야기에 집중했다.

"너도 그럴지 궁금했어. 그랬으면 좋겠다 생각했고."

이제 와 돌이켜보니 얼굴이 화끈거릴 정도로 황당한 짓을 했던 것 같다. 지원에게 대뜸 찾아가 차라도 마시자 했으니 그녀의 입장에서는 그런 그가 얼마나 황당하고 어이없었을까.

"그러다 나는 네가 궁금해졌고, 너와의 시간이 즐거워졌어. 잔뜩 굳은 채로 내가 묻는 말에 간신히 대답해주던 네가 '태이야' 하고 불렀을 땐 웃음밖에 안 나오더라."

후우, 하고 태이가 깊게 심호흡했다. 그러곤 그답지 않은, 조금은 떨리는 목소리로 지원을 불렀다.

"지원아, 나 좀 볼래. 이 얘긴 얼굴 보면서 하고 싶은데."

대답할 새도 없이 태이의 단단한 두 손이 지원의 가는 어깨를 잡아 얼굴을 마주 보도록 했다.

"그때."

"……."

"그날 주차장에서 가볍게…… 장난스럽게 얘기해서 미안. 그건 잊어버려."

"태이야."

"나는 네가 좋아졌어. 네가 좋아, 손지원."

태이의 간결하고 묵직한 한마디에 지원의 머릿속이 하얗게 변했다. 진심으로 가득한 그의 눈빛이 지원을 바보로 만들었다.

"손지원. 나랑 연애할래? 연애, 하자. 우리."

이토록 뜨거운 고백을 듣게 될 거라고는 상상도 하지 못했다. 연속해서 날아오는 강력한 직구에 지원은 정신을 차릴 수가 없었다.

어떻게 너한테 흔들리지 않을 수 있겠어. 어떻게 가슴 떨리지 않을 수 있겠어.

"하아."

짙은 한숨 소리에, 길어지는 그녀의 침묵에 태이는 점점 초조해져만 갔다.

"손지원, 내가……."

"반가운 동창생. 그것만으로도 좋았어. 누군가가 나를 기억하고 있다는 사실만으로도 기뻤고 그게 너라서 다행이다, 그랬었어. 시간이 갈수록 네가 편해지면서도 또 그렇지만은 않았어. 네 말 한마디에 떨리기도 했고, 긴장도 되고. 이런 마음이…… 감정이 처음이라서 당황도 했어."

지원의 목소리가 심하게 떨렸다. 그녀가 지금 얼마나 큰 용기를 내고 있는지 그에게 고스란히 전해졌다.

"서툴지도 몰라. 아니 분명히 그럴 거야. 그래도, 그럼에도 괜찮다면 나…… 태이 너랑 만나보고 싶어. 윤태이랑 연애, 해보고 싶어."

원하는 답. 바라던 대답이었다. 그녀는 분명히 그의 물음에 대한 답을 해줬음에도 태이는 한 가지 부족했다. 아직 듣지 못한 말이 남아 있었다. 지원의 입으로 꼭 듣고 싶었던 말.

"그리고?"

"응?"

"아직 할 말이 더 남아 있을 거라 생각되는데."

"……나 노력할게."

"음. 그건 나도. 또."

"……또? 어……. 음……. 좋은 여자 친구가 될게."

고민 끝에 한다는 말이. 그를 기쁘게 하는 말인 건 맞지만 그가 기대하고 있던 대답은 아니었다. 스무고개도 아니고. 태이가 입을 삐죽거렸다.

서툴다고 했으니까. 오늘은 이 정도로 만족하자. 아쉬움은 남았지만 지원은 오늘 충분히 용기를 냈다. 그게 참 예쁘고, 기특했다.

비록 '좋아해' 그 세 글자를 듣진 못했지만 그 말을 듣게 될 다음이 더욱 기대되기도 했다.

"손잡아도 돼?"

"응."

"되게 작네, 손."

살짝 아픔이 느껴질 정도로 태이가 손을 꽉 잡았다. 그런데도 지원은 자꾸 웃음이 났다.

깜깜한 밤하늘 아래. 화려함을 뽐내는 한강 다리의 화려한 불빛에 밀리지 않을 정도로 두 사람의 얼굴 역시 반짝반짝 빛이 나고 있었다. 오늘은 절대로 잊을 수 없는 아주 특별한 밤이었다.

차를 타고 다시 일산으로 건너온 두 사람은 지원의 오피스텔 앞에서 아쉬운 작별인사를 나눠야 했다.

"집에 도착하면 전화할게. 그때까지 자지 마. 졸려도 참아."

한강에서의 로맨틱했던 그의 모습은 이미 온데간데없이 사라졌다. 협박 같은 말에 지원이 풋 하고 웃었다. 어느 쪽이든 상관없긴 하지만 적응하기 편한 쪽은 확실히 이런 모습이었다.

"알겠어. 운전 조심해."

그가 타고 있는 차가 점점 멀어져 시야에서 완전히 사라졌음에도 지원은 우두커니 그 자리에 서 있었다. 그러다 별안간 자신의 볼을 세게 꼬집었다.

꿈이 아니다. 꿈인 것 같은데 절대 꿈이 아니었다.

4장

새로운 부서로 발령 난 지 2개월. 그는 여전히 하루하루 바쁜 날들을 보내고 있었다. 피로가 누적된 탓인지 컨디션이 별로 좋지 않았다. 오늘따라 시계를 보는 횟수도 잦았다.

현재 시간 3시 30분. 퇴근까지는 아직 어림도 없었다. 30분 후엔 외부 미팅까지 잡혀 있는 상태.

"죽겠네."

몸이 축 늘어지는 것 같아 휴대폰만 챙겨 사무실을 나왔다. 영진이 그를 보더니 흠칫했다.

"어디 가십니까? 30분 후에……."

"12층에서 딱 20분만 있다가 올라오겠습니다. 최 실장님, 그 정도 땡땡이는 좀 봐주시죠."

12층은 직원들을 위한 야외 휴식 공간이 마련되어 있는 곳이었다.

"그럼 20분 후에 뵙겠습니다."

그러니 늦지 않도록 사무실로 복귀하시죠.

그에게 미처 하지 못한 말이 영진의 얼굴에 쓰여 있었다.

태이는 엘리베이터를 타고 12층 버튼을 눌렀다. 12층에 도착해 휴게 공간으로 걸어가는 동안에도 그는 휴대폰을 계속해서 만지작거렸다.

"바쁜 시간이려나."

여유가 생기니 자연스럽게 지원의 얼굴이 떠올랐다. 메시지를 보낼까 하다가 목소리가 듣고 싶어져 결국엔 통화 버튼을 눌렀다.

지루한 통화 연결음이 이어졌지만 참을성 있게 기다리자 듣고 싶었던 목소리를 들을 수 있게 되었다.

-응, 태이야.

지원의 차분한 음성에 태이의 입술 끝이 자동적으로 말려 올라갔다. 지원이 자신의 이름을 불러주는 게 좋았다.

"다시 한 번 불러봐. 내 이름."

-응?

"응은 빼고. 이름만."

-태이야.

어깨를 짓누르던 무거운 피로감이 거짓말처럼 사라지는 기분이다.

-무슨 일 있어?

"일하기 싫어 죽겠어. 나 좀 살려줘봐."

-놀랐잖아. 무슨 일 있는 줄 알고.

웃음 반, 걱정 반 섞인 목소리가 들려온다.

지금 넌 어떤 표정을 짓고 있을까. 태이는 문득 궁금해졌다.

"넌 뭐 하고 있어."

-산책 중이야. 이 시간엔 한가해서 애들이랑 나와서 걷고, 운동도 하고 그래.

"개들은 좋겠네. 산책도 하고. 개 팔자가 상팔자라더니, 틀린 말하나 없어."

특별할 것 없는 일상적인 대화를 나누다 어느 순간 말이 없어진 지원에게 태이가 물었다.

"왜 아무 말이 없어. 무슨 생각해?"

-그냥. 갑자기 궁금해져서. 넌 어떤 일을 할까. 어떻게 일을 할까. 그런 거.

자신을 향한 지원의 관심에 기분 좋아진 그는 아이처럼 들뜬 표정을 했다.

"물어보면 되지. 그걸 왜 혼자 생각해. 나야 엄청나지. 나 일하는거 직접 보면 너무 근사해서 기절할지도 모르겠다, 너."

허풍 가득한 그의 말에 지원이 결국 또 한 번 작게 웃음을 터트렸다.

"웃으라고 한 소리 아닌데. 나 지금 굉장히 진지하다고."

그가 지원에 대해 알고 싶은 게 많은 것처럼 그녀 역시 그랬으면 좋겠다는 생각이 들었다. 어떤 영화를 좋아하고, 어떤 음악을 좋아하는지……. 그녀에 관한 건 사소한 것 하나하나까지도 알고 싶다는 욕심이 들었다.

"대충 일 마무리하고 출발하면……. 10시쯤 도착할 수 있을 것같은데 잠깐 볼까."

지원과 '연애'를 시작하게 되고 나서 가장 큰 변화는 시도 때도 없이 그녀가 보고 싶다는 것이었다.

-……음.

"또 말 안 하지. 그거 나쁜 버릇이거든."

-피곤할까 봐 그러지. 오늘은 그냥 쉬는 게 좋을 것 같은데.

"넌 나 안 보고 싶냐."

자신이 듣고 싶은 대답은 이미 정해져 있는데.

-그럼 중간에서 만날까?

중간에서 만나자니. 이런 말이나 하고 있다. 배려심이 너무 넘쳐서 탈인 여자다.

중간에서 만나 중간에서 헤어지며 너는 너대로, 나는 나대로 바이바이. 그게 가능할 것이라 생각하고 한 말인지 태이는 강한 의문이 들었다. 열심히 거리를 좁히고 있다고 생각하고 있지만 아직 가야 할 길이 먼 것만 같다.

"이럴 땐 그냥 '와' 그 말 한마디만 하면 되는 거야, 너는."

그래도 괜찮다. 네가 서툴면 내가 조금 더 능숙해지면 되는 것이고, 네가 느리다면 내가 한걸음 더 다가가면 되는 거니까.

"말해봐. 나, 가지 마?"

"와, 와줘. 태이야."

결국 듣고 싶은 말은 듣고야 만다. 아주 만족스럽다는 듯 그가 웃었다.

"기꺼이."

'안녕'이 아닌 '피곤해 보여'라는 말로 첫 인사를 건넨 지원은 함께 있는 내내 그를 조금이라도 빨리 집으로 보내고 싶어 하는 것 같았다. 걱정하고 염려하는 마음이라는 것을 충분히 알고 있는 그였지만 그래도 심술이 나는 건 어쩔 수 없는 일이었다.

지원을 아무 말도 못하게 하면서 같이 있을 수 있는 방법이 뭐가 있을까 고민하던 태이는 무작정 지원을 극장으로 데리고 갔다. 그의 판단은 틀리지 않았다.

심야 시간이라 극장엔 사람이 별로 없었다. 조용하고 아늑한 분위기에서 태이는 원하는 바를 이루며 지원과 단란한 시간을 보냈다. 영화 선택 또한 탁월했다. 코믹했던 영화 내용은 두 사람을 지루함 없이 즐겁게 만들었다. 영화 중간중간에 큰 웃음거리를 선사하는 장면들이 나왔는데, 그때마다 입가를 가리며 쿡쿡거리는 지원의 모습을 보면서 태이는 영화 줄거리와는 전혀 상관없이 웃음을 짓고는 했다. 다른 의미에서도 극장을 선택한 건 아주 잘한 일이 아닌가 싶었다.

영화가 끝이 나고 태이는 자연스럽게 지원의 손을 잡고 상영관을 빠져나왔다. 저녁을 부실하게 먹었던 탓인지 허기가 느껴졌다.

"나 배가 좀 고픈 것 같은데."

"뭐 먹자구?"

"어. 배고파서 운전 못할 것 같아. 손 떨려."

그가 과장스럽게 손을 떨어댔다.

"간단하게 뭐라도 먹자. 근데 시간이 너무 늦어서 마땅히 먹을 만한 게 있을까 모르겠어."

"입구 쪽 보니까 야식집 있는 것 같던데 그쪽으로 가보자."

그가 자연스럽게 지원을 리드하며 걸었다. 엘리베이터 앞에 서서 버튼을 누르고 문이 열리길 기다리는데 별안간 태이가 지원과 맞잡고 있던 손에 힘을 강하게 주었다. '윽' 하는 짧은 소리가 지원의 입에서 튀어나왔다.

"아파."

"이게 아파? 설마. 별로 힘도 안 줬거든."

누가 누구한테 큰소리를 치는 건지 지원은 어이가 없었다. 유들유들한 표정을 짓는 게 자신은 아무런 잘못도 하지 않았다는 투였다.

"진짜야. 아팠어."

지원이 다시 한 번 어필해보지만 그에겐 어림도 없었다.

"엄살이 심하시군."

그의 손 안에서 벗어나기 위해 지원이 손가락을 꼼지락거렸지만 그럴수록 그의 손아귀 힘만 더 강해졌다. 힘으론 그를 당해낼 수 없었던 지원은 반대편 손으로 태이의 손등을 꼬집었다.

"치사하게 꼬집는 게 어디 있어."

따끔한 손등, 얼얼한 손바닥. 둘은 각자 아픔이 느껴지는 부분을 문지르며 투덜거렸다.

"먼저 치사하게 군 사람이 누군데. 아프다니까 믿지도 않고."

"큰일이네. 이게 아프면. 난 앞으로 더 꽉 잡고 절대 안 놓을 생각인데."

그렇게 말한 태이는 잽싸게 지원의 손을 다시 잡았다. 이번엔 그녀가 절대 풀 수 없도록 깍지를 껴 자신의 재킷 주머니에 쏙 집어넣었다.

장난 가득한 말투였지만 눈빛은 한없이 깊고 진지해 지원은 결국 졌다는 얼굴로 고개를 가로저었다.

태이의 주머니 속으로 들어간 손에 따뜻한 온기가 퍼졌다. 두 사람의 손만큼은 같은 온도로 굉장히 따스했다.

"윤태이."

환청이 들렸다. 근데 하필이면 왜 그 목소리인 건지. 태이의 어깨가 움찔했다.

엘리베이터는 왜 이렇게 안 와? 기계는 자고로 신속하고 정확해야 하는데. 3층에서 뭐 하고 있는 거야, 대체?

"태이야."

아아, 제발 아니길. 점점 불길해졌다.

"들리는 거 아는데 우리 태이는 왜 모르는 척 할까요오오오."

어째서 슬픈 예감은 항상 틀리질 않는 건지. 점점 가까워지고 있는 발소리. 태이가 한숨을 폭 내쉬었다. 마지막까지 설마설마했지만 돌아본 그곳엔 역시나 그녀가 서 있었다. 그나마 다행인 것은 그녀 옆에 서 있는 매형 윤우의 존재라고나 할까.

"어……. 윤세인."

테이블을 사이에 두고 제 앞에 나란히 앉아 있는 태이와 지원의 모습이 신기한지 세인은 헤벌쭉 웃는 얼굴로 그들을 보고 있기 바빴다. 마냥 기쁘고 즐거워 보이는 세인과는 달리 나머지 세 사람은 각기 다른 감정들을 얼굴에 드러내고 있었다.

세인의 돌발적인 행동이 당황스러운 윤우. 그 맞은편에서 '나 왜 여기 있나' 노골적으로 불만을 드러내며 앉아 있는 태이. 그리고 태이 옆에는 세인의 부담 가득한 시선 안에 갇혀버린 지원이 있었다.

"우린 남매의 운명을 타고났어. 이 시간에 거기서 그렇게 딱 마주치는 게 어디 쉬운 일이야? 그치, 태이야?"

세인의 어이없는 운명 타령에 태이가 황당한 얼굴을 했다. 태이는 이 모든 책임을 윤우에게 돌렸다. 어째서 누나를 말리지 않은 거냐. 원망 가득한 눈이 윤우를 향했다.

큼큼. 태이의 따가운 시선을 느낀 윤우가 냉수를 들이켜며 고개를 모로 돌렸다.

"그나저나 두 사람…… 언제부터야?"

세인의 눈이 호기심으로 반짝거렸다. 태이는 지끈지끈 머리가 아파왔다.

저 물음에 대답하고 나면 그다음부터 어떤 일이 벌어질지 그는 너무나 잘 알고 있었다. 상대는 다름 아닌 윤세인이었다, 윤세인.

지원과의 만남을 숨기거나 할 생각은 전혀 없었지만 일부러 누군가에게 제 입으로 떠들어대고 싶지는 않았다. 특히 그 상대가 자신과 관련된 사람이라면 더더욱. 그리고 그 관련된 사람 중 가장 피하고 싶었던 상대가 세인이었다.

이제 막 조심스럽게 시작했다. 지원에게 자신의 감정을 알렸고, 완전하지는 않지만 지원의 마음도 받았다. 이제 막 조금씩 자신에게 다가오려고 하는 그녀다. 태이는 다른 이로 하여금 절대 그 어떤 부담도 지원이 느끼게 하고 싶지 않았다. 하지만 일이 이렇게 된 이상 피할 수도 없는 일이었다.

"얼마 안 됐어."

구체적인 대답은 아니었지만 어쨌든 둘의 관계를 깔끔하게 인정했다는 것만으로 세인은 흡족했다. 하지만 그 정도로 만족할 그녀가 아니었다. 세인은 의자를 바싹 끌어당겨 앉았다.

모락모락 김이 올라오는 국수는 이미 세인의 안중에 없어 보였다.

예상했던 그대로 흘러가는 시나리오에 태이의 반듯한 눈썹이 사정없이 구겨졌다.

"안 먹을 거야? 나 배고프거든."

"응? 아, 먹어, 먹어. 맛있게 먹어. 지원 씨도 맛있게 먹어요."

젓가락으로 면을 휘적거리는 시늉만 하고 세인은 다시 지원을 힐끔힐끔 보기 바빴다.

"그렇게 쳐다보는데 얘가 이걸 어떻게 먹어. 먹기도 전에 체하겠네."

비꼬는 태이의 말에 세인도 발끈해서 소리쳤다.

"내가 뭘 어쨌다구. 아까부터 자꾸 성질만 부리고. 그래, 알겠어. 먹어, 먹는다구. 근데 너 모르고 있나 본데 네가 생각하는 것처럼 지원 씨랑 내가 불편한 사이 아니야. 우리 2년이나 알고 지낸 사이거든."

"나는 얘랑 안 지 10년도 넘었거든."

"너는 10년 만에 다시 만난 거지만 나는 2년 동안 일주일에 몇 번씩 얼굴 보던 사이였거든."

"나 얘랑 사귀거든?"

해볼 테면 얼마든지 더 해보라는 듯 태이가 의기양양하게 말했다. 세인은 잠시 아무 말도 못하고 눈가를 파르르 떨었다. 둘의 대화가 점점 알 수 없는 미궁 속으로 빠져들었다. 지원은 태이를 만류하기 위해 아래서 그의 다리를 찔러댔지만 세인 때문에 약이 바짝 올랐는지 절대 물러설 기미를 보이지 않았다. 고래 싸움에 터지는 건 새우 등이라고, 느닷없이 화살이 지원에게로 날아왔다.

"태이 넌 가만히 있어. 지원 씨한테 직접 물어볼 테니까. 지원씨, 우리랑 있는 거 많이 불편해요?"

"보는 내가 다 불편해. 묻긴 뭘 물어."

"윤태이, 넌 가만히 있으라니까?"

"손지원. 괜찮으니까 나 믿고 그냥 솔직하게 얘기해. 불편해 죽겠다고. 아주 그냥 미쳐버리겠다고. 그러니 제발 좀 가시라고."

태이를 원망 가득한 눈으로 쳐다봤지만 그는 그녀의 마음을 모르는지 어서 대답하라는 듯 재촉하는 얼굴을 했다.

"저는……."

"그래요, 솔직하게 말해줘요. 지원 씨 나 알잖아요. 굉장히 쿨한 사람이란 거."

자신을 향해 싱긋 웃는 세인의 모습이 평소처럼 마냥 상냥해 보이지만은 않았다.

"그게……."

이 남매는 솔직한 걸 되게 좋아하는 것 같다. 국수 한 가닥 입에 넣지도 못했는데 가슴이 갑갑해져왔다. 각자 원하는 대답이 있는 듯 자신을 바라보는 둘의 눈빛이 심상치가 않았다. 안 그래도 따가운 가시방석 위에 앉아 있는데 태이와 세인이 자신의 양쪽 어깨를 하나씩 잡고 누르고 있는 것 같았다.

두 사람의 눈치를 살피며 아무 말 못하고 머뭇거리는데, 지원을 가시방석에서 구해줄 구세주가 나타났다.

탁.

윤우가 테이블 위로 젓가락을 내려놓았다. 태이와 세인이 동시에 움찔했다.

"두 사람 다 그만했으면 좋겠는데."

윤우의 굳은 표정에 세인은 아차 싶었는지 서둘러 그의 단단한 팔뚝에 보드라운 손을 끼워 넣었다.

"윤우 씨?"

"세인인 국수 안 먹을 거면 일어나. 처남, 우리 먼저 일어날게. 오늘 실례가 많았어. 지원 씨한테도 미안해요. 우리 다음에 정식으로 다시 봐요. 그땐 내가 맛있는 저녁 살게요."

윤우는 두 사람에게 가볍게 묵례를 한 후 세인의 손을 잡고 식당을 나갔다.

세인과 윤우가 시야에서 완전히 사라지자 태이와 지원은 약속이라도 한 것처럼 후우 하고 길게 숨을 내뱉었다.

"드디어 갔네. 태풍이 지나갔어. 역시 우리 매형."

태풍이라는 태이의 표현에 지원도 전적으로 동의했다. 갑작스러운 세인과의 만남은 정말 태풍과도 같았다. 기운이 전부 빠져 너덜너덜해진 느낌이랄까.

그런데 두 사람 괜찮을까. 마음이 편치 않았다.

"두 분 싸우시는 건 아니겠지?"

"그럴 리가. 절대 그럴 일은 없을 거야. 싸울 수 있는 사람들이 아니거든."

"그럼 다행이고. 근데 태이야."

"음?"

"너 왜 그렇게 누나한테 날을 세워. 매형분도 앞에 계셨는데."

지원의 입장에선 태이와 세인의 대립이 심각하게 보였을 수도 있겠지만 사실 심각할 것도 복잡할 것도 없는 남매의 흔한 일상의 모습이었다.

"심각할 거 없어. 윤세인이랑 난 원래 이렇거든. 매형도 물론 알고 있고. 간 사람들 얘긴 그만하고, 마저 먹자."

태이가 후루룩 소리를 내며 입 안에 한가득 면을 밀어 넣었다.

원래 그렇다는 태이의 말은 왠지 좀 슬프게 다가온다.

"그래도 나는……."

"응?"

빵빵해진 그의 볼이 바쁘게 움직였다. 맛있게 먹고 있는 사람한테 할 이야기는 아닌 것 같았지만 그래도 꼭 해야겠다고 지원은 생각했다.

"누나한테 그러지 않았으면 좋겠어."

"너 지금 화내는 얼굴, 우리 어머니랑 되게 닮았어. 그거 모르지."

남자는 어머니를 닮은 여자에게서 큰 호감을 느낀다고 하던데 틀린 말이 아닌가 보다.

"화낸 거 아니야. 나는 그냥……."

화난 얼굴이라니. 절대 그럴 의도로 한 이야기가 아니었다. 괜한 소리를 해서 기분을 상하게 한 걸까.

"기분 나빴으면 미안."

"흐음."

태이는 들고 있던 젓가락을 테이블 위에 내려놓고 몸을 왼쪽으로 돌려 앉았다. 나란히 앉아 있던 두 사람이 마주 보는 자세가 되었다. 조금의 망설임도 없이 태이는 손가락으로 지원의 이마를 탁 튕겼다. 강한 힘은 아니었지만 그래도 남자의 손이라 이마가 찌릿했다. 딱 소리가 나는 동시에 지원은 손바닥으로 자신의 이마를 감쌌다.

"손지원. 넌 생각이 너무 많아 탈이야. 걱정도 너무 많고."

지원이 자신에게로 오기까지 쳐놓은 선은 과연 몇 개나 될까. 하나쯤은 그냥 성큼성큼 밟고 넘어오면 좋을 것 같은데. 태이는 지원의 망설임이 가끔 서운하게 느껴질 때가 있었다.

주저하지 말라고, 더욱 가까워지고 싶다고 그런 말들을 해주고 싶었다.

"기분 나쁠 리가 없잖아. 그럴 이유가 뭐가 있겠어. 오히려 그 반대인데. 얼마든지 참견해. 또 얼마든지 간섭해. 무조건 대환영이니까. 네가 뭘 하든 난 다 좋아."

막힘없이 술술 흘러나오는 그의 말에 지원의 가슴만 맥없이 떨려왔다. 이마의 아픔 따위는 이미 잊은 지 오래다. 모든 열기가 얼굴로 몰렸다.

"뭐야. 또 토마토로 변신 중?"

즉각적으로 보여지는 지원의 신체 반응을 모른 체할 리 없는 그였다.

"놀리지 마."

알겠어. 대답하면서도 큭큭 웃는 얼굴이 얄미웠다.

"웃지 마."

"뭘 다 하지 말래. 토마토가 아주 못됐어."

눈을 흘겼지만 그는 전혀 신경 쓰지 않고 오히려 뻔뻔하게 눈을 마주쳐왔다.

그를 절대 당해낼 수 없다는 사실을 새삼 또 한 번 실감하면서 지원은 고개를 흔들었다. 집으로 돌아가는 길. 당연하게 맞잡은 두 손. 태이는 지원에게 한 가질 약속했다.

"당장 누나한테 상냥하게 대할 자신은 없어. 그러겠다고는 못 해. 근데 노력은 해볼게. 약속해."

조금은 민망한 듯 그의 목소리가 점점 작아졌다. 지원은 그런 태이가 노력하겠다는 그의 약속이 너무 고마웠다.

"나도 너한테 한 가지 바라는 게 있는데."

지금이라면 하늘의 별이라도 그에게 따다줄 수 있을 것 같았다. 지원은 정말 그럴 수 있을 것 같았다. 하지만 그녀의 예상과는 달리 그가 바라는 것은 굉장히 소박한 것이었다.

"연락 좀 자주 해. 전화든 문자든, 뭐든."

지원은 힘차게 고개를 끄덕거렸다.

나도 노력할게. 약속해.

지원은 태이와 달라진 관계를 현지에게 처음으로 고백했다. 현지는 제 일처럼 기뻐하며 그녀를 축하해주었다. 현지는 앞으로 고민이 생기면 무조건 자신에게 털어놓으라며 카운슬러도 역할도 자청했다. 지원은 그런 현지의 존재가 든든했다.

나의 이야기를 누군가와 공유한다는 것.

익숙하지 않은 것뿐 싫은 게 아니었다. 그 상대가 현지처럼 좋은 사람이라는 게 자신에겐 큰 행운이었다.

"그분 어떤 분이에요? 처음에 봤을 때 진짜 잘생겼다고 생각했는데 인상이 좀 차가워 보여서 무섭기도 했었거든요. 뭐랄까, 전형적인 차도남? 으헤헤헤. 그런 이미지였는데. 언니한테 당연히 잘해주죠? 나쁜 남자, 그런 스타일 아닌 거죠?"

지원은 잠시 고민에 빠졌다. 그에 대해 뭐라고 말하면 좋을까.

윤태이는 솔직하고, 장난기도 많고, 배고프면 엄청 투덜거리고. 또 뭐가 있더라. 청개구리 같은 면도 있구나.

지원은 결론을 내렸다.

"좀 못된 것 같긴 해."

"네에에?"

흐흐. 지원이 작게 소리 내며 웃었다.

"근데 언니, 오늘 서울 간다면서요? 그 못된 분이 서울로 오래요?"

"그건 아니고 태이만 매번 여기까지 오는 것도 마음에 걸리고 해서 겸사겸사."

미안함에서 시작된 계획이었지만 사실 지금은 다른 이유가 더 컸다. 무작정 가고 싶다. 만나고 싶다. 그게 그녀의 진심이었다.

"그럼 태리 미용 끝내고 거기서 바로 퇴근하시겠네요. 되게 피곤할 거 같은데."

병원 근처 두 블록 떨어진 곳에 전원주택 단지가 있어 대형견을 키우는 집들이 많았다. 대형견들은 몸집이 워낙 커 견주가 병원까지 데리고 오는 것도 상당히 힘들고, 작업을 해야 하는 지원도 공간이 협소해 상당히 불편했다. 그래서 출장 미용을 시작하게 되었는데, 나름 장단점들이 있었다. 체력적인 소모가 커서 지원도 피하고 싶을 때가 있었지만 단골손님들의 요청을 마음대로 미루거나 캔슬할 수는 없었다. 이쪽도 경쟁이 상당히 치열해 조금이라도 여유를 부리면 곧바로 매출에서 차이를 보였다.

"오늘 계속 한가했고, 태리도 목욕만 하면 된다고 해서."

"태리는 목욕시키는 게 제일 힘들잖아요. 가기 전에 드링크제라도 한 병 꼭 마셔⋯⋯. 아니지, 제가 지금 가서 사가지고 올게요. 지원 언니 분명 까먹을 게 뻔해요."

"아냐, 현지야. 현지야, 현지야!"

말릴 새도 없이 현지가 병원을 뛰쳐나갔다. 5분 후. 현지가 헉헉거리며 병원으로 다시 돌아왔다. 그녀의 손엔 뚱뚱한 드링크제 두 병이 들려 있었다.

태리의 미용을 끝내고 나니 시간은 어느덧 7시를 향해가고 있었다. 길이 막힐 것을 생각하자 마음이 급해진 지원은 서둘러 서울로 향하는 버스에 몸을 실었다.

버스에서 내린 지원은 정류장 근처에 설치되어 있는 벤치에 앉았다. 외투 주머니에서 휴대폰을 꺼낸 지원은 태이에게 전화를 걸었다. 하지만 이번에도 전화는 연결되지 않았다. 버스에서도 여러 번 전활 걸었는데 그때마다 그는 계속 통화 중이었다. 톡, 톡, 톡. 손톱 끝으로 애꿎은 휴대폰만 건드렸다.

두 시간 가까이 버스 안에 갇혀 있었더니 온몸이 쑤셨다. 지원은 휴대폰을 벤치에 내려놓고 뭉친 근육들을 풀어주기 위해 팔을 꾹꾹 눌렀다. 그러면서도 시선은 휴대폰에서 떨어지질 않았다.

"많이 바쁜가."

그렇게 5분. 10분, 또 5분. 10분. 시간이 흘렀다.

북적거리던 거리는 어느새 한산해지고 주변도 깜깜해졌다. 두 툼한 옷을 챙겨 입기는 했지만 벤치에 덩그러니 혼자 앉아 있어서 인지 괜히 더 추위가 느껴지는 것 같았다.

지원의 작은 어깨가 점점 더 움츠러들었다.

딱 한 번만. 마지막으로 한번 시도해보자. 통화 버튼을 꾹 누르며 지원이 제발, 하고 중얼거렸다.

-어. 지원아.

드디어. 윤태이다.

거짓말 조금 보태 눈물 날 만큼 반가운 그의 목소리였다.

하고 싶은 말들이 굉장히 많았었는데 태이의 목소리를 막상 듣고 나니 어떤 것부터 말하면 좋을지 머릿속이 뒤죽박죽 엉켰다. 왜 이렇게 통화하기가 힘이 든 거냐고 투덜거려볼까. 일은 언제 끝나냐고 채근해볼까. 무엇이 되었든 일단은 그를 만나서 하고 싶었다. 그게 제일 중요했다. 지원은 그와 곧 만날 수 있다는 기대감에 부풀었다.

-잠깐만. 끊지 마. 최 실장님, 10분 후에 다시 하시죠.

"태이야?"

휴대폰을 타고 들려오는 소리가 시끌시끌했다. 기계음도 들리는 것 같고 여러 사람들이 목소리가 마구 뒤섞여 귀에서 웅웅거렸다. 무슨 일인지 알 수 없는 지원은 휴대폰을 꼭 붙든 채 그의 목소리가 다시 들리기를 기다렸다.

-전화 안 끊었지? 미안. 있던 곳이 시끄러워서 자릴 좀 옮겼어.

"바쁘면 이따가 통화해도 되는데……."

손지원. 넌 마음에도 없는 소릴 참 잘도 한다. 그렇게 기다렸으면서.

-그럴 수 있나. 누구한테 온 전환데.

조바심이 나면서도 그의 말을 듣자 안심해버리고 마는 제 모습이 어쩐지 바보 같고 한심했다.

"일이 많이 바빠?"

-흐음.

짙은 한숨소리에 태이가 느끼고 있는 고단함이 고스란히 전해지는 것 같았다.

-일이 좀 생겨서 사실 지금 부산에 내려와 있어.

아, 부산…….

내색하지 않으려고 했지만 아쉬움이 드는 건 어쩔 수 없었다. 지원이 아랫입술을 깨물었다. 어긋난 타이밍에 속이 상했다.

"……그랬구나. 부산에 무슨 일 생긴 거야?"

-좀 골치 아픈 일이 생겼어. 공사 중인 현장에 계약자 중 한 명이 불을 질렀거든. 근데 다행히 잘 마무리될 것 같아.

"다행이네. 저녁은 먹었어?"

-아……. 저녁. 그러고 보니 밥을 안 먹었네. 어쩐지 계속 성질만 나더라. 너 알지. 나 배고프면 예민해지는 거.

겪어봐서 잘 알고 있는 사실이었다. 얼마나 바빴으면 밥도 제때 못 챙겨 먹었을까.

만나면 꼭 자신에게 '뭐 먹고 싶어?'라고 묻는 그의 얼굴이 떠올랐다.

"태이야. 바쁘더라도 뭐라도 꼭 먹고 일해."

-그래야지. 넌 어디야. 집에 들어갔어?

"응? 아, 아니, 아직."

-시간이 몇 신데 아직이야?

"이제 들어가려고."

-집에 가서 전화해. 아, 혹시 못 받으면 메시지라도 꼭 보내고.

"응, 그럴게."

비록 오늘은 그를 만날 수는 없겠지만 사소한 일상을 이야기하고 목소리를 들으며 위안도 받았으니 오늘은 이 정도로 충분하지 않을까 싶었다. 지원은 아쉬움과 서운함을 털어냈다. 한결 마음이 가벼워졌다.

-본부장님. 윤림 김 부장님 오셨는데요.

-네. 갑니다. 지원아, 통화 내일 다시 하자. 조심히 들어가고 문자 보내. 꼭.

"응, 수고해."

태이와의 짧은 통화는 그렇게 끝이 났다. 지원은 벤치에서 일어났다. 이제 그녀도 집으로 돌아가야 할 시간이 되었다.

정류장으로 걸어가던 중 편의점이 보였다. 그와의 대화 때문이었을까. 갑자기 배고픔이 느껴졌다. 지원은 편의점에서 우유와 쿠키 한 봉지를 사서 나왔다.

정류장 의자에 앉아 허기를 채우려는데 우스꽝스러운 노래가 들리기 시작했다.

"퇴근. 퇴근. 드디어 퇴근. 퇴근. 퇴근. 드디어 퇴근~"

주위에 아무도 없다고 생각하는지 와이셔츠에 타이를 맨 전형적인 샐러리맨의 모습을 한 남자가 홍에 겨운지 어깨까지 들썩거리며 정류장으로 다가오고 있었다. 흥얼거리는 노랫소리가 지원과 점점 가까워졌다.

"퇴근. 퇴근. 드디어 퇴근. 퇴……. 크흐흐흠."

남자가 지원을 발견했는지 노래를 멈췄다. 작게 '아, 쪽팔려' 하는 소리가 들렸다.

서로 민망하고 당황스러운 상황이 되어버렸다. 남자는 구두코로 땅을 차고, 지원은 아무것도 보지도 듣지도 못한 사람처럼 얌전히 앉아 있다가 주변 공기가 더 어색해지자 손에 들고 있던 쿠키 봉지를 뜯었다. 바스락 소리가 유난히 크게 나는 것 같았다.

달콤한 냄새에 유혹을 이기지 못하고 쿠키 하나를 입으로 가져가는데 남자가 갑자기 지원에게 알은체해왔다.

"어? 너는?"

다시 듣게 된 남자의 목소리가 아주 낯설지만은 않았다. 천천히 고개를 들어보니 예상치도 못한 인물이 지원을 향해 눈을 댕그랗게 뜨고 있었다.

"지원이 맞지? 나 규성이야."

지원만큼이나 규성 역시 놀란 것 같았다.

"아, 안녕."

지원이 어색하게 인사를 건네자 규성은 서류 가방을 고쳐 메며 지원 옆으로 다가와 앉았다.

"지원이 널 여기서 다 보네. 여긴 웬일……. 아! 태이 만나러 온 거구나? 근데 태이 그 자식 지금 부산에 있을 텐데?"

"응. 통화했어."

"근데 왜 여기 이러고 있어. 날도 추운데. 설마 그 자식이 약속

펑크 낸 거야?"

"아니야, 그런 거. 내가 온다고 얘길 안 해서. 태이 부산에 간 거 몰랐거든."

"그럼 태이는 너 여기 온 것도 몰라?"

상황이 곤란해졌다. 지원은 머뭇거리다 고개를 끄덕거렸다.

"여기까지 왔는데 못 보고 가서 어떡하나. 아, 그 자식은 미리 말이라도 좀 하고 가지. 너 여기 얼마나 있었던 거야."

"아니야. 얼마 안 됐어."

"얼마 안 되긴. 볼이 빨간데."

30분이든 1시간이든 그 이상이든 간에 지원은 곧이곧대로 말할 성격이 아니라는 것을 규성은 알고 있었다. 지원은 제 볼을 만지며 어쩔 줄 몰라 했다. 과자봉지를 연신 꼼지락거리며 만지는 것이 굉장히 난처해하고 있다는 것을 말해주고 있었다. 규성은 지원의 불편함을 덜어줘야겠다고 생각했다.

"근데 그거 뭐야. 먹을 건가?"

"……쿠키 산 건데. 먹을래?"

"어. 하나만 주라. 야근해서 그런지 좀 출출하네."

지원이 쿠키 몇 개를 건네자 규성은 냉큼 받아 입에 전부 털어 넣었다.

"맛있네. 지원아, 너도 먹어."

규성의 권유에 지원도 쿠키 하나를 입 안에 넣었다. 달콤함이 한가득 입 안에 퍼졌다.

"너 근데 저녁도 못 먹었지. 다음에 태이 만날 때 비싸고 맛있는 걸로 사달라고 해. 내가 그 자식한테 무조건……."

"저기, 규성아. 나 부탁이 있는데."

"부탁? 뭔데?"

"나 여기서 만난 거 태이한테 말 안 했으면 좋겠어."

왜 그런 부탁을 자신에게 하는지 이유를 굳이 묻지 않아도 알 수 있을 것 같았다.

"너도 참."

"부탁해."

규성은 윤태이가 죄책감에 쓰러지는 꼴을 꼭 보고 싶었지만 지원의 부탁을 거절할 수는 없었다. 일단 그러겠다고 대답은 했지만 기분은 영 찜찜했다. 그러는 사이에 지원이 타야 할 버스가 먼저 도착했다.

"오늘 반가웠어. 다음에 또 보자."

"그래. 아, 참. 까먹을 뻔했다. 두 사람 만나기로 한 거 진심으로 축하해. 다음에 셋이 꼭 보자."

"고마워. 다음에 또 봐."

"조심히 들어가."

늦은 시간이라 버스 안은 한산했다. 좌석에 앉은 지원은 자연스럽게 규성이 서 있는 쪽으로 시선을 돌렸다. 손을 흔들며 인사를 건네는 규성에게 지원도 손을 흔들었다. 버스가 출발하고, 점점 멀어지는 버스를 보며 규성은 심각한 내적 갈등에 휩싸였다.

"말을 해? 말하지 마?"

태이에게 이 사실을 알리자니 지원의 부탁이 마음에 걸렸고, 아무 말도 안 하고 넘어가기엔 이건 좀 아닌 것 같다는 생각이 들었다. 버스에 몸을 실은 후에도 규성의 고민은 계속되었다.

자정을 훌쩍 넘긴 늦은 밤. 규성은 드디어 결정을 내렸다. 결단을 내리니 꽉 막힌 것처럼 답답했던 속이 대번 후련해졌다. 규성은 편안한 표정으로 잠자리에 들 수 있었다.

꽤나 시끌시끌한 하루를 보냈다. 모든 일과를 마치고 호텔 룸에 들어온 태이는 무겁게 쌓인 피로를 시원한 물줄기로 말끔하게 씻어 내렸다. 가운을 걸쳐 입고 룸으로 나온 태이는 침대에 엉덩이를 걸쳐 앉았다. 젖은 머리카락에서 물기가 뚝뚝 떨어졌지만 개의치 않았다.

시원한 맥주 한잔이 간절했지만 다음 날도 아침부터 부지런히 움직여야 했기에 그는 맥주의 유혹을 떨쳐내기로 했다. 휴대폰을 확인한 태이의 얼굴이 찌푸려졌다.

젠장. 샤워하는 사이에 배터리가 방전이 되었는지 화면에 아무런 변화가 없었다.

침대 위에 휴대폰을 툭 던진 그는 그대로 침대에 누워버렸다.

느리게 깜빡깜빡 움직이던 눈이 점점 무거워지고, 태이는 곧 깊은 잠에 빠져버렸다.

딩동.

거듭 들려오는 벨소리에 의식이 점점 또렷해지더니 그는 완전히 잠에서 깨어났다.

7:00 AM. 테이블 위에 놓인 시계로 현재 시간을 확인한 태이가 몸을 벌떡 일으켰다. 휴대폰이 꺼져 있으니 알람이 울리지 않는 건 당연했다. 지금 벨을 누르고 있는 이는 영진임이 분명했다.

시원한 냉수로 목을 축이고, 태이는 입구 쪽으로 걸어가 잠긴

문을 열었다. 단정한 차림새의 영진이 보였다. 그의 양손에는 무언가 이것저것 많이 들려 있었다. 그게 다 뭐냐고 태이가 먼저 묻기도 전에 영진이 깍듯하게 인사를 건네며 말했다.

"갈아입으실 옷입니다. 그런데 본부장님. 전화가……."

"배터리가 나갔어요. 근데 이 시간에 이건 어디서 구하셨어요."

영진이 건넨 종이봉투 안에는 새 와이셔츠를 비롯한 양말 등이 들어 있었다.

"준비하시고 1층에서 뵙겠습니다. 간단하게 아침 식사 하시고 움직이시죠."

30분 후. 태이는 로비에서 대기하고 있던 영진과 호텔 근처에 있는 식당으로 향했다.

"김 비서님께 연락 왔습니다. 본부장님 서울 도착하시는 대로 사장실로 찾아뵐 거라고 말씀드렸습니다."

"네. 중간에 보고는 올라갔나요."

"자세한 내용은 직접 듣고 싶어 하셔서 피해 상황 정도만 간단히 보고드렸습니다."

"수고하셨어요. 우리 몇 시 비행기죠?"

"한 시 출발입니다."

한 시라……. 서울에 도착해서 본사까지, 보고서 작성해 사장실까지. 그리고 또 남은 업무. 오늘도 만만치 않은 일정이 그를 기다리고 있었다. 벌써부터 피곤해지는 기분이 들었다.

부산 일정을 마치고 서울 본사에 도착한 태이는 곧바로 자신의 사무실로 향했다. 하루 종일 죽어 있던 휴대폰을 충전기 잭에 연결하고 바로 노트북을 켜 보고서를 작성하려는데, 모니터 화면 아래

쪽에 알림창이 깜빡거렸다. 회사 전용 메신저 창이었다.

깜빡거림이 자꾸 눈에 거슬려 알림창을 먼저 클릭했다.

인트라넷으로 연결된 결재 요청 메시지가 한가득이었다.

엑스. 엑스. 엑스.

마지막 창을 끄려는데 새로운 창 하나가 떴다.

메시지를 보낸 이는 규성이었다.

[회사 들어온 거지?]

[어. 지금 막. 왜?]

[너 핸드폰 계속 꺼져 있더라. 내 메시지 못 봤냐?]

[어. 왜?]

[자꾸 왜, 왜거릴래?]

[왜?]

[ㅗㅗㅗㅗㅗ]

[바빠. 할 말 없으면 꺼져.]

윤태이 니가 언제까지 그렇게 당당할 수 있는지 보자. 나 어제 지원이 만났다. 회사 근처 버스 정류장에서. 우리가 왜 만났을까?

[뭔 소리야, 그게.]

내가 할 말은 여기까지임. 윤 본 꺼져.

규성은 그렇게 메시지를 보내고 부재중으로 상태를 변경했다.

규성의 말이 쉽사리 이해가 가질 않았다. 태이는 대체 그게 무슨 말이냐며 규성에게 메시지를 보냈지만 답변은 들을 수가 없었다. 규성의 메신저 상태가 부재중 표시로 바뀐 걸 보고 태이가 이를 바득 갈았다. 태이는 곧바로 규성의 내선 번호를 눌렀다.

-아, 옙. 윤 본부장님. 친히 전화를 다 주시고.

"무슨 말이야, 그게. 지원일 거기서 왜 봐."

-그러게. 내가 거기서 걜 어떻게 봤을까. 궁금하지? 궁금해 죽겠지?

"장난하지 말고. 똑바로 말해."

태이의 목소리가 낮게 깔렸다.

-넌 새꺄. 정신 상태가 썩었어. 부산에 가면 간다고 미리 말을 했어야지. 지원이 너 만나러 회사까지 온 것 같던데.

"뭐?"

-윤태이. 그런 건 기본 중에 기본이라고, 인마.

망치로 머리를 한 대 맞은 사람처럼 태이의 표정이 멍했다.

-지원이는 너한테 말하지 말라고 부탁했는데 아무리 생각해도 그건 아닌 거 같아서.

"그걸 왜 이제야 얘기해!"

-새벽에 문자 보냈거든. 확인 안 한 건 너였고. 아무튼 너는, 쯧쯧. 아! 윤태이 진짜 나쁜 놈이야. 오늘 퇴근하고 바로 지원이 만나러 가봐.

규성이 먼저 전화를 끊었다. 태이는 한동안 충격에 휩싸여 수화기를 내려놓지도 못한 채 돌처럼 굳어 있었다. 규성의 말들을 하나씩 다시 되새기다 보니 정신이 번쩍 들었다.

이번엔 머리보다 몸이 더 빨리 움직였다. 사무실을 박차고 나가는 태이를 최 실장이 불렀지만 그는 그 소리를 무시한 채 사무실을 빠져나갔다.

'······그랬구나. 부산에 무슨 일 생긴 거야?'

지난밤 지원이 제게 했던 말들이 떠올랐다.

아쉬움으로 가득했던 목소리.

왜 몰랐을까. 회사 근처에 있다는 그 말을 하려고 전화를 했을 것이다. 하지만 부산에 와 있다는 그의 말에 아무 말도 할 수 없었을 것이고. 규성이 알려주지 않았다면 절대로 알지 못했을 사실. 지원은 절대 그에게 말하지 않았을 거다.

그런 여자라는 걸 태이는 너무나 잘 알고 있었다. 그 사실이 태이를 더 괴롭게 만들었다.

5장

무료함을 달래기 위해 혼자 조용히 인터넷 쇼핑을 즐기고 있던 현지는 별안간 병원으로 들이닥친 남자 때문에 심장이 쿵 하고 바닥으로 떨어지는 기분을 느꼈다.

얼마나 놀랐는지 손에 쥐고 있던 마우스까지 떨어트렸다.

성큼성큼 데스크 앞으로 걸어온 남자는 무시무한 표정으로 현지에게 말했다.

"지원이 지금 어디 있습니까?"

겁을 먹은 건 현지뿐이 아니었다. 병원 문이 열릴 때마다 사람들을 반갑게 맞이하던 진실이와 바바도 남자의 위압감에 겁을 먹고 현지의 발밑으로 부리나케 숨어들었다.

"그게……. 저기…… 지원 실장님은 이미 퇴근하셨는데요."

그게 무슨 말이냐는 듯 남자의 눈썹이 구겨졌다.

"아침부터 몸이 좀 안 좋으셔서 오늘 일찍 퇴근하셨어요."

남자의 날카로운 눈빛에 몸이 빳빳하게 굳었다. 저 눈을 똑바로 보고 이야기할 수 있는 사람이 이 세상에 존재하기는 할까.

'좀 못된 것 같긴 해.'

지원의 그 말은 틀렸다. 저 남자는 무섭다는 말이 훨씬 더 잘 어울리는 사람이었다.

"……아파요?"

"몸살기가 좀 있으셔서요."

지원이 아프다는 말에 태이가 두 눈을 질끈 감아버렸다. 입 안이 바싹바싹 타들어가는 것 같았다.

"전화를 계속 했는데 받지를 않아요. 미안한데 공 원장이 전화 한번 해줄 수 있을까요."

"네, 그럴게요."

현지는 바로 수화기를 들어 지원의 번호를 거침없이 눌렀다. 연결음이 이어지다 곧 음성 메시지에 연결된다는 멘트가 흘러나왔다.

"전화 안 받으시는데요. 저…… 그런데요. 실장님 지금 집에 계실 테니 집으로 가보시는 게……."

"몇 홉니까."

"네?"

"오피스텔 건물은 아는데 호수는 몰라요."

"아……. 그건 좀."

현지는 망설였다. 두 사람이 연인이라는 사실을 모르는 것은 아니지만 그래도 제3자인 입장에선 고민할 수밖에 없는 문제였다.

그가 원래 알고 있던 것이 아닌 이상 집 주소는 엄연히 개인 정보고, 개인 정보라는 건 함부로 말할 수 없는 부분이고, 또……. 음. 지원의 동의를 얻은 것도 아니고.

이런저런 이유들이 하나둘씩 떠올라 현지의 입을 더욱 무겁게 만들었다. 난감해하는 현지의 얼굴을 보며 태이는 더욱 애가 탔다.

"부탁합니다."

"아……. 그게 저도 참 난감하네요."

그가 자신의 입장도 이해해주길 바랐다. 현지는 그의 끈질긴 시선을 피해 발밑에 몸을 웅크리고 있는 바바와 진실이에게 '도와줘' 하며 입을 벙긋거렸다.

"오늘 알았어요. 지원이가 어제 절 만나러 회사에 왔다는 걸요."

"네?"

"부산에 있었거든요. 전화 통화는 어젯밤에 한 게 전부입니다. 그래서 지금 전……."

태이가 머리를 거칠게 쓸어 올렸다. 가슴에 통증이 느껴졌다. 답답함과는 다른 느낌이었다.

"거기서 얼마나 절 기다리고 있었는지, 또 지금 몸이 어디가 얼마나 아픈 건지……. 나는 지금 알고 있는 게 아무것도 없어요. 걱정이 돼서 죽을 것 같아요. 그러니까 공 원장님이 날 좀 도와주면 안 될까요. 부탁, 합니다."

현지는 자신이 아주 큰 착각을 하고 있음을 깨달았다. 천천히 그의 얼굴을 다시 살폈다. 남자는 괴로운 얼굴을 하고 있었다. 지원에 대한 걱정과 불안으로 몹시 초조해 보였다. 그 순간 알게 된 또 하나의 사실.

'이 남잔 지원 언니에게 진심인 거구나.'

진심을 전부 드러낸 남자에게 더 이상 안 된다는 말은 할 수가 없었고 해서도 안 되는 일이었다. 현지는 메모지 한 장을 푹 찢어 지원의 집 주소를 적어 남자의 손에 넘겨주었다.

쾅쾅. 쾅쾅. 쾅쾅.

온 집안을 울리는 요란한 소리에 깊은 잠에 빠져 있던 지원의 얼굴이 찌푸려졌다. 머리가 지끈거려 눈을 뜨는 동시에 이마에 손을 갖다 댔다. 팔 하나 이마에 올리는 것도 지금은 버겁게만 느껴졌다. 지원은 세상이 다시 조용해지길 간절히 바라며 다시 천천히 눈을 감았다.

쾅쾅. 쾅쾅.

현관문을 두드리는 거친 소리가 더욱 선명하게 들려왔다. 초점 없이 멍한 눈으로 잠시 숨을 고르던 지원은 침대에서 힘겹게 일어났다. 비틀거리는 걸음걸이가 보기에도 몹시 불안해 보였다.

느릿하게 인터폰 앞에 선 지원은 '연결' 버튼을 눌렀다.

"누구세요?"

"나야. 문 열어."

인터폰 화면을 본 지원은 헛것이라도 본 사람처럼 눈을 느리게 끔뻑거렸다. 태이?

착각이 아니었다. 태이가 분명했다. 지원은 벽을 짚으며 현관 쪽으로 걸어갔다. 철컥. 잠금 장치가 풀리는 동시에 바깥쪽에서 강한 힘에 의해 문이 열렸다.

제일 먼저 보인 건 남자의 구두코. 그리고 짙은 그레이 팬츠, 또 그 위로 하얀 셔츠. 그녀의 주변에 이토록 흰 셔츠가 잘 어울리는 이는 유일무이 단 한 사람밖에 없었다. 늘 단정하고, 깔끔하게 정리된 태이의 머리가 오늘은 잔뜩 헝클어져 있었다. 고작 며칠이었을 뿐인데, 그의 얼굴을 굉장히 오랜만에 보는 것 같은 착각이 들었다.

"태이야. 여길 어떻게?"

"지금 그게 중요해?"

회사에서 병원으로, 또 병원에서 지원의 집으로 오는 내내 태이의 가슴속은 여러 감정들로 마구 뒤엉켜 있었다. 아프다는 말에 가슴이 철렁 내려앉았지만 동시에 화도 났다.

전화는 도대체 왜 안 받는데. 왜 아무 말도 안 했는데, 너는!

그렇게 소리치려고 했다. 그럴 생각으로 문을 두드렸는데, 막상 그의 눈에 들어온 창백한 얼굴의 지원을 보자 태이는 머릿속이 새하얘졌다.

"대체 손지원 넌, 하아."

태이는 지원의 팔을 강하게 잡아채 가까이 끌어당겼다. 태이는 곧바로 지원의 이마에 손을 갖다 댔다. 심상치 않은 열기가 느껴졌다.

"일단 병원부터 가."

"태이야?"

"가자고. 병원."

"잠깐만. 나 괜찮아. 그냥 가벼운 몸살……."

"가자고. 지금 아무것도 안 들리니까. 병원부터 가자고."

강경한 투로 태이는 지원의 팔을 잡아끌었다.

"태이야. 잠깐만. 잠깐만."

그는 정말로 아무것도 들리지 않는 사람처럼 막무가내로 굴었다. 이대로는 안 되겠다 싶어 지원은 양팔을 벌려 그의 허리를 꼭 감싸 안았다.

그랬더니 거짓말처럼 태이의 움직임이 멈췄다. 태이도 무척 놀랐겠지만 지원 역시 스스로의 대담한 행동에 머리가 핑 도는 기분이 들었다.

태이를 말려야겠다는 생각으로 그를 안았지만 사실 이렇게라도 그에게 기대지 않으면 그 자리에서 털썩 주저앉을 것만 같았다. 더는 서 있을 수 없을 정도로 몸에 기운이 하나도 없었다.

그의 가슴에 머리를 기댄 채 지원은 힘없는 목소리로 말했다.

"내 말 좀. 응?"

가느다란 팔이 허리를 감아왔을 때 말로는 표현할 수 없는 기분이 들었다. 연약하게 떨리는 목소리를 듣고 나서야 흩어졌던 이성이 조금씩 제자리를 찾았다.

"병원 갈 정도 아니야. 그냥 가벼운 몸살이야."

"무, 무조건 갈 거야. 고집부리지 마. 안 통하니까. 네 말 안 들을 거니까. 그러니까."

네가 날 좀 안았다고, 겨우 네가 날 안았다고, 서른이 넘은 남자가 말이나 더듬고 당황하는 꼴이라니.

매섭게 소리치던 그 기세는 다 어디로 사라져버렸는지 나사 하나 풀린 사람처럼 피식 웃음이 새어 나오려고 했다. 스스로 생각해도 어처구니가 없었다. 지원이 아프다는 사실도, 지난밤 자신을 만나기 위해 회사에 왔다는 것도 지금 이 순간은 아무것도 생각이

나지 않았다. 가슴에 기대어 있는 작은 머리와 허리를 감싼 두 팔에 몸의 모든 신경이 쏠려 있었다.

윤태이. 너 진짜 제정신 아니구나.

"약 먹었어. 좀 잤더니 아까보다 많이 좋아졌고. 병원보다 집에서 쉬는 게 더 편해. 정말이야."

처음이었다. 지원의 말에 태이가 아무런 반박도 못하고 말 잘 듣는 아이처럼 고개를 끄덕였다. 한층 누그러진 그의 모습에 지원도 안심했다. 태이는 지원을 부축해서 집 안으로 들어갔다. 지원을 침대에 눕히고, 이불도 꼼꼼히 덮어주었다.

"좀 더 자. 아직 열 높으니까."

"너 가는 거 보고."

"가긴 어딜 가."

"어?"

"내가 가긴 어딜 가냐고."

"그, 그럼 안 가?"

"어. 나 여기 있을 건데."

예상치 못한 말에 정신이 번쩍했다. 태이는 너무 당연하다는 것처럼 얘기했다.

지원이 몸을 일으키려고 하자 태이가 지원의 몸을 꾹 누르며 움직이지 못하게 했다.

"정말 여기 있겠다구?"

"병원 안 가겠다며."

"그래도……."

"나 있는 거 불편해?"

불편? 아니다. 그런 건 아니었다. 뭐랄까. 익숙하지 않다고 하는 게 맞았다.

"뭐라고 하든 간에 난 여기 있을 테니까 가라고 하지 마. 너 여기 이렇게 두고 가면 어차피 나 아무것도 못해."

어떤 말을 해도 그에겐 통하지 않을 것 같았다. 지원은 그를 보내야겠다는 마음을 접었다.

"푹 자. 조용히 옆에 있을 테니까."

약 기운이 남아 눈만 감으면 바로 잠이 쏟아질 것 같았지만 자신의 공간에 태이가 있다는 사실만으로 가슴이 쿵쿵 뛰었다.

"자장가라도 불러줘?"

윤태이식 유머에 지원은 살포시 미소 지었다. 태이의 커다란 손이 지원의 이마를 덮었다가 천천히 아래로 내려왔다. 탄탄한 손바닥에 의해 지원의 눈이 자연스럽게 감겼다.

그렇게 몇 분이나 흘렀을까. 지원은 어느새 편안한 얼굴로 잠이 들어 있었다. 깊이 잠든 지원을 확인하니 태이도 한결 마음이 가뿐해졌다.

정신이 없어 미처 깨닫지 못했는데, 이곳은 지원의 집이다.

늘 건물 앞에서 헤어지곤 했었는데 이렇게 지원의 집을 방문하게 될 줄이야. 태이는 천천히 집안 곳곳을 살폈다.

깔끔하게 정리되어 있는 집이라고 생각했지만 사실 사람이 살고 있는 집이 맞을까 싶을 정도로 썰렁한 느낌이 들었다. 몇 권의 책, 그 사이에 놓인 화장품. 한쪽에 잘 개켜진 수건과 옷가지들. 눈에 보이는 건 그것들이 전부였다.

뜨거웠던 지원의 이마가 내내 마음에 걸렸던 태이는 수건 하나를 손에 들었다. 싱크대로 가 찬물에 수건을 적신 뒤 물기를 꼭 짜 냈다.

단출한 건 주방도 마찬가지였다. 머그컵도 하나, 수저도 한 벌, 접시도 하나. 눈에 보이는 건 전부 다 하나였다.

혼자 사는 여자니까 이상하게 생각할 필요 없이 당연한 것들인데 그 당연한 사실이 묘하게 태이의 마음을 찔렀다. 지원의 작은 집엔 자유로움보단 쓸쓸함이 더욱 강하게 느껴졌다.

지원의 곁으로 다가간 태이는 지원의 이마 위로 수건을 올려놓았다. 곤히 잠들어 있는 지원을 바라보는 태이의 눈이 한층 더 깊어졌다.

그동안 네게 몇 번의 아픔이 찾아왔을까.

절대 병원에 가지 않겠다고 고집을 부리던 너는 늘 그랬던 걸까. 혼자 아파하고 혼자 견뎌내고, 너는 늘 그래왔던 걸까.

태이는 애틋함을 담아 지원의 얼굴을 부드럽게 매만졌다.

"네가 살아온 시간들이 궁금해졌어. 언젠가…… 너한테 직접 듣게 되는 날이 왔으면 좋겠다."

자신의 마음이 지원에게 닿기를 그는 간절히 바랐다.

열이 오르는지 지원의 입에서 희미하게 끙끙 앓는 소리가 흘러나왔다.

또르르.

지원의 볼을 타고 흐른 눈물이 태이의 손을 적셨다.

안타까움이 더해졌지만 그가 할 수 있는 거라곤 지원의 손을 잡아주는 것. 지금은 그것밖에 할 수 없었다. 네가 아프다는 건 이런 거구나. 네 눈물은 내게 이런 의미였구나.

수천 개의 바늘이 그의 가슴을 콕콕 찌르는 것 같았다.

심한 갈증을 느끼며 지원은 눈을 떴다. 시간이 얼마나 흘렀을까. 눈에 보이는 세상이 온통 캄캄했다. 두 눈은 어둠 속에서도 차츰 적응이 되어갔다. 그러니 보이는 것들도 점점 많아졌다. 매일 보는 익숙한 천장, 몇 개 되지 않는 가구들.

그리고…… 너……. 윤태이.

이 공간에서의 그는 전혀 익숙하지가 않았다. 지원은 자신의 팔에 기댄 채 잠들어 있는 태이를 신기한 눈으로 바라봤다. 그가 자신의 집에 함께 있다는 것이 여전히 실감이 나지 않았다.

불편한 자세로 잠들어 있는 태이를 보자 마음이 좋지 않았다. 깨워야 하나 고민하던 지원은 아주 조금만…… 조금만 더 그를 보고 있기로 했다.

지원의 하얀 손이 허공에서 멈칫거리길 여러 번 반복했다. 닿고 싶다는 욕심에 지원의 손가락이 그의 머리칼 위에 깃털처럼 내려앉았다. 혹시라도 그를 깨우게 되는 건 아닐까. 지원의 움직임이 매우 조심스러웠다. 가느다란 손가락이 천천히 아래로 내려와 그의 귓바퀴에 닿았다 귓불로 내려갔다. 부드럽고 따뜻한 감촉에 손끝이 파르르 떨렸다.

더는 무리였다. 작은 접촉만으로도 지원은 숨이 막힐 것만 같았다. 더 이상 닿지 못하고 허공에서 맴돌던 손을 동그랗게 말아 거둬들이려 하는 순간 강한 힘이 지원의 손목을 부드럽게 낚아챘다. 감전이라도 된 사람처럼 지원의 몸이 빳빳하게 굳었다.

어둠 속에서 그와 눈이 마주쳤다.

도대체 언제 눈을 뜬 거지? 아니 언제부터 그는 이렇게 자신을 보고 있었던 걸까. 차마 묻지 못하고 지원은 태이의 그윽한 시선 안에 갇혀버렸다.

"깼, 깼어?"

"손지원. 뭐냐. 자는 사람 막 만지고."

"아니 나는."

"아까는 막 껴안더니."

"그게 아니라……"

애초에 그는 잠들어 있지 않았다. 피곤한 건 사실이었지만 아픈 지원을 옆에 두고 마음 편히 잠이나 잘 만큼 뻔뻔한 인간은 아니 었다. 지원의 열이 떨어지는 걸 확인하고 안심이 된 그는 뻑뻑한 눈을 풀어주기 위해 잠시 눈만 감고 있었을 뿐이었다.

그사이에 지원이 잠에서 깼었고, 괜찮아졌냐고 물으려는 찰나 살그머니 제게 닿는 손길을 느꼈다. 지원의 움직임이 너무나 조심스러워 그는 어쩔 수 없이 자는 척을 해야만 했다. 지원이 얼마나 긴장하고 떨고 있는지 그 떨림이 고스란히 그에게 전해졌다.

감질나고 조금 더 바라게 되고, 하지만 그런 그의 마음도 모르는 채 지원의 손길이 멀어져갔다. 그는 그렇게 두고 싶지 않았다. 멀어지는 지원의 손을 잡아 그러지 못하게 했다. 당황하는 얼굴에 이러지 말아야지 하면서 결국엔 또 심술을 부리게 된 것이다.

변명 거리를 찾지 못한 지원이 고개를 아래로 떨어트렸다. 할 수만 있다면 어딘가로 숨어버리고 싶었다.

그에게 잡힌 팔을 빼내려 했지만 태이는 절대 놔줄 생각이 없어 보였다. 그는 지원의 손을 끌어당겨 자신의 이마에 떡하니 올려놓았다.

"너한테 몸살 옮았나 봐. 뜨겁지."

지원은 심각해져 태이의 체온을 살폈다. 그의 말처럼 좀 뜨거운 것 같기도 하고, 그게 아닌 것 같기도 하고.

"어제오늘 잠도 제대로 못 잤어. 되게 졸려."

"그럼 어떡해. 얼른 집에 가서."

"뭘 자꾸 집에 가래. 기껏 열심히 간호한 사람한테. 너 졸음운전이 얼마나 위험한 줄 알아? 그거 알고 지금 나 보내려는 거야?"

지원을 악당으로 만들기로 작정이라도 했는지 그의 단어 하나하나가 너무 고약했다.

"그냥 하루 여기서 재워줘."

"뭐?"

"여기서 하루 신세 좀 진다고."

태이는 타이를 벗어 방 어딘가로 휙 던지고, 셔츠 단추도 두어 개쯤 풀었다. 순식간에 그는 취침을 위한 준비를 모두 끝냈다. 지원이 말릴 새도 없었다. 말 그대로 순식간에 일어난 일이었다.

"내가 보기보다 예민해서 침대 아니면 잠을 못 자는데."

윤태이. 머리라도 한 대 콩 쥐어박았으면 좋겠다. 지원은 입술을 깨문 채 태이를 원망스럽게 쳐다봤다. 억지로 등 떠민다고 갈 사람이 아니었다.

"여기서 자, 그럼."

지원은 너무도 쉽게 자신의 자리를 내어주었다.

"너는."

"몸도 많이 나아졌고, 잠도 충분히 잤으니까."

"그러니 침대는 날더러 써라, 그거지? 진심이야? 진짜 날더러 여기서 자라구?"

태이가 침대를 가리키며 지원에게 재차 확인을 받았다. 지원은 태이에게 침대를 양보하기 위해 몸을 일으켜 땅바닥에 두 다리를 내려놓았다.

아무 말 없이 지원을 보고 있던 태이는 눈썹을 한 번 꿈틀거리더니 지원의 다리를 다시 침대 위로 올려놓았다. 그러고 나서 자신도 침대 위로 올라갔다.

"그럴 수 있나. 신세 지는 마당에 침대까지 뺏을 순 없지. 그러지 말고 같이 누워."

지원이 너무 놀라 입을 벙긋거리는 사이에 태이는 지원의 어깨에 기다란 팔을 둘러 지원의 상체를 아래로 눌렀다. 태이의 팔에 갇힌 채로 지원은 그와 나란히 침대에 누워 있는 자세가 되었다.

태이의 턱 끝에 지원의 정수리가 닿고, 지원의 앞으로는 그의 탄탄한 상체가 보였다. 태이의 품 안에서 지원은 옴짝달싹 못하는 상태가 되었다. 지원이 몸을 비틀자 이번엔 그의 다리 하나가 지원의 다리 위로 떡하니 올라왔다.

"윤태이……."

"가만히 있어. 이러다가 나 진짜 떨어진다."

그렇게 말한 태이는 침대 안쪽으로 더 파고들었다. 지원은 벽과 태이 사이에 갇혀버렸다.

"나 정말 괜찮아."

"내가 안 괜찮거든. 말 시키지 마. 이제 잘 거니까."

아⋯⋯. 정말⋯⋯.

지원은 눈을 질끈 감은 채 태이의 가슴에 머리를 기댔다. 지금은 어떤 말도 불필요했다. 지원은 태이가 잠들기만을 기다렸다.

조용한 방 안에 두 사람의 일정한 숨소리만 들려왔다. 지원은 최대한 조심스럽게 움직였다. 다리 하나를 빼내려는 순간 그에 의해 또다시 저지당했다. 자고 있다고 생각했는데, 그게 아니었나 보다.

"손지원."

낮게 가라앉은 목소리. 태이가 지원의 이름을 부르는 순간 공기의 흐름이 바뀌었다.

쿵쿵쿵. 지원은 귀가 멍멍할 정도로 울려대는 자신의 심장소리를 들었다.

"지원아."

"⋯⋯응."

"어제 왜 말 안 했어."

어제⋯⋯. 짧은 순간 규성의 얼굴이 스쳐 지나갔다.

그가 알게 되면 분명 자신에게 미안해할 것 같아 부탁했던 거였는데. 규성이 조금은 원망스러웠다.

"규성이 자식이 말해주지 않았다면 난 지금도 모르고 있었을 거야. 그렇지."

"태이야."

"싫다고, 나는. 내가 모르는 곳에서 네가 날 기다리고 있는 거. 그런 건 전혀 기쁘지 않다고."

그가 미안해할 이유는 없었다. 약속을 했던 것도 아니었고, 오히려 잘잘못을 따지자면 연락 없이 마음대로 그를 찾아간 그녀의 잘못이 더 컸다. 자책은 그가 아닌 지원의 몫이었다.

"오래 있지도 않았어. 너랑 통화하고 바로⋯⋯."

"얼마가 되었든 1분도 싫다는 거야."

불쑥 얼굴을 내린 태이와 이마가 맞닿을 정도로 거리가 가까워졌다. 태이의 콧날이 지원의 코를 스쳤다. 잠깐의 그 스침에 두 사람은 감고 있던 눈을 동시에 떴다. 숨결이 느껴질 정도의 거리에서 이렇게 서로의 눈을 바라본 건 처음이었다.

선하고 말간 눈동자. 두 눈을 자세히 들여다보고 있으니 아까 지원의 볼을 타고 흐르던 눈물이 다시금 떠올랐다.

태이는 지원의 볼을 부드럽게 쓸었다. 마치 아까의 눈물을 닦아주는 것처럼. 그의 손길은 애틋하고 다정했다.

조금의 흔들림 없이 오직 자신만을 직시하는 눈동자가 점점 더 가까워지고 있음을 느낄 수 있었다. 그의 시선이 뜨겁다.

그의 뜨거운 시선이 버거웠던 지원이 그를 피해 고개를 아래로 떨어트렸다. 그러자 볼을 타고 내려온 긴 손가락이 지원의 턱을 그러쥐고, 다시금 앞을 보게 했다. 그에게 붙잡혀 이젠 더 이상 피할 곳도 없었다.

파르르 떨리는 지원의 속눈썹 위로 태이의 붉은 입술이 내려앉았다. 숨이 멎을 것 같다는 생각이 든 것도 잠시, 그의 입술이 천천히, 아주 느리게 움직였다.

눈에서 볼로. 볼에서 앙증맞은 크기의 지원의 콧방울로. 그의 입술이 스치고 지나갔다. 그리고 조금 더 아래로. 태이의 뜨거움이 지원의 입술에 잠시 머물렀다 멀어지길 반복했다.

그의 눈은 마치 동의를 구하는 것처럼 느껴졌다. 지원은 두 눈을 감으며 그를 허락했다.

태이는 입을 크게 벌려 지원의 입술을 머금었다. 입술 사이로 파고드는 뜨거운 그의 혀가 끊임없이 지원을 두드렸다. 살짝 벌어진 틈 안으로 혀를 밀어 넣었다. 깊어진 키스에 지원이 당황하며 몸을 비틀었지만 태이는 흔들림 없이 지원의 입술을 탐했다. 가지런한 치아를 훑고 윗입술과 아랫입술을 차례대로 깨물자 지원의 입에서 탄식과 같은 소리가 흘러나왔다.

미약한 힘으로 태이의 가슴을 밀어냈지만 그는 조금도 밀리지 않았다.

숨을 쉴 수가 없었다. 호흡이 모자랐다. 지원은 안간힘을 다해 그에게서 벗어났다. 야릇한 소리와 함께 태이의 입술이 떨어졌다. 두 사람은 동시에 뜨거운 숨을 토해냈다.

탁해진 눈빛. 오롯이 자신만을 담고 있는 그의 눈이 지금은 낯설기만 했다. 그가 코끝을 비볐다. 뜨거운 숨결이 적나라하게 느껴지고, 그의 눈빛이 말해주었다. 아직 끝이 아니라는 것을.

지원은 고갤 반대편으로 돌리며 그와 조금 더 거리를 두었다. 그런 지원의 행동이 마음에 들지 않았던 그는 곧바로 거리를 좁혔다. 지원은 당장이라도 울음을 터트릴 것 같은 얼굴을 하고 있었다. 그 모습이 안쓰러웠지만 한편으론 그를 더 부추기기도 했다.

또다시 시작된 키스. 두 번째 키스는 더 다급하고, 더 뜨거웠다. 거칠어진 움직임. 그는 더 욕심을 냈다. 달큼한 지원의 혀를 거침없이 빨아당겨 제 것으로 강하게 끌어당겼다가 그 반대로 제 혀를 지원의 입 속 가득 밀어 넣기도 했다. 지원의 볼이 부풀어졌다가 홀쭉해지길 반복했다.

입 안이 얼얼했다. 장시간 입을 벌리고 있었던 탓에 턱이 당겨 왔다. 미처 삼켜지지 못한 두 사람의 뒤섞인 타액이 맞물린 입술 사이로 흘렀다.

"하아. 흑⋯⋯."

그가 준 격렬함과 뜨거움에 결국 눈물이 났다. 지원의 가냘픈 신음에 태이의 격렬함이 조금씩 잦아들었다.

두 사람의 가쁜 숨소리가 방 안을 울렸다.

그는 자신이 욕심부렸다는 것을 알고 있었다. 하지만 그럼에도 미처 채우지 못한 지독한 열망에 그의 얼굴엔 아쉬움이 가득했다.

태이는 지원의 작은 머리를 끌어안으며 숨을 골랐다. 바르르 떨고 있는 작은 몸. 지원의 정수리 위로 태이는 짙은 한숨을 내뱉었다.

큰일 났다, 손지원. 나는 너랑 이보다 더한 것도 하고 싶은데. 더 원하고 더 욕심낼 텐데. 너랑 닿는 게 좋고, 그래서 더 만지고 싶고, 이런 날 네가 감당할 수 있을까. 너 앞으로 어쩔래.

그녀의 눈물이 그를 멈추게 했지만 다음에도 그게 가능할지 태이는 자신할 수 없었다.

"미안. 내가 급했어. 잘못했어. 그러니까 울지 마."

진심 반, 거짓 반으로 지원을 달랬다.

결과적으로는 지원을 울리긴 했지만 키스한 건 전혀 미안하지 않았다. 사실 지금 마음 같아선 몇 번이나 더 입 맞추고 싶었다.

매사 솔직하게 자신의 기분이나 감정을 표현하는 그와는 달리 지원은 제 감정을 표현하는 데 있어 무척이나 서투른 편이었다. 태이는 지원에게 기분 좋은 변화를 주고 싶었다.

즐거울 땐 다른 사람의 눈치 볼 것 없이 하하하 소리 내서 웃기도 하고, 화가 나면 화가 났다고 티도 내고, 또 아프면 아프다, 서러우면 서럽다고 사소한 것이라도 좋으니 뭐든 자신에게 내보이고 알려주길 바랐다. 하지만 한 가지. 지원에게서 보고 싶지 않은 모습도 있었다.

"네가 울면 난…… 내가 뭘 어떻게 해야 되는지 잘 모르겠어. 머릿속이 하얘져."

지원의 눈물은 그의 마음을 괴롭게 한다. 그녀의 볼을 타고 흐르던 투명한 물방울이 자신에게 어떤 의미가 되었고 어떤 영향을 주는지 그는 오늘 똑똑히 알게 되었다.

태이가 조금의 틈도 없이 지원의 몸을 꽉 끌어안았다.

텅 비어 있는 옆자리. 지원은 진한 허전함을 느꼈다. 겨우 몇 시간이었을 뿐인데 그의 빈자리를 느끼고 있다는 게 이상했다. 깊은 밤에 꾼 꿈은 아니었을까. 잠시 동안 그런 생각도 해봤지만 입술에서 느껴지는 알싸한 통증이 그의 존재가 절대 꿈이 아니었다고, 지난 새벽 그와 나눴던 뜨거운 입맞춤은 분명 현실에서 있었던 일이었음을 말해주고 있었다.

언제 잠이 들었는지 기억이 희미했다. 그럴 수밖에 없는 게, 그땐 정말이지 정신이 하나도 없었다.

갑작스러운 키스. 격렬했던 그 순간을 떠올리자 순식간에 얼굴이 확 달아올랐다. 붉어진 얼굴을 진정시키려 손바닥으로 두 볼을 툭툭 치던 지원은 콘솔 위에 놓인 메모지를 발견했다.

반으로 접혀 있던 메모지를 펼치자 반듯하고 간결한 글씨체가 보였다. 지원의 눈동자가 천천히 글씨를 따라 움직였다.

<깨울까 깨우지 말까 한참을 고민하다 결국 못 깨우고 간다.

눈 떴을 때 내가 옆에 없다고 서운해하지 말길.

이런 편지는 처음이라 뭐라고 써야 될지 잘 모르겠다.

음……. 열 내려서 정말 다행이야. 잠도 안 자고 열심히 간호한 보람이 있네. 굉장히 뿌듯해.

일어나면 냉장고에 죽 있으니까 그거 꼭 데워서 먹고. 약도 잘 챙겨 먹고. 나한테 연락도 하고. 응?

그리고 이제 아프지 마. 너 걱정하느라 내가 하루 사이에 팍 늙어버렸어. 그러니까 아프지 마. 지원아.

저녁에 일 끝나고 바로 올게. 먹고 싶은 거 생각해놓고.

아! 그리고 이건 진짜 중요한 얘긴데 우리 웬만하면 전화는 꼭 받자. 통화 안 되니까 그거 진짜 못 견디겠더라. 꼭 지키리라 믿고. 그럼 이만.

전화할게. 받아. 꼭 받아라? -태이>

이 글을 쓰면서 그는 어떤 표정을 짓고 있었을까. 지원은 혼자 상상해보았다.

6장

"사장님. 윤태이 본부장님 오셨습니다."

"아, 들어오라고 해요. 차는 됐어요."

"네. 본부장님, 들어가시죠."

김 비서의 안내를 받고 사장실로 들어간 태이는 자신을 향해 곱지 않은 시선을 보내는 부친과 마주했다.

무슨 말을 듣게 될지 대충 예상할 수 있었다. 소파에 앉기가 무섭게 불호령이 떨어졌다.

"너 이놈 자식. 전화도 없이 어디서 외박이야, 외박이! 네 엄마가 얼마나 걱정했는지 아냐? 네 엄마, 새벽에서야 겨우 잠이 들었다."

"잔소리는 집에서 들을게요. 여기 회사잖아요."

"집에 들어와야 얘기 하지."

"부산 현장 화재 건으로 보고드리러 온 건데, 저 내려갈까요."

"건방진 놈. 내 자식이지만 너 참 밥맛이야. 명색이 본부장이라는 놈이 옷 꼬락서니 하고는. 너, 잠은 어디서 잤어."

"노코멘트 하겠습니다. 아버지한테 제 사생활까진 보고드리고 싶지 않은데요."

쯧쯧쯧. 윤 사장이 끌끌 혀를 찼다. 한마디도 안 지는 아들 녀석의 뻔뻔한 낯짝이 꼴도 보기 싫었다.

"공사는 2주 정도면 무리 없이 끝날 것 같습니다. 피의자도 충분히 반성하고 있었고, 무조건 강하게 나가는 것보다 원만한 합의로 마무리 짓는 게 서로에게 좋을 것 같다는 게 제 판단입니다만."

"그러는 게 좋겠지. 괜한 걸로 언론에 오르락내리락, 그게 오히려 우리 쪽에 마이너스가 될 테니."

"법무팀엔 제가 전달하도록 하겠습니다. 보고 끝났으니 이만 나가보겠습니다."

"앉아, 이놈아. 할 말 있으니."

콱. 윤 사장이 어금니를 물며 위협을 가하자 태이는 못 이기는 척 다시 자리에 앉았다.

"주말에 약속 있으면 취소해. 무아 정 회장이랑 같이 저녁하기로 했다."

"근데 전 왜요. 두 분이 오붓하게 드시죠."

"콱!"

"폭력 쓰시는 겁니까, 윤 사장님?"

"어이구, 두야. 잔말 말고 주말에 나와. 송도 호텔 건 일도 그렇고 한 번은 우리가 제대로 인사는 해야 하니까. 저녁 먹고 라운딩……."

"저녁만 먹는 걸로 하시죠. 나머지 얘긴 집에 가서 하시고요. 할 일 많아요. 저 그만 나가볼게요."

"네 엄마한테 전화해서 연락 안 하고 외박한 거 잘못했다고 해. 네 전화만 오매불망 기다리고 있을 테니. 오늘 집에 들어갈 때 꽃 다발이라도 하나 사가지고 들어가든가."

"꽃다발 그런 건 아버지가 하셔야죠. 괜히 저한테 미루지 마세요."

"이노무 새끼. 너 때문에 내가 네 엄마 눈치 보느라……."

"그러니까요. 꽃다발은 오늘 아버지가 사가지고 들어가시면 되겠네요."

유유히 사라지는 태이를 보며 윤 사장은 분개했지만 얼마 가지 않아 아들의 마지막 말을 되새기며 김 비서에게 아내가 가장 좋아하는 카라 꽃다발을 주문해줄 것을 부탁했다.

태이는 이미 약속된 장소에 도착한 상태였지만 차 안에서 움직이지 않고 있었다. 아버지의 강요에 의해 오게 된 자리. 그를 사이에 두고 어떤 말들이 오갈지 생각만으로도 벌써 따분해졌다. 왔으니 들어는 가야겠는데 머리와 몸은 가기 싫다 뻗대고 있다. 주먹을 오므렸다 폈다 반복하다 태이는 결심을 굳혔는지 차 문을 열고 나왔다. 빨리 해치워버리자, 딱 그 마음이었다.

입구에 들어서자 그를 알아본 종업원이 정중히 인사를 건넸다. 간단한 인사말과 함께 윤 사장과 정 회장이 있는 곳으로 태이를 안내했다. 미닫이문이 열리자 마주 본 채 담소를 나누고 있는 아버지와 정 회장의 모습이 보였다.

"늦었습니다. 죄송합니다."

깍듯한 태도로 인사를 건네는 태이를 보고 부친 윤 사장과 정 회장은 전혀 상반된 얼굴을 했다. 반가운 기색이 역력한 정 회장과는 달리 윤 사장은 얼굴은 불만으로 가득했다. 굵고 숱 많은 눈썹이 크게 꿈틀거렸다. 하고 싶은 말이 있지만 꾹 참는 듯했다.

"와서 앉거라."

"네."

"태이는, 아니 이제 윤 본부장이라 불러야 하는 건가. 허허허."

정 회장이 호탕하게 웃으며 냉랭해진 분위기를 순화시키려 했다.

"태이는 날이 갈수록 인물이 훤해지는구만. 윤 사장은 좋겠어. 이런 듬직한 아들이 있어서."

"그런 소리 말아. 나는 이 녀석 얼굴만 보면 머리부터 지끈거려."

"있는 사람이 더한다더니, 자네한테 그 말이 딱이야. 윤 사장 자식 농사 잘 지은 거야 알 만한 사람은 다 알고 있는데. 세인이나 태이나 어디 내놔도 빠질 인물들이 아니지. 세인이는 좋은 사람 만나 시집 잘 갔고, 태이는 사위 삼고 싶다는 사람이 한둘이 아닐세. 나도 그중 하나고."

정 회장이 은근슬쩍 자신의 속내를 드러냈다. 정 회장의 말이 싫지만은 않은 듯 윤 사장의 입매가 조금씩 부드럽게 풀어졌다.

그런 두 사람의 모습을 지켜보던 태이는 속으로 혀를 찼다. 상황은 그의 예상에서 조금도 벗어나지 않고 흘러가고 있었다.

"그나저나 태이도 이제 슬슬 결혼을 생각해야지. 안 그런가."

"나나 집사람이나 하루빨리 해치우고야 싶지. 그 마음이야 굴뚝

같지만 당사자가 통 그럴 기미를 안 보여 문제지. 크흠."

부러 태이에게 잘 새겨들으라는 듯 윤 사장은 아들을 힐긋 바라보며 말했지만 태이는 조금의 표정 변화도 보이질 않았다.

"당사자에게 직접 물어야겠구만. 자넨 결혼 생각이 전혀 없는 건가."

정 회장이 내심 기대에 찬 어조로 물었다.

"예. 아직 결혼은 생각해본 적 없습니다."

망설임 없는 간결한 그의 대답에 '그럼 그렇지' 윤 사장은 허탈했고, 정 회장은 아쉬움이 가득해 보였다.

"내가 이래서 이 녀석 때문에 머리가 아프다는 거야. 이 얘긴 이만 접고 우린 건배나 합세."

윤 사장은 잔을 들며 정 회장에게 건배를 제안했다. 결혼 생각이 없다는 단호한 태이의 말에 목구멍을 타고 넘어간 술맛이 유독 쓰게 느껴졌다.

"아직 눈에 차는 상대를 못 만나서 그런 거겠지. 윤 사장, 너무 실망 말게. 그나저나 애가 올 때가 됐는데……."

"누가 또 오는가."

"허허허. 유경이. 내가 자네랑 태이 만난다니까 하도 오겠다고 성화를 부려서 내 오라고 했네."

"유경이 한국 들어왔습니까?"

잠자코 있던 태이도 반응을 보였다.

정유경. 반가운 이름이었다. 아버지와 정 회장과의 관계가 오래된 만큼 태이 역시 그 집 식구들과 인연이 있었다. 특히나 유경의 바로 위 언니인 세경과는 절친한 사이였다.

"친구들 만나기 바빠 얼굴 한 번 제대로 안 보여주던 녀석이 오늘은 왜 그렇게 고집을 부리던지."

"잘했네. 우리야 오랜만에 반가운 얼굴도 보고 좋지. 정 회장 좋겠어. 오매불망 기다리던 막내딸이 돌아왔으니. 유경이가 올해 나이가 몇이지?"

"올해 스물여섯 됐지."

"유경이도 이제 시집갈 나이가 됐구만. 근데 자네가 그 아일 다른 집에 보낼 수 있을런가 모르겠어. 유경이, 유경이 노래를 부르지 않았던가."

"좋은 사람만 있다면야 못 보낼 이유가 없지. 평생 내가 데리고 살 수만은 없지 않은가. 그래서 말인데 윤 사장, 아니 태이야."

"네."

"이왕 이렇게 말 나온 거 내 돌려 말하지 않겠네. 태이 자네 짝으로 우리 유경이는 어떤가."

태이는 자신이 뭔가 잘못 들은 게 아닐까 고갤 갸웃거렸지만 진지한 정 회장의 눈빛에 점점 난감해졌다.

"나나 자네 아버지나 집안끼리 한두 해 알고 지낸 사이도 아니고, 당사자들 생각이 가장 중요하겠지만 우리 유경이, 진지하게 생각해보는 게 어떻겠는가."

"정 회장님. 전……."

"자네 그 말 진심인가."

윤 사장이 급하게 태이의 말을 잘랐다. 아들의 입에서 흘러나오는 말들이 혹여나 정 회장의 기분을 상하게 할까 염려되었던 것이다.

정 회장의 뜻밖의 말에 놀란 건 윤 사장도 마찬가지였다. 두 아이들을 맺어줄 생각을 하고 있을 거라곤 생각도 못했었다.

"내가 설마하니 이런 걸로 농을 치겠나. 진심일세."

"나야 유경이가 우리 집 며느리가 된다면야 바랄게 없지."

정 회장의 제안을 흡족하게 받아들이는 아버지의 모습을 보고 태이는 생각했던 것보다 상황이 심각하게 흐르고 있음을 직감했다. 이대로 두었다간 자신도 모르는 사이에 결혼 날짜라도 잡을 기세였다.

"두 분 말씀 중에 죄송하지만 전 지금 만나는 사람이……."

"아빠!"

덜컹 하고 미닫이문이 세차게 열렸다. 룸 안으로 유경이 거의 뛰듯이 들어왔다.

"아저씨! 태이 오빠아아!"

유경의 등장으로 룸 안을 가득 채운 묵직한 분위기가 순식간에 반전되었다.

"유경이 왔구나."

"아저씨! 정말 오랜만에 뵙는 것 같아요. 그동안 저 잊은 건 아니시죠?"

"이 녀석아. 너는 이 애비는 보이지도 않지?"

정 회장이 투덜거리자 유경은 혀를 빠끔히 내밀며 이해해달란 얼굴을 했다. 유경의 관심은 오롯이 한 사람에게만 쏠려 있었다.

"태이 오빠, 오빠도 나 반갑지? 왜 아무 말도 안 해, 응?"

"그래, 반가워. 오랜만이다, 정유경."

정유경 하고 부르는 나지막한 목소리에 유경은 날아갈 듯 기분이 좋았다. 정확히 3년 만에 보는 얼굴이었다. 유경은 감격스러운 얼굴로 그의 눈, 코, 입 하나하나 천천히 살폈다. 더욱 근사한 남자가 되어 있을 거라고 생각은 했지만 기대 이상이었다. 자신이 어울리던 또래들과는 풍기는 분위기부터 달랐다. 서른둘의 남자 윤태이는 스물여섯 정유경의 마음을 흔들어놓기에 충분했다.

대화의 주제는 자연스럽게 유경을 중심으로 흘러갔다. 3년간의 길고 길었던 유학 생활에 대한 이야기는 끝없이 이어졌다. 정 회장과 윤 사장의 얼굴은 그저 흐뭇해 보였다.

화기애애한 세 사람과는 달리 태이는 대화에 전혀 집중하지 못하고 시계만 쳐다보고 있었다. 매순간 그를 의식하지 않을 수 없었던 유경은 무관심한 태이의 반응이 서운하게 느껴졌다.

유경이 룸메이트에 대한 이야기를 꺼낼 때였다. 가만히 자리를 지키고 있던 태이가 드디어 입을 열었다.

"죄송하지만 전 먼저 일어나보겠습니다."

태이가 겉옷을 챙기며 자리를 털고 일어났다. 여섯 개의 눈동자가 일제히 태이를 향했다.

"윤태이. 너 지금 이게……."

윤 사장이 불편한 심기를 드러냈다.

"저녁만 먹겠다고 처음부터 아버지께 말씀드렸잖아요. 정 회장님, 죄송합니다. 제가 중요한 약속이 있어 오늘은 먼저 일어나보겠습니다."

"아아, 그렇구만. 유경이 얘기 듣느라 시간이 이렇게 된지도 모르고 있었네. 약속이 있다니 당연히 가봐야지. 윤 사장, 우리도 같이 일어납시다. 우린 자리 옮겨서 술 한잔 더 해야 하지 않겠는가."

태이의 행동이 다소 불쾌하게 느껴졌을 법도 한데 정 회장은 별다른 내색을 보이지 않았다. 그래서 윤 사장의 얼굴이 더욱 화끈거렸다.

"그래, 그럽시다. 태이……. 태이, 넌 집에 가서 보자."

아버지의 심기를 건드렸다는 걸 알았지만 태이는 평소에도 이런 일들이 비일비재했기에 심각하게 받아들이지 않았다.

네 사람은 식당에서 나왔다. 고급 세단 두 대가 입구 앞에서 대기 중이었다. 다음 장소에서 만나기로 한 두 사람은 각자의 차에 올랐다. 정 회장의 뒤를 따라 차에 오르던 유경이 머뭇거렸다.

"유경아, 뭐 하니. 얼른 타지 않고."

"아빠. 난 따로 갈게."

"왜?"

유경이 정 회장의 귀 가까이에서 무언가 소근거렸다.

"오빠, 나 집까지 데려다줘. 오랜만에 만났는데 그 정도는 해줄 수 있지?"

일방적으로 제 할 말만 해버리고 냉큼 조수석에 올라타는 유경을 보며 태이는 썩 좋은 기분은 아니었다. 지금까지 태이의 개인용 차에는 어머니, 윤세인, 한규성, 그리고 지원 외에 다른 사람을 태운 적은 없었다.

특히나 최근 저 자리는 지원의 전용석이 되었기에 다른 이를 태운다는 게 더 거북하게 느껴졌다. 조수석에 올라 이미 벨트까지 맨

유경에게 뒷자리로 가라고 말하는 것도 좀 웃기고, 태이는 할 수 없이 살짝 굳은 얼굴로 운전석에 올랐다.

"집으로 가면 되는 거지."

"응. 근데 오빠, 우리 잠깐 카페 가서 차 한잔 마시면 안 돼? 이 대로 헤어지기 너무 아쉬워서."

"다음에 세경이랑 다 같이 한번 보자."

갑자기 툭 튀어나온 언니의 이름에 유경은 입을 삐죽 내밀었다. 3년 만에 만나서 그런 건가. 어쩐지 유경은 그가 자신에게 거리를 두는 것처럼 느껴졌다.

"오늘은 안 돼?"

"약속 있다고 말했던 것 같은데."

"너무해. 무슨 약속이기에 나랑 차 한잔 마실 시간도 없다는 거야."

유경이 작은 목소리로 구시렁거렸지만 태이는 별다른 대꾸를 하지 않고 묵묵히 핸들만 쥐고 있었다. 길이라도 꽉 막혀 그와 함께하는 시간이 조금이라도 늘어났으면 좋겠는데, 뻥 뚫린 도로도 모자라 그때그때 바뀌는 신호등 덕에 그의 차는 막힘없이 목적지를 향해 달렸다. 어느새 유경의 눈에 익숙한 거리의 풍경들이 들어왔다.

이대로 헤어지긴 정말 싫은데.

"정말 안 돼? 딱 30분만. 태이 오빠, 응?"

"정유경."

그의 목소리가 한층 더 낮게 가라앉았다. 계속해서 거절의 말을 해야 하는 태이 역시 마음이 편치 않았다.

'태이 자네 짝으로 우리 유경이는 어떤가.'

만약 오늘 그런 말을 듣지 않았더라면 차 한잔 마시자는 유경의 부탁을 이렇게 단호하게 거절하지는 않았을 것이다. 유경의 생각까지는 알 수 없었지만 태이는 어떤 식으로든 여지를 주고 싶지 않았다. 절친 정세경의 하나뿐인 여동생. 그에게 유경은 딱 그 정도의 의미였다.

"들어가. 다음에 또 보자."

"다음에 언제? 내가 원할 때 언제든 가능한 거야? 그렇다고 말 안 하면 나 여기서 안 내릴 거야."

이러다 끝이 없겠군.

태이는 더 이상 무의미하게 시간을 낭비하고 싶지 않았다.

"알았으니까 내려."

"약속했다."

몇 번의 확인을 더 받고 나서 유경이 차에서 내렸다. 유경이 환하게 웃으며 태이를 향해 손을 흔들었다. 차창 밖의 유경에게 고개를 까닥하며 인사를 건넸다.

유경이 빠져나간 자리. 그 자리를 보고 있자니 자연스럽게 지원의 모습이 떠올랐다.

그녀가 보고 싶다.

-어디야?

오늘도 그의 첫 마디는 그녀의 행방을 묻는 것으로 시작되었다. 지원이 몸살을 앓고 난 후 생겨난 그의 작은 변화였다.

"지금 집 근처 공원이야. 태이 너는?"

-운전 중. 공원에서 뭐 해? 근데 왜 이렇게 시끄러워. 목소리 잘 안 들린다.

지원이 자연스럽게 주변을 살폈다. 집 앞에 위치한 공원은 늘 많은 사람들로 북적거렸다. 특히나 이 시간대는 공원에서 개최하는 분수쇼 공연이 있어 평소보다 배로 사람이 많았다.

스피커를 타고 흘러나오는 음악에 맞춰 화려하게 춤을 추는 물줄기는 혼자 보기 아까울 정도로 아름답고 근사했다. 조명들이 만들어낸 각양각색의 불빛들이 눈앞에서 번쩍번쩍했다.

"아……. 분수쇼 하고 있어서."

-음? 잘 안 들려. 좀 크게 말해봐.

조용히 통화할 곳을 살폈지만 마땅한 공간을 찾기 힘들었던 지원은 휴대폰에 입을 좀 더 가까이 댔다.

"분. 수. 쇼 보고 있어."

-분수쇼? 공원에서 그런 것도 해?

"응. 여기 엄청 근사해."

-그 근사한 걸 혼자 보고 있다는 거지, 지금.

지원이 들뜬 목소리로 말하자 태이는 뾰로통한 반응을 보였다. 지원이 멋쩍은 듯 웃으며 다음에 꼭 같이 보자는 말로 그를 달랬다.

약속이 있다고 하더니 저녁은 맛있게 먹었을까.

끼니에 대한 기준이 엄격한 태이로 인해 지원도 어느새 그런 것부터가 궁금해졌다. 밥은 맛있게 먹었는지. 메뉴는 무엇이었는지. 그런데 태이의 대답이 시큰둥했다.

-별로. 소화제를 사 먹을까 말까 그러고 있어. 그래서 지금 약국

앞에 와 있는데…… 약국 이름이 초원…… 약국이고…….

그의 뜬금없는 말에 지원이 고개를 갸우뚱거렸다.

-그리고 그 옆에 카페가 하나 있는데 그 카페 이름이……. 풀문
(FULL MOON)인 것 같은데……?

지원은 태이의 말을 천천히 곱씹었다.

초원 약국. 카페 풀문. 어쩐지 그녀에게 낯익은 이름들이었다.

지원의 머릿속에서 뭔가 떠올랐다. 그가 하고 싶은 말이 무엇인
지 알 것 같았다.

'나 널 만나러 왔어'

그는 그렇게 말하고 있었다.

'엄청 근사한' 분수쇼가 끝나기까지 30분 정도가 남았지만 그
에 대한 미련은 없었다. 지원의 두 발이 빠르게 움직였다. 그리고
어느새 그녀는 뛰고 있었다.

운동화를 신길 잘했어.

숨이 차오르는 것도 잊은 채 지원은 그가 있는 곳으로 향해 열
심히 달렸다.

오피스텔 건물이 보였다. 그리고 그 앞 길가에 세워진 익숙한
차 한 대도 발견했다. 신호가 원래 이렇게 길었던가. 마음은 점점
급해지는데 세상은 너무 더디게만 흘러갔다.

정지선 앞으로 차들이 나란히 멈춰 설 때쯤, 신호등이 초록색으
로 바뀌었다. 조금만 더. 조금만 더. 지원은 속으로 외쳤다.

횡단보도 끝에 다다라 오른발이 작은 턱을 넘어 바닥에 닿았다.
방향을 바꾸기 위해 왼쪽으로 몸을 틀 때였다. 오로지 앞만 보고
움직이던 지원의 몸이 뒤에서 끌어당기는 강한 힘에 의해 빙글, 돌

아갔다. 순간 작은 몸이 중심을 잃고 휘청거렸다. 넘어질 거란 예상과는 달리 지원의 두 발은 안전한 모양새로 여전히 땅 위를 짚고 서 있었다.

단단한 무언가가 지원을 받쳐주고 있었다.

"어딜 그렇게 급하게 가시나."

보란 듯이 앞을 지키고 서 있었건만 지원은 무심히 그를 스쳐 지났다. 타이밍 좋게 그가 팔을 뻗어 지원을 붙잡았으니 망정이지, 하마터면 눈앞에서 지원을 놓칠 뻔했다. 어떻게 앞에 있는 그를 모르고 지나칠 수 있을까.

"손지원. 뭐가 그렇게 급해서 눈앞에 있는 나도 못 알아보냐고."

"여기……. 나는 차에 있는 줄……."

지원이 작게 숨을 헐떡거렸다.

"차에 누가 있는데?"

태이는 능청스러운 얼굴을 하고 있었다. 빤히 그를 쳐다보던 지원이 숨을 고르며 그의 질문에 답했다.

"조금도 기다리게 하고 싶지 않은 사람."

지원의 대답이 마음에 들었는지 태이는 흡족한 미소를 지었다. 지원의 얼굴 옆으로 흐트러진 머리칼을 귀 뒤로 넘겨주는 그의 손길은 다정하기만 했다.

"그건 좀 감동인데. 힘들게 뭐하러 뛰어와. 넘어지면 어쩌려고."

"그러는 넌 왜 여기 있어. 바람도 찬데 차 안에 있지."

"나도 누구처럼 마음이 좀 급했거든."

그의 말을 듣고 지원의 눈매가 부드럽게 휘어졌다. 배시시 웃는 그녀의 얼굴이 사랑스러웠다.

"속은? 속은 좀 괜찮아? 소화제는 샀어?"

"아니, 안 괜찮아. 약국들 이미 문을 닫았더라고."

지원이 급하게 주변을 둘러보는데 1층 상가 간판들은 그가 말한 대로 이미 불이 다 꺼진 상태였다.

"그럼 편의점에라도 가자. 요즘은 편의점에서 비상약도 파니까."

지원이 심각해진 얼굴로 태이의 팔을 잡아끌었다. 아무 말 하지 않고 얌전히 지원을 따르던 그가 갑자기 자리에 멈춰 섰다.

"왜……?"

"약 말고 더 좋은 방법이 있기는 한데."

"그게 뭔데? 병원 가야 할 것 같아?"

"그거 말고. 있잖아, 너 잘하는 거. 그거면 내 아픈 속이 싹 다 나을 것 같은데."

아픈 속을 한번에 낫게 하는 그런 신비한 재주가 자신에게 있었나. 그게 과연 뭘까.

"자, 해봐."

태이는 양 손바닥을 내보이며 지원 앞으로 양팔을 벌렸다.

"응? 뭐…… 를."

"안아달라고 나 좀. 이렇게 얘길 해야 알지, 너는."

"장난하지 말고. 속 아프다며. 체한 것 같다며."

"장난 아니거든. 효과는 이미 경험해봤으니까 일단 해봐. 해보고 얘기해. 내가 낫나, 안 낫나."

지원은 아프다는 그의 말조차 의심스러웠지만 일단 모르는 척 그에게 다가갔다. 태이가 다시 재촉하자 지원은 두 팔을 그의 허리에 살포시 감았다.

"아프다는 거 거짓말이지."

"아니거든. 속을 열어 보여줄 수도 없고. 가만 있어봐. 점점 낫고 있으니까. 와! 이거 되게 신기하네. 손지원, 너 능력자다."

사람이 이렇게 뻔뻔할 수 있을까. 윤태이의 뻔뻔함은 점점 그 강도가 세지고 있다. 나오는 건 웃음뿐.

"정말 낫고 있긴 한 거야?"

"그렇다니까. 말 그만 시키고 좀 더 세게 안아줘봐."

말은 그렇게 하면서도 정작 힘을 주어 안는 건 태이였다. 가슴이 갑갑하다 느껴질 정도로 그가 힘을 주어 지원을 안았다.

더는 바랄 게 없을 정도로 태이는 지금 이 순간이 무척이나 만족스러웠다. 조금 전 느꼈던 짜증은 자취를 감춘 지 이미 오래였다. 빈틈없이 이렇게 서로를 안고 있다는 것만으로 행복한 감정을 느낄 수 있다는 건 그에게도 무척이나 새로운 경험이었다.

이 작은 여자가 제 안에서 점점 커져가고 있다.

손지원, 나는 네가 정말 좋다. 어쩌면 이제 그 말로는 부족할지도 모르겠다.

순간의 완전함 때문일까. 문득 태이는 불안감이 들었다. 그 불안감은 말로는 설명할 수 없는 그의 가슴속 깊은 곳에서 시작된 것이었다. 이 느낌을 네게 어떻게 설명할 수 있을까.

"지원아."

"응?"

작은 엇갈림조차 서로에게 큰 상처가 될 수 있다는 걸 알게 된 그는 그녀에게 최소한의 장치를 걸어두고 싶었다.

"내가 만약 너한테 뭔가를 설명해야 하는 일이 생기면 그땐 혼자 고민하지 말고, 아파하지도 말고 내가 너한테 갈 때까지 나 믿고 기다려줘. 그래줄 수 있어?"

"갑자기 그게……. 태이야, 무슨 일 있어?"

"아무 일도 없어. 그러니까 심각한 얼굴 하지 마. 그냥 네가 날 믿어줬으면 좋겠다. 그런 의미에서 하는 말이니까. 너 아프게 안 할게. 그때처럼 날 기다리게 하지도 않을게. 그러니까 나 믿어줘. 그래줘, 지원아."

"응, 그럴게. 네 말대로…… 할게."

지원이 고갤 끄덕였다.

지원을 보며 그가 흡족한 미소를 지었다.

만남의 끝엔 늘 헤어짐이 있다. 이젠 지원을 집으로 보내야 하고, 자신도 집으로 돌아갈 시간이 되었다. 짧은 만남이 아쉽기만 한 두 사람이었다. 그녀를 만나러 오는 길에 느끼는 설렘보다 다음을 기약하는 이 순간이 그에겐 더 아쉽고 힘든 시간이 되었다.

"운전 조심하고. 도착하면 연락 줘."

"그럴게. 들어가. 아, 분수쇼 다음엔 꼭 같이 보자. 앞으로 좋은 건 혼자 보지 마. 뭐든 나랑 해."

"훗. 알았어. 그러자."

현관문이 열리고, 지원이 집안으로 들어갔다. 문이 닫히는 순간까지 둘은 서로에게서 눈을 떼지 못했다.

탕. 문이 닫히고, 더 이상 지원의 모습이 보이지 않았지만 태이는 한참이나 그 앞을 떠나지 못하고 있었다. 태이의 손이 문손잡이에 닿았다 떨어지길 몇 번이나 반복했다.

"돌아…… 가야겠지. 오늘은…….."

남편이 벗어놓은 옷가지를 정리하던 경민이 동작을 멈추고 눈을 동그랗게 뜨며 되물었다.

"정 회장님이요?"

"그렇다니까. 그 사람이 그런 생각을 갖고 있을 줄이야. 난 꿈에도 모르고 있었어. 허허허."

남편의 기분은 몹시 좋아 보였지만 경민은 별다른 반응을 보이지 않고 조용히 자신이 하던 일에 다시 열중했다.

"왜 아무 말이 없어? 당신은 별로야?"

"뭐가요."

"우리 며느리감으로 유경이 어떠냐고. 태이 짝으로 유경이 정도면 훌륭하지. 안 그런가?"

"그거야 그렇죠. 그런데 태이는 알고 있어요?"

"말이야 했지. 그것도 정 회장이 직접. 그런데 그 녀석, 딱 잘라 결혼 생각은 없다고 하더군. 괘씸한 놈 같으니."

태호의 얼굴이 사정없이 구겨지자 경민은 그럴 줄 알았다는 듯 지금 남편과의 대화는 큰 의미 없다 느껴졌다.

"아직 결혼 생각 없다는데 우리가 뭘 어쩌겠어요. 기다리는 수밖에 없지요."

"결혼 생각이 없으면 있게 만들면 되지 뭐가 문제야. 이렇게 좋은 기회가 왔는데 그걸 놓칠 수야 없지."

"여보!"

"태이 결혼 문젠 나한테 맡겨둬."

"휴. 갑자기 결혼이라니. 전 모르겠네요. 근데 당신 분명히 말하지만 이 문제로 태이 너무 몰아붙이지 말아요. 그건 정말 안돼요."

태이의 결혼에 관해 완강한 태도를 보이는 남편에게 지금은 무슨 말을 해도 아무런 소용이 없을 것 같았다. 앞일을 생각하니 경민은 괜히 걱정부터 앞섰다.

늦은 밤 태이의 전화를 받고 집 근처의 바를 찾은 규성은 그의 얼굴을 보자마자 불만을 쏟아냈다.

"뭐냐, 너. 내가 술 먹자고 할 땐 온갖 이유로 날 버리더니. 잘 자고 있는 사람은 왜 깨우고 난리야. 신경질 나게."

규성은 볼멘소리를 내면서도 눈으론 호박빛의 맑은 액체에서 시선을 떼지 못했다.

"그런 소리 할 거면 다시 들어가든가. 안 잡을 테니까."

"뭘 또 그렇게 매정하게. 쓰읍, 그런 말 하기엔 이미 늦었지. 이미 내 몸은 이 알코올을 받아들였거든. 그리고 내가 너나 만나야 이런 술 구경을 하지. 너와 나 우리 둘 사이에 엄청난 연봉 갭이 존재하고 있다는 거 모르냐? 윤본, 너 오늘 지갑 탈탈 털릴 준비나 해. 날 이리로 부른 걸 내일 아침에 처절하게 후회하게 만들어주지."

호기롭게 말한 규성은 제 잔에 술을 가득 부어 입 안에 털어 넣었다. 그런 규성을 보며 어이없다는 듯 피식 웃던 태이도 단숨에 잔을 비웠다.

"근데 무슨 일 있냐? 네가 먼저 술 먹자는 얘길 다 하고. 원래 그거 내 전용 멘트잖아."

"별로. 그냥 술 생각이 나서."

"그러니까 술 생각이 왜 나느냐고."

"지금 이 상태로 집에 들어가면 아버지랑 한바탕할 수도 있겠다 싶어서. 시간도 벌 겸 겸사겸사."

잔을 가볍게 돌리며 태이는 별일 아니라는 듯 가볍게 대꾸했다. 규성은 태이의 얼굴을 유심히 살폈다. 별일 아니라고 말하는 놈치고 표정이 많이 어두워 보였다. 더 자세하게 물어볼까 하다가 규성은 이내 생각을 접었다. 지금 윤태이 상태를 봐선 물어봐야 대답을 들을 수 있는 확률이 적어 보였다.

술이 마시고 싶어서 왔다는데 술친구 역할에나 충실해야지.

"그래, 술이나 마시자."

두 개의 잔이 소리 내며 부딪쳤다. 누가 빨리 마시는지 경쟁이라도 하듯 두 남자는 깔끔하게 잔을 비웠다.

"오, 윤태이. 근데 너 오늘 장난 아닌데? 내일 출근도 안 하겠다, 죽을 때까지 함 마셔봐?"

"미친놈."

규성에게 연락을 한 건 옳은 선택이었다. 생각이 많아져 머리가 복잡할 땐 한규성의 실없는 소리만큼 좋은 건 없었다. 아무것도 묻지 않고, 알려 하지 않고 가만히 옆을 지켜주고 있는 녀석이 듬직하기까지 했다. 만나면 늘 서로 으르렁대기 바빴지만 그것조차 허투루 보낸 세월은 아니었다. 생각해보면 한규성만큼이나 윤태이를 잘 알고 이해하는 사람도 없었다.

'미친놈' 소릴 듣고도 헤벌쭉 웃고 넘기는 그런 놈이었다. 규성은.

"그때 지원이 일 고마웠다."

"지금 뭐라고 했어? 고. 맙. 다고 했냐? 윤태이 네가? 내 귀가 뭘 잘못 들은 건 아니지? 다시 말해봐. 내가 도저히 믿기질 않아서."

깐족거리지만 않으면 정말 좋은 녀석인데. 미친놈 소리 한 번 더 하려다 참았다.

"취소할까 보다."

"취소는 무슨. 이미 들었는데. 지원이 덕에 내가 너한테 고맙다는 말을 다 듣네. 다음에 지원이한테 밥 한번 사야지 그냥 넘어가면 안 되겠다."

"네가 걔랑 밥을 왜 먹어."

"뭐냐, 이거……. 너 혹시 질투냐? 와우. 와우, 윤태이. 와우, 사람이 안 하던 짓 하면 죽을 때가 다 돼서라고 하던데, 너 어디 아픈 건 아니지?"

'연애'의 힘일까. '손지원'의 힘일까.

사람이 이렇게 단기간에 바뀔 수 있는 걸까. 규성은 태이의 변화가 놀랍기만 했다.

강하게 눈을 흘기는 태이를 피해 마른안주 하나를 집어 질겅질겅 씹었다.

아무리 생각해도 두 사람의 인연이 신기했다. 만날 사람들은 어떻게 해서든 만나게 된다더니, 이 두 사람을 두고 하는 말 같았다.

"윤태이 너 진심인 거지?"

"뭐가."

"지원이에 대한 네 마음 말이야."

"진심이 아니면 또 뭐가 있는데."

"예민하게 굴지 마. 네 생각이 궁금했던 것뿐이니까."

"하고 싶은 말이 뭔데. 진심이냐고 묻는 네 저의가 뭐냐고."

"후우. 내가 뭘 걱정하는지 너도 모르지 않잖아. 너희 둘이 진심이라면, 그 마음이 깊어진다면…… 너희 두 사람 앞으로 복잡해질수 있다는 거 태이 너도 알고 있잖아."

복잡해진다라. 복잡해진다.

"지원이랑 너……. 쉽지 않을 거라고. 그걸 말하려는 거라고."

마음을 쉽게 내주고 쉽게 끊어내는 녀석이라면 애초에 걱정할필요도 없겠지만 윤태이를 누구보다 잘 알고 있는 한 사람으로서앞날에 대한 불안감을 모르는 척할 수 없었다.

윤태이, 손지원. 연인이라는 말로 하나 되어 묶여 있는 두 사람이지만 지금까지 그들이 살아온 세상은 달라도 너무 달랐다. 그건절대 부정할 수 없는 사실이었다.

"네 말대로 쉽지 않겠지. 그럴 거야, 아마도."

태이 역시 순순히 그 사실을 인정했다. 그는 규성이 무엇을 염려하고 있는지 모르지 않았다. 이 문제에 대해 그 역시 생각해보지않은 것도 아니었다. 윤태라는 이름 앞에 어떤 수식어가 붙어 있고, 그 이름은 앞으로도 변하지 않을 거라는 것. 그건 지원도 마찬가지였다. 그들이 어떤 식으로 사람들에게 불렸는지는 이미 충분히 경험해보았다.

하지만 이미 시작된 마음. 진심이 되어버린 그에게 세상 사람들의 시선은 어떤 문제도 되지 않았다.

"지원이가 어떤 삶을 살았건 나와 얼마나 다르건 그건 이제 나한테 전혀 중요하지 않아."

"태이야."

"그게 날 망설이게 했다면 처음부터 지원이랑 시작도 안 했어."

더 이상 무슨 말이 필요할까. 규성은 태이에게 느껴지는 강한 확신에 어떤 말도 할 수 없었다. 윤태이가 그 정도의 마음이라면 더 이상 물을 것도 확인할 것도 없었다.

7장

오후의 따뜻한 햇살이 사무실 창을 통해 들어오는 것을 감상하며 태이는 기분 좋은 얼굴로 지원과 통화를 하고 있었다.

"그래서 오늘 뭐 하는데. 보호소? 알아, 뭔지. 윤세인도 가끔 가는 것 같더라. 아아! 방금 건 취소. 이해 좀 해주라. 말했잖아. 천천히 고치겠다고. 세인 누나. 됐지? 그게 말처럼 쉬운 게 아니거든. 그만 투덜거려. 알았어. 내가 실수했어."

아차, 싶었지만 이미 늦었다. 지원은 태이의 실수를 놓치지 않고 그를 나무랐다. 한평생 윤세인을 윤세인으로 부르다가 '누나' 소리하려니까 미칠 것 같았다. 그래도 약속한 게 있으니 태이는 이 오랜 습관을 고쳐볼 생각이었다. 하지만 아직 시간이 많이 필요할 것만 같다.

"이럴 땐 말 참 잘해. 다음에 태어나면 너 선생님 해도 되겠다.

진심이야."

지원이 큭큭거리며 웃자 그 소릴 들은 태이도 따라 웃었다.

"쉬는 날인데 너무 무리하지 말고. 밥 제때 챙겨먹고. 저녁에 데리러 갈까? 주소 문자로 보내면……."

똑똑.

"본부장님."

최 실장이 사무실 문을 열고 들어오자 태이는 손을 들어 기다리라 지시했다. 지금은 어떤 방해도 받고 싶지 않았다. 태이는 아무렇지 않게 통화를 이어나갔다.

"그래서 싫다고. 안 만나주시겠다 이거지. 와, 너무하네. 손지원, 이제 난 다 잡은 물고기라 이거지?"

-그게 아니라, 그런 거 아니야. 다 잡은 물고기라니 그런 말이 어디 있어.

지원이 쩔쩔매는 음성으로 말하자 태이의 어깨가 심하게 들썩거렸다. 이러면 안 되는데 하면서도 왜 이렇게 지원을 놀리는 게 좋은지 모르겠다.

"뭘 만날 웃지 말래."

최 실장은 휘둥그레진 눈으로 상사의 모습을 바라봤다. 지금까지 자신이 알고 있던 사람과 동일 인물이 맞는 걸까 의심이 들 정도로 그가 풍기고 있는 분위기는 낯설었다.

저렇게 웃을 수도 있는 사람이란 건 오늘에서야 처음 알게 되었다. 영진은 문득 휴대폰 속 주인공이 궁금해졌다.

"그래, 알았어. 일할게. 끝나면 연락 줘."

통화를 마친 태이는 문 앞에 멀뚱히 서 있는 최 실장을 발견했다.

"최 실장님, 무슨 일로."

"네? 아, 아, 네. 본부장님, 손님이 오셨는데요."

"따로 약속 잡힌 건 없는 걸로 알고 있는데……. 누군데요?"

"그게 1층 데스크에서 온 연락이라……. 정유경 씨라고."

"누구요?"

태이가 눈썹을 구기자 영진은 메모지에 적힌 이름을 다시 한 번 확인했다. 그 이름을 다시 정확히 말하려는데 뒤에서 인기척이 느껴졌다. 또각또각 구두 소리는 점점 가까워졌다.

이미 태이의 시선은 영진의 뒤로 가 있었다. 조금 전까지만 해도 웃음을 띠고 있던 그의 얼굴이 지극히 사무적이다 못해 딱딱하게 변해 있었다. 영진이 조심스럽게 입을 열었다.

"정유경 씨 오신 것 같은데요."

"그러네요. 최 실장님은 이만 나가보세요."

영진이 나가고 곧바로 유경이 사무실 안으로 들어왔다.

"태이 오빠! 나 왔어."

"유경이 네가 여긴 어쩐 일이야."

"첫인사라고 하기엔 너무 딱딱하다. 약속했잖아. 내가 원할 때 언제든이라고."

"약속한 건 맞는데 그게 이렇게 일방적일 거라곤 생각 못했는데."

"아! 미안. 나, 나는 오빠 놀라게 해주려고."

얼굴이 화끈거렸다. 유경은 입술을 지그시 깨물었다. 태이를 만나기 위해 아침부터 일찍 일어나 옷을 몇 번이나 갈아입고 숍에 들러 헤어와 메이크업도 받았다. 그에게 잘 보이기 위해 했던 자신의 노력이 태이의 딱딱한 말 한마디에 모두 헛수고가 되어 버렸다.

"앉아. 이 시간에 내 얼굴 하나 보겠다고 여기까지 온 건 아닐 테고. 용건 있어 왔을 거 아냐."

"응, 맞아. 나 오빠한테 할 말 있어서 왔어."

"정확히 20분 뒤에 회의 있어."

"시간 오래 안 뺏을게. 그래도 차 한잔 줄 수는 있지?"

테이블을 사이에 두고 태이와 마주 앉게 된 유경은 긴장감으로 입 안이 바싹 말라왔다. 반면 긴 다리를 꼰 채 찻잔을 들고 있는 그는 무척이나 여유로워 보였다.

어떤 말로 시작하면 좋을까. 유경의 머릿속이 복잡해졌다.

"할 말 있다며. 해."

"아빠한테 얘기 들었어. 내가 들은 얘기가 뭔지는 오빠도 알고 있을 거라 생각해. 오빠 생각이 알고 싶어서…… 그게 궁금해서 왔어."

태이는 한숨을 폭 내쉬었다. 유경이 무슨 이야기를 하려는지 대충 알 것 같았다. 잔뜩 긴장한 채로 자신 앞에 앉아 있는 유경의 모습이 낯설었다.

"너랑 이런 얘길 하게 될 거라고 생각 못했어. 정 회장님 말씀, 굉장히 뜻밖이었고."

그건 유경도 마찬가지였다.

"그에 대한 내 생각을 묻는 거라면 전혀 그럴 마음 없어. 말 안 되는 소리야."

그의 태도는 단호해도 너무 단호했다. 일말의 가능성조차 열어

142

주지 않는 그에게 유경은 진한 서운함을 느꼈다.

"왜, 왜 말이 안 되는데? 왜 그렇게 단정하는 건데."

"정유경, 나한테 무슨 대답이 듣고 싶은 거야?"

"오빠가 이렇게 단칼에 거절할 거라곤 전혀 생각 못했어. 이런 말 들으려고 여기까지 온 거 아니야. 나는 적어도 오빠가⋯⋯."

유경 역시 자신만큼이나 황당해했을 거라 생각했었다. 하지만 그건 그의 착각이었다. 유경은 그에게 무언가 특별한 대답을 기대하고 있었다. 하지만 유감스럽게도 그는 유경이 원하는 대답을 해줄 생각이 전혀 없었다.

"내 친한 친구의 여동생. 너 나한테 그 이상의 의미 없어. 그건 너도 잘 알고 있을 거라고 생각하는데."

"알아. 오빠가 나 그냥 동생으로 생각하고 있다는 거. 그런데 그런 관계는 충분히 바뀔 수 있어. 지금부터라도 우리가⋯⋯."

"아니. 절대 그럴 일 없어. 그러고 싶지도 않고. 그러니까 이런 얘기 그만하자."

유경은 태이에게 어여쁜 동생이었다. 지금까지 이어온 소중한 인연을 의미 없는 대화로 망치고 싶지 않았다. 태이는 여기서 멈추기를 원했지만 유경은 그와 생각이 다른 듯했다.

"우리 아빠랑 윤 사장님 생각은 다르실 거야. 나는 두 분 뜻 따를 생각이야."

"거기에 네 의지도 포함되어 있고?"

"싫은 일 억지로 하지 않아. 그리고 우리가 결혼한다면 양쪽 집안에도 분명 좋은 일이 될 거라고 생각해."

"양쪽 집안에 좋은 일이라. 너 그거 진심으로 하는 소리야? 그게 네 진심이라면 나도 너한테 더 솔직해져야겠다. 집안에 좋을 일 시키자고 원하지도 않는 결혼 할 정도로, 나 그렇게 착한 아들 아니야."

"오빠!"

그의 눈빛이 매서워졌다.

"내 얘기 끝까지 들어. 갑자기 찾아와 나와의 결혼이 가능하다고 말하는 너, 나는 이해 못해. 하고 싶지도 않고. 내가 너랑 같은 뜻이 될 거라는 기대, 하지 마."

원피스 자락을 쥐고 있던 유경의 손이 바들바들 떨렸다. 태이가 다정한 성격이라고 생각한 적은 없었지만 이렇게 차가운 사람이라고도 생각 못했었다.

"왜 그렇게 냉정해. 오빠 나한테 이렇게 차갑게 군 적 없었잖아."

"네가 선을 넘었으니까. 부탁인데 내가 원래 알고 있던 정유경으로 있어줘. 그럼 나도 전처럼 널 대할테니까."

"내가 그렇게 못하겠다면?"

"……정유경."

"오빠 지금 무척 놀라고 당황스럽다는 거 알아. 보채지 않을게. 그러니까 오빠, 지금부터라도 나에 대해서 다시 한 번 생각해줘. 어려운 부탁 아니잖아. 응?"

"네 부탁 못 들어줘."

"오빠!"

"좋아하는 사람이 있어. 지금 그 사람과 잘 만나고 있는 중이고. 내가 왜 네 부탁 들어줄 수 없는지 이 정도면 충분히 답변이

된 것 같은데."

"만…… 만나는 사람이 있다고? 누군데? 어떤 여잔데? 혹시 나도 아는 사람이야?"

"그 질문, 주제넘다고 생각 안 해?"

"……."

"20분 다 됐어. 차는 마저 마시고 가."

"태이 오빠!"

"이 얘기는 오늘로 끝내. 나는 너한테 내 뜻 충분히 전했어. 혹시라도 다음에 또 나를 찾아오려거든 그땐 정세경 동생, 정유경으로 와."

그는 미련 없이 서류철을 챙겨 사무실을 나갔다. 태이는 단 한 번도 뒤돌아보지 않았다. 주인이 사라진 공간에 홀로 남게 된 유경은 한참 동안 멍한 얼굴로 자리를 지키고 있었다.

그의 말 한 마디 한 마디가 송곳이 되어 가슴에 박혔다.

설렘과 기대를 가지고 그를 찾아왔지만 자신에게 남은 건 쓰라린 상처뿐이었다.

'좋아하는 사람이 있어. 지금 그 사람과 잘 만나고 있는 중이고.'

유경은 그가 했던 말을 다시 떠올렸다. 그리고 궁금해졌다. 그가 만나고 있다는 그 여자가.

마우스를 쥔 지원의 손가락 끝이 하얗게 변했다. 그녀는 몇 번이나 기사 속에 있는 이름을 읽고 또 읽었다.

[태송그룹과 무아건설, 오랜 인연 끝에 사돈 관계 되나]

[태송그룹 윤태호 사장의 장남 윤태이 씨(32)와 무아건설 정상

현 회장의 삼녀 정유경 씨(26)의 혼담이 오가고 있는 것으로 확인되었다. 윤태호 사장과 정상현 회장은 오래 전부터 두터운 친분 관계를 유지하고 있는 것으로 알려져 두 집안의 혼담이 오가는 건 어쩌면 당연한 일이라며 측근들은 입을 모았다.

윤태이 씨는 현재 태송그룹 신규사업부 본부장직을 맡고 있으며 올 12월 오픈 예정 중인 부산 최대 규모 쇼핑몰, 부산해윤시티 총책임자로도 알려져 있다. 윤태송 회장의 친손자인 그는 뛰어난 업무 능력을 인정받아 이미 그룹 내에서 입지를 굳히고 있으며 정유경 씨 또한 미술학을 전공한 인재로 알려졌다. 태송그룹과 무아건설 측은 아직 조심스럽다는 입장을 보이고 있지만 두 사람의 결혼이 확실시된다면 재계에 큰 영향력을 발휘할 것으로……]

윤태이.

이제는 너무나 익숙한 그 이름. 그런데 또 그렇지만은 않은.

잊고 있었던 걸까. 그랬던 것 같다.

반가운 동창에서 이제는 그녀의 연인이라 불리는 남자에겐 그녀와 마찬가지로 또 다른 이름이 존재했다. 아무렇지 않은 척 굳은 마음을 가지고 하루하루를 버티던 그때. 자신의 이름 뒤에도 항상 따라다니던 꼬리표가 있었다.

지원은 노력했다. 상처받지 않기 위해, 현실을 담담하게 받아들이기 위해. 하지만 말처럼 쉬운 일은 아니었다. 친구들의 수군거림, 자신을 향한 여러 종류의 시선들. 열아홉 소녀가 모든 걸 견뎌내기엔 버거운 것들이었다.

정확히는 알 수 없지만 언젠가부터 자연스럽게 깨닫게 되었다.

자신 앞엔 거대하지만 아무도 볼 수 없는, 오직 그녀만이 볼 수 있는 투명한 벽이 존재한다는 것을. 견고하고 높은 그 벽에 지원은 선뜻 다가가지도 손을 뻗지도 못했다. 그래서 늘 머뭇거렸고 조심스러웠다. 쓸쓸했고, 조금은 부끄러웠던 그녀의 그 기억 안엔 윤태이도 있었다.

그의 주변엔 언제나 많은 사람들이 있었다. 사람들은 그를 굉장히 좋아했다. 그리고 또 부러워하기도 했다. 그건 굳이 노력하지 않아도 알 수 있는 사실이었다. 그를 향한 수많은 사람들의 시선. 그 안에 지원의 것도 포함되어 있었다. 힐긋힐긋, 지원은 그를 몰래 훔쳐보기도 했었다.

'태송 황태자' 그리고 '범생이 고아' 두 사람은 그렇게 불렸다.

그때 처음 알게 되었다. 같은 나이, 같은 공간에 있지만 그의 세상과 자신의 세상은 분명히 다르다는 것을. 열아홉 지원에게 열아홉 윤태이는 전혀 현실감 없는 아주 먼 존재였다.

그리고…… 오랜 시간이 흘렀다.

나를 기억하고 있구나. 그 사실만으로도 충분히 놀라웠고, 신기했던 그녀였다. 나와는 다른 세상에 살고 있는 사람. 그렇게 생각했던 그가 어느 날 불쑥 지원의 삶으로 뛰어 들어왔다. 거침없이 아주 빠른 속도로.

그래서 잊고 있었다. 어쩌면 기억하고 싶지 않았던 것일 수도 있다. 그가 주는 설렘이 기뻐서, 함께하는 시간이 즐거워서, 그리고 이 마음이 점점 더 커져버려서.

쓸쓸해진 얼굴로 지원은 모니터로 향한 시선을 거두었다. 조금 더 늦게 알았으면 좋았을 텐데. 그때 그 감정이, 그를 보며 느껴던 이질감이 새록새록 떠오르기 시작했다. 그래서 지원은 서글펐다.

데스크에 올려놓은 휴대폰이 무섭게 몸을 떨었다.

징. 징. 징.

지원의 마음처럼 요란하게 소리를 낸다. 태이에게 걸려온 전화였다.

받을까 말까 망설여졌다. 그의 전화는 늘 반가웠지만 지금은 두려움이 더 컸다. 모든 게 다 현실이 되어버릴 걸 알고 있으니까.

'전화는 꼭 받자'

태이가 편지에 남겼던 문구가 떠올랐다. 미처 대답하지 못했지만 이미 서로가 꼭 지켜야 할 약속이라는 것을 알고 있었다.

아무렇지 않은 척. 괜찮은 척. 혼란스러운 마음을 다독여 지원은 차분하게 전화를 받았다.

"응, 태이야."

1초라도 빨리 지원을 만나고 싶다고 생각하면서도 또 한편으론 그렇지 않았다. 병원 유리문을 열고 나오는 지원의 모습이 보이자 태이는 주먹을 꽉 쥐었다. 손끝이 하얗게 변했다.

"생각보다 일찍 도착했네. 길은 안 막혔어?"

차에 오른 지원이 그에게 건넨 첫 마디였다. 지원은 아무렇지 않아 보였다. 목소리가 그랬고, 표정도 그랬다. 오히려 평소보다 더 밝은 느낌이었다. 그래서 태이는 알 수가 없었다. 지원의 기분과 생각을 읽어낼 수가 없었다. 알고 싶은 건 한 가지.

그는 벨트를 매기 위해 몸을 돌리는 지원의 팔을 붙잡아 자신을 보도록 했다.

"기사, 본 거야?"

태이는 돌려 말하지 않았다. 태이의 눈이 끈질기게 그녀를 좇았다. 작은 움직임도 놓치지 않겠다는 의지가 담겨 있었다. 그를 똑바로 마주 보지 못하는 지원의 눈이, 굳게 다물어진 입술이 질문에 대한 답을 대신했다.

알고 있는 거구나.

태이가 짙은 숨을 토해냈다.

태이에게도 예고 없이 일방적으로 들이닥친 일이었지만 이유가 어찌 되었든 이런 식으로 지원에게 상처주고 싶지 않았다. 무기력한 기분이 들었다.

"태이야."

지원의 작은 손이 태이의 손등을 살포시 덮었다.

"……괜찮아?"

"그걸 왜 네가 물어. 그거 물어보려고 온 건 난데."

"나, 나는…… 괜찮아."

'괜찮아' 그 말을 듣기 위해 왔는데. 분명 그는 그랬다.

"'괜찮다'라……. 근데 왜 난 그 말이 싫지. 너 왜 괜찮은데?"

그의 말뜻을 이해하기 어려운 듯 지원은 고개를 갸우뚱했다. 태이 역시 자신이 뱉은 말을 곱씹으며 그 의미에 대해 생각하고 있는 중이었다.

"아무래도 난 그 말을 들으려고 온 게 아닌가 봐. 그 반대를 기대하고 온 걸지도 모르겠다."

"그게 무슨……?"

"왜 네가 나를 위로해. 화를 내야지. 도대체 이게 뭐냐, 무슨 짓 하고 다니길래 이런 말이 나오게 하느냐, 그렇게 묻고 따져야지, 너는. 그게 맞는 거잖아."

그렇게 말하며 태이는 지원의 어깨에 머리를 기대었다. 혼란스러움으로 가득한 숨결이 지원이 목덜미에 고스란히 닿았다.

"대체 뭐가 괜찮다는 거야. 그런 얼굴로 말하는 너, 전혀 설득력 없거든."

혼잣말처럼 그가 중얼거렸다.

애써 추스른 마음과 연습했던 말들. 지원의 노력은 태이에게 아무런 힘도 발휘하지 못했다. 태이가 불안해하고 있었다. 툴툴거리는 말투 속에 숨겨진 그의 마음이 보였다. 자신에게 무척이나 미안해하고 있다는 것을 느낄 수 있었다.

"무슨 말이라도 해봐. 아무 말도 안 하니까……. 그러니까 진짜 미치겠다."

그는 모른다. 어쩌면 그녀가 말하기 전까진 앞으로도 영원히 알수 없을 것이다. 다른 여자와의 결혼 소식보다 지원의 마음을 더 무겁게 만든 것은 따로 있다고.

전화를 걸면 목소리를 들을 수 있고, 약속 없이 언제든 만날 수 있는 사이가 되었고, 손을 잡고, 서로를 안고, 입을 맞추고, 손 내밀면 닿을 수 있는 거리에 네가 있어서. 까맣게 잊고 있었던 사실을 오늘에서야 다시 깨닫게 되었어. 말할 수 없어. 그러고 싶지 않아. 지금 내가 느끼는 이 초라함을 너만은 몰랐으면 해.

꽁꽁 감춰버리고 싶은 마음. 비겁하지만 지원은 태이의 미안함 뒤로 숨기로 했다.

"기사 내용······."

"절대 아니야. 절. 대. 아니야. 변명처럼 들리겠지만······. 하아. 아니 변명이라도 해야겠다, 나는 지금."

태이는 언제나 진심을 이야기한다. 속이지 않고, 계산하지 않고 있는 그대로의 모습을 보여준다. 얼굴까지 벌게지며 변명이라도 해야겠다고 말하는 이 남자 앞에서 지원은 당당하지 못했다.

"연애, 너랑 하고 있잖아. 좋아하는 여자 두고 다른 여자랑 결혼할 그런 놈으로 보이는 건 아니지. 너한테 내가."

"응. 윤태이가 그럴 놈은 아니지."

"뭐?"

"그래서 괜찮은 거야. 그래서 괜찮다고, 그렇게 말한 거야."

너를 이제는 조금 알 것 같으니까. 서늘해 보이는 인상이지만 내게만 보이는 너의 다정한 웃음을 알고 있어. 당황스러울 만큼 솔직한 말과 말투는 너라면 뭐든 믿을 수 있게 만드는 그런 힘이 있어.

이런 기사가 나온 데는 분명 다른 이유가 있을 것이라고 생각했다. 지원은 태이의 마음을 조금도 의심하지 않았다.

"믿어. 네가 하는 말 전부."

"믿는다."

"그렇게 하기로 약속했으니까."

지원은 한 번씩 예상하지 못한 말로 그를 놀라게 하는 재주를 가지고 있었다. 시끄럽게 요동치던 가슴이 거짓말처럼 한순간에 움직임을 멈추었다. 기분이 얼떨떨했다. 우린 분명 심각했는데. 숨이 안 쉬어질 것처럼 가슴이 답답하고 화가 치밀어 올랐는데.

믿는다. 그녀의 그 말 한마디에 지금은 입꼬리가 자꾸 위로 올라가려 했다. 기쁨을 숨길 수가 없었다.

"되게 좋네, 그 말."

믿는다. 네가 나를. 손지원이 윤태이를 믿는다. 언젠가 꼭 듣고 싶었던 말 중 하나였는데, 생각했던 것보다 더 좋았다.

지원의 말 한마디에 울고 웃는…… 바보가 된 것 같다.

나 이렇게 쉬운 남자였던가. ……쉬우면, 그럼 좀 어때.

"그럼 난 지금부터 그 믿음에 부응해야겠다. 회사 다시 들어가 봐야 해. 늦게까지 연락 못 할 수도 있어. 그래도 걱정하지 말고."

"응."

"……그런 눈으로 보면 내가 널 두고 어떻게 가냐."

그게 무슨 말이냐는 듯 지원이 지그시 그를 봤다.

"윤태이. 가지 마. 그런 눈이잖아, 지금 너."

피식 웃음이 났다. 지원이 그런 게 아니라고 한다면 그가 원망의 소리를 할 게 분명했다. 태이의 얼굴이 점점 가까이 다가왔다.

흡. 지원은 숨이 저절로 멈췄다.

그의 부드러운 입술이 이마에 힘 있게 닿았다가 떨어졌다. 아쉬운 듯 태이는 지원의 어깨에 머리를 묻었다.

"미안해. 잘못했어. 이런 일 이번이 처음이고 마지막이야. 너 불안하게 하는 일도, 마음 아프게 하는 일도 다신 안 만들어. 자신 있어, 나는. 그리고 믿는다 말해줘서 고마워. 손지원, 제대로 한 방 날렸어. 덕분에 힘 얻고 간다."

지원이 자신에게 준 믿음을 지켜야 한다. 그에게 뚜렷하고 명확한 목표가 생겼다. 그 목표에 다가서기 위해 자신이 어떤 일을 해야 하는지 그는 정확히 알고 있었다.

지원이 차에서 내리고 태이는 전화하겠다는 제스처를 보이곤 곧장 차를 출발시켰다. 왔던 길을 되돌아가는 그의 얼굴은 그 어느 때보다 진지하고 굳건해 보였다.

'증권가에서 흘러나온 말을 기사화시킨 것 같습니다. 정확한 출처는 시간이 조금 걸릴 것 같습니다만 아무래도 시작은 무아건설 쪽이 아닐까 예상하고 있습니다.'

사실이라 판명되지도 않은 일을 함부로 입 밖으로 꺼내 공론화할 만큼 정 회장은 어리석은 일을 할 사람이 아니었다. 정 회장이 아니라면 남은 사람은 한 명뿐이었다.

며칠 전 갑작스럽게 사무실로 찾아와 어이없는 소릴 하며 그의 기분을 언짢게 했던 유경의 모습이 떠올랐다.

정유경, 너란 말이지.

귀여운 동생의 장난이라고 하기엔 선을 넘어도 너무 넘어버렸다. 태이는 휴대폰에 입력되어 있는 유경의 연락처를 찾아 곧바로 통화 버튼을 눌렀다.

──……전화가 늦었네. 좀 더 빨리 할 거라 생각했는데.

"너야? 오늘 일, 네가 한 게 맞느냐고 묻는 거야."

-친구들 앞에서 한 말이 기사로 나올 거란 건 나도 생각 못했어. 미안.

"정유경, 너……."

-나한테 너무 뭐라고 하지 마. 나도 오늘 하루 종일 사람들한테 시달렸어. 그리고 솔직히…… 전혀 없는 말 나온 것도 아니잖아.

우리 둘 결혼 애기 오간 건 사실이니까.

"그때 내 뜻 분명히 전했다고 생각했는데 넌 아직도 나한테 그런 소릴 하는구나. 내가 지금 너랑 장난하는 것 같아?"

-장난처럼 받아들인 건 내가 아니라 오빠였어. 적어도 그날 난 진심이었다구.

"진심? 아니? 내 눈에 너 이러는 거 오기로밖에 안 보여. 네가 정세경의 동생이라서, 정 회장님의 딸이라서 봐주는 건 여기까지야. 마지막으로 말할게. 그만해."

-태이 오빠!

유경이 다급하게 태이를 불렀다.

"정정기사 안 내보내. 나한테 그럴 가치도 없는 일이거든. 그리고 앞으로는 개인적으로 너 보는 일 없었으면 좋겠다."

경민은 가까운 지인의 전화를 받고 난 후 마음이 영 심란했다. 아들의 결혼 소식을 남에게 듣게 될 거라고는 전혀 생각하지 못했다. 해가 저물어 사방이 어두워졌는데도 그녀의 마음을 알 리가 없는 무심한 아들 녀석은 전화 한 통 해주지 않았다.

"도대체 일이 어떻게 돼가고 있는 건지."

남편이라고 다를 건 없었다. 집으로 돌아온 후 서재에 콕 박혀 차를 갖다달라는 것 외엔 다른 말은 없었다.

"어머니, 여기서 뭐 하고 계세요. 이 시간에."

느닷없이 뒤에서 들려온 태이의 음성에 넋을 놓고 있던 경민이 화들짝 놀라며 몸을 일으켰다.

"태이……. 왔구나? 넌 어떻게 된 애가 하루 종일 전화 한 통이 없니. 오늘 그 난리가 났는데."

"죄송해요. 수습할 일이 있어서 종일 좀 바빴어요."

"수습이라니. 그나저나 너 정말 유경이랑……."

"아뇨. 그럴 일 없어요. 기사, 사실 아니에요."

경민의 말이 채 끝나기도 전에 태이가 단호하게 대답했다.

"너도 그렇고 네 아버지도 그렇고 둘 다 정말 마음에 안 들어. 엄마가 돼서 아들 결혼 소식을 남한테 듣는다는 게, 그게 말이 되는 거니?"

"……아버지 들어오셨어요?"

"응. 아까 들어오셔선 서재에서 나올 생각을 안 하신다."

"감기 걸리세요. 저랑 같이 들어가요. 두 분한테 드릴 말씀이 있어요."

경민이 귀를 쫑긋 세웠다. 그녀는 아들의 입에서 나올 말이 무엇일까 무척이나 궁금해졌다.

태이가 방에 가서 옷을 갈아입는 동안 경민은 주방에 가서 차와 과일을 준비했다.

똑똑. 경민은 노크 후 서재 문을 열었다.

테이블을 가운데 두고 침묵을 지키고 있는 두 남자가 보였다. 테이블 위에 쟁반을 내려놓고 경민도 남편의 옆에 앉았다.

"네 엄마도 왔으니 이제 얘기해. 할 얘기라는 게 뭐야. 뭔데 이렇게 분위기를 잡아."

"여보! 당신 가만히 좀 있어요."

아내의 따끔한 한마디에 윤 사장이 민망했는지 헛기침을 몇 번 해댔다.

"오늘 있었던 일에 대해 두 분께는 제 생각을 분명히 알려드려야 할 것 같아서요."

"그래, 태이야. 얘기해봐."

"그날 정 회장님과 무슨 이야기를 나누셨는지는 모르겠지만 제가 유경이와 결혼하는 일은 절대 없을 거예요. 그리고 혹시라도 이번 일에 대해서 제게 바라는 게 있으시다면 마음 접으세요. 전 아버지 뜻 따를 생각 추호도 없어요."

"절대 없다? 너 그렇게 장담하는 이유가 뭐냐. 유경이 정도면 너한테 빠지는 짝은 아닐 테고."

"그런 문제 아니에요."

"그럼 뭐가 문젠데. 당장 결혼하라는 것도 아니고 앞으로……."

"좋아하는 여자가 있어요."

태이의 갑작스런 고백에 경민과 태호 두 사람의 눈이 동그래졌다. 좋아하는 여자가 있다니!

아들의 입에서 처음 튀어나온 말에 경민은 가슴이 두근거렸다.

"그게 정말이니? 그럼 그 아가씨랑 지금 만나고 있는 거야?"

"네."

"만난 지는 얼마나 됐니? 근데 너는 이 중요한 얘길 왜 이제서야 하는 거야. 우리한테 미리 말해줬으면 좋잖아."

먼저 이런 이야기를 꺼내는 걸 보니 가볍게 만나는 사이는 아닐 거란 생각이 들었다. 아들이 마음에 담은 여자는 어떤 사람일까, 경민은 궁금한 게 많아졌다.

태이의 깜짝 발표 후 묵묵히 자리에 앉아 있던 태호가 입을 열었다.

"너, 그 말이 사실인 거냐? 혹시라도 지금 상황을 모면하기 위해 하는 말이라면."

"여보! 당신은 지금 그걸 말이라고 해요? 이 양반이 정말. 어쩜 당신 아들을 몰라도 이렇게 모를까. 괜한 소리 하지 말고 가만히 있어요."

아내의 말이 맞긴 했다. 눈앞에 닥친 상황을 모면하기 위해 없는 말을 지어낼 녀석은 아니었다.

"어떤 여자냐."

"천천히요. 오늘 드릴 말씀은 여기까지예요. 그러니까 앞으로 일 만들지 마세요. 제발. 아버지, 저 지금 부탁드리는 거예요."

"흠. 그 여자랑 결혼까지 생각하고 있는 거야?"

태이는 잠시 숨을 골랐다.

결혼. 지원과 결혼을 한다. 솔직히 아직 거기까지 생각을 해본 적은 없었다. 상대가 지원이기 때문이 아니라 애초에 결혼에 대한 어떤 계획이나 생각도 했던 적이 없었다. 하지만 오늘부로 그의 생각은 달라졌다.

"……제가 굉장히 많이 좋아해요. 그 여자를."

좋아한다. 이젠 그 말로는 부족했다. 날이 갈수록 지원을 향해 커져가는 제 마음이 때로는 감당이 되지 않을 정도였다. 그는 때때로 두려움도 느꼈다. 자신의 속도와 지원의 속도가 너무 크게 벌어져 있는 건 아닐까 하는.

하지만 자신이 그녀를 웃게 하고 또 행복하게 할 수 있다면 언젠가 서로에 대한 감정의 무게가 같아지지 않을까 그는 내심 기대도 했다. 그녀와 함께하는 미래, 앞으로의 날들. 잠깐의 상상만으로도 가슴이 벅차올랐다.

태이의 얼굴의 희미한 미소가 번져가는 걸 어미인 경민이 놓칠리 없었다. 그녀는 어쩐지 가슴이 뭉클해졌다. 낯설지만 참 좋은 느낌이었다.

"결혼을 한다면……. 그 여자랑 할 거예요."

태이는 3일 만에 다시 일산을 찾았다. 운 좋게도 신호에 많이 걸리지 않아 예상했던 것보다 더 빨리 지원의 병원 근처에 도착했다. 유턴을 하기 위해 신호 대기 중이던 태이는 핸들을 손가락으로 튕기며 지루한 시간을 달래고 있었다. 그의 차 왼쪽으로 병원이 보였다.

간판 불이 막 꺼지고, 곧이어 지원의 모습이 보였다. 반가움에 깜깜한 밤이라는 것도 잠시 잊은 채 지원을 향해 손을 흔들어버렸다. 그녀에겐 절대 보이지도 않는데 말이다. 신호는 대체 언제 바뀌려나. 지루함이 더 길게 느껴졌다.

"근데 기다리라니까 어딜 가는 거야."

분명 공 원장에게 말을 전했는데…….

병원 앞에서 얌전히 그를 기다리고 있어야 할 지원이 어딘가로 급하게 가고 있었다.

얘길 전해 듣지 못했을 수도 있겠다 싶어 태이는 서둘러 지원에게 전화를 걸었다. 그의 시야에서 지원의 모습이 점점 멀어져갔다. 창문을 내려 크게 이름을 부를까 생각도 들었지만 전화를 하는 편이 더 효율적인 방법이었다. 지원에게 시선을 떼지 않은 채 태이는 그녀의 목소리가 들리길 기다렸다.

태이의 눈이 점점 가늘어졌다. 분명 지원은 휴대폰을 확인했다. 그 모습을 똑똑히 봤는데. 지원은 휴대폰을 외투 주머니에 도로 집어넣었다.

초록색으로 바뀐 신호등. 지원은 급하게 횡단보도를 건너 태이의 시야에서 사라졌다. 끝까지 그의 전화를 받지 않은 채.

태이는 턱 끝을 매만졌다.

그가 기억하고 있는 한 지원이 자신의 전화를 의도적으로 피할 이유 따위 없었다.

왜. 어째서, 손지원?

8장

　태이가 만나고 있다는 사람, 손지원이라는 여자에 대해서 알아
보는 건 유경에게 그다지 어려운 일은 아니었다.

　전화 한 통, 그리고 조금의 시간. 그거면 충분했다.

　화장기 없는 말간 얼굴에 오밀조밀하게 자리 잡은 눈, 코, 입.
하얗고 갸름한 얼굴 옆으로 자연스럽게 흘러내린 머리칼. 여자
는 유니폼을 입고 있었을 때와 확연히 다른 분위기를 내고 있었
다.

　짙은 색의 체크무늬 남방에 헐렁한 카디건을 걸친 지원의 모습
은 화려하게 치장한 유경과 대조적이었다. 얼굴의 생김새와 차림
새만 봐도 두 여자가 가지고 있는 분위기는 정반대였다.

　지원은 전체적으로 부드럽고 선해 보이는 느낌이 강했지만 딱
딱하게 굳어 있는 얼굴에선 약간의 서늘함도 느껴졌다. 태이와 동

갑이라고 하기엔 앳되어 보이기도 했다.

음료가 담긴 잔을 카페 직원이 각자의 앞에 놓아줄 때 여자는 작은 목소리로 '고맙습니다' 하고 말했다.

차분한 지원의 음성을 듣게 되자 유경은 문득 궁금해졌다. 이 여자는 알고 있을까. 우리가 지금 이 순간 얼굴을 마주하고 있는 이유에 대해서?

모를 리는 없을 거라고 생각했다. 정유경. 처음 전화했을 때, 그 이름을 듣는 순간 여자의 목소리가 굳어지는 걸 분명히 느꼈다. 그런데 어째서 이 여잔 지금 이렇게 차분한 얼굴을 할 수가 있는 거지?

긴장한 쪽은 오히려 유경 자신인 것처럼 느껴졌다. 유경은 지원 앞에서 작아지고 싶지 않았다. 지원에게는 있고, 유경에게 없는 단 한 가지. 윤태이의 마음. 그 차이가 얼마나 커다란지 모르진 않았지만 그것뿐이지 않은가.

유경은 자신이 초라해질 필요는 없다고 생각했다. 어깨를 바로 세우고 표정에 자신감을 실었다.

"아까도 말씀드렸지만 갑자기 찾아온 거에 대해선 미안하게 생각해요."

"전 정유경 씨가 왜 절 찾아오셨는지 그 이유를 잘 모르겠어요."

"그런가요? 좀 의외네요. 손지원 씨도 나에 대해 궁금해할 거라 생각했었는데 그게 아니었나 봐요."

"제가 정유경 씨를 궁금해야 할 이유, 없으니까요."

"정말요? 정말 그래요? 손지원 씨가 만나고 있는 그 남자가 다른 여자와 결혼 얘기가 오가는데 그 여자에 대해 궁금한 게 없다는 건 좀 이상한 거 아닌가요? 전 이해가 잘 안 가네요. 그 말이 진심일까 그런 생각도 들고요."

가볍게 농담을 건네듯 웃음기 어린 목소리로 유경이 말했다.

자신의 말을 어떻게 받아들이건 그건 온전히 유경의 몫이었다. 지원이 유경을 이해시킬 필요는 없었다. 기사 속 태이와 이름을 나란히 한 여자. 유경과 얼굴을 마주하고 있다는 것 자체가 쉬운 일은 아니었지만 지원은 큰 동요 없이 담담하게 그녀를 대했다.

"다른 사람의 존재가 전혀 신경 쓰이지 않을 만큼 태이 오빠에 대한 마음에 확신이 있으신가 봐요. 아니면 아직 모르고 있는 건가."

"정유경 씨."

"두 사람이 얼마나 다른지, 또 어떻게 다른지 제가 알려드릴까요?"

"무슨 말을 하고 싶은 건가요."

슬픈 예감이 들었다. 지원은 앞으로 유경의 입을 통해 듣게 될 말들이 두려웠다.

그리고 지원의 예감은 틀리지 않았다. 유경이 아무렇지도 않게 쉽게 툭툭 뱉어내는 모든 말들은 날카로운 비수가 되어 지원의 가슴에 꽂혔다.

"평범한 집안에서도 손지원 씨가 가진 조건, 반가워할 사람은 없을 거예요. 더군다나 태이 오빠 평범한 남자도, 집안도 아니죠. 그건 지원 씨도 알고 있죠?"

"……."

"설마 두 사람, 결혼을 생각하고 만나고 있는 건 아니죠? 훗. 그건 정말 말이 안 되는데. 지원 씨 생각은 어때요?"

마치 상처주기로 작정한 사람처럼 유경은 지원에게 모질게 굴었다. 지원의 가슴을 무겁게 짓누르던 현실이, 감추고 싶었던 그녀의 아픔이 유경에게 낱낱이 파헤쳐져 지원은 더 이상 괜찮은 척할 수 없었다.

이렇게 아픈데 이런 마음을 어떻게 숨길 수 있을까.

지원은 입술을 세게 깨물었다. 적어도 유경 앞에서만큼은 눈물을 보이고 싶지 않았다. 하지만 뜻대로 되지 않았다. 지원은 결국 고개를 떨구었다. 눈물이 청바지 위로 떨어져 짙은 얼룩을 남겼다. 지원은 아무 말도 하지 못한 채 슬픔을 삼키고 유경이 그런 지원을 물끄러미 바라보고 있던 그때였다.

"지금부턴 나랑 얘기해. 물론 네 물음에 대한 대답도 나한테서 듣게 될 거야."

"태, 태이 오빠?"

그가 왜 이곳에 있는 거지? 대체 언제부터? 갑작스런 태이의 등장에 유경의 낯빛이 창백해졌다. 놀란 건 유경만이 아니었다. 지원은 손등으로 눈물을 훔쳐내고 고개를 들었다.

정말로 그가…… 태이가 이곳에 있었다. 순간 눈이 마주치고 지원은 싸늘하게 굳어지는 태이의 얼굴을 보고야 말았다.

"손지원. 일어나. 너 여기서 나가."

"태이야."

"나가라고, 너."

"태이야, 나랑 먼저 얘기를……."

"다시 말해야 돼?"

지원은 태이의 싸늘한 시선과 말투에 가슴이 시큰거리는 통증을 느꼈다. 일단 지원은 그의 말대로 해야 했다. 하지만 갑작스러운 그의 등장으로 인해 굳어버린 팔과 다리가 제 의지대로 움직여주지 않았다. 소파 팔걸이에 힘을 주고 지원은 자리에서 일어났다. 금방이라도 주저앉을 것 같았지만 있는 그녀는 힘을 다해 버렸다.

비틀거리는 걸음걸이로 지원이 그를 지나쳐 카페 출입문으로 향했다. 태이는 지원이 바깥으로 나가는 걸 확인한 후 지원이 앉았던 의자에 앉았다.

"너는 내가 우습지. 그렇지 않고서야 네가 여길 어떻게 와. 네 앞에 감히 누굴 앉혀!"

태이의 고함에 유경의 어깨가 크게 들썩거렸다. 입 안이 바싹 말라오고, 몸에 오소소 소름이 돋았다. 숨이 턱 하고 막혀 말도 제대로 나오지 않았다.

"오빠…… 나, 나는."

"제멋대로에 안하무인 정유경, 너란 애 진짜 대책 없구나."

"화만 내지 마. 나도 여기까지 오는 거 쉽지 않았어. 그냥 궁금했어. 오빠가 만난다는 여자가 궁금했던 것뿐이라구."

"네가 뭔데. 너 나한테 뭔데?"

"이 정도 자격은 나한테도 충분히 있다고 생각했어. 전에 말했잖아. 오빠랑 결혼하고 싶다고."

"착각하지 마. 너한테 그런 자격 준 적 없어."

"오빠!"

"너 아까 저 여자한테 물었지. 나랑 결혼할 생각이냐고. 그 물음에 대한 대답, 지금 내가 해줄게. 똑똑히 잘 들어. 결혼? 어, 할 거야. 네 덕분에 내 마음이 더 확실해졌어. 그 점에 대해선 고맙게 생각해. 정유경, 청첩장은 보내줄게. 무슨 일 있어도 넌 꼭 와. 다른 사람은 몰라도 네 축하는 꼭 받고 싶어졌거든, 내가."

유경의 눈에 그렁그렁 눈물이 맺혔다. 당장이라도 터지려는 울음을 꾹 참고 유경이 그를 사납게 노려봤다.

"흐으윽. 그런 말들이 나한테 상처가 될 거라곤 생각 안 해? 지금 그 말이 날 얼마나 아프게 하는지 오빠는 모르지!"

"지금 내 눈에 그게 보일 거라고 생각해? 미안하지만 전혀 관심 없거든. 먼저 일어난다. 그리고 오늘 네 행동에 대한 책임은 분명히 져야 할 거야. 이번엔 그냥 넘어가지 않을 생각이거든."

유경이 냉정하게 돌아서는 그의 등에 대고 외쳤다.

"태이 오빠!"

살면서 이런 모멸감을 받아본 적은 단 한 번도 없었다. 유경 역시 참고 있던 말들을 모두 쏟아내었다.

"그 여자보다 내가 못한 게 뭔데! 저 여자랑 결혼을 하겠다고? 오빠 미쳤어? 진짜 그게 가능할 거라고 생각해? 후후. 착각은 오빠가 하고 있어. 만나는 것까지야 그래, 그럴 수 있겠지. 그런데 결혼은 달라. 오빠나 나나 누군갈 좋아하는 마음 하나만 가지곤 결혼 못해."

"아니, 난 할 거야. 내가 원하는 사람과 결혼해서 아주 행복하게 살 생각이야."

"고아원 출신에 고졸인 여자랑 태송그룹 윤태이가 결혼을 한다고?"

"정유경, 너 그 입 다물어."

"왜! 오빠도 알고 있는 사실 아니야? 새삼 알게 되니 놀라워?"

"한 번만 더 저 여자에 대해 입에 올려. 그때 너 진짜 내 손에 죽어."

"하!"

충격으로 유경의 입이 벌어졌다. 태이는 눈 하나 깜빡거리지 않고, 유경의 볼을 타고 흐르는 눈물을 감상했다.

남자였다면 몇 번이나 주먹이 나갔을 것이다. 태이는 더 이상 유경과 마주하고 싶지 않았다. 유유히 카페를 걸어 나가는 태이의 등 뒤로 유경의 흐느끼는 소리가 들렸다.

애석하게도 정유경의 눈물은 그에게 어떤 영향도 주지 못했다. 오히려 태이는 속으로 바랐다. 네가 더 아파하기를. 더 상처받기를.

카페 앞에서 자신을 기다리고 있던 지원의 팔을 잡고 도로에 세워둔 차로 데려왔다. 태이는 조수석 문을 열었다 이내 강한 힘으로 닫아버렸다. 묵직한 소리에 지원은 깜짝 놀라며 두 눈을 꼭 감았다.

태이는 스스로의 감정을 조절하기가 쉽지 않았다. 진정되지 않는 가슴에 어찌할 바를 몰랐다. 가느다란 지원의 몸을 차에 강하게 밀어붙이고 그녀와 정면으로 마주 보고 섰다.

태이의 얼굴이 고통스럽게 일그러졌다. 그런 그의 모습을 보는 지원은 가슴이 무너져 내리는 것 같았다.

"전화는 왜 안 받아. 왜 말을 안 해!"

말을 했어야지. 너한테 무슨 일이 일어나는지 나는 알게 했어야지. 정유경 앞에서 고개도 들지 못하고 울고 있는 널 봤을 때 내 심정이 어땠을지 넌 알까. 참지 못할 만큼의 뜨거운 분노가 온 몸을 감쌌다. 비단 유경에게서만 느낀 감정은 아니었다.

"당당했어야지. 고갤 숙이는 건 네가 아니라 그 여자이게 했어야지. 널 위해서, 그리고 날 위해서 넌 그랬어야 했어. 왜…… 왜 내가 이런 기분이 들게 만들어."

좋아하는 여자도 제 손으로 지키지 못하는 멍청한 남자로 만들어. 태이는 지원이 원망스러웠다. 지원의 상처받은 마음을 감싸주고 안아줘야 했지만 태이는 그러지 못했다. 오늘은 그 역시 지원만큼이나 상처받았고, 아팠다.

"내 마음 모르겠어? 너만 보잖아. 내가 너라잖아. 지원아, 손지원. 너 때문에 미치겠어."

"흐흑."

"아직이야? 나에 대한 네 마음. 아직 확신이 없어?"

"그런 거 아니야. 태이야."

"넌 아무것도 말해주지 않으니까, 네가 알려주지 않으면 내가 알 수 있는 건 아무것도 없어. 네가 머뭇거릴 때마다 망설이때마다 그게 나한테 상처가 될 수 있다는 걸, 너는 왜 그걸 몰라."

지원에게 윤태이라는 사람은 언제나 당당하고 자신감 넘치는 남자였다. 거칠 것 없고, 두려울 것 하나 없는 강한 사람이었다. 그렇게 믿었던 그가 눈가를 붉힌 채 자신의 상처를 처음으로 드러냈다.

너 때문에 아픈 나도 좀 알아달라고. 그가 그렇게 말했다.

지원은 자신이 얼마나 이기적이었는지를 깨닫게 되었다. 두려움과 불안함은 오직 자신만의 것이라고 생각했다. 그래서 늘 한 걸음 물러나 그가 손을 잡아당겨주기를 기대했고, 그것을 당연하게 여겼다. 밥 먹자는 그의 말을 듣고 기뻐하면서도 한 번도 기쁘다 말해주지 않았고, 연락 좀 자주하라는 그의 작은 부탁에도 통화 버튼을 누르기 전 망설였던 그녀였다.

자신의 감정을 모두 드러내며 성큼 다가오는 그에게 늘 바라고 기대하기만 했지 정작 그에게 아무것도 해준 것이 없었다. 왜 몰랐을까. 태이가 상처받고 있다는 것을.

"태이야."

"미안. 오늘은 집까지 못 데려다주겠다. 오늘은 너…… 그만 볼래. 그러는 게 좋겠어."

어깨를 누르고 있던 그의 두 손이 아래로 축 늘어졌다. 태이는 지치고 피곤한 듯 손바닥으로 얼굴을 쓸어내렸다.

태이가 자신에게서 돌아섰다. 그녀에게 등을 돌려 점점 멀어지려 했다.

"안, 안 돼."

지원이 다급하게 그를 붙잡았다. 셔츠 끝자락을 세게 움켜쥔 채 놓지 않았다. 하지만 태이는 단호하게, 그리고 냉정하게 지원의 손을 뿌리쳤다.

"잡지 마. 그러지 마, 오늘은."

"그럴 수 없어. 그러고 싶지 않아. 너 이렇게 보낼 수 없어. 미안해. 미안해, 태이야."

"미안해하지 마. 너한테 그걸 바란 건 아니니까. 나는…… 하아. 모르겠다. 모르겠어. 어려워."

그녀에게 미안하다는 말을 들으려고 했던 것은 아니었다. 지금은 그저 지원을 보고 있기가 힘이 들었다. 그런 그의 마음을 그녀가 알아주길, 이해해주길 바랐다.

"미안해서만이 아니야. 그게 다가 아니야. 너를 좋아해."

그래서 무섭지만, 이 마음이 너무 커져버려 두렵지만.

"너무 좋아해. 널 너무나 좋아하고 있어."

울음기 가득한 고백. 애절하고 먹먹한 그녀의 고백에 태이의 세상이 멈췄다. 도로 위를 달리고 있는 자동차 소리도, 여기저기서 들려오던 사람들의 말소리도 들리지 않았다.

오직 너와 나, 우리 둘뿐. 두 사람만이 세상의 전부가 된 것 같았다.

"다시 말해. 안 들려."

거짓말이었다. 그는 지원의 말을 똑똑히 들었다. 하지만 믿을 수 없음에 착각이 아니었음을 다시 확인받고 싶어서 그녀에게 거짓을 말했다.

그러니까 손지원. 다시 말해. 좋아한다고.

"네가 너무 좋아. 윤태이."

그동안 말하지 못해서 미안. 또 너무 늦어서 미안.

늘…… 나를, 내 진짜 마음을 숨기려고만 해서 또 미안해.

너와 나란히 서기에 내가 너무 많이 부족하다는 걸 알고 있어. 다른 사람들 눈에 우리가 어떻게 비춰질지 우리가 얼마나 다른 시간을 살아왔는지 그 사실도 모르지 않아.

하지만 내가 망설이는 이 순간순간이 너에게 상처가 된다면 그러지 않을게. 나도 너 하나만 볼게.

"그러니까 나 두고 가지 마."

"너……!"

태이의 울대가 크게 들썩거렸다. 그는 말을 잇지 못했다. 넋이 나간 듯 초점 없는 눈으로 지원의 얼굴을 응시했다.

"고개 들어. 나 봐."

촉촉하게 젖은 두 눈. 그의 마음을 안타깝게 했었던 지원의 눈물이 지금은 절실함으로 와 닿았다. 그녀의 고백은 태이의 두 다리를 땅에 꽁꽁 묶어두었다. 그는 손가락으로 지원의 볼을 부드럽게 쓸었다. 따뜻한 물기가 느껴졌다.

"드디어 듣게 됐네. 좋아해, 그 말을."

"늦어서 미안."

"응. 그건 좀 미안해도 될 것 같다. 나 아주 많이 기다렸거든. 겁쟁이에 느림보인 너한테 기다리겠다고 큰소리 뻥뻥 쳤는데, 사실 항상 불안했어. 나 혼자만 이러는 게 아닐까. 넌 아닌데 나만 이렇게 미쳐 있는 게 아닐까 그랬어."

"그럴 리가 없잖아. 그거 말 안 되는 거잖아."

"그래도 불안한 건 어쩔 수가 없더라."

"태이야. 널 다시 만나고 그날 이후부터 너와 함께한 모든 시간이 특별하지 않았던 적은 단 한순간도 없었어."

너는 내게 특별해. 그리고 소중해.

"당연하지. 좋아하니까. 네가 나를."

자꾸만 확인하고 싶어지는 어쩔 수 없는 남자의 욕심인가 보다.

"응. 너를 좋아하니까."

들어도 또 들어도 좋았다. 손지원의 '좋아해'는.

"네가 날 잡았고 난 너한테 붙잡혔어. 그러니까 손지원, 나 오늘 보내지 마. 너 안을 거야."

기계음 소리가 나는 동시에 도어록 잠금 장치가 풀렸다. 지원이 손잡이를 당기지 못하고 망설이는 사이 뒤에서 커다란 손이 불쑥 튀어나왔다.

현관문이 열렸다. 이곳의 주인인 지원이 아닌 윤태이의 손에 의해. 먼저 안으로 들어간 그가 지원을 향해 손을 내밀었다.

오늘 밤 함께 있고 싶다는 그의 말뜻을 알고 있다. 그녀에게 내민 손의 의미 또한 알고 있었다. 이 손을 너무나 잡고 싶었지만, 또 그렇지만은 않았다. 어쩔 수 없는 두려움. 그리고 기대감. 복잡한 감정들이 마구 뒤엉켰다.

언제나 그랬듯 망설이는 지원을 이끄는 건 태이의 몫이었다. 더는 기다리지 못하고 그가 지원의 팔을 잡아 안으로 끌어당겼다. 등 뒤로 현관문이 닫히는 소리가 들렸다.

태이는 흘러내린 지원의 머리를 귀 뒤로 넘겨주며 그녀의 시선이 자신을 향하게 만들었다. 주황빛 센서등 아래 짧게 눈이 마주쳤다. 그의 얼굴이 천천히 다가오고 있었다. 강렬하게 서로의 입술이 부딪쳤다. 단단한 그의 손가락이 턱을 아래로 당기자 자연스럽게 지원의 입이 벌어졌다. 입술 사이를 헤집고 들어오는 뜨거운 감각에 지원은 정신이 혼미해졌다.

태이를 밀어내지 못하고 뒷걸음치던 지원의 등이 벽에 닿았다. 태이는 지원과 몸을 더욱 가깝게 하며 그녀와의 거리를 좁혔다. 여러 번 각도를 틀어가며 더욱 깊게 키스했다. 입 안 깊숙한 곳에서 그의 움직임이 느껴졌다. 처음 나눴던 입맞춤과는 비교할 수 없을 정도의 뜨거움이 지원을 강타했다. 몸에 힘이 빠져 아래로 축 늘어지는 지원의 몸을 태이는 가뿐하게 다리로 지탱하며 쉴 틈 없이 지원의 입 안을 탐했다. 두 개의 혀가 뒤엉키며 질척한 소리를 냈다.

"하아."

지원의 입에서 달콤한 소리가 흘러나왔다. 태이는 머리카락이 쭈뼛 서는 동시에 아래가 묵직해지는 것을 느꼈다. 다급한 손길로 지원이 입고 있는 카디건을 벗기고, 남방의 단추를 하나씩 풀어나갔다. 옷가지들이 툭툭 소리를 내며 바닥으로 떨어졌다.

키스를 잠시 멈추고 지원의 셔츠 끝을 잡아 머리 위로 벗겼다. 그사이 지원은 부족했던 공기를 들이마셨다. 발갛게 상기된 얼굴로 헐떡거리며 숨을 몰아쉬는 지원을 보자 진한 욕망이 꿈틀거렸다.

반듯한 모양으로 튀어나온 쇄골을 부드럽게 쓸었다. 슬그머니 움직인 손끝이 양 어깨에 자리한 브래지어 끈을 어깨 끝으로 밀었다. 느릿했던 그의 손이 어느새 우악스럽게 변해 속옷 가운데를 잡고 아래로 쑥 내렸다. 순식간에 그의 시선 아래 모든 부분이 노출되었다. 본능적으로 지원은 자신의 가슴을 감쌌다.

아아, 어떡해.

말로 다 할 수 없을 만큼의 부끄러움과 민망함에 얼굴을 들 수가 없었다. 진한 흥분으로 몸이 달달 떨렸다.

"태, 태이야."

"멈추라고 하지 마. 못 들어줘. 그렇게 못해."

다시금 이어지는 그의 손길.

그가 이 모든 걸 멈췄으면 좋겠다고 생각했던 걸까. 지원은 스스로에게 물었다. 그건 아니었다. 다만 너무 뜨거워서, 그의 눈빛이, 손길이, 데일 것처럼 뜨거워 겁이 났다.

내가…… 그리고 우리가 이 온도를 견뎌낼 수 있을까.

소담한 가슴이 그의 큰 손 안에 갇혔다. 태이는 지원의 가슴을 강하게 쥐었다 부드럽게 만지길 반복했다.

"아파. 흑."

지원이 눈썹을 찌푸렸다.

아프게 해서 미안. 그런데 나 못 멈춰. 손지원. 너를 원해. 네가 너무 간절해. 차마 말하지 못하고 태이는 고갤 숙여 지원이 가슴 끝을 베어 물었다. 작은 망울을 깨물고 핥으며 제 욕심을 채웠다. 휘늘어지는 가는 몸을 안아 올렸다. 성큼성큼 움직이는 걸음걸이가 다급했다.

지원을 침대에 눕히고 태이는 거칠게 넥타이를 풀어 어딘가로 던져버렸다. 셔츠 단추를 풀어헤치던 그는 뜻대로 되지 않는지 거친 소리를 냈다.

슈트 속 감춰져 있던 그의 몸은 훨씬 더 근사하고 남성적이었다. 넓은 어깨 아래로 보이는 탄탄하고 늘씬한 허리. 과하지 않게 적당히 붙은 근육들이 그의 몸을 더욱 매력적으로 보이게 했다. 하지만 지원은 그의 몸을 마음 놓고 감상할 정도로 여유롭지 못했다. 몸 구석구석 그의 손이 닿지 않는 곳이 없었다. 그가 선사하는 이 열기에 취해 눈을 뜨고 감는 것마저 힘이 들었다.

배꼽 부근에서 배회하던 그의 손이 조금 더 아래로 향했다. 모아진 그녀의 두 다리 사이로 태이가 자리 잡았다.

지원은 태이의 속도를 따라가기 버거웠다.

금속성의 소리가 들렸다. 희미하게 뜬 눈 사이로 그가 벨트에 손을 대는 듯했지만 차마 보지 못하고 고개를 모로 돌렸다.

이성의 끈을 잡고 있기란 그에게도 쉬운 일은 아니었다. 투명할 정도의 하얀 몸을 보는 순간 이미 그의 남성은 이미 잔뜩 부풀어 있었다. 지원의 연한 목덜미를 이를 세워 깨물고 핥았다. 이러지도 저러지도 못하고 공중에 떠 있는 지원의 손을 잡아 자신을 만지게 했다. 따뜻한 그 감촉에 태이의 입에서 짙은 숨이 터져 나왔다.

지원의 청바지 버튼을 풀고 엉덩이를 들게 해 단번에 바지를 벗겼다. 그러곤 골반 끝에 아슬아슬하게 걸려 있는 마지막 속옷 역시 망설임 없이 벗겼다. 하얀 손이 빠르게 중심 부위를 가렸다.

파르르 떨고 있는 하얗고 가는 손가락. 태이의 눈빛이 보다 짙게 변했다. 브리프를 벗어 던지고 조금 더 깊게 자리 잡았다. 닿을 듯 말 듯 아슬아슬한 거리.

지원의 상체를 똑바로 세웠다. 앉은 자세가 된 두 사람에게 서로의 중심이 자연스럽게 닿았다. 살짝살짝 몸을 움직이는 그로 인해 그의 뜨거운 중심이 지원의 여성에 비벼졌다.

생생한 그 감촉에 차마 눈을 뜰 수조차 없었다.

"태이야. 나, 나는…… 윤태이. 흐윽."

애원하듯 부르는 지원의 음성은 태이를 잠시 멈칫하게 했지만, 완전히 멈추게 하진 못했다. 실내 온도가 급속도로 올라갔다. 그의 이마에 굵은 땀방울 맺혔다.

"아플 거야. 그래도 안게 해줘. 손지원, 들어가고 싶어. 네 안으로."

간절함은 그가 더했다. 탁해진 눈빛으로 자신에게 애원하는 그를 이겨낼 방법이 없었다. 이런 남자를 어떻게 거부할 수 있을까. 지원은 눈을 질끈 감고 그의 목에 양팔을 둘렀다.

의지와는 상관없이 아래턱이 바들바들 떨렸다. 꽉 깨문 입술이 붉게 변해버렸다. 안쓰러운 듯 지원의 볼을 매만지던 그는 눈과 코에 자잘한 키스를 남기다 입술로 내려왔다. 또 한 번 거칠게 혀가 밀려 들어왔다.

그의 혀는 치아를 훑고 입 안 구석구석을 돌아다녔다. 움츠러든 지원의 두 다리를 부드럽게 벌려 양 무릎 뒤로 팔을 걸었다. 태이가 지원의 혀를 강하게 깨물며 단번에 그녀의 안으로 파고들었다.

스프링처럼 튕겨져 오른 가는 여체를 품에 꼭 안았다. 엄청난 고통을 느낀 지원이 결국 울음을 터트렸다. 태이는 지원의 등을 부드럽게 쓸어내렸다. 하지만 욕심이라는 놈은 끝이 없었다. 태이는 하체의 힘을 실어 조금씩 위, 아래로 움직이기 시작했다. 두 사람의 몸이 동시에 자잘하게 진동했다.

태이의 움직임이 조금씩 더 빨라졌다.

"흐읏."

귓가를 타고 흐르는 지원의 아찔한 숨소리에 태이는 더욱 흥분할 수밖에 없었다.

"하아."

거칠고 단단한 그의 중심이 지원의 몸을 들어갔다 빠져나오기를 반복했다. 결합된 곳에서 느껴지는 홧홧한 열기. 엄청난 감각에 머리가 핑 돌 것 같았다.

"태이야, 하앗. 흐윽. 조금만 천천히……. 제발."

작은 부탁도 들어줄 수 없었다. 태이는 끊임없이 그녀의 몸을 파고들었다. 깊게, 그리고 더 깊게. 태이의 강한 움직임에 지원의 몸이 자꾸만 뒤로 밀려났다. 태이는 지원의 허리를 잡아당겨 제 몸과 멀어지지 못하게 했다. 조금이라도 더 자신의 몸에 가까이 닿게 했다.

지원의 손톱이 그의 살갗을 파고들었다. 하지만 그 정도는 아픔으로 느껴지지도 않았다. 태이의 얼굴을 타고 흐른 땀방울이 지원에게 두둑 떨어졌다.

숨이 막히고, 열기로 온몸이 타들어갈 것 같았다. 태이는 도무지 멈출 기미를 보이지 않았다. 부들부들 떨리는 손이 시트를 꽉 쥐었다. 사그락거리는 시트 소리마저 선정적으로 들렸다.

"눈 떠. 지원아, 나 봐."

진한 흥분으로 갈라진 목소리가 윤태이의 것이 맞나 싶을 정도로 낯설었다. 희미하게 뜬 눈 사이로 그의 얼굴이 보였다. 태이의 뜨거운 숨결이 얼굴 곳곳에 닿았다.

"너무 좋아. 네가 너무 좋아서 미치겠어."

깊어지는 마음. 깊어지는 몸짓. 하나 된 움직임.

그와 하나가 되었다는 기쁨이 처음으로 고통을 앞질렀다.

태이야. 우리는 지금 같은 마음일까. 이렇게나 가까이에 네가 있어.

"윤태이, 너무 좋아해."

"너! 하아. 손지원."

너는 모르지. 그 말이 얼마나 나를 참을 수 없게 만드는지, 한계로 몰고 가는지.

태이의 움직임이 더욱 거세졌다. 더는 들어갈 틈이 없을 정도로 그가 깊게 들어왔다. 아랫배를 가득 채운 이물감에 지원은 이러다 몸이 부서져버리는 것은 아닐까 하는 착각마저 들었다.

"그만……. 나 더는."

붉게 충혈된 두 눈. 태이 역시 한계에 다다랐다. 머리서부터 발끝까지 전신을 휘감는 짜릿함에 태이는 몸을 부르르 떨며 지원의 몸 위로 쓰러졌다.

울컥울컥. 태이는 자신의 흔적들을 쏟아냈다.

두 사람은 강한 여운에 아무 말도 할 수 없었다. 거친 숨소리만이 방 안을 가득 울렸다.

여름날의 태풍과도 같았던 시간이 흘렀다. 두 사람의 숨소리는 작아졌지만 뜨거운 열기만은 아직 그대로 남아 있었다. 침대에 나란히 누워 애틋한 눈길로 서로를 바라봤다.

"둘이 눕기에 너무 좁은데, 침대 큰 걸로 바꿀까? 물론 작아서 좋은 점도 있긴 하지만."

태이의 눈빛이 또다시 음흉해지자 그걸 본 지원의 얼굴이 하얗게 질렸다. 지원이 고개를 반대쪽으로 확 돌려 그의 눈길을 피해버리자 태이가 소리를 내며 웃었다.

"나도 힘들어. 지금은 더 못 해."

"지금은이라니……. 태이야, 잠깐 팔 좀 풀어줘."

"왜?"

"옷…… 입으려구."

"입어봐. 내가 어떻게 하나."

옷 입을 생각 따위 하지 말라는 뜻이었다. 지원은 불만을 드러 냈지만 왠지 그의 말을 무시할 수 없어 시트를 끌어당겨 가슴께를 가렸다.

지원은 태이와 이렇게 아무렇지 않게 얼굴을 맞대고 있을 수 있 다는 게 놀라웠다. 그의 품에 안겨 민망한 소리를 내고 자신을 그 에게 전부 내어주고. 부끄러움에 차마 그의 앞에서 얼굴을 들 수 없을 것 같았는데 정말 신기하게도 오히려 그 어느 때보다 태이가 더욱 가깝게 느껴졌다.

마음을 나누고 몸이 하나로 연결된다는 건 굉장히 특별한 경험 이었다.

지원이 그의 손을 잡았다. 그리고 깍지도 꼈다.

"꼬시지 마. 난 언제든 괜찮지만……. 넌 지금 힘들잖아."

바보야. 그런 뜻이 아니라고. 정말 못 말리는 남자다. 얄미운 만 큼, 딱 그만큼의 세기로 그의 손등을 꼬집었다.

아야, 하며 그가 엄살을 부렸다.

당하고 있던 태이가 지원의 공격을 단숨에 제압했다. 긴 팔로 그녀의 몸을 포박하듯 꽁꽁 묶었다. 바르작거리던 지원은 그의 무 게를 견뎌내지 못하고 곧 얌전해졌다. 정수리에 그의 턱이 닿았다. 비비적거리는 그의 몸짓이 너무나 다정해 절로 웃음이 새어 나왔 다.

"언젠가 널 안게 되는 날이 오면…… 이곳에서였으면 했어. 간절히 원하면 이루어진다더니, 그 말 진짜인가 보다."

"……무슨 말이야?"

"너 아팠던 그날. 끙끙거리고 누워 있는 널 보면서 생각했어. 늘 이렇게 혼자 아파했을까. 이 공간에서 매번 손지원 너 혼자."

"태이야."

"외롭진 않았을까. 쓸쓸하지는 않았을까. 가슴 아프더라. 많이. 할 수만 있다면 시간을 되돌려 너 혼자 겪어야 했던 모든 것들을 함께 나누고 싶었어. 그런데 그건 이미 지나간 일들이라 내가 할 수 있는 게 없더라고. 그래서 그날 결심했지. 다신 너 혼자 아프게 하는 일도, 외롭게 하는 일도 없게 할 거라고. 너의 공간을 나로 가득 채우겠다고."

가슴이 벅차올랐다. 태이의 따뜻한 위로는 지원을 먹먹하게 만들었다. 고맙다는 말로 이 마음을 대신할 수 있을까. 그 말로는 부족해도 한참 부족했다.

"그러니까 손지원. 전부 나한테 줘. 네 마음 전부를 갖고 싶어졌어."

이제 그는 그녀와의 미래를 꿈꾸게 되었다. 같은 침대 위에서 잠이 들고, 환한 아침 햇살에 눈을 떴을 때, 그곳에 그녀가 있기를 희망한다. 지원은 이미 그의 전부가 되었고, 그는 그녀도 자신과 같은 마음이기를 바랐다.

"울리려고 한 말 아니야. 웃어주길 바랐지."

"너무 기뻐서. 그래서."

"어떤 이유로든 너 우는 건 싫어. 마음이 너무 아프거든."

그가 엄지로 지원의 눈물을 찍어냈다. 태이는 전혀 예상하지 못한 지원의 보답을 받았다. 지원이 그의 머리를 끌어당겨 자신의 입술을 살포시 갖다 댔다. 순간 닿았던 입술이 쪽 소리와 함께 떨어졌다. 너무 짧다. 그래서 아쉽다.

"꼬시지 말라고 했지."

"그런 거 아니야."

"뭘 아니야, 아니긴. 너 때문에 난 이미 이렇게 되어버렸는데."

팽창한 남성을 지원의 허벅지 사이로 들이밀었다. 그의 야릇한 행동에 순식간에 분위기가 끈적끈적하게 변했다. 이 모든 건 다 윤태이, 그의 탓이었다.

하지만 지원은 단호했고, 태이 역시 단호했다.

"오늘은 안 돼. 진짜야."

"열두 시 지났어."

"태이 너 정말⋯⋯!"

"그러니까 간신히 참고 있는 사람 왜 건드려."

"건드린 적 없어. 아무튼 절대 안 돼. 몸도 힘들고 여기저기 아프기도 하고, 또 지금 너무 졸려. 눈이 막 감긴다고."

"이 타이밍에 그런 말이 하고 싶어? 이 여자 되게 무드 없네."

"나한테서 무드 찾지 마. 그런 거 없어."

지원은 재미없는 자신의 성격을 순순히 인정했다.

태이는 어떨지 모르겠지만 지원은 더 이상 그를 감당할 수 있는 체력이 남아 있지 않았다.

"잠이야 깨면 되는 거고. 순순히 허락하시지."

몸은 이미 가까워질 대로 가까워졌고 진한 욕망이 담긴 눈을 하고 그가 그녀를 향해 다가오고 있었다. 그렇게 또다시 시작된 짙은 키스.

깊은 밤. 두 사람의 뜨거운 그 밤은 아직 끝나지 않았다.

아침 7시. 알람 소리를 듣지 않고도 지원은 같은 시간에 눈을 떴다. 몸에 밴 습관은 오늘도 변함이 없었다. 평소와 한 가지 다른 것이 있다면 눈을 떴는데도 침대에서 일어날 수가 없다는 것이었다. 물먹은 솜처럼 몸이 무거웠다. 방향을 바꾸기 위해 상체를 옆으로 돌리는 순간 '앗' 하고 짧은 비명이 터졌다.

지난밤 새벽녘까지 이어졌던…… 마지막이 언제였는지 기억도 나지 않았다. 몇 번이나 그에게 안겼을까.

지원의 얼굴이 붉게 변했다. 아랫배를 감싸보니 알싸한 통증과 왠지 모를 허전함도 느껴졌다.

네 개의 다리가 교차되어 하나로 엉켜 있었다. 그의 단잠을 방해하고 싶지 않았던 지원은 꼼지락거리며 다리를 조심히 빼냈다. 몸을 가리고 있던 시트가 흘러내리자 곧바로 서늘한 기분이 들었다.

그냥 조금만 더 누워 있을까.

지원은 고민했다. 혼자가 아닌 좋아하는 이와 함께 맞이하는 아침을, 이 따뜻함을 조금 더 누리고 싶은 마음도 있었다. 침대가 작다고 투덜거리더니, 그에게 정말 침대가 작아 보이긴 했다. 똑바로 펴지 못하고, 몸을 둥글게 말고 있는 모습이 몹시 불편해 보이긴 했다.

"새우 같아. 윤태이."

툭하면 자신을 토마토라 놀렸던 그에 대한 소심한 복수였다.

새우 태이 같으니.

혼자 말하고 혼자 웃었다. 혹시라도 그에게 들릴까 입을 가렸다. 깊은 잠에 빠진 그를 보고 있으니 뭐랄까, 기분이 묘해졌다. 마치 훔쳐보는 것 같은?

조심스러웠던 지원의 눈빛이 조금씩 대담해져갔다.

오직 그녀에게만 허락된 윤태이의 모습. 늘 단정했던 머리칼이 부스스 흩어져 있었다. 그 머리칼이 손끝에 닿는 부드러움이 너무 좋았다. 이마를 가린 머리칼을 옆으로 넘겨보기도 하고 살짝 당겨보기도 하고, 태이의 눈썹이 자잘하게 움직이자 지원은 긴장하며 숨을 참았다가 그의 얼굴이 다시 평온해지는 걸 보고 또다시 손가락을 움직였다.

숱 많은 눈썹. 날카롭게 뻗은 콧날. 붉게 물든 입술을 차례대로 만졌다. 매끄러운 볼에 닿으려던 때였다. 탁. 그에게 손이 붙들렸다.

아. 깨워버렸어, 결국.

욕심이 과했다. 지원은 스스로를 탓했다.

"엉큼해."

살면서 엉큼하다는 소리를 듣게 될 줄은 몰랐다. 지원은 뜨악했지만 마땅히 그에게 반박할 말이 떠오르지 않았다.

"몇 시야?"

잠에 덜 깬 목소리는 평소보다 훨씬 더 낮았다.

"일곱 시 조금 넘었어."

"좀 더 자자. 졸려 죽겠어."

"안 돼. 일어나. 출근해야지."

"누구…… 나? 아님 너?"

당연한 걸 묻는 그였다. 일산에서 서울까지 가려면 이제부터라도 부지런히 움직여야 한다. 집에 들러 옷도 갈아입어야 할 테고.

"나는 오늘 병원 쉬는 날인데."

"그럼 나도 그럴 거야. 직장인에겐 연차라는 아주 좋은 제도가 있거든. 그러니까 이리 와. 더 자자."

태이가 누운 채로 그녀를 향해 팔을 벌렸다. 눈에 졸음기가 가득했다.

"갑자기 그래도 돼?"

"그렇다니까. 이리 와. 허전하다고."

지원은 어쩐지 불안했다. 저 품에 안기면 또 무슨 일이 벌어질지 알 수 없었다.

"배, 배는 안 고파?"

"지금은 잠이 더 고파. 근데 손지원, 너 진짜 말 안 들어. 내가 꼭 힘을 쓰게 만들지."

강하게 끌어당기는 힘에 지원은 그의 가슴에 푹 파묻혔다.

"이럴 줄 알았으면 어젯밤에 너 더 괴롭힐 걸 그랬다."

방금 그 말은 못 들은 걸로. 지원은 현실을 부정하며 그의 단단한 가슴에 머릴 기댔다. 규칙적이었던 생활 패턴을 깨버리고 늦잠을 자는 것도 나쁘지 않은 선택이었다.

따뜻하다. 그래서 너무 좋았다. 스르르 지원의 눈이 감겼다.

다시 눈을 떴을 때 해는 이미 중천이었다. 밝은 햇살이 방 안을 화사하게 비추고 있었다. 누가 먼저 잠에서 깼는지 그건 알 수 없었다. 그냥 자연스럽게 눈이 마주쳤던 것 같다.

"이렇게 푹 잔 거 정말 오랜만인 거 같아."

만족스러운 표정의 태이가 나른한 음성으로 말했다.

깊은 숙면의 증거로 태이의 눈두덩이가 평소보다 부은 느낌이었다.

"너 눈 부었어."

"손지원 눈도 부었지."

"아……."

미처 거기까진 생각하지 못했다.

"뭘 가려. 이미 다 봤는데."

이럴 땐 너무 솔직한 그가 밉다.

그런 건 말하는 게 아니라고. 실례라고, 윤태이.

본인이 한 말은 생각도 못하고 태이를 원망하고 있는 지원이었다. 그녀의 불만을 느꼈는지 태이가 피식 웃으며 손가락으로 지원의 눈가를 마사지하듯 부드럽게 눌렀다.

입이 삐죽 튀어나왔지만 그의 다정한 손길에 금세 구름 위를 걷는 듯한 기분이 되고 만다.

"몸은 괜찮아?"

지원은 가만히 고개를 끄덕였다. 자연스럽게 얼굴 쪽으로 열기가 몰렸다. 태이는 지원의 귓가에 대고 작은 목소리로 '미안'이라고 말했다.

지난밤 이성을 잃고 몰아붙이기만 하던 자신을 지원은 버거워했다. 그걸 알면서도 그는 멈추지 못했고, 배려하지도 못했다. 제 욕심만 채우기 바빴던······. 그도 어쩔 수 없는 사내였다.

지원이 헛기침을 하며 급히 화제를 돌렸다.

"뭘 좀 먹을까. 넌 배고픈 거 잘 못 견디잖아."

아침은 간단하게 시리얼이나 두유로 해결했었는데 점심시간이 지날 때까지 공복 상태로 있으려니 지원도 기운이 달렸다. 하물며 태이는 잠깐의 배고픔도 못 견디는 편이었다. 자주 하는 그의 말 중에 단연 손꼽히는 건 '배고파'일 정도였으니까. 보기와는 다르게 식탐이 굉장한 남자였다.

"안 그래도 죽을 거 같아. 한계야. 뭐 맛있는 거라도 만들어주려고? 뭐 해줄 건데?"

"응? 어? 그게······."

어째서 일이 이렇게 돼버린 거지.

사실 지원은 요리 쪽으론 젬병인 수준이었다. 2년 동안 이곳에 살면서 밥을 지어 먹었던 게 손에 꼽힐 정도였다.

어쩌면 좋지? 내심 기대에 찬 태이의 말투에 있지도 않은 자신감 상실에 걱정만 한가득이었다. 타들어가는 지원의 마음을 알 리 없는 태이가 몸을 가뿐히 일으키며 말했다.

"간단하게 먹자. 이따 저녁에 맛있는 거 사줄게. 나 먼저 씻고 나올게."

시트가 흘러내려 그의 나신이 눈에 들어왔다.

지원은 휙 고개를 돌렸다. 밤새 수도 없이 본 그의 몸이지만 적응하기란 쉽지 않았다. 태연하게 속옷을 걸치고 바지를 꿰입는 그가 놀라울 뿐이었다.

태이가 씻기 위해 화장실로 들어가고 지원은 난감한 얼굴로 머리를 감쌌다.

"어떡하지? 간단한 거? 라면이라도 끓일까. 안 돼. 아침부터 라면을 어떻게 먹으라고 해. 아, 어떡해."

계속 이렇게 멍하니 있을 수만은 없었다. 지원은 부랴부랴 옷을 걸쳐 입고 주방으로 향했다. 하지만 그녀를 기다리고 있는 건 텅 비어 있는 냉장고와 싱크대 안에서 겨우 찾아낸 즉석요리뿐이었다.

3분 카레, 3분 짜장, 3분 미트볼. 죄다 3분이다. 이럴 줄 알았으면 장이라도 봐둘걸. 뒤늦은 후회를 해보지만 현실에서 달라지는 건 없었다.

자포자기 심정으로 지원은 즉석요리 포장을 뜯기 시작했다. 일단 배는 채워야 하니까. 정말 울고 싶은 기분이 들었다.

"지원아, 손지원."

"어? 어, 태이야. 왜?"

갑작스러운 부름에 지원은 하던 일을 멈추고 귀를 쫑긋 세웠다. 아무래도 거리가 있어 태이의 목소리가 잘 들리지 않았다. 지원은 화장실 문 앞으로 갔다. 열린 문 사이로 촉촉하게 젖어 있는 태이가 보였다.

"칫솔 또 있어?"

"거울 옆으로 밀면 수납장 있어. 그 안에 새 거 있을 거야."

"양치만 하면 돼. 금방 나가."

문이 닫히고 지원은 터덜터덜 주방으로 향했다. 때마침 울리는 전자레인지의 알림음. 마지막 즉석요리다. 몽글몽글 수증기와 함께 잘 데워진 미트볼이 손에 들렸다.

홈바 위에 차려진 각종 요리들. 그녀가 한 거라곤 포장을 뜯고 기계에 넣고 뺀 게 전부였다. 태이가 이걸 보면 뭐라고 할까. 미식가 체질이라고 심심찮게 말하던 그가 어떤 반응을 보일지 충분히 상상이 되었다.

샤워를 마친 태이는 수건을 허리에 감고 밖으로 나왔다. 달콤하고 고소한 음식 냄새가 그를 들뜨게 만들었다.

"냄새 좋다. 뭐 만든 거야?"

입을 꾹 다문채 지원은 태이를 유유히 스쳐 지나가려 했다. 당연히 그에게 붙들렸다.

"어디 가?"

"나도 씻으려고."

"먹고 씻지 왜."

"먼, 먼저 먹고 있어. 나는 별로 생각이 없어서."

말을 더듬어대는 게 어딘가 수상하다고 생각했을 때였다. 태이가 더 물을 새도 없이 지원이 그의 손을 뿌리치고 후다닥 화장실로 들어가버렸다.

갑자기 왜 그러지?

"몸이 안 좋은 건가. 그래도 뭘 좀 먹어야 할 텐데."

지원에 대한 걱정은 오래가지 않았다. 손지원이 황급히 화장실로 숨어버린 이유를 그가 알아버렸다. 싱크대 한편에 차곡차곡 쌓여 있는 포장 박스들.

그의 어깨가 크게 들썩거렸다. 태이는 하얀 이를 드러내며 웃었다. 갑자기 어두워진 표정도, 기어 들어가던 목소리도, 전부 다 이거 때문이었어? 3분 요리?

"큭큭큭. 미치겠다, 진짜."

도대체 이 여자를 어쩌면 좋을까. 태이의 얼굴에 장난스러움이 덕지덕지 붙었다. 눈을 반짝이며 태이가 화장실 문을 두드렸다.

똑똑똑.

똑똑똑.

"왜?"

"3분 요리사님. 나와서 같이 드시죠. 음식 다 식어요."

"너…… 하지 마. 윤태이, 하지 마."

"큭큭큭."

숨이 넘어갈 정도로 태이는 웃어댔다. 반면 지원은 점점 울상이 되었다.

이럴 줄 알았어. 그냥 넘어갈 사람이 아니지.

3분 요리사라니. 원치 않는 별명이 또 하나 생겨버렸다. 차라리 라면을 끓일 걸 후회가 들었다. 민망하고 창피한 마음에 지원은 손바닥으로 얼굴을 가린 채 바닥에 몸을 웅크려 앉았다.

"음식 다 식겠다. 너 나올 때까지 나도 안 먹고 기다릴 거야. 와, 여긴 없는 게 없네. 짜장에, 카레에, 스테이크까지. 이걸 누가 차린 거야. 대체 이 대단한 여자가 누굴까."

"……."

"진짜 안 나올 거야? 지원아, 나 배고파. 쓰러지기 직전이라고. 손지원 씨, 좀 나와주시죠."

달래주는 척을 하다가 또 약을 올리고. 그의 끈질김에 지원은 결국 항복하고 문을 열고 나왔다. 팔짱을 낀 채 재미있어 죽겠다는 듯 싱글싱글 웃고 있는 그가 보였다.

"미워 죽겠어, 정말."

"어제는 좋아 죽겠다고 하더니, 어떻게 하루만에 마음이 바뀌어. 사람 서운하게 . 아아, 아파. 툭하면 꼬집어."

"그만 좀 놀려. 이럴 때 보면 진짜 어린애 같아."

"그러니까 숨긴 왜 숨어."

"숨은 거 아니야. 그냥, 그냥 좀."

창피해서 그런다고. 대단한 건 못해도 적어도 너한테 따뜻한 밥과 국 정도는 만들어주고 싶었는데. 내가 너무 바보 같아 그래. 한심해서 그래.

"손지원, 너 왜 이렇게 귀엽냐. 애가 아침부터 사람 정신 못 차리게 하네."

태이는 지원의 말랑한 볼을 잡고 가볍게 흔들었다. 그에게서 빠져나가기 위해 지원은 발버둥을 쳤지만 어림도 없었다.

"아파. 놔줘."

"싫은데. 우리 키스하자. 모닝키스."

"뭐, 뭐라는 거야. 미쳤나 봐."

지원이 식겁하며 고개를 저었지만 태이는 아랑곳 않고 유들유들한 얼굴을 지원에게 들이밀었다. 지원은 황급히 그의 얼굴을 잡았다.

"배, 배고프다며."

"일단 키스부터. 이게 더 급해."

태이의 골반 끝에 아슬아슬하게 걸려 있는 수건, 식탁 위에서 식어가는 음식들. 그리고 입 안에서 느껴지는 텁텁함까지, 그 모든 게 신경 쓰였다. 하지만 지원의 작은 반항은 그의 강력한 힘과 의지를 막을 수 없었다.

"흐읍!"

빼앗기듯 시작된 키스. 그의 열렬한 키스는 한 상 거하게 차려진 3분 요리의 식전 에피타이저가 되었다.

9장

윤 사장은 딱딱하게 굳은 얼굴로 말없이 사무실 밖 풍경을 보고 있었다. 시간이 지날수록 그의 이마에 새겨진 주름이 더욱 깊어졌다. 며칠 전 그는 전화 한 통을 받았다.

늦은 밤 그에게 전화를 건 이는 유경이었다. 아이처럼 엉엉 울던 유경의 목소리가 아직도 귓가에 생생하게 남아 있었다.

윤 사장은 유경이 자신에게 했던 말을 다시 한 번 떠올렸다.

'아저씨, 저 정말 너무 가슴이 아파요. 자존심도 상해요. 어떻게 오빠가 저한테 이럴 수 있어요. 흑흑. 그 여자는 정말 아니라고요. 그런 여자는 태이 오빠랑 어울리지 않는다구요.'

유경과 통화를 끝낸 그는 곧바로 김 비서에게 연락해 한 가지를 지시했다. 그리고 오늘 윤 사장은 김 비서로부터 자신이 지시했던 일의 대한 보고를 받았다. 창밖을 보고 있던 그는 천천히 몸을 돌려 김 비서가 남기고 간 종이들을 손에 들었다.

김 비서의 음성을 통해 종이에 적혀진 내용을 전해 들었지만 그는 다시 한 번 제 눈으로 글자를 읽어나갔다.

가슴이 답답했다. 몇 해 전 힘겹게 끊은 담배가 생각이 날 정도였다. 그는 아쉬운 듯 손끝을 비벼댔다.

왜 하필.

그 생각이 자꾸 들었다. 왜 하필 이 아이일까. 왜 하필 이 아이에게 진심이 된 걸까. 왜 하필……. 끝이 없었다.

유경의 말을 듣고 어느 정도의 예상은 하고 있었지만 그가 납득할 수 있는 범위를 벗어나도 한참 벗어났다.

차이가 나도 너무 많이 났다. 허허, 하고 가볍게 웃으며 넘길 수 있는 수준이 아니었다.

"이 아이와 결혼을 하겠다고? 윤태이, 진심인 거냐."

강남에서도 물 좋기로 소문이 자자한 클럽 안.

고막이 찢어질 것 같은 강렬한 음악 소리에 맞춰 신나게 몸을 흔들고 있는 사람들. 그들을 보는 남자의 시선이 곱지 않았다. 대형 스피커에서 터져 나오는 시끄러운 음악 소리에 머리가 울렸다. 태이는 제 발로 이곳으로 걸어 들어온 걸 후회했지만 그렇다고 해서 다시 나갈 생각은 하지 않았다.

여기저기서 그를 알아본 사람들이 반가운 시선을 보내왔다. 그와 동시에 태이의 눈도 빠르게 움직였다. 클럽 안 곳곳에 아는 얼굴들이 많았다.

화성유통 김태원, 서령건설 황치규, 미도그룹 윤유준, 그리고 그

외 기타 등등. 이곳에 있었으면 하고 바라던 녀석들은 대충 다 와 있는 듯했다.

"이야! 이게 누구야. 진짜 윤태이잖아."

오늘 생일 파티의 주인공 현성이 태이를 발견하고 한걸음에 다가와 인사를 건넸다.

"한현성. 넌 아직도 이러고 노는 게 좋냐."

"윤태이 까칠한 건 여전하네. 그래도 오늘 생일인 사람한테 너무한 거 아니냐?"

"생일 축하한다는 말은 좀 조용한 곳에서 하고 싶은데."

무슨 말인지 알겠다는 듯 현성이 껄껄 웃으며 태이를 룸으로 안내했다. 태이가 룸으로 들어가자 룸 안에 있던 사람들의 모든 시선이 태이에게 쏠렸다. 사적인 공간에 오랜만에 모습을 드러낸 그를 다들 반가워하는 눈치였다.

"어째 오늘 주인공이 내가 아니라 너인 것 같다. 슬슬 샘나려고 하네."

"걱정 마. 이 파티 주인공 될 생각은 없으니까."

"주인공은 이미 된 것 같은데? 너 바쁜 건 아는데 그래도 우리 종종 얼굴은 좀 보고 살자. 참, 이따가 세경이도 온다고 했어."

"그래?"

"근데 너 진짜 결혼하는 거냐? 세경이랑 너랑 사돈 된다는 소문 파다하던데."

현성이 가볍게 던진 한마디에 룸에 있는 모든 사람들의 눈과 귀가 하나로 집중되었다. 윤태이의 결혼은 요즘 그들 사이에서 가장 핫한 이슈로 떠오르고 있는 주제였다.

다들 그의 대답을 기다리고 있는 눈치였다. 태이는 그들이 갖고 있는 궁금증을 속 시원하게 풀어줄 생각이었다. 그러기 위해 오늘 이곳에 왔으니까. 지금부터 그가 하는 모든 말은 사람들의 입을 통해 순식간에 퍼져나가 그가 원하는 곳까지 도달할 게 분명했다. 태이는 이들이 가장 흥미로워하는 소문, 가십, 내가 아닌 다른 이들의 이야기. 그들의 특성을 이용해 자신이 원하는 바를 이루고자 했다.

입을 하나로 모아 누군가를 헐뜯고 비웃으며 거기서 재미를 찾는 사람들. 하지만 소문의 당사자에겐 치명적인 독이 되어버리는⋯⋯. 그들이 가장 두려워하는 것은 남의 이야기가 '나'의 이야기가 되는 그 순간일 것이다. 늘 정공법을 택했던 그에게도 예외라는 게 있었다. 오늘이, 이번이 그랬다.

순간 남자의 얼굴에 여유로운 미소가 돌았다.

"태이야?"

"아직도 그런 소문이 돌아? 굳이 신경 안 썼는데 이 자리에서 좀 더 확실히 해둘 필요는 있겠네."

태이는 마치 별일도 아닌 것처럼 태연하게 말했다.

그런 소문은 자신에게 있어 아무것도 아니라는 듯, 매우 귀찮고 하찮다는 것처럼.

"그게 무슨 말이야?"

"정세경이랑 내가 사돈 될 일은 없다는 뜻이야."

"역시 그랬구나. 하긴 결혼은 좀 이른 감이 있어. 그치?"

"무슨 소리야. 프러포즈 앞두고 있는 사람한테."

"⋯⋯프, 프러포즈? 너 방금 그건 소문이라고⋯⋯."

"정세경이랑 사돈 될 일 없다고 했지, 그게 결혼을 안 하겠다는 뜻은 아니었는데."

현성은 이게 대체 뭔 소린가 싶었다. 현성은 태이가 했던 말을 다시 곱씹었다. 결혼은 한다. 그런데 정세경과 사돈이 되는 일은 없다.

"그럼 누구랑 하는데?"

"결혼은 사랑하는 사람이랑 하는 거지. 안 그래?"

"사랑하는 사람이 있다 그 소리야?"

"어, 있어. 사랑하는 사람."

어째서 이 고백을 너한테 하고 있는 건지 의문이지만.

갑작스런 그의 깜짝 발언에 룸이 시끌시끌해졌다. 곧 태이가 예상했던 그대로 사람들이 하나둘 움직이기 시작했다.

머릿속에 그리고 있던 그림이 머지않아 완성될 거란 예감이 들었다.

'정유경, 네 방식 그대로 똑같이 되돌려줄게.'

지난밤, 퇴근 후 집으로 돌아가는 길에 지원은 전화 한 통을 받았다. 수화기를 통해 들리는 중후한 남자의 목소리는 낯설었지만 그녀는 곧 상대방이 누구인지 알 수 있게 되었다.

'태이의 아버지'라며 상대방이 자신의 신분을 밝혔기 때문이었다. 가던 길을 멈추고 지원은 휴대폰을 쥔 채 도로 위에 멍하니 서 있었다.

'태이 일로 자네를 좀 만나고 싶은데 내게 시간 좀 내주겠나.'

그 물음에 지원은 제때 대답하지 못했다. 그의 아버지가 다시 한 번 의사를 물었을 때 그제야 간신히 '네' 하고 대답할 수 있었다. 약속 시간과 장소를 전해들은 후 통화는 끝이 났다.

그의 아버지와 만나기로 한 오늘, 공교롭게도 태이도 그녀를 보기 위해 일산에 오겠다고 했다. 지원은 현지와 저녁을 먹기로 했다며 그에게 어쩔 수 없이 거짓말을 했다. 아쉬워하는 그의 목소리를 듣는데 가슴이 시큰거렸다.

병원 일을 마친 지원은 옷을 갈아입기 위해 서둘러 오피스텔로 향했다. 하얀색 블라우스와 검은색 면바지로 옷을 갈아입은 지원은 거울 앞에 서서 머리를 빗은 후 단정하게 하나로 묶었다.

거울을 통해 보이는 딱딱하게 굳어 있는 자신의 얼굴을 보게 된 지원은 입가를 움직이며 긴장을 풀려고 노력했지만 생각처럼 되지는 않았다.

목적지에 도착한 지원은 택시에서 내렸다. 고풍스러운 외관을 자랑하는 건물 앞에 서서 지원은 잠시 숨을 골랐다. 머리를 단정하게 쓸어 넘기고 옷차림을 다시 한 번 점검했다.

용기를 내어 약속된 장소까지 오기는 했지만 눈앞에 보이는 저 작은 문턱을 넘기란 쉽지 않았다. 하지만 더 이상 머뭇거리고 있을 수만도 없었다. 후우, 깊은 숨을 내쉰 지원은 긴장으로 굳어진 얼굴을 하고 건물 안으로 들어갔다.

지원이 내부로 들어서자 남색의 개량한복을 입은 종업원이 다가와 정중하게 인사를 건넸다. 예약 여부를 확인한 종업원은 다시 한 번 인사를 건네고 그녀를 안내했다.

"윤 사장님은 아직 도착하지 않으셨습니다. 사장님 오시는 대로 이쪽으로 안내해드리겠습니다."

자신이 먼저 도착했다니 다행이었다. 지원은 안도했다.

"저…… 죄송한데 따뜻한 물 한 잔 먼저 부탁드려도 될까요."

"네. 바로 준비해드리겠습니다."

입 안이 바싹바싹 말랐다. 중요한 시험을 앞둔 학생이었던 그때로 돌아간 것 같았다.

불안하고 초조하고……. 혹시 생각지도 못한 좋은 결과가 자신을 기다리고 있지는 않을까 그런 기대도 가지면서.

지원은 뜨거운 물이 담긴 사기잔을 가만히 어루만졌다.

손바닥에 따뜻한 기운이 전해지자 긴장이 조금씩 풀리는 것 같았다. 그때 등 뒤로 드르륵 미닫이문이 열리는 소리가 들렸다. 지원의 몸이 자동적으로 움직였다. 벽 가까이 최대한 붙어 서서 양손을 가지런히 포개어 앞으로 모았다.

"내 너무 늦은 건 아닌가 모르겠네."

정중함이 묻어나는 그 목소리를 듣고 지원은 가슴이 뭉클해짐을 느꼈다. 너무 다정한 느낌이랄까. 그런 것 같다. 그의 아버지에게 듣게 된 그 첫마디가 너무 다정했기 때문에.

"아닙니다. 저도 막 도착했습니다."

"그렇다면 다행이네. 그렇게 서 있지 말고 자리에 앉게나. 음. 이곳 대추차 맛이 아주 좋은데. 젊은 사람 입맛에 맞을까 잘 모르겠네만. 지원 양, 대추차 괜찮겠는가?"

"네, 괜찮습니다."

"여기 대추차로 두 잔 준비해주게나. 다과도 함께 내주고."

주문을 받은 종업원이 나가고 방 안엔 윤 사장과 지원 두 사람만 남았다. 지원은 숨소리를 내는 것마저 조심스러웠다. 지독할 정도로 긴장한 탓에 실내 온도가 확 높아진 것 같은 착각이 들었다.

윤 사장은 그런 지원의 마음을 모르지 않았다.

"내 연락 받고 많이 당황했을 거라 생각하네. 갑자기 연락하고 불러내서 미안하게 됐네."

갑작스러운 연락보다 미안하다는 말을 건네는 그 말이 그녀를 더욱 당황스럽게 했다.

"아, 아닙니다. 괜찮습니다."

말투가 너무 딱딱하다고 느끼시진 않았을까. 바보처럼 더듬기도 했어. 아, 정말 너 왜 이러니. 머릿속에선 침착하자를 수없이 외치고 있는데 마음대로 되는 건 하나도 없었다.

"이 자리가 많이 불편할 거라 생각되지만 그래도 난 자네를 꼭 만나고 싶었네. 태이에게 물었더니 그 녀석, 기다려달라는 말만 던져놓고 감감무소식이라 내가 이렇게 나설 수밖에 없었네. 자네가 나를 좀 이해해주게나."

지원은 묵묵히 윤 사장의 이야기를 귀담아들었다.

자연스럽게 눈이 마주쳤을 때 지원은 태이가 아버지를 많이 닮았다는 사실을 알 수 있었다. 다른 점을 찾아본다면 태이 쪽이 조금 더 날카롭다고 할까. 그 정도 차이였다. 시간이 흘러 그가 아버지의 모습을 더욱 닮았으면 좋을 것 같다는 생각이 들었다. 특히 눈이 그랬다.

"태이 그 녀석 입에서 좋아하는 여자가 생겼다는 말을 직접 듣게 될 줄은 몰랐네. 나도 우리 집사람도 아주 많이 놀랐지."

지원의 얼굴이 붉게 변한 채 선뜻 어떠한 말도 하지 못하고 있을 때였다.

노크 소리가 들렸다. 주문한 음료를 들고 종업원이 다시 안으로 들어왔다. 대추차 특유의 달콤 쌉싸래한 향이 방 안에 서서히 퍼졌다.

"향이 아주 좋네."

만족스러운 듯 앞에 찻잔을 보며 윤 사장은 흐뭇한 얼굴을 했다. 각자의 찻잔 옆에 맛깔스럽게 담긴 떡과 한과도 놓였다.

윤 사장은 대추차를 한번 맛보곤 지원에게도 권했다. 차분한 움직임으로 차 맛을 보는 지원을 미소 띤 얼굴로 바라보던 윤 사장은 황급히 제 표정을 감추었다. 다행히 지원은 그를 보고 있지 않았다.

예쁜 아이였다. 그가 느낀 지원의 첫인상이었다. 김 비서가 전해 준 서류에서 이미 얼굴을 확인했지만 실물을 보니 또 느낌이 달랐다.

태이의 고백 때문일까. 그의 눈엔 지원이 특별해 보였다. 딱히 튀는 곳 없이 수수한 차림새를 하고 있었지만 그 모습이 나빠 보이거나 하지는 않았다. 오히려 그 모습이 호감으로 비춰졌다. 막상 지원을 만나고 보니 윤 사장은 마음이 복잡해졌다.

태이가 좋다는데 그 이유만으로 이 아이를 아들의 짝으로 받아들일 수 있을까. 그는 수없이 자신에게 질문을 던졌다. 하지만 매번 자신에게 돌아오는 대답은 '그럴 수 없다'였다.

그는 태이의 아비이기도 하지만 한 기업을 이끌고 있는 사업가이기도 했다. 그는 자신의 아버지가 세우고 키운 '태송'을 후에 태이가 이어받길 바랐다.

물론 태이가 그럴 만한 능력을 가지고 있다는 전제하에 내릴 수 있는 결정이었다. 아직 부족한 점이 많은 녀석이지만 앞으로 실력과 경험을 풍부하게 쌓는다면 언젠가 그의 바람이 이루어질 거란 믿음과 확신을 가지고 있었다.

태이가 앞으로 더 큰일을 해나가려면 적어도 그에게 도움이 될 수 있는 짝을 만났으면 하는 게 그의 솔직한 바람이었다. 정 회장의 여식인 유경과 잘되길 내심 바라고 있었지만 죽어도 아니라는데 억지로 등 떠밀어 결혼시킬 생각은 없었다.

태이의 의견을 최대한 존중해주려고 했지만 그에게도 어느 정도 기대치가 있고 생각해놓은 선이라는 게 있었다. 냉정히 말해 지원은 아니었다. 더 정확히 하자면 이 아이가 가진 조건을 받아들일 수 없다가 맞았다.

가장 중요한 건 '진심'이라고 생각하지만 '진심'으로 모든 걸 해결할 수는 없었다.

윤 사장은 자신의 속내를 밝히려고 이곳에 왔다.

물론 아들이 처음으로 마음에 담은 아이에 대한 궁금증이 드는 것도 사실이었지만 그것보다 중요한 것은 두 사람의 앞으로에 대한 문제였다.

"태이는 자네와 결혼까지 생각하고 있는 것 같은데 자네도 혹 같은 생각인가?"

결혼. 그 단어는 지원에게 너무나 먼, 그리고 낯선 것이었다. 태이와 만나면서도 '결혼'은 사실 단 한 번도 생각한 적도 없었다. 태이와 결혼을 생각하지 않았던 것이 아니라 결혼이라는 것 자체가 지원에겐 아주 머나먼 언젠가의 그런 의미였다.

그래서 윤 사장의 갑작스러운 물음에 놀랄 수밖에 없었다.

"놀라는 걸 보니 결혼 얘긴 두 사람이 함께 내린 결정은 아닌 것 같네만."

"……전."

"자네도 알고 있겠지만 태이는 한 번 결정을 내린 일엔 웬만해선 자기 뜻을 꺾지를 않지. 나를 닮아서 고집이 아주 센 편이라네. 남자가 어느 정도 고집은 있어야 한다고 생각하지만 때때로 그 점이 주변 사람들을 힘들게 할 때도 있지."

"……네에."

"나는 내 아들과 서로 얼굴 붉혀가며 부딪치는 일을 굳이 만들고 싶지 않다네. 그래서 내가 자네…… 지원 양에게 무리한 부탁을 하나 해야 할 것 같은데."

지원은 주먹을 꼭 쥐었다. 쿵쾅거리며 뛰는 가슴을 진정시키려 애썼다.

"지원 양에게 상처가 될 걸 알고 있지만 그래도 부탁하네. 내 아들과의 만남을 다시 생각해주게나."

지원이 입술을 파르르 떨며 고개를 숙였다. 윤 사장은 말없이 그 모습을 지켜보고 있었다.

"말씀…… 이해했습니다."

세차게 흔들리는 두 눈동자가, 젖어든 목소리가…… 울음을 참기 위해 무던히 애를 쓰고 있다는 것이 보였다. 그의 가슴으로 서늘한 바람이 부는 듯했다.

상처를 주었구나.

그건 지원을 만나기로 했을 때부터 이미 예견된 일이었지만 당사자를 앞에 두고 보고 있으려니 그 역시 착잡한 기분이 들었다.

지원에게선 자신을 향한 원망이나 미움은 느껴지지 않았다. 시간이 더 흐르고, 차분해진 지원의 눈에서 그는 '체념'을 보았다.

긴 침묵이 이어졌고, 무거운 침묵을 깬 건 지원이었다.

"시간을…… 시간을 주셨으면 합니다. 태이…… 태이한테……. 죄, 죄송합니다. 죄송해요."

더 이상 말을 잇지 못하고 지원이 다시 한 번 고개를 밑으로 떨어뜨렸다.

"나 역시 자네에게 이런 말을 하게 되어 미안하네. 이건 내 진심이네."

윤 사장은 자신의 사과가 지원에게 조금의 위로라도 되기를, 그래주기를 바랐다.

이 길의 끝이 없길 바라는 것처럼 지원은 하염없이 걷고 또 걷기만 했다. 얼마나 그렇게 걸은 걸까. 다리가 욱신거렸다. 종아리가 심하게 당겼고 발도 많이 부었는지 다리를 움직일 때마다 통증이 심하게 느껴졌다. 지원은 그제야 걸음을 멈추고 주변을 둘러보았다.

여긴 어디지. 눈에 보이는 거리가 낯설었다. 얼마나 걸었을까. 시간은 또 얼마나 흐른 걸까. 아무것도 모르겠다. 아무것도.

궁금하지만 굳이 알려고 하지는 않았다. 지금은 아무것도 생각하고 싶지 않았다.

이 순간 가장 그리운 건 그녀만의 보금자리. 순간이동을 해서 집으로 슝 하고 날아가고 싶었다. 따뜻한 물에 얼어버린 몸을 녹이고 편한 옷으로 갈아입은 후 포근한 이불 속에 몸을 누이고 싶었다. 지원은 차가워진 손으로 얼굴을 길게 한번 쓸어내렸다.

오피스텔 앞에 도착했을 때 지원은 낯익은 남자의 모습을 발견했다. 그는 길가에 세워둔 차에 몸을 기댄 채 휴대폰을 들여다보고 있었다. 자리에 가만히 선 채로 한참 동안 그를 바라보던 지원이 그를 향해 걷기 시작했다.

"……태이야."

그녀의 부름에 천천히 고개를 든 그는 지원의 얼굴을 보자마자 인상을 썼다.

"혼날래? 너, 지금이 대체 몇 시야? 어디 있다가 이제야 오는 거냐고. 그리고 전화는 왜 안 받아? 전화 꼭 받기로 약속했던 거 그새 잊었어?"

어떤 물음에 먼저 대답을 하면 좋을까. 지원은 잠시 고민하다가 포기해버렸다. 그의 물음에 제대로 대답할 수 있는 게 하나도 없었다. 지원은 아무 말 없이 물끄러미 그를 보며 미소 지었다.

참 신기했다. 오늘은, 오늘만큼은 그를 보지 않았으면 하고 바랐는데, 그게 좋을 것 같다고 생각했었는데, 그게 아니었던 것 같다.

그냥 보는 것만으로 이렇게 좋은데……. 벌써 이렇게나 좋아져버렸는데.

그의 아버지에게 잘 보이고 싶었다. 자신에게 부족한 점이 많다는 걸 알고 있었지만 그래도 그가 사랑하고 그를 사랑하는 사람들로부터 인정받고 싶은 욕심이 있었다. 하지만 고민 끝에 고른 옷도 구두도 거울을 보며 연습했던 미소도 전부 부질없는 행동이었다. 그런 건 처음부터 중요한 게 아니었다.

송곳처럼 날카로웠던 유경의 말보다 그의 아버지의 정중한 부탁이 지원의 가슴을 더욱 아프게 했다.

"뭘 잘 했다고 웃어? 나 지금 되게 화났거든."

화가 났다는 남자는 말과는 달리 눈빛은 한없이 다정하고 따뜻했다.

"약속 못 지켜서 미안해. 늦게 들어온 것도 잘못했어."

"잔소리 좀 더 하려고 했는데 네가 그렇게 순순히 인정해버리니까 내가 할 말이 없어지잖아. 오늘 뭐 했어? 공 원장이랑 재밌게 놀았어?"

"······응. 밥도 먹고 차도 마시고, 여기저기 걷기도 하고······ 그랬어. 근데 너 왜 여기 있어? 오늘은 오지 말라니까."

"보고 싶어서. 잠깐 얼굴만이라도 보고 가려고."

마치 아무 일도 없었던 것처럼 애써 담담한 척하려 했던 그녀의 노력이 그의 다정한 한마디에 무너지려 했다.

지원은 태이의 가슴팍에 살포시 머리를 기댔다. 그러다 시큰해진 코끝을 그의 모직코트에 부드럽게 비볐다. 두 팔에 힘을 주어 그의 허리를 강하게 끌어안았다. 추위를 피해 어미 품으로 몸을 숨겨버리는 어린아이처럼 지원은 그의 몸 깊숙이 파고들었다.

"태이야."

"응."

"오늘 정말 추웠어. 바람이 많이 불었거든. 이제 정말 겨울인가봐."

"그러니까 날도 추운데 옷은 왜 이렇게 얇게 입고 다녀. 또 감기 걸리면 어쩌려고."

"······."

"지원아?"

"태이야, 우리 오늘 같이 있을까?"

태이야. 오늘 내게 분 바람은 너무 차갑고 강했어.

이 바람에 흔들리는…… 비틀거리는…….

나를 잡아줘. 위로해줘.

지원이 발꿈치를 들어 그의 목에 팔을 둘렀다. 검고 짙은 태이의 눈을 바라보다 그의 입술에 자신의 입술을 갖다 댔다. 눈 깜짝할 사이에 이뤄진 짧은 키스.

여전히 조심스럽고 서툴기만 한 그녀의 입맞춤. 조금 더 바라고, 더 원하고 있다고. 그의 눈이 그녀에게 그렇게 말했다.

자신의 시선을 피해 지원이 눈을 아래로 내리깔았다. 길고 풍성한 속눈썹이 파르르 떨리더니 다시 힘 있게 위로 올라왔다.

지원의 작은 움직임 하나까지 놓치지 않겠다는 듯 태이는 지원에게서 잠시도 시선을 떼지 않았다. 지원의 입술 끝이 부드럽게 말려 올라가고 동그란 눈이 휘어진다.

예뻐, 너.

태이는 허리를 숙여 지원과 눈높이를 맞추었다.

"애 좀 태우지 마. 미치겠으니까."

더는 기다리기 싫었다. 느려서 좋을 건 아무것도 없었다. 그런 건 알고 싶지도 않았다. 태이의 입술이 급하게 지원의 입술을 눌렀다. 당연히 놀라며 몸을 빼버릴 거라 생각했는데 웬일인지 지원은 부끄러워하지 않고 그의 키스를 받아들였다.

여러 번 각도를 바꿔가며 입맞춤은 더 격렬해지고 깊어졌다. 두 사람의 입에서 야릇한 숨소리가 흘러나왔다.

"하아."

지원의 가냘픈 숨소리에 태이는 즉각 신체 반응을 보였다. 자신의 코앞에서 상기된 얼굴로 받은 숨을 내뱉고 있는 여자. 그 모습은 남자에게 너무도 치명적이었다.

"힘들 거 같으면 지금 말해. 지금은 멈출 수 있으니까…… 그러니까."

그럴 수 있을까. 윤태이, 너 자신 있어? 얠 안지 않고 지금을 견딜 수 있을까. 이 밤을.

태이는 책임지지도 못할 말을 내뱉어버리고 자신과의 치열한 싸움을 하고 있는 중이었다.

"싫은데."

뭐가 싫다는 걸까. 내가 널 안는 게? 아니면 내가 여기서 멈추는 게?

모호한 지원의 답변에 속이 타는 건 또 그였다. 지원은 말을 아끼고 행동으로 보여주었다. 지원은 발꿈치를 또 한 번 높이 들어 올렸다.

태이는 이게 무슨 일인가 싶었다. 하지만 곧 생각이 멎었다.

작고 달콤한 혀가 그의 입 속으로 파고들었다. 그것도 아주 적극적으로. 온몸이 감전된 듯 짜릿한 기분이 들었다.

엉거주춤하는 사이 태이의 발이 뒤로 한 보 밀렸다. 지원은 떨어지기 싫은지 그의 몸에 매달리다시피 했다.

"지원, 으음……. 손지원, 잠깐만."

붉게 달아오른 얼굴. 한심하다 싶을 정도로 바보 같은 소리를 냈다. 그의 말이 들리지 않는 건지 아니면 듣지 못했는지 지원은 여전히 그에게 매달려 있었다. 태이는 지원의 얼굴을 잡고 부드럽지만 단호한 손길로 키스를 멈추게 했다.

여유가 필요했다. 자신이 아닌 지원을 위해서.

"내가, 내가 이러면 싫어?"

"……뭐?"

지원이 촉촉해진 눈망울로 자신을 보면서 그렇게 얘기하는데, 태이는 순간 말문이 막혔다.

"지금 내 앞에 있는 여자가 내가 아는 그 여자가 맞나 싶다. 너 오늘 뭐 먹었어."

뜬금없는 질문에 지원의 눈에 물음표가 생겼다.

"매일매일 오늘처럼만 굴어. 그럼 내가 진짜 소원이 없겠다. 싫으냐고? 진심으로 그게 궁금해? 그럴 리가. 어떤 머저리가 좋아하는 여자가 안아주겠다는데 싫다는 소릴 해. 네가 이렇게 날 원한다는데. 너는 아직도 그렇게 나를 모르냐."

뭘 더 어떻게 보여줄까. 나를, 내 마음을.

"안아줘."

듣고 싶었던 말이다. 그는 기다렸다. 이 한마디를.

미안한데 여유 같은 건 이제 없을 거라고, 그가 지원의 귀에 속삭였다. 태이는 지원의 몸을 당겨 자신의 몸에 밀착시켰다. 딱딱한 그의 남성이 배에 닿자 적극적이었던 지원이 순식간에 사라지고 평소의 그가 알던 그 수줍음 가득한 그녀로 돌아와 있었다.

웃음도 잠시뿐, 태이의 눈빛이 탁하게 가라앉았다. 태이는 지원의 목덜미에 입술을 묻고 부드럽게 핥다가 잘근잘근 깨물기를 반복했다.

"하앗. 태이야. 침, 침대로."

"너무 멀어. 싫어."

태이는 단호하게 거절했다. 멀다는 것은 거짓말. 그의 걸음으론 지원의 원룸 어느 곳이든 열 발자국 이내로 움직일 수 있었다.

"그래도……."

"말했잖아. 그럴 여유가 없다고."

태이는 곧바로 지원의 옷에 손을 댔다. 그의 손짓 몇 번에 셔츠가 벗겨졌다. 단정하게 묶여 있던 머리는 풀어졌다. 어깨 아래로 흐트러지는 갈색의 머리칼을 흡족하게 바라본 그는 머리칼 사이로 손가락을 집어넣어 밑으로 쓸어내렸다.

손끝에 닿는 부드러운 감촉이 이보다 더 좋을 순 없었다. 사랑을 나누는 데 있어 태이는 한 번 시작하면 그 이후는 거칠 게 없었다.

지원의 가슴을 가리고 있는 속옷 위로 입술을 내렸다. 빳빳한 천을 입에 물고 그가 힘을 가하자 아픔을 느낀 지원이 태이의 팔을 세게 쥐며 항의했다. 태이는 그마저도 즐기는 듯 싱긋 웃더니 다시 제멋대로 만지기 시작했다.

등 뒤로 간 손이 간단하게 브래지어를 풀어냈다. 몸을 한껏 움츠리는 지원이 유독 더 작아 보였다.

"용감했던 아까 그 여자는 어디로 가버렸나."

"그러게. 어디로 가버렸을까."

지원이 힘없이 중얼거렸다. 이미 다리에 힘이 풀려 그에게 몸의 절반 이상을 기대고 있었다. 지원의 등을 쓸어내린 태이의 손이 허리로 내려와 자연스럽게 골반 끝에 닿았다. 대범하게 움직인 그의 손가락이 바지 단추를 풀고 지퍼를 단숨에 내렸다. 지원은 눈을 질끈 감았다. 머릿속이 아득해져 아무것도 생각할 수가 없었다.

사삭. 서로의 옷감이 부딪치고 곧 맨살이 닿았다. 잔뜩 흥분한 그의 일부가 평평한 지원의 배를 찔렀다. 처음도 아닌데. 벌써 그에게 몇 번이나 안겼었는데. 도무지 이 떨림은 적응이 되지 않았다.

태이의 손이 점점 밑으로 향했다. 둥근 엉덩이에서 허벅지 안으로, 마지막으로 남은 속옷 위로. 아주 느리게 움직였다. 태이는 지원의 다리를 들어 올려 자신의 허벅지를 감싸도록 했다. 천 하나를 사이에 두고 중심부들이 서로 맞닿았다. 태이는 일어선 남성으로 지원의 중심을 뭉근하게 비볐다.

"아흑."

지원의 달콤한 신음소리에 태이는 머리서부터 발끝까지 짜릿해지는 기분을 느꼈다. 태이는 마지막 속옷을 발밑으로 던져버리고 망설임 없이 지원의 안을 파고들었다. 한 발로 몸을 지탱하고 있던 지원이 그의 침입으로 비틀거리자 태이는 순식간에 위치를 바꾸어 지원의 등이 벽에 닿도록 했다. 안정적인 자세가 되자 태이는 안심하고 더 깊이 자신을 묻었다.

태이의 허리가 격렬하게 움직일수록 지원의 몸의 흔들림도 점점 세졌다. 봉긋하게 솟은 가슴이 눈앞에서 춤을 추자 유혹을 이기지 못한 그는 입으로 덥석 가슴 끝을 베어 물었다. 머리끝까지 차오르는 쾌감에 강약을 조절하지 못한 채 세게 깨물고 빨기를 반복했다.

강렬한 아픔에 지원은 그의 머리를 감싸 안았다. 지금 그녀가 할 수 있는 거라곤 그에게 매달리는 것밖에 없었다. 지원의 등이 쿵쿵 소리를 내며 연신 벽에 부딪쳤다. 강렬한 그의 움직임이 계속되자 더 이상 버틸 힘이 없던 지원의 몸이 물 흐르듯 점점 아래로 흘러내렸다.

"손지원. 집중해. 나 잡아."

명령조에 가까운 그 음성에 지원의 정신이 번쩍 들었다. 온 힘을 끌어 모아 그를 더 세게 움켜잡았다. 그가 다시 한 번 강하게 자신의 것을 그녀의 여성 안으로 밀어 넣었다.

"하읏."

너무 깊게 들어온 그의 일부가 적나라하게 느껴졌다.

태이는 지원의 다리를 자신의 허리 높이까지 끌어올렸다. 두 사람의 결합이 더욱 깊어졌다.

"태이야. 하흑. 흐윽. 너무…… 너무."

끝없이 제 몸을 뚫고 들어오는 강한 힘에 지원은 말을 잇지 못했다. 태이의 거친 숨소리만 들릴 뿐이었다.

현관에서 시작된 관계가 어떻게 끝이 났는지 기억이 나지 않았다. 정신을 차렸을 때 지원은 이미 침대에 눕혀진 후였다.

배꼽 부근에서 그의 뜨거운 숨결이 느껴졌다. 그의 혀가 몸 곳곳에 닿았다가 천천히 위로 올라왔다. 지원의 아래턱을 살며시 깨물자 자연스럽게 그녀의 입이 벌어졌다.

핑크빛이 도는 지원의 작은 혀를 제 입 안으로 힘차게 빨아당겼다. 지독하다 싶을 정도의 깊은 키스는 한참 동안 이어졌다. 지치지도 않는지 태이는 끊임없이 지원의 몸을 탐했다. 삐걱삐걱, 침대가 우는 소리를 냈다.

그렇게 시작된 두 번째. 손가락 하나 까딱할 힘도 없이 바닥나 버린 체력에 지원은 그를 말리지도 못하고 거친 그의 움직임을 모두 받아낼 수밖에 없었다.

태이는 매트에 양손을 짚은 채 끊임없이 허리를 움직였다. 태이의 커다란 몸 안에 갇힌 채 누워 있던 지원의 입이 다물어졌다 벌어지며 힘겨움을 토해냈다.

"하윽. 하윽."

하얗고 가녀린 두 다리가 공중에서 춤을 추듯 흔들렸다. 태이는 지원의 허리를 잡아 제 쪽으로 더 가까이 끌어당겼다. 그의 남성이 지원의 몸에서 들어갔다 빠져나오는 모습이 적나라하게 보였다. 차마 그 모습을 볼 수 없었던 지원은 고개를 돌렸다. 하지만 그는 그조차 용납할 수 없다는 듯 지원의 얼굴을 붙잡고 자신의 움직임을 그녀가 보게끔 만들었다.

"피하지 말고 전부 봐."

"하아. 흐윽."

"조금만 더, 조금만."

그 역시 힘에 겨운지 목소리가 잔뜩 쉬어 있었다. 태이의 이마에서 뚝뚝 떨어지는 땀방울이 지원의 얼굴을 적셨다.

얼마 남지 않은 듯 그의 움직임이 더욱 거세졌다. 끝이 다가오고 있음을 본능적으로 알 수 있었다.

"으윽."

태이가 몸을 부들부들 떨며 지원의 몸 위로 쓰러졌다.

뜨겁게 사랑을 나눈 후 두 사람은 서로를 애틋하게 어루만지며 지난날에 대한 이야기를 나누고 있었다.

서로에 대한 특별한 감정이…… 마음이 시작되었던 그 순간에 대하여.

"언제부터…… 였는데?"

"음……."

대답을 망설이는 그의 모습은 어쩐지 낯설었다. 그답지 않다고 할까.

"응?"

지원의 재촉에 그가 난처한 듯 시선을 딴 데로 돌렸다. 그럴수록 지원의 궁금증은 더 커졌다. 그의 대답이 꼭 듣고 싶어졌다. 지원이 몇 번이고 그의 팔을 잡고 흔들어대자 하는 수 없이 그가 포기한 얼굴을 하고 말했다.

"네가 '태이야' 하고 처음 불렀을 때. 그때 알았지. 아, 나는 얘랑 친구는 못하겠구나. 그랬어."

"……몰랐어."

"몰랐겠지. 그때 넌 내가 네 앞에서 서기만 해도 당황스러워했 었으니까. 그러는 넌 언제였는데."

이번엔 그가 물었다. 지원은 깊은 고민에 빠졌다.

언제였지. 언제였더라.

"뭐야. 그게 기억이 안 나? 말이 되냐."

험악하게 인상을 구기며 태이가 툴툴거렸다. 지원은 그 모습이 우스꽝스러워 일부러 더 시간을 끌었다.

"손지원 너 진짜 이럴 거야?"

그는 오해를 하고 있었다. 윤태이가 처음으로 지원의 마음을 설레게 했던 그때. 그때가 기억이 안 나는 것이 아니라 그런 순간이 너무 많았기 때문에 그 처음을 어디로 정해야 할지를 몰라 지원은 쉽게 대답할 수 없었다.

어느 날 불쑥 찾아와 차를 마시자고 했던 그때. 전화번호를 물어보던 그때. 막걸리가 담긴 사기잔을 부딪치며 건배를 하던 그때. 자신을 바라보면서 환하게 웃어주었던 그때. 지원아, 하고 다정하게 이름을 불러주었던 그때.

너무 많아서 하나를 꼽을 수 없었다. 그와 함께했던 모든 순간순간들이 기쁘고 설레었다.

"태이야."

그녀에게서 만족스러운 대답을 듣지 못한 그는 여전히 뾰로통해 있었다.

"윤태이."

지원이 한 음절 한 음절 힘주어 그의 이름을 불렀다.

"얼렁뚱땅 넘어갈 생각 하지 마. 나는 무조건 들어야……."

나는 왜 하필 이런 순간에…… 어째서…….

"……사랑해. 널."

사랑한다는 그녀의 말에 더 이상 커질 수 없을 정도로 그의 눈이 커졌다.

"……너, 너 방금…… 방금 뭐랬어?"

"이 말은 내가 꼭 먼저 하고 싶었어. 그래서."

그녀의 음성이 촉촉이 젖어 있었지만 그는 그 사실을 눈치채지 못했다.

"사랑한다고 했어. 나를, 너 분명히 그렇게 말했어."

꿈인지 현실인지 구분 못하고 있는 그를 향해 지원이 다시 한 번 그에게 말했다.

"응. 사랑해, 태이야."

넋이 나간 듯 멍한 표정을 짓던 그가 이내 지원을 향해 눈이 부실 정도로 환한 미소로 웃어주었다. 그 모습은 무척 행복해 보였다. 그래서 그녀의 마음은 더욱 아플 수밖에 없었다.

나는 이제야 겨우 네게…….

지원은 터져 나오려는 울음을 참기 위해 그의 가슴에 얼굴은 기댄 채 입술을 세게 깨물었다.

품에 안겨오는 지원을 그는 더욱 세게 끌어안았다. 새어 나오는 웃음을 막을 수가 없었다.

'널 사랑해. 사랑해.'

그녀의 말이 귓가에 자꾸만 맴돌았다.

자신이 더 사랑하고 있다는 그 말은 일부러 해주지 않았다. 제 의지와는 상관없이 튀어나오려는 그 말을 그는 간신히 참아 눌렀다.

우리가 앞으로 함께할 무수히 많은 날 중에 오늘만큼은 네가 날 더 사랑하는 걸로 하자. 오늘만. 이 하루만…….

황홀감에 취해 있던 그는 미처 알지 못했다. 그녀가 어떤 심정으로 자신에게 사랑을 말했는지.

지원은 아침에 눈을 뜨자마자 부지런하게 움직였다. 그동안 미루고 있던 집안일을 하나하나씩 해나가며 정신없이 시간을 보냈다.

깔끔해진 집안을 보면 복잡한 마음이 좀 정리가 될까 싶었는데 크게 도움이 되지는 않았다. 늦은 오후가 돼서 허기진 배를 대충 빵으로 채웠는데, 그런데도 속은 마치 텅 빈 것처럼 허했다.

이대론 안 되겠다 싶어 겉옷과 머플러를 챙겨 일단 밖으로 나왔다. 오피스텔을 등지고 한참을 멍하니 서 있다가 목적지가 정해졌는지 근처 버스 정류장 쪽으로 걸어갔다.

버스 노선표를 확인하고 10분쯤 지났을까. 지원이 타려는 버스가 정류장에 도착했다. 버스에 오른 지원은 좌석에 앉자마자 이어폰을 귀에 꽂았다. 눈을 꼭 감은 채 음악에 푹 빠져들었다. 잔잔한 멜로디와 일상을 담은 노랫말, 그리고 창밖으로 보이는 풍경들이 어지러운 지원의 가슴에 작은 위로가 되었다.

지원은 숨을 깊게 들이마셨다가 뱉어냈다. 코끝을 스치는 짭조름한 냄새, 그리고 맛.

희미하게 들려오는 파도 소리. 바다에…… 왔다.

바람이 더욱 강하게 느껴져 지원은 머플러로 얼굴을 꽁꽁 싸맸다.

강하고 시린 바닷바람에 눈이 뻑뻑해지고 턱이 떨릴 정도로 추웠지만 이 느낌이 결코 나쁘지만은 않았다.

답답했던 가슴이 뻥 뚫리는 것 같았다.

지원은 백사장 위를 걸었다. 신발이 푹푹 빠져 그 안으로 모래가 들어왔다. 발밑으로 사각거리는 느낌이 싫으면서도 재미있었다. 해안선을 따라 쭉 걷다가 가운데 지점이라고 생각이 드는 그곳에서 걸음을 멈췄다.

지원은 모래 위에 앉아 무릎을 모아 팔로 감싸 안았다. 추위로부터 한 걸음 멀어진 것 같았다.

입을 가리고 있던 머플러를 턱밑으로 내렸다.

"오랜만인 것 같아요."

반가움과 진한 그리움이 느껴지는 음성이었다.

"그냥 좀…… 지치기도 하고. 그래서…… 미안해요. 매번 투정만 부리고 가는 거 같아서."

아주 어렸을 때 일이다. 그래서 사실 기억이 잘 나지 않았다. 솔직히 그녀는 아무것도 기억하고 있는 게 없었다.

중학교 1학년 때였던 것 같다. 엄마, 아빠 두 분의 이야기를 다른 사람을 통해서 처음으로 제대로 듣게 된 것은. 안타까운 사고였고, 그 사고로 인해 두 분은 한날한시에 세상을 떠났다. 두 분의 유해는 아버지의 고향 바닷가에 뿌려졌다고 했다.

그게 다였다. 그게 다라고 했다.

참 억울하고 서럽고 슬프기만 한 기억.

대상이 정해지지 않은 원망은 곧 그리움으로 바뀌었고 그리움은 여전히 그리움으로만 남았다.

사실 정말 가고 싶었던 곳은 두 분이 계신 그 바다였지만 그곳은 너무 멀었고, 무엇보다 선뜻 갈 용기도 나지 않았다. 무엇보다 그 이유가 더욱 컸다. 그곳에 가면 어린아이가 될 것 같아서, 마냥 울기만 할 것 같아서 갈 수가 없었다.

그래서 지원은 답답한 기분이 들 때면 가까운 바닷가를 찾아 누구에게도 하지 못했던 이야기들을 덤덤하게 털어놓곤 했다.

"그래도 반갑다고, 잘 왔다고 해주세요. 그러면 저 정말 너무 좋을 것 같아요."

눈에 물기가 서서히 차올랐다. 앞이 뿌얘져 힘차게 출렁이던 파도마저 잘 보이지 않았다.

"좋아하는 사람이 생겼어요. 음. 사실 어제 사랑한다고 그 사람한테 처음으로 말했어요. 엄마랑 아빠한테 꼭 보여드리고 싶었는데…… 그랬는데……."

지원은 흐르려던 눈물을 미리 손바닥으로 쓰윽 닦아냈다.

"잘 모르겠어요. 정말로 모르겠어요. 너무 어렵고, 또 아프고 그래요."

힘겨웠다. 울컥대는 가슴을 진정시킬 방법을 알 수가 없었다.

"자신이 없어요. 태이를 붙잡을 용기도, 놔줄 용기도."

서러운 지원의 외침에도 바다는 오늘도 아무런 대답을 해주지 않았다. 바닷가의 강한 바람이 그녀의 얼굴을 할퀴었다.

10장

최 실장을 통해 스케줄을 보고받던 태이의 눈이 자연스레 책상
에 놓여 있는 달력으로 향했다.

25일, 성탄절. 25 숫자에 동그라미가 표시되어 있었다. 그건 이
날이 그에게 있어 매우 특별하고 중요한 날이라는 뜻이었다.

하지만 예상치 못한 변수가 등장했다. 자신이 계획했던 일에 차
질이 생기자 태이는 최 실장을 보며 노골적으로 불만을 드러냈다.

"크리스마스 당일에 만찬 모임이라니……. 최 실장님, 이건 정
말 너무하신 거 아닙니까. 모르시는 것 같아 말씀드리는데요. 저
명색이 연애하고 있는 남자거든요."

"이미 정해진 일정이라 변경은 힘들 것 같습니다. 죄송합니다."

그를 붙잡고 하소연해봐야 달라질 건 없었다. 태이는 현실을 받
아들이고 최 실장에게 자신의 요구 사항을 말했다.

"저 그날 서울에 꼭 다시 와야 하거든요. 최대한 빠른 시간대로 서울행 티켓 한 장 더 부탁드려요."

"네, 바로 알아보겠습니다."

"그리고 우리 팀도 송년회 해야죠. 생각해보니 발령받고 나서 제대로 된 자리 한번 마련 못 했네요. 팀원들과 상의해보시고 날짜 정해서 알려주세요."

"네, 그러겠습니다."

영진은 깍듯하게 태이에게 인사를 건네 뒤 사무실을 나갔다.

점심시간까지 30분 가량 남았다. 노트북을 만지작거리던 태이는 별안간 자리에서 불쑥 일어났다. 그는 코트와 차 키를 챙겨 주차장으로 향했다.

아무래도 앞으로 시간을 내기 힘들 것 같았다. 연말 행사다 뭐다 일정이 너무 빡빡한 게 문제였다. 웬만한 사람들이 그렇겠지만 연말은 약속의 약속, 약속의 연속이었다. 마음이 조급해졌다. 계획한 일을 이루려면 그는 부지런해져야 했다.

그가 향한 곳은 강남에 위치한 한 백화점이었다. 벽면에 부착된 층별 안내도를 확인한 후 태이는 엘리베이터를 타고 2층에서 내렸다. 액세서리라고는 시계 몇 개 사본 게 다인 그라서, 여자 반지를 고르려니 도통 감이 오질 않았다.

태이는 심각해진 얼굴로 턱을 매만지며 진열관 안을 뚫어져라 쳐다보고 있었다.

"고객님. 반지를 보고 계신 것 같은데 제가 도움을 드릴 수 있을까요?"

단정한 차림새의 여직원이 태이에게 다가와 정중하게 물었다.

"아무래도 그 편이 나을 것 같네요"

태이에게 여직원은 구세주와 같았다. 그는 여직원의 등장을 진심으로 환영했다.

"어떤 분에게 선물을 하시는 건지……."

"여자 친구요."

태이의 담백한 답변에 여직원이 입이 살며시 벌어졌다. 아주 순간이지만 이런 남자에게 반지를 받는 여자는 어떤 여자일까. 부럽다는 생각이 들었다.

여직원이 진열장에서 여러 개의 반지를 꺼내어 그의 앞에 놓아주었다.

반짝거리는 게 참 예뻤다. 제 주인을 찾아 손가락에 끼워진다면 더 아름답게 반짝거리겠지.

태이는 직원의 설명을 들으며 하나하나 세심하게 디자인을 살폈다. 지원의 직업이 아무래도 손을 많이 쓰는 일이기 때문에 그 점도 고려해야 했다.

"너무 화려한 건 그 친구가 별로 안 좋아할 것 같고. 음. 이 디자인이 잘 어울릴 것 같네요. 이 정도면 항상 끼고 있어도 불편해할 것 같지도 않고."

남자가 고른 건 매장 내에서도 최고가 라인에 속하는 제품이었다. 링 전체에 촘촘히 박혀 있는 다이아가 은은하게 빛을 내어 화사하지만 또 전체적으론 심플한 느낌이 드는 디자인이었다.

"이걸로 하죠."

머릿속으로 지원이 이 반지를 끼고 있는 상상을 해보자 태이는 더 망설일 이유가 없었다.

사이즈를 묻는 여직원에게 태이는 양해를 구하며 여직원의 손을 잠시 빌렸다. 눈을 감은 채 지원의 손가락을 만지던 그때 그 느낌을 되살렸다. 여직원의 얼굴이 울긋불긋 변해가는 것도 모른 채 태이는 제 할 일에 몰두했다.

　결국 고급스럽게 포장된 선물 상자를 들고 그는 다시 회사에 복귀했다.

　12월 25일 예정된 일정을 소화하기 위해 태이는 공항에서 부산행 비행기에 오를 준비를 하고 있었다. 의자에 앉아 시간이 되길 기다리고 있는데 세인에게 전화가 걸려왔다.

　-태이야, 너 오늘 뭐 하니?

　"공항이야. 부산 내려가려고. 왜?"

　-부산엔 왜? 설마 일 때문에 가는 거야?

　"어. 왜?"

　-그럼 지원인 안 만나?

　"이따 밤에 만나려고. 윤세…… 아니 누나 왜 그러는데. 나 오래 통화 못 해."

　-그렇지? 그래, 오늘 같은 날 지원이 혼자 두면 안 되지. 그럼 이따 지원이 데리고 우리 집에 올래? 넷이서 같이 크리스마스 파티 하자. 내가 음식이랑 다 준비해놓을게. 응?

　오늘 같은 날. 오늘은 크리스마스.

　지원을 혼자두면 안 된다는 세인의 말에 태이는 전적으로 동의했다. 하루 종일 지원과 함께하고 싶은 마음이 굴뚝같았지만 현실은 그를 도와주지 않았다.

태이는 최대한 빨리 부산에서의 일을 마치고 지원에게 돌아갈 생각이었다.

-왜 아무 말이 없어? 파티하자니까.

"싫어. 지원이랑 둘이서만 놀 거야. 누나도 매형이랑 재미있게 놀아. 비행기 타야 돼. 끊는다."

종료 버튼을 누르기 전 세인이 애타는 목소리로 그의 이름을 연신 불러댔지만 그의 행동엔 조금의 망설임도 없었다.

넷이서 파티라고? 허, 누구 좋으라고. 어림도 없는 일이다.

전화를 끊자 때마침 양손에 음료를 들고 최 실장이 나타났다.

"본부장님. 시간 다 됐습니다. 가시죠."

나란히 기내에 오른 두 사람은 일정에 관해 간단하게 대화를 나눈 후 각자의 일에 몰두했다.

태이가 무심코 코트 주머니를 뒤적거렸다. 휴대폰을 꺼내 시간을 확인하던 그는 고개를 갸웃거리더니 다시 주머니에 손을 집어넣었다. 어라. 무언가 이상하다.

분명 사각형 모양의 상자 하나가 이 안에 있어야 했는데 손을 더 깊숙하게 찔러봐도 잡히는 건 아무것도 없었다.

그럴 리가. 설마. 말도 안 돼.

"하아. 젠장."

마지막에 코트를 바꿔 입고 주머니에 넣어둔 상자를 챙긴다는 걸 깜빡하고 말았다. 어처구니없는 실수에 기가 차 말도 안 나왔다.

이 중요한 날에 그토록 중요한 반지를 안 챙겼다?

미친놈. 윤태이. 너 제정신이냐. 그래, 넌 미친 거야.

몸속 깊숙한 곳에서 끓어오른 화기를 깊은 한숨으로 토해냈다. 반지를 집에 두고 온 걸 알아챘지만 공중에 떠 있는 비행기 안에서 그가 할 수 있는 건 아무것도 없었다.

일이 꼬여버렸다. 엄밀히 따지자면 이 좋은 날 부산으로 가는 것부터가 그랬다. 꼬임은 거기서부터 시작되었다.

비행기 시간을 제 맘대로 조정하는 건 있을 수 없는 일이고, 공항에서 내리면 10시 반. 최대한 밟아서 집까지 40분이 걸린다 치고…… 집에서 다시 일산까지…….

태이는 머리를 빠르게 회전시켰다. 그에게 가장 효과적이고 적합한 루트를 찾아야 했다. 12시 안에 도착한다는 건 거의 불가능에 가까웠지만 큰 변수만 없다면 한번 해볼 만한 도전이었다. 공들여 세운 계획이 허무하게 물거품처럼 사라지는 일은 없도록 해야 했다.

내가 오늘을 얼마나 기다렸는데.

윤 사장은 오늘 신문사에서 주최한 자선 파티에 아내와 함께 참석할 예정이었다. 해마다 이맘쯤이면 늘 반복되는 일이었다.

얼추 외출 준비를 끝낸 윤 사장은 아내를 찾았다.

"여보, 당신 어디 있어? 우리도 이제 출발해야 돼."

"네, 네. 갑니다."

"당신 왜 거기서 내려와?"

"오늘 아주머니 쉬는 날이잖아요. 태이 아까 급하게 나가기에 방 정리 좀 했어요."

"다 큰 자식인데 무슨."

"윤태호 씨. 당신이 그런 말 할 입장은 아닌 것 같은데요. 양말도 여기저기 휙휙. 속옷도 휙휙. 그리고 당신이 욕실 한 번 쓰면 온통 물바다에…… 나, 더 할까요?"

괜한 말을 해서 아내의 심기를 건드렸다. 윤 사장은 곧장 꼬리를 내렸다.

"출발하지. 이러다 늦겠어."

"괜히 할 말 없으니까. 잠깐! 당신 타이는요."

"아, 그렇지. 타이."

"이이가 정말. 하여튼 손 많이 가는 남자라니까. 기다려요. 제가 챙길게요. 오늘 황 기사도 휴가죠?"

"당신 덕에 나만 번거롭게 됐지, 뭐."

"그런 말 마세요. 크리스마슨데 황 기사도 가족들과 오붓하게 보내면 좋죠. 잘하신 결정입니다. 웃으세요, 여보."

아내의 고운 심성 덕에 윤 사장은 한 번씩 불편을 겪어야 했다. 그래도 뭐, 불편한 거지 나쁜 것은 아니었으니까. 그는 매번 대수롭지 않게 넘겼다.

타이를 챙겨 나온 경민은 까치발을 해서 남편 목에 타이를 둘러 리본을 정리해주었다.

"여보."

"음?"

"태이요. 어머, 나 자꾸 웃음이 나네."

"태이가 왜?"

"태이 그 녀석 정말 결혼할 생각이 있긴 있는가 봐요. 아니 글쎄 반지를 샀더라고요. 그때 말한 그 애한테 주려는 것 같아요."

"뭐? 당신 지금 뭐라고 했어?"

"움직이지 말고 가만히 좀 있어요. 자꾸 틀어지네. 근데 왜 그렇게 놀라요? 멋진 우리 아들 장가보내려고 혈안이 돼서 난리 칠 땐 언제고."

"내가 언제."

"당신 그랬거든요. 아무튼 난 우리 태이 색시감 만나기를 지금부터 손꼽아 기다려야겠어요. 집으로 초대를 하는 것도 나쁘지는 않을 것 같은데. 그 애가 불편해하려나. 당신 생각은 어때요?"

"당신 너무 이르다고 생각하진 않아?"

"이르다니 뭐가요?"

아내가 지원이 그 아이에 대해 알고 있는 거라곤 아들과 현재 교제 중인 것 그게 전부였다. 심지어 이름조차 알지 못했다. 태이의 색시감이니 집으로 초대할 거라니 하는 말들이 윤 사장 입장에선 무척이나 불편하고 섣부르게 다가왔다.

"아니네. 내가 괜한 얘길 꺼냈어. 근데 당신, 태이 결혼해서 나가 살면 서운할 거라고 하지 않았던가? 지금 보면 나보다 당신이 아들 장가보내고 싶어 하는 눈친데."

"뭐 서운한 건 서운한 거고. 좋은 사람 만나 하루빨리 가정이루면 좋죠. 세인이 봐요. 얼마나 예쁘게 잘 살아요. 그나저나 우리 세인이도 얼른 아이를 가져야 할 텐데. 전 이제 특별히 바라는 것도 없어요. 그저 우리 애들 건강하고 행복하게 잘 사는 거. 그리고 떡두꺼비 같은 손자 우리 품에 안겨주는 거 그게 다예요. 손자, 손녀들 재롱 보는 게 할머니, 할아버지의 유일한 낙이라잖아요. 당신은 안 그래요?"

상상만으로도 행복한지 연신 아내는 웃음 짓고 있었다. 윤 사장은 그런 경민을 물끄러미 바라보다 고개를 끄덕였다.

아내가 꿈꾸고 있는 행복이 결코 자신이 바라는 것과 크게 다르지 않았다. 하지만…… 그래도 그의 결정은 여전히 변함이 없었다.

그가 꿈꾸고 바라는 행복에도 조건이 필요한 법. 무거워진 가슴을 털어내려 윤 사장은 급히 화제를 돌렸다. 시간을 확인한 그가 미간을 좁히며 아내의 팔을 잡아끌었다.

"정말 늦겠어. 그만 출발합시다."

해야 할 일은 야속하다 싶을 만큼 많고 시간은 빠르게 흘렀다. 서울에 도착한 그는 가장 먼저 지원에게 연락을 했다.

"최대한 빨리 갈게. 진짜 미안. 열두 시 안에는 무조건 도착할 거야. 졸리더라도 조금만 참아."

-알았어. 태이야, 너무 무리하지는 말고.

"무리해야 돼. 그래야 오늘 우리 만날 수 있거든. 이따가 얼굴 보면서 말할 테지만 그래도 먼저…… 메리스마스, 손지원."

……메리크리스마스, 윤태이.

휴대폰을 통해 희미하게 들려오는 지원의 웃음소리에 태이도 덩달아 미소 지었다. 그는 액셀을 더욱 힘주어 밟으며 속도를 높였다.

집 앞에 대충 차를 세워놓고 재빠르게 집안으로 들어간 그는 숨 돌릴 틈 없이 2층으로 올라가 자신의 방문을 열어젖혔다.

탁자 위에 얌전히 놓여 있는 반지 케이스를 눈으로 확인한 그는 그제야 안도의 숨을 내쉬었다.

반지 케이스를 코트 주머니에 깊숙이 집어넣고 그는 다시 1층으로 내려갔다. 때마침 현관문이 열리고 경민이 집안으로 들어왔다.

"어머니, 지금 들어오세요?"

"어? 태이…… 집에 있었구나."

"뭘 좀 놓고 간 게 있어서 잠깐 들렀어요. 지금 다시 나가보려고요."

"그랬구나. 근데 태이야, 저기……."

"어머니?"

"어떻게 말을 꺼내야 할지 모르겠구나."

"밖에서 무슨 일 있으셨어요?"

"오늘 모임에서 정 회장 내외를 만났는데……."

덜컹 소리와 함께 현관문이 한 번 더 열렸다 닫혔다. 경민의 뒤로 윤 사장의 모습이 보였다.

"아버지 오셨어요."

태이를 발견한 윤 사장의 얼굴이 딱딱하게 굳었다. 날카로운 눈으로 아들을 응시하던 그가 낮은 목소리로 말했다.

"윤태이. 너 잠깐 나랑 얘기 좀 하자."

분위기가 심상치 않게 흘러갔다. 남편에게서 느껴지는 서늘함에 경민이 황급히 윤 사장의 팔을 붙들었다.

"여보. 태이 다시 나가봐야 한대요. 얘기는 이따가 해요. 네? 태이야, 너 일 있다며. 얼른 가봐. 응?"

"아버지, 지금 제가 좀 급해서요. 얘기는 갔다 와서 들을게요."

"……그 애를 만나러 가는 거냐. 손지원, 그 아이 말이다."

태이는 고개를 갸웃거렸다. 아버지에게 지원의 이름을 말했던 적이 있었던가. 그가 기억하는 한…… 없었다. 단 한 번도.

"아버지가 지원일 어떻게."

"아직 그 아이가 네게 아무 말도 하지 않은 모양이구나."

"……여보?"

옆에서 가만히 둘의 분위기를 살피던 경민이 놀란 얼굴로 남편을 불렀다.

"방금…… 뭐라고 하셨어요. 제가 이해가 잘 안 돼서요. 아니, 제가 지금 뭘 잘못 들은 것 같은데."

혼잣말처럼 횡설수설하던 태이가 이성을 찾고 침착하게 다시 물었다.

"아버지. 지금 무슨 말을 하시는 거예요?"

"네가 나와 이야기할 이유가 생긴 것 같으니 일단 들어와. 들어가서 얘기하자."

윤 사장이 실내화로 갈아 신는 동안에도 태이는 아무런 움직임도 보이질 않았다.

"태이야, 일단 들어가자. 아버지랑 얘기해보고……."

아무것도 들리지 않았다. 아버지가 했던 말만 계속 머릿속에서 되풀이되었다.

분명 뭔가 잘못된 거라고…… 그는 자신의 귀를 의심하고 또 의심했다. 그의 손에 들려 있던 차 키가 힘없이 바닥으로 떨어졌다.

경민이 그것을 주워 태이의 손에 다시 쥐여주었다.

태이의 손에 불끈 힘이 들어가는 걸 느꼈다. 싸늘하게 굳어진 아들의 모습에 경민의 안색이 창백하게 변했다.

"앉아라."

거실 중앙에 우두커니 서 있는 태이를 향해 윤 사장은 더 강한 어조로 말했다.

"마저 이야기를 하고 싶은 거라면 앉아. 윤태이."

"태이야."

경민이 태이의 팔을 작게 흔들었다. 태이는 금방이라도 폭발할 것 같은 얼굴이었다. 예민해질 대로 예민해진 온몸의 신경들이 그의 이성의 끈을 아슬아슬하게 붙잡고 있었다.

태이는 눈을 감았다 다시 천천히 뜨기를 몇 번 반복했다. 거칠었던 숨소리가 어느새 잠잠해지고 머릿속은 한결 또렷해졌다.

태이는 아버지 옆으로 가서 앉았다. 외투도 벗지 않은 채 앉아 있는 윤 사장 역시 태이 못지않게 냉랭한 기운을 뿜어내고 있었다.

"오늘 모임에서 정 회장 내외를 만났다. 유경이 그 아이가 너 때문에 힘들어하고 있다고 하던데. 왜…… 우리가 밖에서 그런 소릴 들어야 하는 거냐. 도대체 네가 유경이에게 뭘 어쨌기에."

"정유경이 아니라 손지원이요. 설명해주세요. 그 이름, 어떻게 아신 거예요."

"대답은 너부터 해. 유경이한테 대체 무슨 소릴 한 거야."

"밖에서 무슨 소리를 들으셨건, 정유경이 상처를 받았건 말건 조금도 관심 없어요. 알고 싶지도 않고요."

"윤태이."

"말씀해주세요. 지원이 어떻게 아셨어요."

"그게 그렇게 중요한 문제냐. 애비의 체면 같은 건 안중에도 없을 정도로?"

"네. 그러니 말해주세요."

두 사람의 눈빛이 강렬하게 부딪쳤다.

태이는 날카로운 눈을 하고 아버지와 정면으로 마주했다. 윤 사장을 상대로 그는 물러설 생각 같은 건 전혀 없어 보였다. 손지원. 윤 사장의 입에서 흘러나온 그 이름이 그를 이렇게 만들었다. 지금 이 순간, 아무것도 생각할 수 없게끔.

"그 아이가 네 전부라도 되는 듯, 내 귀엔 마치 그렇게 들리는구나."

"아니라고는 말씀 못 드리겠는데요. 저도 제 마음이 어느 정도인지 가늠이 잘 안 돼서요."

"너……!"

"아직 제 물음에 대답 안 하셨어요."

"아들이 만나는 여자 이름 하나 알아내기 뭐 어려운 일이라고."

"사람 붙이셨어요? 아님 뒷조사라도 하셨어요?"

"내가 어디까지 했을 것 같으냐."

실망은 이미 넘어섰다. 그 이상의 감정이 가슴속에서 솟구쳤다. 주체하지 못한 분노로 굳건했던 그의 눈빛이 처음으로 흔들렸다. 그는 한 가지를 더 물어야 했다.

"지원이…… 만나셨어요?"

태이는 작은 희망을 가졌다. 하지만 비수와도 같은 말들이 가슴에 꽂혔다.

"그 아인 너와 결혼까지 생각하진 않는 것 같더구나."

"아버지!"

"그래야 하는 게 맞는 것 아니냐. 너희 두 사람을……."

"……만나서 뭐라고 하셨는데요."

"난 내가…… 네 애비로서 할 수 있는 말을 했다."

태이는 두 눈을 질끈 감았다. 숨이 막혀올 정도에 강렬한 통증에 본능적으로 가슴을 움켜잡았다.

퍼즐 조각처럼 맞춰지는 언젠가의 기억.

유난히 춥다고 말하던 넌…… 웃으면서 나를 안았고 내게 사랑을 말했고. 나는 또 몰랐구나. 나는 또.

내가 없는 곳에서 너는 또 한 번 나 때문에 아프고 슬프고.

네가 그 순간 어떤 마음이었는지 몰랐어, 나는.

"기다려달라고 말씀드렸잖아요. 제가! 부탁, 드렸잖아요."

"네가 말해주길 기다렸다 해도 내 결정은 변함없었을 거다. 그 아일 네 짝으로 받아들일 수 없어. 시간을 준다고 해도 그 아이의 상황이 달라지는 것은 아니니까. 너 역시 내 답을 알고 있었기에 기다려달라고 한 게 아니냐."

"아뇨. 아버지가 틀리셨어요. 완벽하게요."

윤 사장의 눈매가 매섭게 휘었다.

"제가 부탁을 드렸던 이유는 그 여자가 저한테 부족하다고 생각해서가 아니라 두 분 앞에 보이기 부끄러워서가 아니라…… 제가 자신이 없어서……. 제가 두려워서 그랬던 거예요."

그는 아들의 말을 이해할 수 없었다. 무엇이 자신이 없고 두렵단 말인가.

"전 이미 전부를 걸 준비가 되어 있는데, 그 앤 아닌 것 같아서요. 아직 저만큼은 아닌 것 같아서……. 그래서 전 시간이 필요했고, 또 노력을 했고."

그녀를 위한 숱한 결심을 했었다.

"……."

"지원이가 아픈 게 싫어요. 혼자인 것도, 상처받는 것도. 그 여자가 행복했으면 좋겠고, 그 이유가 저였으면 하고 욕심냈어요. 함께하고 싶었어요. 매 순간을요. 그런데…… 그렇게 주고 싶지 않았던 그 상처를 결국엔 또 제가 주고 말았네요. 아버지 덕분에요."

"날 원망한다고 해도."

"원망이요? 그게 다일 거라 생각하세요?"

"윤태이."

"어떻게 이러실 수 있어요. 어떻게…… 이렇게까지 하세요. 헤어지라고 하셨나요."

"적어도 그 아인 너처럼 막무가내로 굴진 않더구나."

"헤어지겠다, 아버지께 그렇게 말하던가요."

"시간이 필요하다고 하기에 그러라고 했다."

하. 그저 웃음이 났다. 믿을 수 없었다. 아버지의 말을 진실이라고 받아들일 수 없었다.

그럴 리가 없잖아. 우리가…… 너와 내가 함께했던, 눈을 맞추고 체온을 나누며 서로를 아꼈던 말들.

"넌 내 입장은 전혀 고려하지 않는 거냐. 네 결혼이 너 혼자만 좋다고 해서 결정할 수 있는 문제라고 생각했던 거야!"

윤 사장이 날카롭게 고함을 질렀지만 태이는 아무것도 들리지 않는 사람처럼 어떤 반응도 보이지 않았다.

메리크리스마스, 윤태이. 오늘도 그렇게 말했잖아. 너.

"그만하세요. 당신 정말."

끊어질 듯 팽팽하게 맞서던 부자 사이를 이대로 볼 수 없던 경민이 남편을 만류했다. 넋이 나간 사람처럼 텅 빈 눈동자를 하고 앉아 있는 아들의 모습이 안타까워 가슴이 타들어갔다.

"태이야."

멍한 얼굴로 앉아 있던 태이가 갑자기 자리에서 벌떡 일어났다. 순간이었지만 몸을 비틀거렸다. 중심을 잡고 제대로 서긴 했지만 그는 어딘가 불안정해 보였다.

"앉아. 아직 할 얘기가 남아 있으니."

"아뇨. 더 들을 얘기도 듣고 싶은 얘기도 없어요. 아버지와 더 이상 아무 말도 하고 싶지 않아요."

"앉아!"

"참 대단하시네요. 지금까지 제가 했던 그 노력을 단 한 번에 무너트리셨네요. 그런데요. 아버진 저 못 막아요. 그 누구도요. 아버지 뜻대로 되도록 안 만들어요. 제가 그 여자를 놓는 일도, 그 여자가 절 놓는 일도 없을 거란 말씀을 드리는 거예요. 제가, 꼭 그렇게 할 거에요."

"괘씸한 놈. 끝까지 고집을 부리겠다는 거냐!"

"고집? 고집이요? 그냥 고집으로 보셨나 봐요. 제 진심은 안 보이시나 봐요. 아, 처음부터 보실 생각이 없으셨던 거겠죠. 제 진심 같은 거. 그걸 이제서야 알았네요."

"……."

"오늘만큼은 존경하는 윤태호 사장님께서 제 아버지라는 사실이 참 많이 부끄럽네요."

"감히 그따위 말을 해, 네가!"

"감히. 그런 생각이 드네요."

그 말을 끝으로 태이는 돌아섰다.

상처받은 눈으로 자신에게서 돌아서는 태이를 본 순간 윤 사장은 말문이 막혔다. 아들의 입에서 듣게 된, 자신을 향한 명백한 비난의 말들. 노여움에 부들부들 몸이 떨리면서도 진한 상처와 허탈함으로 가득했던 태이의 마지막 얼굴을 잊을 수가 없었다.

12월 26일. 새벽 1시 40분.

크리스마스는 끝났다. 아니 지나갔다고 해야 하는 게 맞는 건가. 벽시계를 보던 지원의 시선이 침대 위로 향했다.

그를 위해 준비한 두 개의 선물. 오늘 꼭 전해주고 싶었는데, 여러모로 아쉽게 되었다.

"무슨 일이 있는 건가."

오지 못할 사정이 생겼다면 분명 연락을 해주었을 텐데. 지원은 손을 연신 꼼지락거리며 움직였다.

아무래도 연락을 해봐야겠다. 기다리는 건 얼마든지 더 할 수 있었지만 걱정이 되는 건 견딜 수가 없었다.

통화 버튼을 누르자 신호음이 이어지다 음성사서함으로 넘어갔다. 포기하지 않고 통화를 다시 시도해보지만 결과는 똑같았다.

순간 지원이 고개를 갸웃거렸다. 분명 다른 소리가 들렸는데.

밖에서 나는 소리이겠거니 무시하곤 그녀는 다시 통화에만 집중했다. 지원이 또다시 뭔가 이상하다는 표정을 지었다.

아주 미미하게 일정한 소리가 들려왔다. 물론 통화 연결음 소리는 아니었다.

현관문과 가까워질수록 소리가 더 뚜렷해졌다.

무언가 싶어 통화 종료 버튼을 누르고 현관문 쪽으로 아주 가까이 다가가자 소리는 또 들리지 않았다.

설마. 아니겠지.

문득 떠오르는 게 있어 지원은 다시 통화 버튼을 눌렀다. 그런데 또다시 복도에서 작은 소리가 들렸다.

지원은 인터폰 버튼을 누르고 화면을 확인했다.

"······왜?"

지원은 현관문 잠금 장치를 풀고 문을 벌컥 열었다.

"태이야, 거기 왜 그러고 있어. 도대체 언제부터······."

지원은 그저 그가 반갑기만 했다. 어서 안으로 들어오라 손짓하는데 무슨 이유에서인지 태이는 벽에 기댄 채로 움직이지 않고 있었다.

"태이야?"

그가 아주 느리게 움직였다. 아주 느리게.

숙이고 있던 고개를 바로 세우고 지원과 눈을 마주쳤다.

"이 문을 열어달라고 말할 수가 없었어. 어떤 얼굴로 널 보면 좋을까 그걸 고민하던 중이었어."

"태이야?"

"시간이 필요하다고 했던 건 무슨 뜻이야?"

"그게······ 무슨."

"손지원."

"······."

"너, 나랑 헤어질 생각 하고 있는 거야?"

"나, 나는."

"대답, 해."

지원의 눈동자가 심하게 흔들렸다. 태이는 지원과 눈을 마주하고 있는 이 순간이 잔인하리만큼 길게 느껴졌다. 그를 똑바로 볼 수 없었던 지원이 고개를 아래로 떨어트렸다. 곧 지원의 입에서 흐느낌의 소리가 흘러나왔다.

태이의 양손에 들려 있던 케이크 상자와 꽃다발이 툭 하고 바닥으로 떨어졌다. 성큼 다가온 그가 지원의 팔을 강하게 잡고 또 다른 손으론 지원의 턱을 쥐었다. 호흡이 느껴질 정도로 그와 가까워졌다. 귓가에 울리는 나직한 목소리는 미세하게 떨리고 있었다.

"아니라고 한마디만 해."

"태이야."

"그거면 돼, 나는. 그러니까……. 하라고."

지원의 눈에 차오른 물기가 볼을 타고 흘러내렸다.

태이는 끝끝내 그 말을 들을 수 없었다.

지금 흘리는 이 눈물이 네 대답이야?

희망이 있었다. 그리고 지원에 대한 깊은 믿음도 있었다. 우리가 함께한 시간이 길다고 할 순 없지만 특별했던 그 시간들을 믿었으니까. 하지만 그의 믿음은 지원의 뜨거운 눈물 한 방울에 산산조각 나버렸다.

"전부…… 다 사실이라고? 지금 날더러 그 말을 믿으라고."

그의 팔이 아래로 힘없이 늘어졌다.

"뭐가…… 이러냐."

허탈했다. 그래서 웃음이 났다. 무슨 말을 해야 할지 떠오르지 않았다. 지원을 위로해주어야 하나 아님 그가 위로를 받아야 할까.

지원이 작은 목소리로 그의 이름을 불렀다. 텅 빈 눈동자로 태이가 지원을 응시했다.

"아버지 말 한마디에 끝을 생각할 만큼 우리가…… 너한테 내가 그 정도밖에 안 돼?"

"……그게 아니야."

눈물로 흥건하게 젖어버린 지원의 얼굴. 그러나 지금은 그녀의 눈물을 닦아줄 여력이 없었다.

"내게 오려던 넌 참 느렸는데. 날 애태우고 참을 수 없게 만들고, 그런데 너한테 우리의 끝은 참 쉽고 간단하구나."

쉽고 간단하다. 그의 말이 아팠다. 서러웠다.

"사랑한다는 말은 왜 했어. 어떻게 그런 마음으로 나한테 사랑을 말해! 넌 그게 돼?"

그 소리에 미친놈처럼 웃고, 설레고 들떠선 너 아닌 다른 아무것도 생각하지 못하게 만들어놓고.

"흡. 흑."

"차라리 거짓말이라도 하지. 거짓으로라도 날 안심시키고 아무렇지 않은 척 모르는 척해줬어야지."

"태이야."

"아버지 앞에 네가 어떤 마음으로 섰는지 알아. 아는데, 알고 있는데, 널 이해하려고 죽어라 노력해야 하는 것도 아는데, 그게 잘 안 돼."

"미안…… 해."

"내가 어떤 마음으로 오늘을 기다렸는데. 너한테 주고 싶은 게 뭔지, 해주려던 말이 뭔지 네가 안다면……."

서서히 그의 음성이 젖어갔다.

생애 최고의 하루를 꿈꿨던 그에게 오늘은 너무나도 잔인했다.

눈앞이 흐려졌다 이내 다시 선명해졌다. 의식할 새도 없이 굵은 물줄기 하나가 그의 얼굴을 타고 흘러내렸다.

"미안. 그 말 참 잔인하다."

견딜 수가 없었다. 차가운 그의 비난에 슬픔을 억누를 수가 없었다. 지원은 엉엉 소리 내어 울었다.

"내가 너 하나 보고 가는 것처럼 너도 그래줄 수는 없는 거야?"

그렇게나 큰 욕심이었던가. 내가 원한 건 네 마음. 그거 하나였는데.

"…… 아님 처음부터 넌 그럴 마음도 없었다는 건가."

"그렇게 말하지 마. 넌 모르잖아. 태이 너는 내가 아니잖아. 내 마음을 다 아는 것처럼 그렇게 단정 짓지 마."

"그래. 네 말이 맞아. 나는 너에 대해 아는 게 아무것도 없어. 그래서 알고 싶었어. 너를, 손지원을, 너의 전부를."

언젠가 그래, 언젠가는 하면서 내가 몰랐던 너의 시간들을 알게 되는 그날을 기다렸어.

"그런데 결과는 늘 나 때문에 상처받은 널 보는 거. 그것뿐이네."

얼마나 더 서로를 아프게 해야 이 상황이 끝이 날까. 얼마나 더.

태이는 얼굴을 거칠게 쓸어내렸다. 손바닥에 미지근한 물기가 느껴졌다. 눈물로 엉망이 된 지원의 얼굴을 보니 가슴이 미어지면서 덜컥 겁이 났다. 이게 우리의 마지막일까 봐. 그녀의 입에서 그 말을 듣게 될까 봐, 그는 이 자리를 벗어나고 싶었다.

꽃도. 케이크도. 주머니 속에 넣어둔 반지도. 전해줄 수가 없었다. 그토록 기다려왔는데.

태이는 주머니 속 작은 상자를 부서져라 쥐었다.

"늦은 대신 네 소원 다 들어주기로 했는데 그 약속, 오늘은 못 지키겠다."

"태이야."

"이게 다 꿈이었으면 좋겠다."

자고 일어나 쓰게 웃으며 '뭐 이런 개꿈이 다 있어' 하고 털어버릴 수 있는. 그런 꿈이었으면.

언젠가 그가 물었던 적이 있었다.

'무슨 꽃 좋아해?'

아마 그걸 물었을 때가 두 번째였던가, 세 번째였던가. 함께 밥을 먹고 집으로 가는 길이었다.

'……그건 왜?'

'그냥 궁금해서. 여자들은 장미를 제일 좋아하는 것 같던데. 너도 그래?'

'장미, 예쁘지.'

'애매하게 얘기하지 말고. 어려운 질문 한 것도 아닌데.'

'갑자기 물으니까 그렇지.'

'그럼 뭐 이런 걸 예고하고 묻나. 대답 듣기 되게 힘드네.'

'딱히 생각해본 적이 없어서 그래.'

'보통 무슨 색 좋아하냐, 어떤 영화 좋아하냐 하면 바로바로 답 나오지 않나. 그럼 10초 줄게. 생각해보고 말해봐.'

대단한 숙제를 받은 것처럼 지원은 그가 준 10초의 시간 동안 정말 골똘히 생각했다. 그리고 답했다.

'수국?'

'수국이라. 기억하고 있어야겠다. 혹시 알아. 내가 너한테 꽃다발을 선물하는 날이 올지. 아, 미리 김칫국 마시지는 말고.'

'안 그래.'

'뭘, 내가 이미 봤는데. 너 방금 기대하는 얼굴이었거든.'

'말도 안 돼.'

장난인 걸 알면서도 그때 지원은 꽤나 욱했었다. 태이는 핸들을 잡은 채 어깨를 들썩거리며 웃고 있었다.

'아무튼 만약 그런 날이 오면 그날은 굉장히 특별한 날이라는 걸 의미하는 거야. 가령 네 생일이라든가. 뭐, 남자가 여자한테 꽃을 선물하는 데는 다 이유가 있는 법이거든.'

전혀 특별할 것 없었던, 쉽게 지나가고 잊혀질 거라 생각했던 태이와의 대화가 마치 어제 있었던 일인 것처럼 생생하게 떠올랐다.

지원은 그가 남기고 간 꽃다발을 품 안에 소중히 안았다.

정말로 기억하고 있었구나.

은은한 수국 향이 코를 간지럽게 했다. 이렇게나 예쁜데. 향기로운데.

"흐으윽. 어, 어떡해. 흐흐으윽."

가슴이 타들어갈 것처럼 아팠다. 바스락 소리와 함께 꽃다발이 지원의 품에서 구겨졌다.

상처받은 그의 얼굴이, 눈물이 그리고 뒷모습이 가시처럼 박혀 잊혀지질 않았다. 지원은 몸을 웅크린 자세 그대로 바닥에 엎드렸다. 흔들린 것도 자신이고 끝을 생각하며 그의 믿음을 배신한 것도 전부 다 자신이었다. 울 자격도 없다는 걸 알고 있는데, 그럼에도 눈물이 멈추질 않았다.

두렵고 무서웠다. 그와 함께한 모든 기억들이 추억으로 끝이 날까 봐. 다정했던 그 눈빛을 잊을 수 있을까. 너를 모르던 그때로 돌아가 널 잊고 살아갈 수 있을까.

탕. 탕. 탕.

체육관 실내엔 공을 바닥에 튕기는 소리와 남자의 거친 숨소리만이 존재했다. 온 힘을 다해 점프하는 순간 피부 끝에 매달려 있던 땀방울이 바닥과 옷을 적셨다.

이미 모든 체력이 소진되었음에도 그는 멈출 생각이 없어 보였다. 다시, 또다시. 체육관에 온 지 한 시간이 흘렀지만 그는 1분도 쉬지 않고 몸을 움직였다.

온몸에 비 오듯 땀이 흘렀다. 옷은 이미 축축하게 젖은 지 오래였다.

탕. 탕.

그의 손바닥을 떠난 공이 바닥을 때렸다. 바닥에서 튕긴 공이 다시 그의 손바닥에 닿았다.

현란하게 움직이는 다리. 골대 밑으로 다가가 점프. 유연하게 꺾이는 손끝에서 떨어진 공이 그물망을 타고 다시 수직으로 바닥에 떨어졌다. 공은 다시 그의 손 안에 들어왔다.

'사랑해. 널.'

"하아."

탕. 탕. 탕.

몸이 무거워졌다. 발놀림은 눈에 띄게 둔해졌고 숨소리는 더욱 거칠어졌다. 태이는 세차게 머릴 흔들었다.

'태이야. 미안해.'

자꾸만 들려오는 지원의 목소리. 잊기 위해 몸부림치지만 뜻대로 되는 게 없었다. 공을 세게 집어 던졌다. 벽에 맞고 떨어진 공이 요란한 소릴 내며 바닥을 뒹굴었다.

그의 마음처럼.

손가락 하나 까딱할 힘조차 남지 않았다. 태이는 바닥에 쓰러지듯 누웠다. 가슴이 풍선처럼 부풀어 올랐다가 가라앉았다.

태이는 팔을 들어 이마 위에 올려놓았다. 한참 동안 그는 움직이지 않았다. 땀으로 흠뻑 젖었던 몸이 싸늘하게 식어가고 있었다. 하지만 그의 눈가는 여전히 뜨겁고 붉기만 했다.

마음이…… 아프다.

11장

　지원은 늘 그래왔던 것처럼 같은 시간에 일어나 출근 준비를 하고 집을 나섰다. 일상은 그대로였지만 그녀의 시간은 지난밤 오피스텔 복도에서 태이를 마주했던 그 순간에 멈춰 있었다.

　순간순간 울컥 터져 나오려는 감정을 가까스로 눌렀다.

　작업실에 멍하니 앉아 하루 대부분의 시간을 보냈다. 일이 손에 잡히지 않았다. 아무것도 할 수 없었다.

　몸과 마음이 지칠 때 가장 먼저 생각나는 건 집이었는데, 오늘따라 집에 들어가기가 싫었다. 그녀만의 작은 공간이었던 그곳은 이제 온전히 자신의 것이 아닌 장소가 되어버렸다. 집안 곳곳에 그의 흔적이 남아 있었다.

　편의점에서 맥주를 산 지원은 근처 공원으로 향했다. 추운 날씨 탓에 며칠 전에 내린 눈이 녹지 않고 그대로 있었다.

그녀는 눈으로 덮여 있는 벤치를 손바닥으로 털어내고 온기라곤 전혀 느껴지지 않는 그곳에 앉았다.

치익. 덜덜 떨리는 손으로 맥주 캔을 따서 꿀꺽꿀꺽, 목구멍으로 삼켰다. 얼어붙을 것 같은 한기가 순식간에 몸을 덮쳤다. 온몸을 바들바들 떨면서도 지원은 꾸역꾸역 맥주 한 캔을 다 비워냈다.

지원의 입술이 파랗게 질렸다. 차가운 맥주에 머리가 멍해졌지만 가슴은 여전히 타들어가는 것처럼 뜨겁고 아팠다. 괴로운 듯 두 손으로 가슴을 움켜쥐었다.

그리고 크나큰 상실감과 슬픔에 빠져 있던 지원은 누군가 자신을 보고 있다는 것을 알지 못했다.

지원이 있는 곳에서 멀지 않은 거리에 서 있던 남자의 시선이 여자에게 고정되어 있었다. 그는 하루도 버텨내지 못하고 결국 그녀를 다시 찾아왔다.

"하아."

남자의 짙은 한숨에 하얀 입김이 공기 중에 퍼졌다 곧 사라졌다. 차가운 바람이 닿은 그의 피부가 벌겋게 얼어 있었다.

남자는 피가 통하지 않을 정도로 주먹을 쥐고, 어금니를 세게 깨물었다. 당장에라도 그녀에게 달려가고 싶었다. 추위에 온몸을 떨고 있는 지원의 작은 몸을 따뜻하게 안아주고 싶었다.

하지만 그럴 수 없었다. 힘들어하는 그녈 앞에 두고도 그가 해줄 수 있는 건 아무것도 없었다. 두려웠다. 자신을 외면하는 그녀와 마주하게 될까 봐. 그게 너무 겁이 났다.

그는 더듬거리는 손으로 코트 안에서 휴대폰을 꺼냈다.

"윤세인. 누나."

-태이야?

"여기로 좀…… 와줘. 와서 지원이……."

멀리서 들려오는 지원이 흐느끼는 소리에 가슴이 무너져 내렸다.

태이의 어깨가 크게 들썩거렸다.

눈가를 지그시 누르며 그가 힘겨운 목소리를 토해냈다.

"지원이 좀 지켜줘. 부탁이야. 누나."

최 실장은 자리에 앉아 모니터에 덕지덕지 붙어 있는 포스트잇 메모들을 확인했다. 필요 없는 것들은 가차 없이 떼어버리고 혹 놓친 부분들이 있진 않나 꼼꼼하게 살폈다.

<부산 일정 관련 마무리 보고>
<회식 장소, 시간 보고>

쓱쓱. 펜을 쥔 최 실장의 손가락이 종이 위에서 부지런히 움직였다.

"엇? 본부장님 안에 계셨습니까?

이 대리의 입에서 흘러나온 본부장이라는 소리에 최 실장은 하던 일을 멈추고 자리에서 벌떡 일어났다.

그의 눈이 휘둥그레졌다. 파티션 위로 정말로 윤 본부장의 모습이 보였다.

도대체 언제? 이제 겨우 8시 15분이 막 지났을 뿐인데. 이로울게 전혀 없다며 출근은 늘 9시가 되기 10분, 15분 전에 하던 사람인데. 최 실장은 이게 무슨 일인가 싶었다.

"본부장님, 언제……."

"30분만 나갔다 오겠습니다. 업무에 대한 얘긴 그때 하시죠."

"……네, 알겠습니다."

최 실장은 떨떠름한 표정을 지었다. 무슨 일이 있는 건지 며칠 새 본부장의 얼굴이 많이 상해 있었다.

그는 약속대로 정확히 30분 뒤 사무실로 돌아왔다. 최 실장은 그를 따라 본부장실 안으로 들어갔다.

세수를 하고 왔는지 그의 머리카락과 셔츠 앞부분이 살짝 젖어 있었다. 그게 다가 아니었다. 셔츠 소매는 돌돌 말아 올라가 있고, 넥타이도 매고 있지 않았다. 자세히 보니 셔츠도 어제 입은 것 그 대로인 듯했다.

"복장 불량. 알고 있거든요."

"그게 아니라…… 죄송합니다."

최 실장은 고개를 꾸벅 숙였다. 자신의 시선이 무척이나 노골적 이었다는 것을 인정했다.

"그런데 본부장님 언제 출근하신 겁니까? 안에 계신지도 모르 고 있었네요."

"좀 일찍이요. 갈 곳이 여기밖에 없어서요."

"네?"

"아무것도 아닙니다. 회식, 오늘이라고 하셨죠? 시간은요?"

"아, 네. 8시로 식당 예약해두었습니다."

"시간 맞춰서 늦지 않게 참석하겠습니다. ……장소는 메일로 보 내주세요."

그렇게 말한 그는 머리가 아픈지 손바닥을 넓게 펴 관자놀이 부근을 힘주어 누르고 있었다.

"본부장님, 혹시 어디 안 좋으십니까? 몸이 안 좋으시면 일정 변경을……."

"아뇨. 예정대로 진행하세요."

"……네, 그럼 그렇게 하도록 하겠습니다."

최 실장이 사무실을 나가고 태이는 의자에 몸을 깊숙이 파묻었다.

그는 며칠째 잠을 한숨도 자지 못했다. 지독한 피로에 체력이 거의 바닥난 상태였지만 그럼에도 그는 잠들지 못했다.

태이는 매일 밤 그녀를 찾아갔다. 지원이 병원 근무를 마치고 집으로 걸어가는 그 길, 차마 다가가진 못하고 멀찍이 떨어져 지원의 모습을 눈에 담았다.

지원을 볼 수 있는 건 5분도 채 되지 않은 짧은 시간이었지만 그는 지원이 시야에서 사라지고 나서도 자리를 뜨지 못했다. 그리고 동이 트는 새벽까지 차 안에 우두커니 앉아 지원의 오피스텔 앞을 지켰다. 그렇게라도 해야 하루를 버틸 수가 있었다.

회식에 참석하기로 했던 그는 약속된 시간에 회식 장소에 도착했다. 태이가 모습을 드러내자 팀원들이 하나둘 그에게로 다가왔다.

"본부장님 제 술도 한잔 받아주십시오."

그는 팀원들이 권하는 술 대부분을 받아 마셨다. 주량이 센 편이었지만 약해진 체력 탓에 금세 취기가 올라왔다.

비틀거리며 화장실로 간 그는 찬물로 연거푸 얼굴을 적셨다.

정신은 여전히 또렷했지만 팔과 다리가 제 맘처럼 움직여주질 않았다. 벽에 등을 기댄 채 서 있는데 최 실장이 다가와 조심스럽게 물었다.

"본부장님…… 괜찮으십니까?"

"아뇨, 안 괜찮아요. 전혀. 후후."

"오늘은 그만 들어가시는 게 좋을 것 같습니다. 제가 댁까지 모셔다……."

"최 실장님."

"네."

"제가 가야 할 곳이 있거든요. 꼭 가야 할 곳이요."

그의 말 중간중간에 웃음이 섞여 있었지만 최 실장의 눈에 상사는 전혀 즐거워 보이지 않았다. 오히려 그 반대로 보였다.

방문을 닫고 나가려는 경민을 윤 사장이 급하게 불러 세웠다. 태이와 한바탕 주고받은 그날 이후부터 아내는 자신과 눈도 마주치려 하지 않았다.

"당신, 나한테 화난 건가?"

대답 대신 경민의 깊은 한숨 소리가 들렸다. 경민은 여전히 등을 돌린 채 문고리를 붙잡고 있었다.

"여보."

"……당신한테 화가 난 건 아니에요. 실망했다고 하는 게 맞는 거겠죠."

"경민아."

"태이, 내 전화 안 받아요. 오늘도 집에 안 들어왔고요. 밥은 잘 먹고 다니는지, 또 잠은 어디서 자는지 걱정돼서 죽겠는데, 얼굴을 볼 수 없으니 속이 타들어가는 것 같아요."

"그래도 회사엔 출근했으니⋯⋯."

"회사엔 꼬박꼬박 출근하니 걱정 말아라, 지금 그 말을 해주려는 거예요? 그걸로 내 마음이 나아질 거라 생각해요?"

경민이 날카롭게 받아쳤다.

"내 말은 그게 아니라⋯⋯."

"저, 당신 이해하려고 많이 노력하고 있어요. 그래, 그럴 수도 있지. 우린 그 애의 부모니까. 아들이 좋아하는 여자가 어떤 사람인지 궁금하고 알고 싶고 그래요. 그건 당연해요. 그런데 꼭 그 방법밖에 없었어요? 당신 멋대로 판단하고 행동하고, 한 번이라도 나하고 상의할 수는 없었어요?"

"태이를 위해서 내린 결정이었어. 적어도 내 판단은 그랬어, 여보."

"그래요. 그렇겠죠. 태이를 위해서. 그런데 윤태호 씨, 나는 잘 모르겠어요. 당신한테 하나만 물어볼게요."

경민이 윤 사장을 향해 천천히 돌아섰다. 경민은 몹시 괴로운 얼굴을 하고 있었다.

"지원이 그 아이를 만나서 태이와 헤어지라고 말하고 당신 마음은 편했어요? 그 애에게서 헤어지겠다는 말을 듣고 안심했어요? 그 모든 게 정말 우리 태이를 위한 게 맞아요?"

"난⋯⋯ 나는⋯⋯."

"당신은 태이를 위해서라고 했지만 글쎄요. 정말 그럴까요. 난 그게 아닌 것 같아요. 그러니 당신도 다시 한 번 잘 생각해보셨으면 해요. 쉬세요. 오늘은 세인이 방에서 잘게요."

혼란스러워하는 남편을 그대로 내버려둔 채 경민은 조용히 방을 나섰다. 2층으로 올라온 경민은 태이의 방문을 한참을 보고 서 있었다.

"전화라도 한 통 해주지."

일 층 침실에 홀로 앉아 있을 남편과 연락 한 통 없는 매정한 아들. 경민은 두 사람 모두 원망스러웠지만 그보다 걱정스러운 마음이 더 컸다. 쉽지 않았다. 부모이기에 더 어려운 문제였다. 남편에게 모진 말을 건넸지만 그 사람의 마음도 십분 이해가 되었다.

하지만 이 일에 누군가 백기를 들어야 한다면 그 사람은 태이가 아닌 남편이어야 한다고 경민은 생각했다.

럭셔리한 분위기를 자랑하는 호텔 내 바(bar). 연말인 만큼 바엔 사람들로 가득 차 있었다. 바에 도착한 규성이 두 눈을 빠르게 굴리며 누군가를 찾고 있었다. 익숙한 뒷모습을 발견한 그는 곧장 그리로 향했다.

"윤태이. 태이, 태이, 윤태이. 형님 오셨다."

"앉아. 정신 사나워."

"준섭 형이랑 유진이 형이랑 같이 있었는데 윤태이 너 이러고 있는 줄 알았으면 진작 연락할 걸 그랬다. 난 너 당연히 지원이랑……."

"안 마셔?"

태이가 규성의 말을 자르고 술부터 권했다. 규성이 냉큼 잔을 받았다.

"너 회식 때도 자리 끝까지 지켰다며? 네가 웬일이냐. 연말엔 윤태이도 술 앞에선 어쩔 수가 없나 보네. 오늘은 얼마나 마신 거야?"

태이는 규성의 물음에 곰곰이 생각했다. 얼마나 마셨더라. 알 수 없었다. 평소 즐기지도 않았던 술을 찾은 이유는 잠들기 위함이었다. 맨정신엔 도저히 잠을 잘 수가 없어서 그는 술의 힘을 빌려 잠을 청했다. 그나마도 몇 시간이 다였지만 적어도 눈을 감고 있는 시간 동안은 괴로움이 덜했다.

"야! 너 왜 이래? 천천히 마셔."

규성이 태이를 말렸지만 그는 들은 척도 하지 않았다.

윤태이가 안 하던 짓을 하는 이유. 그 이유는 지원이 아닐까 싶었다. 지원과의 연애를 시작한 후 녀석의 다양한 모습을 많이 보게 되어서인지 규성은 자연스럽게 지원을 떠올렸다.

"왜 안 하던 짓을 하고 그래? 혹시 지원이랑 무슨 일 있었어? 둘이 싸운 거야?"

"……우리가 싸웠던가. 나도 잘 모르겠네."

"이거 완전 들이붓네, 부어. 인마, 천천히 좀 마시라고."

태이는 마시고 규성은 그런 그를 말리고, 옥신각신하다 보니 시간은 어느새 12시에 가까워져 있었다. 태이의 상태는 말이 필요 없었다. 규성은 직원들의 도움을 받아 태이를 객실로 옮겼다.

"그냥 집으로 갈걸. 전화는 왜 해가지고 이 고생을 하고 있냐, 한규성 너는."

규성은 투덜거리면서도 태이의 상태를 걱정했다.

도대체 무슨 일이 있었기에 정신을 잃을 정도로 술을 마신 건지. 이렇게까지 취한 녀석의 모습은 본 건 처음이었다.

속이 좋지 않은지 태이는 몹시 괴로운 얼굴을 하고 있었다.

"태이야. 물 좀 마실래? 정신 좀 차려봐. 완전 불덩이네. 야, 윤태이! 윤태이!"

태이의 상태가 심상치 않았다. 제대로 몸도 가누지 못하는 녀석을 혼자 병원으로 데리고 갈 수도 없고. 난감해하던 규성은 고민 끝에 의사인 친누나 지영에게 도움을 요청했다.

전화를 한 지 30분도 안 돼서 지영이 호텔에 도착했다.

태이의 상태를 살피고 있는 지영에게 규성이 물었다.

"누나, 태이 어때?"

"열이 좀 있기는 한데 심각할 정도는 아니야. 두 시간 정도면 링거 다 들어갈 거야. 그때 바늘 빼주면 돼. 그리고 이건 해열제. 태이 일어나면 두 알 꼭 챙겨 먹여. 물도 충분히 마시게 하고."

"알았어, 누나. 고마워."

"고마운 거 알면 몸 생각해서 술은 적당히 마셔. 난 이만 간다. 태이 간호 잘하고."

지영이 집으로 돌아가고 규성은 소파에 털썩 주저앉았다. 크게 걱정할 것 없다는 지영의 말을 듣고 나니 이제야 마음이 놓였다. 소파에 몸을 늘어트리고 있던 규성의 눈이 느리게 끔뻑끔뻑 움직였다. 긴장이 풀리니 몸이 노곤해졌다. 잠깐이라도 눈 좀 붙일까 생각하며 자세를 바꾸려는데 침대에서 작은 움직임이 느껴졌다.

태이가 깬 것인가 싶어 규성이 생수병을 챙겨 침대로 다가갔다. 눈을 감고 있는 걸로 봐선 자고 있는 게 분명한데……. 규성이 나지막한 목소리로 태이를 불렀다.

"윤태이, 너 괜찮…… 어? 뭐라고?"

태이의 웅얼거리는 소리에 규성이 몸을 낮게 숙여 귀를 가까이 갖다 댔다.

"……원아."

"어?"

"손지…… 원."

태이의 입을 통해 흘러나온 이름은 안타까운 마음이 들 정도로 구슬픈 느낌이었다. 규성이 이마를 긁적이며 깊은 한숨을 토해냈다. 한 해의 마지막 날, 몸이 망신창이가 돼가도록 윤태이가 술을 마신 이유는 자신의 예상대로 지원 때문인 듯했다.

1. 2. 3. 4. 5. 6. 7. 8. 9. 10.

빠르게 층수가 바뀌는데도 지원은 이 속도가 무척이나 더디게 느껴졌다. 답답함을 이기지 못하고 그녀는 애꿎은 입술만 깨물었다.

띵. 소리와 함께 드디어 엘리베이터 문이 열렸다.

"2003…… 2003호……."

지원은 끊임없이 중얼거렸고, 동시에 그녀의 눈과 다리가 바쁘게 움직였다. 2003호 객실 앞에 도착한 지원은 문 앞에 서서 깊게 심호흡했다.

벨을 누르려는 지원의 손끝이 덜덜 떨리고 있었다. 차마 벨을 누르지 못하고 망설이길 여러 번, 그녀가 눈을 질끈 감으며 손가락에 힘을 주었다. 잠시 후 객실 문이 열리고 붉게 충혈된 눈을 한 규성이 모습을 보였다.

"지원아, 왔어?"

"태…… 이는?"

"안에. 일단 들어와."

규성을 따라 객실 안으로 들어온 지원은 내부를 가득 채우고 있는 지독한 술 냄새에 얼굴을 찌푸렸다.

"냄새 많이 나지? 하하, 연말이라 우리 둘 다 좀 마셨어. 태이는 저기 침대에."

지원의 시선이 규성의 손끝을 따라 움직였다. 커다란 침대 위에 이불을 덮고 누워 있는 그의 모습이 보였다. 태이의 한쪽 팔에 링거 바늘이 꽂혀 있었다.

규성의 연락을 받고 무작정 이곳으로 달려오긴 했지만 막상 그와 마주 볼 생각을 하니 몸이 뜻대로 움직이질 않았다.

"열이 있기는 한데 심각할 정도는 아니래. 너무 걱정 마."

"응. 연락해줘서 고마워, 규성아."

"안 할 수가 없었어. 태이, 저 상태로 계속 네 이름만 중얼거렸거든. 근데 두 사람 무슨 일 있었어? 태이도 태이지만 네 얼굴도 많이 상했다."

지원이 제 볼을 만지며 가만히 고개를 저었다.

"하여튼 둘 다 입은 무겁다니까. 무슨 일인지는 몰라도 두 사람 잘 풀었으면 좋겠다. 지원이 너 왔으니까 나는 그만 가볼게."

"저기…… 규성아."

"테이블 위에 약 있거든. 태이 깨면 약 좀 꼭 챙겨줘."

"규성아, 난."

"지금 윤태이 옆에 있어야 할 사람은 내가 아니라 지원이 너야.

태이, 잘 부탁해."

그를 이렇게 아프게 한 사람은 그녀인데 규성의 진심 어린 부탁이 지원의 마음을 더욱 무겁게 만들었다.

규성이 나가고 객실엔 지원과 태이 둘만 남았다.

그를 마지막으로 본 건 고작 며칠 전이었을 뿐인데 그 며칠이 굉장히 오래된 일인 것처럼 느껴졌다. 참 많이 아프고, 괴로웠던 시간들. 수척해진 태이의 얼굴을 보고 있으니 가슴이 아려왔다.

지원은 용기를 내 그에게 더 가까이 다가갔다. 힘없이 늘어진 그의 손 위로 자신의 손을 올려놓았다.

"왜 아프고 그래. 바보같이. 술은 또 왜 이렇게……"

지원은 더 이상 말을 잇지 못하고 침대 위로 얼굴을 파묻었다.

그때 옆에서 느껴지는 작은 움직임에 잠에서 깬 그는 최대한 힘주어 무거워진 눈꺼풀을 들어 올렸다. 흐릿하게 떠진 눈 사이로 제 앞에서 무언가 왔다 갔다 하는 움직임이 보였다.

태이는 눈가에 더욱 힘을 주었다. 하지만 지독한 두통이 밀려와 얼마 버티지 못하고 그는 눈을 감았다.

무슨 일이 있었는지 기억을 되돌리기 위해 그는 안간힘을 썼지만 필름이 완전히 끊겼는지 떠오르는 것들이 없었다.

규성을 만난 것 같기는 한데 그것 또한 확신할 수 없었다.

"태이야. 좀…… 괜찮아?"

손지원?

꿈인가. 아니면 이젠 환청이 들리는 건가.

믿을 수 없다는 듯 그가 고개를 저으며 쓸쓸하게 웃었다.

"태이야."

보다 선명히 들려오는 그녀의 목소리.

그녀일 리가 없잖아. 지원이 지금 내 앞에 있을 리가 없잖아. 또 한 번의 부정. 하지만 그리웠던 그 음성이 잔인할 정도로 선명했다. 다시 잠들고 싶었다. 가능하다면 깊게, 아주 깊게.

편안한 자세를 취하기 위해 태이는 팔을 베개 밑으로 넣고 옆으로 누우려 했다. 하지만 곧 누군가에 의해 저지당했다.

"아직 움직이면 안 돼. 약이 다 안 들어갔어. 불편해도 조금만 참아."

그는 이제 포기했다. 떨쳐내려 해도 되지 않는다면 그냥 놔두는 수밖에 없었다. 이렇게라도 목소리를 들을 수 있으니 오히려 다행인가. 가짜든 진짜든 이 편이 더 낫겠다 싶었다.

머리가 지끈거려 눈조차 제대로 뜨지 못하고 있는데 순간 이마에서 느껴지는 시원함에 잔뜩 찌푸리고 있던 그의 눈이 느슨하게 풀어졌다.

"너무 차가워? 잠깐만, 내가 다시······."

탁. 그가 지원의 손을 붙잡았다. 그와의 작은 접촉에 지원은 가슴이 바닥으로 쿵 내려앉는 것 같았다. 지원이 어쩔 줄 몰라 하는 사이 태이는 천천히 눈을 뜨고 자신 앞에 서 있는 지원을 똑바로 응시했다.

"진짜····· 너라고?"

태이가 힘겹게 말을 뱉었다. 지원을 잡은 손에 더 강한 힘을 실었다 이내 스르르 놓아버렸다.

"아프다고 해서. 그래서 너무 걱정이 돼서······."

보고 싶어서.

차마 그 말은 할 수 없었다. 그건 자신이 생각해도 너무 뻔뻔했다. 울지 않으려는 듯 지원이 눈가에 잔뜩 힘을 주었다.

"잠깐만……. 나, 잠깐만."

지원은 손바닥으로 얼굴을 가렸다. 아래턱이 바들바들 떨릴 정도로 지원은 속에 있는 감정을 쏟아내지 않기 위해 안간힘을 다했다. 하지만 노력만으론 역부족이었다. 자리를 벗어나기 위해 황급히 몸을 돌리는 그녀를 태이가 붙잡았다. 두 팔로 지원의 허리를 감아 자신 쪽으로 강하게 끌어당겼다. 힘없이 끌려오는 작은 몸.

"……가지 마."

"태이야."

"가지 마. 미안해, 손지원. 내가 다 잘못했어."

"흐윽. 흡."

"죽을 것 같아서. 너 안 보곤 내가 살 수가 없을 것 같아 그래. 나는 너 못 놔. 죽어도 그건 못하겠어."

그가 지원의 등에 얼굴을 깊게 파묻었다.

"그러니까 나 버리지 마. 너한테 더 안 바랄게. 거기…… 그대로 있어. 그냥 그러기만 해. 그거면 돼."

그의 말을 듣고 지원은 한참 동안 소리 내어 울었다. 지원의 작은 몸이 울음으로 들썩거릴 때마다 태이는 더 강하게 지원을 안았다. 해줄 수 있는 게 이것뿐이라 태이는 스스로가 한심스럽게 느껴졌다. 지원은 태이의 손길을 뿌리치지도, 벗어나려 하지도 않았다.

엉엉, 아이처럼 우는 그 모습이 너무 가슴 아파 더는 지원을 그대로 보고만 있을 수 없었다. 그는 조심스럽게 지원의 몸을 돌려 자신을 보게끔 했다. 눈물로 퉁퉁 부어오른 두 눈.

태이는 지원의 눈가를 손가락으로 부드럽게 쓸어내렸다.

"울지 마."

지원은 알겠다며 고개를 작게 끄덕거렸지만 생각처럼 되지 않았다. 왜 이렇게 눈물이 나는 건지 모르겠다.

"지원아."

"……응."

"너, 웃게 해줘야지. 너에 대한 내 마음의 시작은 거기서부터였어. 참 간단한 거라고 생각했는데……. 난 정말 자신 있었거든. 근게 그게 참 쉽지가 않네. 자꾸 널 울린다, 내가."

"미안…… 해."

"사과도 내 몫이야. 울게 만든 거 나니까. 내가 다 미안해. 그날 그렇게 가버린 것도 전부 다."

태이의 커다란 손이 다시 한 번 지원을 토닥인다.

울지 마, 지원아. 그가 끊임없이 그녀에게 속삭였다.

지원의 흐느낌이 작아졌다. 숨소리가 평소처럼 차분해졌고, 눈물도 더 이상 흐르지 않았다. 힘이 빠진 지원은 태이의 품에 얌전히 안긴 채로 있었다. 그의 어깨 위에 있는 지원의 손이 꼼지락거렸다. 지원이 작은 목소리로 그에게 물었다.

"몸은 좀 어때. 괜찮아?"

"아니, 아파."

엄살이 아니었다. 속은 울렁거리고 머리를 누군가 망치로 두드리는 것 같았다.

"약 갖다 줄게. 잠깐만."

놓아달라는 말처럼 들려 태이는 못 들은 척하고 지원의 평평한 배에 얼굴을 더 깊숙이 묻었다. 흡 하고 지원이 숨을 삼켰다.

"그냥 이렇게 있어. 약 같은 거 필요 없으니까."

그는 떼쓰는 아이처럼 지원에게 매달렸다. 지원은 한 번 더 그를 설득해볼까 했지만 포기하고 그가 하고 싶은 대로 하게끔 그대로 두었다.

"몸도 안 좋으면서 무슨 술을 이렇게나 마셨어."

술을 많이 마셔 이렇게 돼버렸지, 아마.

"후후."

지원이 듣기 좋은 소릴 한 것도 아닌데 태이는 웃기만 했다.

"걱정이야, 아님 혼내는 거야? 뭐, 둘 다 좋아. 아윽. 머리야."

머리가 두 개로 쪼개져버릴 것 같은 강렬한 통증에 태이는 본능적으로 자신의 머리를 감쌌다. 아래로 늘어지는 태이의 몸을 지원이 재빠르게 붙잡아 침대에 편히 기댈 수 있도록 했다.

지원은 태이의 이마에 손을 얹었다. 여전히 이마가 뜨거웠다.

열부터 내려야 하는데…… 아무래도 안 되겠다.

"약부터 먹자."

"안 먹어."

"윤태이."

아파서 눈도 제대로 못 뜨고 있으면서 고집을 부리고 있는 그가 이해되지 않았다. 지원은 태이를 안타까운 눈으로 바라봤다. 그의 입에서 끙 하는 신음 소리가 계속 흘러나왔다.

"약을 먹어야 낫지."

"약 먹으면. 그거 먹고 괜찮아지면 너 갈 거잖아. 그래서 싫어."

확신에 차 있는 말에 지원은 순간 할 말을 잃었다. 그는 지금 고짐을 부리고 있는 것이 아니라 긴장을 하고 있는 거다. 자신이 가 버리면 어쩌나 불안해하고 있는 것이었다.

또다시 가슴이 울컥했다. 지원은 입술을 꽉 깨물었다.

"옆에 있을게. 그러니까⋯⋯."

"언제까지? 오늘 지나고 나면 내일은? 내일모레는? 그리고 그 다음은? 옆에 있겠다는 그 말, 앞으로도 유효한 거야? 그렇다고 하면 약, 먹을게."

그가 지금 하는 건 협박이었고 애원이었다.

자존심? 그런 건 이 여자 앞에서 잊은 지 오래였다. 그녀만 옆에 둘 수 있다면 그는 이보다 더한 것도 얼마든지 할 용의가 있었다.

지원이 그를 물끄러미 바라보았다.

찌푸려진 얼굴이지만 그의 눈빛만은 그 어느 때보다 진지해 보 였다. 까만 그의 눈동자 안에 그녀의 모습이 비췄다.

조금의 흔들림도 없이 자신을 바라보는 언제나 한결같은 그의 두 눈.

넌 언제나 그랬어. 나를 이렇게 바라봐주고⋯⋯ 기다려주고.

"태이야."

"듣고 있어. 말해."

"내가 밉지도 않아? 너 이렇게 아프게 하고 힘들게 했는데."

"아프고 힘들어도 괜찮아. 너만 있으면."

"네 옆에 서기에⋯⋯ 난 가진 게 아무것도 없어. 너한테 줄 수 있는 건 이 마음 하나뿐인데, 그래도 괜찮아?"

"바보야. 처음부터 내가 원한 건 네 마음 하나였어."

"나 정말로 네 옆에 있어도 돼? 그래도⋯⋯ 돼?"

"그 허락은 내가 아니라 네가 해줘야지. 아무 데도 가지 말고 옆에 있어줘, 지원아."

"여기 있을게. 아무 데도 가지 않고 네가 원하는 곳에 있을게."

윤태이, 이 남자 옆에, 그와 함께.

그의 입이 살짝 벌어졌다. 그는 멍한 얼굴을 해서는 느리게 눈을 깜빡거렸다.

"그러니까…… 제발 약 먹자. 응? 잠깐 있어. 물 가져올게."

태이는 지원이 했던 말을 가슴속에 되새기고 또 되새겼다.

다시 정신을 차렸을 때 방금까지 그의 품에 있었던 지원이 모습이 보이지 않았다. 태이의 얼굴이 다시 딱딱하게 굳어졌다.

"지원아? 손지원. 너 어디……."

그녀가 없다. 가슴이 또다시 철렁 내려앉았다.

뭐야, 이거. 현실이 아닌가 하고 생각했을 때 룸 어디선가 달그락거리는 소리가 들렸다.

잠시 후 지원이 생수병을 손에 들고 다시 그의 앞에 나타났다.

"열이 너무 심해. 해열제 먹으면 훨씬…… 앗!"

태이가 와락 지원을 껴안았다. 품에서 느껴지는 따뜻한 체온.

손지원 냄새. 불안으로 요동치던 가슴이 서서히 진정 되어갔다.

"놀랐잖아. 가버린 줄 알고. 정말…… 놀랐다고."

그의 원망 섞인 말에 지원은 적지 않게 당황했다.

"나는 물……."

가져오겠다고 말했는데……. 듣지 못했나.

한 손엔 알약, 다른 한 손에 생수병. 지원은 번갈아가며 그것들을 쳐다보았다. 머릿속에 오로지 그에게 약을 먹여야겠다는 생각

뿐이었다. 애타는 그녀의 마음도 몰라주고, 태이는 혼잣말로 계속 뭔가 중얼거렸다.

그의 숨결이 목덜미에 닿을 때마다 지원이 움찔거렸다.

"태이야."

"응, 얘기해."

"약부터 먹자. 응?"

그제서야 태이는 '아, 약' 했다.

그 후부턴 모든 것이 수월했다. 태이는 지원이 건넨 알약을 입 안에 넣고 물과 함께 꿀꺽 삼켰다.

그러는 동안에도 태이는 지원에게서 시선을 떼지 못했다. 지원이 함께 있다는 사실이 아직도 얼떨떨한지 태이는 웃었다가 또 심각해졌다. 몇 번이나 진짜 너 맞지? 하고 물었다.

"피곤해 보여. 좀 더 자. 그게 좋겠어."

약 기운이 도는지 태이의 눈이 흐려졌다. 지원은 시트를 끌어당겨 태이의 턱 밑까지 덮어주었다.

그는 다시 한 번 깊은 잠에 빠져버렸다.

그가 눈을 뜨자마자 제일 먼저 보게 된 건 침대에 머리를 기댄 채 얌전히 잠들어 있는 지원의 모습이었다.

태이는 볼 옆으로 흘러내린 지원의 머리카락을 귀 뒤로 넘겨주었다. 나름 조심스럽게 움직였음에도 지원이 그만 깨버렸다.

"침대로 올라오지. 왜 거기서 자고 있어."

"잠깐 졸았어. 머리 아픈 건 어때?"

"거짓말처럼 다 나았어. 침대로 올라와. 옆에 누워."

"괜찮아."

"내가 안 괜찮아. 와, 옆으로."

태이가 매트리스를 탕탕 두드렸다. 다시 거절했다간 억지로라도 침대에 눕힐 기세여서, 지원은 그의 말을 듣기로 했다.

"거북이가 너보단 빠르겠다."

쭈뼛거리며 느릿하게 움직이는 지원을 보고 태이가 한소리했다. 다 나았다는 그의 말을 믿지 않았었는데 지금은 얼굴에 생기가 도는 걸 보니 전부 거짓은 아닌 듯했다.

지원이 완전히 침대로 올라오자 태이는 자연스럽게 팔 하나를 지원에게 내주었다.

"지금…… 열두 시 넘었지?"

"응?"

"시간 말이야."

"아마…… 네 시쯤 됐을 거야."

"늦었네, 또. 그래도 다행이다. 오늘은 이렇게 같이 있을 수 있어서."

무슨 말을 하려는 걸까. 지원이 그에게 물으려는 사이 태이의 입술이 지원의 입술에 닿았다 떨어졌다.

"손지원. happy new year."

쪽. 이번엔 태이의 입술이 이마에 닿았다.

"내 인생에 두 번 다신 없을 스펙터클한 한 해였어."

말 그대로 스펙터클했다. 손지원이라는 여자가 자신의 앞에 나타난 그 순간부터 말이다.

살면서 누군가에게 그토록 가슴 떨려본 적도, 간절했던 적도 없었다. 지원의 마음을 얻었을 땐 세상 누구도 부럽지 않을 만큼 행복했고, 지원이 흔들리고 있다는 사실을 알았을 땐 지금껏 느껴본 적 없는 깊은 절망도 맛보았다.

이 작은 여자가 그의 인생을 흔들었다. 웃게 하고 울게 하고, 그녀로 인해 지금까지 알지 못했던 다양한 감정들을 경험했다.

지원은 태이의 말을 듣고 기뻐해야 할지 슬퍼해야 할지 알 수 없었다. 지원이 어설프게 웃자 태이가 지원이 볼을 가볍게 잡고 흔들었다.

"올해도 잘 부탁해."

그와 함께할 수 있는 앞으로의 날들. 그 생각만으로도 지원은 가슴이 부풀어 올랐다.

널 포기하고 살아간다는 건 어쩌면 처음부터 내겐 불가능한 일이었을 거야.

가슴속에 깊숙하게 자리 잡고 있는 그라는 존재가 새삼 새롭게 다가왔다. 잔잔했던, 전혀 특별할 것 없던 그녀의 삶에 어느 날 갑자기 나타난 남자.

"신기해."

"뭐가?"

이렇게 근사한 남자가, 이렇게나 멋진 남자가 어떻게 나에게 왔을까.

"짠 하고 네가 내게 왔어. 마법…… 처럼."

말해놓고 쑥스러웠는지 지원이 키득키득 웃었다. 지원의 화사한 미소에 태이는 무언가에 홀린 사람처럼 멍하니 그녀를 쳐다봤다.

"고마워, 태이야. 내게 와줘서."

"감동받았어. 나 지금, 정말로……. 하하. 아, 잠깐만. 미치겠네. 뭐라고 표현을 못하겠다."

붉어진 얼굴을 감추려 태이는 손으로 황급히 얼굴을 가렸다. 하지만 이미 수습 불가 상태가 되었다.

"토마토."

지원의 말에 태이의 얼굴이 더 붉게 변했다. 이런 식으로 역습을 받을 거라곤 상상도 못했었다.

"토마토 인정. 됐지?"

그는 양 손바닥을 보이며 어깨를 으쓱했다. 떳떳하게 본인의 상태를 인정했다. 창피할 것도 숨길 필요도 없었다. 좋은데, 그걸 어떻게 숨겨. 왜 숨겨.

그는 품에 안은 지원을 제 쪽으로 더 가깝게 끌어안았다.

"지원아, 졸려?"

"조금. 너는?"

"난 많이 잤잖아. 잘래? 아니면 나랑 더 놀래?"

속이 뻔히 보이는 질문에 지원이 졸린 눈으로 희미하게 웃었다. 눈꺼풀이 무거워졌지만 지원은 잠보단 그를 선택했다.

지원과 태이는 나란히 침대헤드에 등을 기댔다. 태이는 정면을 응시한 채 지원의 손을 만지작거렸다. 긴 손가락이 지원의 손바닥 위에서 애틋하게 움직였다.

"살 것 같다, 진짜."

한숨처럼 토해내는 말에 지원은 코끝이 따가워졌다. 살 것 같다는 그의 말. 그게 어떤 의미인지 지원도 알 것 같았다.

"하나만 약속할래? 나랑."

"얘기해."

"너에 관한 건 이제 뭐든 너한테서 직접 들었으면 좋겠어. 내가 모르고 있던 너에 대한 이야기들, 다른 사람한테 듣는 거 내겐 굉장히 괴로운 일이야. 이제 나한테 아무것도 숨기지 않았으면 해. 약속해줄 수 있어?"

"약속해. 그렇게 할게."

"그럼 말해줘. 아버지와 너, 두 사람 사이에 무슨 말이 오고 갔는지. 알아야겠어, 나는."

"태이야. 그건······."

난감함에 지원의 얼굴색이 어두워졌다. 아래로 떨어지려는 지원의 작은 턱을 태이가 부드럽게 쥐어 위로 들어 올렸다.

"피하지 마."

"하지만······."

"알아. 너한테는 쉽지 않다는 거. 그래도 지원아, 내가 알아야 하는 게 맞아. 그러니까 말해줘."

"······걱정돼. 그리고 무서워."

"왜, 뭐가."

"날 위해, 나 아프지 않게 하려고 태이 네가 다른 사람한테 상처 주게 될까 봐. 그리고 그 사람들이 이 세상에서 널 가장 사랑하고 아끼는 사람들이라면······. 나는 정말······. 난 그걸 바라진 않아. 그렇게 못해."

"아버지 문젠 나한테 맡겨. 나 믿어달라는 뜻이야."

"태이야."

"알아주라. 내가 지금 가장 지키고 싶은 게 뭔지. 두려운 게 뭔지."

지원이 무엇을 걱정하고 염려하는지 모르지 않는다. 아버지와의 마찰을 피할 수 있다면 그 역시 그러고 싶었다. 하지만 그럴 수 없다는 것을 알고 있다. 그에겐 하나의 방법밖에 없었다. 피할 수 없다면 부딪치는 수밖에. 태이는 물러설 생각이 없었다.

그러면서도 겁먹은 지원의 얼굴이 안쓰러웠다. 이럴 땐 네가 조금 더 약은 여자이기를, 하고 바라본다.

"아버지와 싸워서 이기겠다는 게 아니야. 그런 식으로 널 내 옆에 두진 않을 거야. 난 아버지가 알아주셨으면 해. 손지원 네가 내 인생에 얼마나 소중한 사람인지, 네가 얼마나 괜찮은 여자인지를."

"네 뒤에 숨어서 너 혼자만 힘들게 하고 싶지 않아. 내가 할 수 있는 게 뭐가 있을까."

지원은 그 어느 때보다 진지하게 고민했다. 그에게 무엇을 해줄 수 있을까.

답답해하는 지원에게 태이는 명쾌하게 대답해주었다.

"이렇게 옆에 있어주면 돼."

그거면 다 돼. 지원의 믿음만 있다면 그는 두려울 것이 없었다. 무엇이든 다 해낼 수 있을 것만 같았다. 태이는 그것만으로도 충분한데, 지원은 여전히 시무룩한 상태였다.

"바보야. 기억 안 나? 너한테 매달린 거 나야. 우리 둘 관계에 있어서 아쉬운 건 늘 나라고. 왜냐면 내가 널 더 좋아하니까. 그러니 넌 더 당당해져도 돼. 누구 앞에서든."

한참을 머뭇거리던 지원이 그를 바라보며 입을 열었다.

"충분히 하실 수 있는 말씀 하셨어. 아무렇지도 않았다면 그건 거짓말이야. 그런데 그 마음이 이해가 됐어."

지원에게 아버지에 대한 너그러움을 바라지 않았다. 차라리 원망의 소리를 해주는 것이 더 나을 거란 생각을 했다. 아버지를 이해할 수 있다는 지원의 말에 그는 고개를 저었다.

어째서 넌 그게 가능한 거냐.

태이의 물음에 지원은 곤란한 듯 얼굴을 숨겼다.

깊은 생각에 빠진 듯 태이가 몇 번이나 지원을 불렀지만 지원은 여전히 그의 가슴팍에 얼굴을 묻은 채로 있었다.

"너한테 말하고 싶은 게 있는데 어떻게 시작하면 좋을지 모르겠어. 머릿속에서 정리가 잘 안 돼."

지원의 음성엔 혼란스러움이 가득했다. 태이는 재촉하지 않았다. 그냥 말없이 지원을 기다려주었다. 시간이 흘러 새벽의 차가움은 완전히 사라져버리고 올해 첫 해가 선사하는 따사로움이 호텔룸 안을 조금씩 채워주었다.

"널 만나기 전까지 난 늘 혼자였어."

그 말을 시작으로 지원은 자신의 이야기를 담담하게 꺼내놓기 시작했다.

12장

　누군가에게 자신의 이야기를 한다는 것. 지원에겐 쉬운 일이 아니었다. 하고 싶지 않은 것이 아니라 이제껏 해본 적 없었기에 어렵고 서툴렀다. 하지만 그에겐 말하고 싶었다.

　부드럽지만 결코 가볍지 않은 그의 눈을 가만히 들여다보았다.

　윤태이의 다정한 눈빛이 지원에게 용기를 준다. 지원은 어색하게 웃었다.

　투정을 하려는 것이 아니었다. 지난날 삶의 고단함을 그에게 위로받고 싶어서도 아니었다. 지원은 단지…… 그동안 아무에게도 꺼내놓지 못한 말들을 그에게 하고 싶은 것뿐. 그뿐이었다. 지원은 오랜 기억들을 천천히 더듬어가기 시작했다.

　"독립을 한 건 스무 살 때였어. 음……. 굉장히 설레었어. 물론 두려움도 있었지만 그래도 기쁨이 더 컸던 것 같아. 확실히 그랬어. 근데 그날 혼자 방에 누웠는데 잠이 안 오는 거야. 문득 그런 생각을 했어. 오늘 같은 날, 이런 기분을 누군가와 함께 나눌 수 있다면 훨씬 더 좋았을 텐데."

축하도 받고, 자랑도 해가며. 함께 웃으면서.

"근데…… 부를 사람이 없는 거야. 정말 단 한 명도 없었어."

그때의 그 기분을 떠올리자 지원의 얼굴이 붉게 변했다. 어쩐지 부끄럽고 민망했다. 지원은 고개를 살짝 숙이며 숨을 골랐다. 입술을 깨물었다 동그랗게 모았다, 다시 말을 이어나갔다.

"바보 같았어. 겁도 많고, 소심했고. 지금도 크게 달라진 건 없지만 그땐 정말 심했어. 그런 내가 바보 같고 싫어서 달라지고 싶은 마음에 노력도 해봤는데, 이미 난 이런 내게 너무 익숙해져버려서 그것도 쉽지가 않았어."

"응. 더 얘기해봐. 다 듣고 싶어."

좋은 기회가 있었고, 서울에 있는 유명 대학을 가기에도 충분한 성적이었음에도 불구하고 지원은 대학 진학을 포기했다. 포기……? 포기라는 말은 사실 맞지 않았다.

모든 건 그녀의 결정이었다.

공부에 특별히 흥미가 있었던 건 아니었다. 물론 학교에서 늘 좋은 성적을 받았지만 공부는 당시 지원에게 '유일한' 일이었다. 열심히 공부를 하는 것. 열심히 아르바이트를 하는 것.

열심히. 열심히.

허투루 쓴 시간은 없었다. 무엇을 위해서라고 묻는다면 그에 대한 답은 내리기 어려웠다. 다만 그땐 그랬어야만 했다. 분명한 건 대학을 가기 위함은 아니었다.

대부분의 사람들은 지원의 선택을 이해하지 못했다.

'공부해서 성공해야지.'

'대학을 가야 좋은 회사에 취직을 하지.'

그녀는 늘 같은 말을 들었다. 하지만 그 말들이 가슴에 와 닿지는 않았다. 지원은 버거웠다. 그랬던 것 같다. 끝이 없을 것만 같았다. '열심히' 살아야 하는 시간들이. 지원에겐 쉼표가 필요했다. 진짜 자신을 위한, 자신이 원하는 것을 찾아보고 싶었다.

"그럼 지금 일은 어떻게 시작하게 된 거야?"

"그게, 계기가 있었어. 비 오는 날이었는데, 버스에 우산을 두고 내려서 정류장에서 집까지 막 뛰었는데 현관 앞에 강아지 한 마리가 앉아 있는 거야. 나처럼 비에 쫄딱 젖어서."

"훗. 그래서?"

"고민했지. 아, 얘를 어떻게 해야 하나. 사실 그때만 해도 강아지 무서워했었거든. 갠 덩치도 꽤 컸고. 일단 수건을 가져와야겠다 싶어서 집에 들어가려는데 개가 무작정 따라 들어왔어."

"크큭."

태이는 지원의 이야기를 토대로 머릿속에서 그림을 그렸다. 비에 젖은 지원과 개 한 마리. 그들의 묘한 신경전.

"나가라고 했는데도 말도 안 듣고 그대로 거실에 누워버리는 거야. 이대로 젖은 채로 둘 수는 없고, 그래서 목욕도 시키고 털도 말려주고. 그러니까 나중엔 코까지 골면서 잠들더라고."

"뻔뻔한 놈이네."

"분명 무섭다고 생각했는데 어느 순간부터 얘가 너무 귀여운 거야. 털을 묶어주니까 단추 구멍만 한 눈도 보이고. 그래서 잠깐이었지만 단추라고 불렀어."

"잠깐?"

"응. 일주일 후에 집 근처에서 단추 찾는다는 전단지가 붙어 있는 걸 봤거든. 단추 보내고 집에 돌아왔는데 집이 너무 허전한 거야. 겨우 일주일이었는데."

비록 일주일이라는 짧은 시간이었지만 단추와 함께했던 시간은 무척 행복했다. 부드러운 털의 감촉, 사랑스러운 눈망울. 한동안 단추가 눈에 아른거려 마음고생을 했었다.

"그러다 자연스럽게 학원에 등록하게 됐어. 배우는 동안 재미도 있었고 의외로 적성에 잘 맞아서, 고맙게도 단추 덕에 직업이 생겼지."

태이 앞에서 이렇게 말을 많이 한 건 처음이었다. 엄청난 수다쟁이가 된 것 같았다.

"특별한 인연이었네."

지원은 고개를 끄덕였다. 그의 말대로 단추와의 짧은 만남은 지원에게 잊을 수 없는 소중한 추억이었다.

지원이 다시 태이의 어깨에 머리를 기대자 기다렸다는 듯 태이는 지원의 한쪽 어깨를 감싸 안았다.

"부모님에 대한 얘기도 물어봐도 돼? 말하기 힘들면……."

그 어느 때보다 신중한 목소리였다. 지원의 눈동자가 잠시 흔들렸지만 금세 안정을 찾았다. 어쩔 수 없는 것 같았다. 그 세 글자를 들을 때면 늘 가슴이 찌릿찌릿 아파오니까.

"아니다. 나중에 네가 하고 싶을 때 그때 다시……."

태이는 서둘러 자신의 말을 거두었다. 혹시라도 자신의 말이 지원의 상처를 헤집는 것이 되면 어쩌나 조바심이 났다. 당황하는 태이를 본 지원은 엷게 미소 지으며 고개를 저었다.

"두 분에 대한 기억이 많지가 않아. 너무 어렸을 때 일이었고, 나도 다른 분께 전해 들은 게 전부라서."

추억을 공유할 수 없다는 현실이 그저 안타까울 뿐. 그가 선을 넘었다고 생각하지 않았다.

"내가 네 살 때, 두 분 모두 사고로 돌아가셨대. 사실 나 그 얘기를 처음 들었을 때 버림받은 게 아니라 다행이다. 적어도 난 앞으로 두 분을 원망하면서 살지 않아도 되는구나, 하고 안도했어."

태이는 입술을 굳게 다물었다.

"근데 다른 건 다 괜찮은데……. 엄마, 아빠 두 분 얼굴을 기억하지 못하는 게 너무 마음이 아파."

"너무 어렸어, 너."

"응. 그래도……. 후훗. 그래도……."

지원이 고개를 아래로 떨어트렸다. 자신의 잘못이 아니라는 걸 알고 있지만 어쩔 수 없이 자책을 하게 된다. 평생을 가지고 가야 할 마음의 무게.

"지원아."

"이런 얘기 진짜 처음 해보는 거 같아. 너한테 얘기할 수 있어서 다행이야. 윤태이라서 정말 좋아."

"묘한 기분이야. 너한테 좋아한다는 말을 들었을 때보다 널 안았던 그날보다 지금 이 순간에 네가 더 가깝게 느껴져. 우리가 '진짜'가 된 것 같은 느낌. 서로를 알아간다는 건 이런 거구나 싶어."

한층 더 깊어지고 단단해지는 마음.

태이가 말하는 '진짜'라는 건 그런 게 아닐까. 지원은 진한 떨림과 동시에 평안함을 느꼈다. 자꾸만 웃음이 난다.

"사랑해, 널."

"……."

불쑥 튀어나온 고백의 말.

지원의 심장 소리가 더욱 요란해진다. 커다래진 눈으로 태이를 보자 그는 다시 한 번 더 큰 목소리로 말했다.

"사랑해. 지원아."

울지 않겠다고 했는데, 그러기로 그와 약속까지 했는데. 억지로 꾸역꾸역 삼켜보려 하지만 이미 지원의 의지로 되는 일이 아니었다. 그렁그렁 맺힌 눈물이 볼을 타고 흘러내려 시트를 적셨다. 지원은 손바닥으로 얼굴을 가렸다.

가슴이 터질 것만 같았다.

'사랑해. 지원아.'

끊임없이 귓가에 맴도는 달콤한 말들.

"누군가를 이렇게까지 좋아하게 될 거라고는 상상도 못했어."

"흐윽."

"너라서 다행이고, 너이기 때문에 가능한 마음이야."

"나는…… 흑. 나도……."

"내가 더 사랑해. 널."

그를 향해 웃어주고 싶은데, 너무 행복하다 말해주고 싶은데 북받쳐 오르는 감정을 다스릴 수가 없었다.

결핍이 있었다. 입 밖으로 인정하지 않았지만 사람에 대한, 사람을 그리워하는 마음. 지난날의 외로움은 모두 다 이 남자를 만나기 위해 있었던 게 아닐까.

어째서 윤태이는 이 모든 것을 가능하게 하는 걸까.

"널 원하는 이 마음이 누군가에게 상처가 된다 해도 나는 상관 없었어. 그래서 좋은 동생, 좋은 아들이기를 바라는 널 이해 못 한 것도 사실이야. 그런데 이젠 그 생각이 바뀌었어."

그를 소중해하고 사랑하는 사람들에게 상처주고 싶지 않다는 지원의 바람. 지원이 왜 그런 말을 했는지 이제는 알 것 같았다.

"모든 사람들로부터 축복받으며 너한테 갈 거야."

"태이야."

"그러니까 조금만 기다려줘. 그래줄 수 있지?"

대답 대신 강한 포옹으로. 그것만으로 부족해 입맞춤으로. 태이 는 열렬한 반응을 보이며 지원을 강하게 끌어안았다. 이 작은 몸 이, 이 입술이, 얼마나 그리웠는지 모른다.

지원에 대한 지독한 갈증. 태이는 해갈을 원했다.

그의 뜨거운 혀가 지원의 입술을 가르고 입 안으로 들어갔다. 지원의 치아 하나하나를 샅샅이 맛보며 입맞춤은 더욱 깊어졌다. 연약하게 흘러나오는 숨소리. 흥분을 이기지 못한 그의 손이 지원 의 가슴을 덥석 움켜쥐었다.

"하아. 안 돼."

"왜 안 돼."

침착하게 대꾸하는 태이의 눈빛은 이미 탁해질 대로 탁해져 있 었다. 늘 그래왔듯 사랑을 나누기 직전의 그는 참을 수 없을 만큼 의 남성적인 향기를 뿜어낸다. 거부할 수 없는. 지원은 그를 멈추 게 할 마땅한 변명 거리를 찾지 못했다.

"태이야. 하아."

"멈추는 게 불가능하다는 거, 너도 알고 있잖아."

가슴 위에서 야릇하게 원을 그리는 손의 움직임. 파르르 떨리는 여자의 눈. 그의 손에 의해 카디건 단추가 풀리고 셔츠가 머리 위로 벗겨졌다. 부끄러움을 느낄 새도 없이 가슴을 머금는 뜨거운 입술.

그의 말이 맞다. 멈출 수 없다는 것. 태이가 멈추지 않았으면 좋겠다. 그게 지원의 솔직한 마음이었다.

다음 날 해가 중천이 되어서야 호텔을 나온 태이와 지원은 근교로 드라이브를 갔다가 지원의 집으로 향했다. 합심해서 맛있는 떡국도 끓여서 먹고, 영화도 보면서 둘만의 달콤하고 즐거운 시간을 보냈다.

지원과 하루 종일 붙어 있었지만 그래도 막상 돌아가려 하니 마음이 영 내키지 않았다. 더 불만스러운 건 지원이 자꾸만 그를 보내고 싶어 한다는 점이었다.

"뭐가 이렇게 매정하냐. 알았어. 간다고, 가."

"내일 회사 끝날 시간에 그쪽으로 갈게. 같이 저녁 먹자."

지원의 달콤한 제안에 서운함이 사르르 녹아내렸다.

"내일도 쉬어?"

"응. 현지 시골 내려가서 3일까지는 쉬기로 했어."

"좋은데? 그럼 내일 밤에도 같이 있으면 되겠다."

"에휴, 정말이지. 꿈도 꾸지 마. 윤태이."

"침대 밖에서의 넌 정말 다른 사람 같아. 아, 호텔에서의 네가 그립다."

부끄러운 말들을 스스럼없이 해대는 그를 보면 윤태이의 뇌 구조가 심히 궁금해지는 지원이었다. 화르르, 지원의 얼굴이 달아올랐다.

그런 말 좀 하지 마.

지원이 작은 목소리로 투덜거렸다.

"운전 조심해."

"그래."

"가서 연락해줘."

"어."

"기분 상했어?"

"삐졌다."

"우리 하루 종일 같이 있었잖아. 새해 첫날인데 가족들이랑 시간 보내야지."

"좋은 동생, 좋은 아들. 알았어. 그렇게 한다고."

"한번 웃어주고 가."

태이가 지원의 코앞으로 얼굴을 쑥 들이밀었다. 그러고는 찡긋. 눈과 입을 과하게 흐트러트리는 표정이 우스꽝스러웠다.

"됐지?"

쪽.

지원이 밝게 웃으며 태이에게 입을 맞추었다. 좋아할 거라고 생각했는데 태이는 얼굴을 구기며 소리가 날 정도로 뒷머리를 박박 긁어댔다.

"간신히 마음 다잡고 있는 사람한테 키스는 왜 해. 아, 진짜. 손지원, 이리 와. 작별 키스가 뭔지 내가 제대로 보여줄게."

그의 떵떵거림에 화들짝 놀란 지원은 그와의 거리를 벌리며 현관문 뒤로 몸을 숨겼다.

"얼른 가."

"숨기는. 알았어. 간다. 나 진짜 간다."

문틈 사이로 지원이 손을 내밀어 좌우로 열심히 흔들었다. 태이가 돌아서자 지원은 그를 조금이라도 더 보고 싶은 마음에 머리를 문밖으로 내밀었다.

멀어지는 그의 뒷모습. 아쉬운 건 그뿐만이 아니었다.

순간 그가 휙 하고 돌아섰다.

세상에서 제일 근사한 남자의 미소.

그 미소는 지원, 그녀만을 향한 것이었다.

태이는 개운해진 몸과 마음으로 회사로 출근했다.

'새해 복 많이 받으십시오.'

오늘의 아침 인사는 대부분 그러했다. 태이도 웃는 얼굴로 팀원들에게 인사를 건넸다. 그는 자리에 앉자마자 규성에게 전화를 걸었다.

"나야. 네가 이리로 올래? 아니면 내가 거기로 갈까?"

-목소리 들어보니 살아났네. 5분 뒤에 12층에서 봐.

업무 시간 전이라 12층 야외 휴게실은 사람들로 붐볐다.

유리문을 밀고 밖으로 나간 태이는 한쪽 구석에서 발을 동동거리고 있는 규성을 발견했다.

"왜 그러고 있어?"

"어? 왔어? 아씨. 날씨 엄청 춥네."

팔뚝을 비비며 온몸으로 추위와 싸우고 있는 규성의 모습은 안쓰러워 보이기까지 했다. 태이가 캔커피를 툭 던졌다. 공중에서 날아오는 캔커피를 낚아챈 규성은 곧바로 얼굴에 갖다 댔다.

"겉옷을 입고 나오든가."

"그러게. 후회된다. 나도 이러다 누구처럼 앓아눕는 거 아닌가 몰라. 그럼 안 되는데."

"꼭 나쁜 것만은 아니더라. 정신이 번쩍하는 게 나름 추천할 만해."

"미친놈. 몸은…… 괜찮아?"

"어. 그날 고마웠어."

"말로만?"

"한번 업어줄까?"

"에라이, 사양할래. 윤 본 꺼져."

진지하게 제안하던 태이도 극렬하게 거부하던 규성도 어깨를 들썩거리며 웃었다. 기분 탓인지는 몰라도 태이의 분위기가 많이 달라진 것 같았다. 부드러워졌다고 할까. 순해졌다고 할까.

죽을 것 같은 얼굴로 술을 퍼붓던 녀석의 어두웠던 기운은 찾아볼 수도 없었다.

"일이 잘 풀린 것 같아 다행이긴 한데 그때 도대체 무슨 일 때문에 그랬던 거야?"

대답을 기대하고 물은 건 아니었다. 태이에게는 기억하고 싶지 않은 일일 수도 있겠다 싶었다.

태이는 남아 있는 커피를 한입에 털어 넣었다.

손 안에서 캔커피가 와그작 구겨졌다.

"지원이가 아버질 만났어. 난 뒤늦게 그 사실을 알게 됐고."

아! 그래서 그랬구나. 그래서 그렇게 엉망으로…… 뒷이야기는 굳이 듣지 않아도 대충 알 것 같았다. 엄청난 후폭풍이 있었겠지.

"지원인 괜찮아?"

규성 역시 제일 먼저 지원을 걱정했다.

"많이 힘들었겠지."

태이도 예상만 하는 부분이었다. 지원이 홀로 아버지 앞에 섰을 걸 생각하면 아직도 가슴이 뻐근했다.

"앞으로 넌 어쩔 생각인데."

"정식으로 허락받아야지."

"생각해놓은 방법은 있고?"

"물어 뭐해. 당연히 정면 돌파."

정면 돌파. 과연. 윤태이다운 말이었다. 태이는 자신감을 보였지만 규성은 여전히 걱정이 앞섰다. 태이가 아버지를 상태로 원하는 걸 손에 넣을 수 있을까.

"쉽진 않겠다."

"그렇겠지. 알고 있어."

하지만 더 이상의 두려움은 없었다. 그는 자신을, 그리고 지원을 믿었다. 시간이 걸리더라도 차근차근 함께 풀어나가기로 약속했으니까.

"건투를 빈다, 친구."

규성이 주먹을 쥐고 태이의 어깨를 가볍게 쳤다.

칼같이 퇴근하고 나온 그는 회사 근처 카페에서 자신을 기다리고 있는 지원에게 한걸음에 달려갔다.

미리 예약해놓은 식당에서 저녁을 먹고 나온 두 사람은 소화도 시킬 겸 해서 근처 공원을 걷기로 했다. 한겨울의 바람은 무척이나 차가웠다.

춥지 않느냐는 그의 물음에 지원이 방긋 웃으며 고개를 젓더니 그의 팔에 자신의 팔을 살포시 끼워 넣었다.

"굉장히 적극적이시네요."

장난 같은 그의 말에 지원이 물러서지 않고 응수했다.

"네, 제가 좀 그래요."

그녀의 대답에 태이가 큰 소리를 내며 웃었다. 애정 가득한 시선으로 지원을 보는데 그녀는 본인이 말하고도 쑥스러웠는지 입술을 달싹이며 정면만 응시하고 걸었다.

한참을 걷던 중 태이가 다소 긴장한 목소리를 지원을 불렀다.

평소 그답지 않게 긴장한 기색이 역력해 걱정스레 자신을 보는 지원에게 그는 몇 번의 망설임 끝에 말을 꺼냈다.

"우리 어머니 한번 만나보면 어떨까 해서."

갑작스런 말에 당황했는지 지원의 눈동자가 세차게 흔들렸다.

빳빳하게 굳어버린 지원의 얼굴이 공원 가로등 불빛 아래 고스란히 비춰졌다. 잔뜩 얼어 있는 지원을 본 태이가 지원의 작은 코를 부드럽게 잡고 흔들었다.

"부담주려고 한 얘기 아니야. 말 그대로 어떨까 해서 물어본 거야. 천천히 생각해보고 말해줘."

지원은 여전히 멍한 얼굴을 하고 서 있었다. 괜한 말을 꺼낸 걸까. 태이는 조금씩 후회가 들기 시작했다.

"방금 내가 했던 말은 못 들은 걸로 하자. 아무래도 내가 너무 성급했던 거 같아."

아무래도 그가 오해를 한 것 같다. 하기야 벙 찐 얼굴로 아무 말도 안 하고 있었으니 그런 자신을 보고 태이가 오해할 만도 했다.

"놀랐던 거지 싫다는 뜻 아니었어."

"그렇다면 다행이고. 근데 내 생각이 짧았어. 지금 너한테 우리 어머니 만나자고 하는 건 너무 이기적인 것 같아."

"이기적이라니……. 그렇지 않아. 나 어머니 뵙고 싶어. 그렇게 할게."

"정말? 그래도 되겠어?"

지원이 밝게 웃으며 고개를 끄덕거렸다.

"근데 나 어떡하지. 벌써부터 긴장되고 떨려."

수줍게 웃는 얼굴이 그렇게 사랑스러울 수 없었다. 태이는 지원에 대한 고마움과 애정을 숨기지 못하고 와락, 지원을 끌어안았다. 지원은 사람들이 본다며 그의 품에서 벗어나려고 했지만 태이는 '그게 무슨 상관'이라 말하며 지원을 놓지 않았다.

태이의 고집을 이길 수 없다는 걸 누구보다 잘 알고 있는 지원은 결국 그의 가슴에 얼굴을 숨겼다. 그리고 결국엔 까르르 웃고 말았다.

지원과의 데이트를 마치고 집으로 향하는 차 안. 공원에서의 행복했던 표정과 달리 그의 얼굴은 몹시 어두워져 있었다.

그는 집 앞에 도착해서도 시동을 끈 채 차에서 한참을 앉아 있었다.

"말도 안 돼."

알 수 없는 그의 혼잣말은 계속 이어졌다. 현관문을 열고 집으로 들어간 그는 반갑게 인사를 건네는 세인에게도 뚱한 반응을 보였다.

"표정이 왜 그래? 밖에서 무슨 일 있었어?"

그는 긴 한숨으로 대답을 대신했다. 지원과 헤어지기 전 그녀가 마지막으로 자신에게 했던 말을 떠올리자 가슴이 또다시 답답해졌다.

외박 금지라니……. 외박이 안 된다니! 내가 청소년이야? 외박이 왜 안 돼?

"얘가 왜 이렇게 멍해? 윤태이!"

"어?"

"너 왜 그러고 있냐고."

"아무것도 아냐. 근데 누나는 어쩐 일이야?"

"아빠 늦게 들어오신다고 해서 엄마랑 같이 저녁 먹었어. 윤우 씨도 같이 왔어. 지금 게임에 져서 설거지하고 있는 중."

"무슨 게임?"

"부루마블. 세 판 했는데 세 판 다 매형이 졌어. 게임엔 진짜 약하다니까."

태이도 그 부분은 인정했다. 윤우와 종종 사구를 치고는 했는데, 내기만 했다 하면 윤우는 무너졌다. 실력에 비해 운이 따라주지 않는다고 할까. 승리의 여신은 늘 태이의 손을 들어주었다.

"설거지 끝나면 매형 잠깐 빌릴게."

"나는? 나는 필요 없어? 나도 빌려가도 되는데. 윤우 씨랑 나는 세트잖아."

"누난 사양할게."

"너무해."

툴툴거리는 세인을 뒤로하고 태이는 2층으로 올라갔다. 옷을 갈아입고, 씻고 나오니 20분 정도가 흘러 있었다.

띠링.

메시지 알림음에 태이는 휴대폰을 확인했다. 지원이 보낸 문자였다.

[집에 잘 들어갔어?]

"그래, 잘 들어왔다. 이 나쁜 여자야."

톡. 톡. 톡. 그의 손이 빠르게 움직였다.

[이제 막 씻고 나왔어. 근데 손지원. 내가 오는 내내 계속 생각을 해봤어.]

[무슨 생각?]

[외박 금지에 대해서.]

[ㅎㅎㅎ말해.]

"웃음이 나오지? 누군 죽을 맛인데."

[그거 철회해줬으면 하는데. 어때?]

[난 그럴 생각 없는데. 피곤하겠다. 태이야, 푹 쉬어. 내일 또 연락할게. 잘 자^^]

"단칼에 거절이네. 아아, 미치겠네, 진짜."

갑작스런 지원의 외박 금지령에 태이는 말 그대로 '멘붕' 상태에 빠지고 말았다. 구체적인 이유를 대진 않았지만 그녀는 부모님들을 신경 쓰고 있는 듯했다. 지원의 마음을 이해 못하는 건 아니지만 이건 그에게 너무 잔인했고 너무한 처사였다.

"지원아, 너 왜 그래 진짜. 아…… 애 왜 이래."

태이는 휴대폰을 손에 쥔 채 침대로 다이빙했다. 그는 절대 포기할 생각이 없었다. 만나서 다시 이 문제에 대해 심도 깊은 대화를…… 토론을 해볼 참이었다.

기필코 지원을 설득시키리라. 태이는 다짐했다.

똑똑. 방문을 두드리는 소리에 태이는 마음을 차분히 가라앉혔다.

"네."

"처남. 난데, 들어가도 돼?"

몸을 벌떡 일으켜 방문을 열자 셔츠에 타이까지 한 단정한 차림새의 윤우가 서 있었다.

"설거지는 다 하셨어요? 매형은 게임하지 마세요. 매번 지면서 뭘 자꾸 해요."

"안 하고 싶어도 그게 되나. 어머니랑 세인이를 내가 어떻게 이겨."

그건 또 그랬다. 윤우가 하고 싶지 않다고 해서 그걸 그대로 지켜볼 두 여자가 아니었다. 여자들은 다 영악하고 나쁘다. 외박 금지에 대한 뒤끝이 길게 이어졌다.

윤우가 시원한 캔맥주 하나를 태이에게 건넸다.

"안 그래도 제가 지금 이게 필요했어요."

술이라면 징글징글하다고 생각한 게 엊그제였는데, 지금 그에겐 커다란 위로가 되었다. 맥주를 오픈하고 윤우와 가볍게 캔을 부딪쳤다.

"아버님하고 있었던 일……. 어머님한테 아까 들었어. 처남 괜찮아?"

"죽을 것처럼 힘들었는데, 지금은 괜찮아요."

"다행이네. 음. 낮에 김 비서님이랑도 통화했어. 그 일로 아버님도 생각이 많으신가 봐. 처남이 알아서 잘하리라 믿지만 그래도 너무 밀어붙이지 말고 아버님 입장도 배려해줬으면 좋겠어."

"네, 그럴게요. 제가 다른 사람은 몰라도 매형 말은 잘 듣잖아요."

태이는 유독 윤우를 잘 따랐다. 일에 대해서도 실질적인 도움을 많이 받기도 했고, 남자 대 남자로 여러 가지 배울 점이 많은 사람이었다.

특히 천방지축 겁 없는 윤세인을 단번에 제압할 수 있다는 점을 아주 높이 평가했다. 윤세인을 컨트롤할 수 있는 남자. 그것만으로 게임 끝이다. 존경하지 않을 수 없었다.

"근데 처남, 나한테 무슨 할 말 있었던 거 아니야?"

"매형한테 부탁드릴 일이 있어요. 다른 게 아니라 지원이 일로 상의할 게 있어서요."

"말해. 내 선에서 할 수 있는 일이면 뭐든 도울게."

그는 최근 지원을 통해 그녀의 부모님에 대한 이야기를 처음으로 듣게 되었다. 부모님에 대한 얘기를 하면서 애써 담담한 척하던 지원의 모습이 잊혀지질 않았다.

두 분에 대한 가슴 아픈 기억만을 가지고 살아온, 그리고 앞으로를 살아야 할 지원이 너무 안타깝고 안쓰러웠다.

그는 그런 그녀를 위해 자신이 무언가 해줄 수 있는 게 있지 않을까 생각했다. 그의 눈빛이 신중함으로 더욱 깊어졌다.

"지원이 부모님에 대해서 알아봐주셨으면 좋겠어요."

그의 어머니와 만나기로 한 날이 하루 앞으로 다가왔다.

계속되는 떨림에 지원은 잠을 이룰 수가 없었다. 침대에 누워 휴대폰을 만지작거리던 지원은 망설임 끝에 태이에게 전화를 걸었다. 신호음이 길게 이어졌다. 역시 너무 늦은 걸까 종료 버튼을 누르려던 찰나, 반가운 목소리가 지원을 반겼다.

가라앉은 그의 목소리를 듣는 순간 자고 있던 그를 깨웠다는 생각이 들어 그녀는 미안함에 얼굴을 찌푸렸다.

"자는데 깨워서 미안."

-괜찮아. 근데 지금 몇 시야?

"한 시 좀 넘었어."

-안 자고 뭐 해. 너 이 시간이면 거의 기절이잖아.

그의 말이 맞다. 평상시라면 잠들어 있는 건 태이가 아닌 지원이었다. 너무 일찍 잠이 드는 통에 종종 태이의 전화도 받지 못했었는데, 오늘은 둘의 상황이 반대였다.

"나 너무 긴장이 돼서…… 잠이 안 와. 어떡해."

휴대폰을 통해 큭큭거리는 그의 웃음소리가 들려왔다.

자신과는 달리 태평하기만 한 태이의 반응에 지원이 짙은 한숨을 토했다. 늘 그랬지만 오늘따라 여유 넘치는 그의 성격이 더욱 부럽게 느껴졌다.

-음. 어렵게 생각하지 마. 그냥…… 있는 그대로의 너를 보여주는 걸로 충분하다고 생각해.

"응."

-애쓰지 않아도 돼. 어머니는 분명 알아주실 거야. 당신 아들이 왜 이렇게 푹 빠져 있는지, 내가 왜 네가 아니면 안 된다고 하는지. 그리고…….

용기를 북돋아주는 그의 말 하나하나에 귀를 기울였다.

-그리고 내가 네 옆에 있잖아. 뭐가 걱정이야.

윤태이가 있다. 그건 마치 주문과도 같은 말. 어깨를 짓누르고 있던 무거운 긴장과 초조함이 한 꺼풀씩 사라지고 있었다.

"고마워, 태이야."

-고마우면 내 소원 하나만 들어줄래?

"소원? 그게 뭔데?"

-외박 금지 그거 좀 풀어주라. 그거 진짜 아니야.

지원이 휴대폰을 막고 큭큭 웃었다. 포기를 모르는 남자다. 틈만 나면 이 소리다. 그에게 고마운 마음이 컸지만 지원은 자신의 결정을 번복할 생각이 없었다.

"얼른 자. 내일 연락할게."

-다 들어줄 것처럼 말하더니.

그가 이불을 뻥 걷어차는 소리가 휴대폰을 통해 들리는 것 같았다. 태이와 통화를 끝내고 지원은 이불 속으로 들어갔다.

그에게 전화하길 잘한 것 같았다. 여전히 긴장이 되는 건 사실이었지만 마음이 훨씬 편안해지고 여유가 생겼다.

태이는 꽉 막힌 도로 위에서 옴짝달싹 못하고 있었다. 주말이어서인지 평일보다 차가 더 많은 것 같았다. 이 많은 사람들이 대체

다 어디로 가는 건지. 약속 시간까지 아직 여유가 있었지만 계속 이 상태라면 시간을 맞출 수 있을 거라 확신할 수가 없었다.

"늦으면 안 되는데."

신호에 걸려 차가 멈출 때마다 태이는 무의식적으로 깊은 숨을 토해냈다. 입술도 바짝바짝 마르는 게 웬만한 일에 긴장하지 않는 그인데도 오늘만큼은 달랐다.

마음을 차분히 하고 생각들을 정리했다. 하고 싶은 말들. 전하고 싶은 생각, 그리고 진심. 온전히 해낼 수 있을까. 자신감이 하늘을 찔렀다가도 쉽지 않겠다는 생각에 머리를 가로젓기도 했다.

오는 내내 복잡한 심정이었지만 막상 약속된 장소에 도착하니 덤덤한 기분이 들었다. 다행히 늦지도 않았다. 태이는 룸미러로 자신의 상태를 확인했다. 날이 날이니만큼 평소보다 외적인 부분에도 더 신경을 썼다. 이마를 드러내 깔끔하게 뒤로 넘긴 머리. 타이와 셔츠를 고르는 손길도 신중했다.

벽에 걸린 시계를 한참 동안이나 응시하던 태이는 문이 열리는 둔탁한 소리에 벌떡 자리에서 일어났다. 미닫이문이 느릿하게 열리고 그 사이로 너무나도 익숙한 한 사람이 등장했다.

태이를 이토록 긴장시킨 사람은 다름 아닌 윤 사장이었다.

"오셨어요."

"차가 막혀 좀 늦었다. 많이 기다렸냐."

"아뇨. 저도 도착한 지 얼마 안됐어요. 앉으세요, 아버지."

윤 사장이 먼저 자리에 앉고, 태이도 맞은편으로 가 자리를 잡았다. 멋쩍은 듯 어색한 공기가 두 사람을 에워쌌다. 얼굴을 맞대고 앉은 게 얼마 만의 일인지 손가락 열 개로도 부족했다. 무거운 침묵을 먼저 깬 건 윤 사장이었다.

"내 얼굴 다시는 안 볼 것처럼 나가더니……."

"그날 일은 죄송해요. 제가 경솔했어요."

"크흠. 큼큼."

윤 사장은 헛기침을 여러 번 했다. 태이가 먼저 고개를 조아리
자 윤 사장은 당황스러웠다. 녀석이 그날 일을 먼저 거론하며 사과
할 거라고는 전혀 예상하지 못했기 때문이었다.

순간의 화를 참지 못하고 마음에도 없는 고약한 말들을 아들 녀
석에게 건넸던 그 역시 그리 떳떳하지만은 못했다.

"네가 먼저 나한테 그런 말을 하다니 놀랍구나. 그런데 그 얘기
하자고 날 이리로 불러낸 건 아닐 테고, 하고 싶은 말이 뭐야?"

아버지의 말이 맞았다. 죄송하다는 말 하나 하겠다고 여기까지
온 건 아니었다. 굳이 집도 회사도 아닌 이곳에서 아버지와 얼굴을
마주한 이유는 따로 있었다.

"아버지."

도대체 무슨 말을 하려고 이리도 분위기를 잡는 걸까. 윤 사장
은 겉으로 내색하진 않았지만 속으로는 잔뜩 긴장한 상태였다.

"저 지원이랑 헤어질 생각 없어요. 다시 한 번 똑같은 상황에 놓
인다고 해도 제 선택 변하지 않을 거예요."

"윤태이."

"지원이가 저에 대한 확신만 생긴다면, 그렇게만 된다면 다른
건 아무것도 상관없다고……. 솔직히 전 그랬어요."

다른 건 아무것도 상관이 없다? 그 범위 안에 자신도 포함되어
있다는 말이었다. 윤 사장의 얼굴에 슬그머니 노기가 서리기 시작

했다. 태이가 이를 눈치채지 못할 리 없었다.

하지만 태이는 묵묵히 자신의 말을 이어갔다.

"그런데 그 여자가 그걸 바라지 않아요. 가족들한테 상처 주면서까지 저에 대한 마음을 욕심낼 수가 없대요."

"……"

"좋은 여자예요. 아버지 손에 쥐여진 서류 몇 장으로 그 사람이 지금까지 보낸 시간을 판단하지 않으셨으면 좋겠어요."

"흐음."

"저희 두 사람 제대로 봐주세요. 그렇게만 해주신다면 저 역시 앞으로 아버지 실망시키는 일은 없도록 할게요."

"지금 네가 한 말 무슨 뜻이냐? 알아듣게 말해."

"회사 일, 제대로 배울게요."

"지금까지는 제대로가 아니었다는 거냐."

"네. 더 정확히 말씀드리면 적당히만 하자, 그런 마음이었어요. 태송은 지금까지 저한테 열정보다는 의무감을 느끼게 하는 곳이었으니까요."

"윤태이, 너 지금…… 적어도 나와 딜을 하려거든 더 똑똑한 방법을 택했어야지. 지금 네가 하는 말들이 오히려 독이 될 거라는 생각은 안 하는 거냐."

"제가 아버지한테 내밀 카드는 과거의 제가 아닌 앞으로의 저라는 걸 말씀드리려는 거예요."

"당최 무슨 말인지 알아들을 수가 없구나."

"아버지가 앉아 계신 그 자리에 언젠가 제가 앉길 바라시잖아요. 그래서 그렇게 해보려고요."

윤 사장은 자신의 귀를 의심했다.

"쉽지 않을 거라는 것도 알고 있고, 그때가 언제인지 지금은 정확히 말씀드릴 수도 없어요. 그런데 앞으로 전 최선을 다해볼 생각이에요."

빈말이 아니라는 것쯤은 알고 있었다. 눈을 빛내며 자신의 각오를 건네는 태이의 모습이 거짓으로 보이지 않았다. 더군다나 제 입으로 태송에 관련된 정확한 목표치를 말한 건 이번이 처음이었다.

이 모든 변화가 지원이 그 아이 때문이라는 건가. 그 아이를 얻기 위해서?

윤 사장은 그 사실을 인정하지 않을 수 없었다. 인정하지 않고 버티기엔 태이가 내민 카드는 너무 강력했고, 그를 흔들어놓기에 충분했다.

"아버지. 궁금하지 않으세요? 제가 가진 능력을 최대치로 끌어올렸을 때 어떤 결과가 나올지에 대해서요."

"자신 있다는 소리냐."

"기대, 하셔도 될 거예요."

윤 사장을 마주 본 이후 처음으로 태이의 얼굴에 미소가 걸렸다. 그 미소엔 자신감이 넘쳤다.

"생각해보마."

윤 사장은 이렇다 할 반응을 내보이지는 않았다. 당장 무언가를 기대했던 것은 아니었기에 태이 역시 현재 상황을 덤덤하게 받아들였다. 그저 자신의 진심이 아버지에게 닿기를 바랄 뿐이었다.

윤 사장과의 만남을 뒤로하고 태이는 오늘의 두 번째 약속을 지키기 위해 서둘러 집으로 향했다. 대문 앞에 서서 태이를 기다리고 있던 경민은 바로 조수석에 올랐다.

"태이야. 큰 사거리에서 잠깐 차 좀 세워줘."

태이는 사거리의 길 끝에 잠시 차를 세웠다. 경민이 옆에서 가방을 뒤적거리더니 지갑을 꺼냈다.

"필요한 거 있으시면 제가 사올게요."

"아니야. 잠깐 있어. 금방 갔다 올게."

경민이 차 문을 열고 밖으로 나갔다. 경민이 들어간 곳은 동네 약국이었다.

어디 안 좋으신 건가. 그의 얼굴이 어두워졌다. 경민을 따라가볼 생각으로 문고리에 손을 대는데 어머니의 모습이 다시 보이기 시작했다. 시간적 여유가 충분함에도 어머닌 종종걸음으로 달려와 다시 차에 올라탔다.

"약국은 왜요? 어디 안 좋으세요?"

"아니, 그게 아니라 청심환을 좀 사느라고."

"네?"

"혹시 몰라 네 것까지 두 개 샀는데, 너도 지금 먹을래?"

"네?"

도대체 무슨 말인가 싶어 멍한 표정을 짓던 태이는 뒤늦게 어머니의 말을 이해했는지 어깨를 들썩거렸다.

"전 됐어요. 어머니, 긴장 많이 하셨어요?"

"긴장이 되지, 그럼 안 되니. 내 아들이 처음으로 좋아하는 여자를 소개시켜주겠다는데. 세인이가 윤우 집에 데리고 올 때도 이거 먹고 효과 많이 봤어. 그때도 그렇고, 오늘도 그렇고 내 자식들이 더 좋아서 매달리는 처지니 나라도 잘 보여서 점수 따야지. 특히

네 아버지…… 아무튼 내 어깨가 무거워."

경민은 포장지를 뜯어 청심환을 입 안에 쏙 집어넣었다. 차 안에 청심환 특유의 약재 향이 은은하게 퍼졌다. 경민이 태이에게 한 번 더 먹을 것을 권유했지만 태이는 이번에도 고개를 가로저었다. 다만 청심환의 효험이 그리 대단한 줄 알았더라면 아버지를 만나러 가기 전에 먹을걸 하고 생각했다.

지원과 만나기로 한 장소에 도착한 태이는 경민이 화장실에 간 틈에 그녀에게 전화를 걸었다.

"도착했어? 근데 왜 안 보여?"

태이의 시선이 분주해졌다. 휴대폰을 귀에 댄 채 주변을 꼼꼼히 살피던 그는 지원의 모습이 보이지 않자 아예 밖으로 나와버렸다.

"걱정 마. 늦은 건 아니니까. 근데 너 대체 어디……?"

말끝을 흐린 그가 가늘게 눈을 뜨고 한곳을 뚫어지게 응시했다. 지원, 그녀였다. 거리가 꽤 멀었지만 그는 지원을 한 번에 알아봤다. 언젠가부터 그에겐 그런 능력이 생겼다.

그의 얼굴에 이내 화색이 돌았다. 어디로 가야 할지 목표 지점이 명확해지자 번들거리는 검은 구두코가 그쪽을 향해 거침없이 움직였다.

"치마 입은 건 처음 보네. 근데 길이가 너무 짧은 거 아니야?"

-응? 어떻게…….

"너 머리도 잘랐어? 길이가 달라졌는데."

-태이야, 너 어디 있어?

아무래도 이상하단 생각이 든 지원은 그제야 주변을 둘러보기 시작했다. 그러다 자신을 향해 걸어오고 있는 그를 발견하고는 놀란 표정을 지었다. 거리가 점점 좁혀지자 지원이 먼저 전화를 끊어 주머니에 집어넣었다. 그 모습을 보고 태이도 통화를 종료시켰다.

"봤으면 부르지 그랬어."

"치마가 짧다고."

"아니거든. 이게 뭐가 짧아."

무릎 위를 덮을까 말까 한 치마 길이인데.

"네가 뭘 모르나 본데, 나 엄청 보수적인 남자거든."

태이가 팍 하고 웃음을 터트렸다. 본인이 생각해도 너무 무리수 인 발언이었다. 태이가 지원의 짧아진 머리카락을 손끝으로 만지 며 화제를 돌렸다.

"자른 거 맞지?"

그의 음성에 아쉬움이 묻어났다. 정작 지원은 머리끝을 조금 다 듬었을 뿐 큰 변화는 없다고 생각했는데, 그의 눈썰미에 놀랐다.

"그리고 너……. 어쭈, 키도 컸어."

예쁜 구두를 칭찬해주는 건 바라지도 않지만 '어쭈'라니. 지원 이 입을 씰룩거렸다.

"못됐어, 정말."

높은 구두 탓에 지원과 눈을 마주 보는 게 훨씬 수월해졌지만 그는 역시 아담한 손지원이 더 좋았다. 태이는 지원에게 하이힐 금 지령을 내릴 생각이었다.

외박도 금지당했는데 이참에 나도 다 금지시켜버리지, 뭐. 치마 도 안 돼. 예쁜 다리 다른 사람이 보는 거 싫으니까. 머리도 자르지 마. 손가락으로 휘휘 감아 장난치고 싶으니까.

"예쁘다고."

"거짓말. 이제 와서 무슨."

얼굴 보자마자 머리서부터 발끝까지 트집 잡기 바빴으면서. 그랬으면서……. 지원은 속으로 투덜거리면서도 '예쁘다'는 그의 말에 얼굴이 화끈거렸다.

"근데 어머니는?"

"화장실. 스타킹이 문제를 일으켰거든."

"그래도 언제 나오실지 모르니까 우리 들어가 있자. 기다리시면 어떡해."

"들어가기 전에 잠깐만."

태이가 지원의 허리를 부드럽게 끌어당겼다.

"왜, 왜 그래. 여기 식당 앞이라고. 다른 사람들이 보면."

"아무도 없거든. 그리고 누가 보면 어때. 나 봐봐."

그녀에게 용기를 주려는 듯 그는 지원을 더욱 바싹 끌어안았다.

그런데…… 잠깐만. 이 익숙한 향은 뭐지?

후각을 사로잡는 묘한 향기에 태이의 눈썹이 크게 움찔거렸다.

"지원아."

"응?"

그녀에게서 나는 이 향기는 불과 3, 40분 전 자신의 차에 가득했던 그것과 같은 것이었다.

손지원. 너도 먹었어? 청심환?

"아……. 진짜."

귀여워 미치겠네. 이 사랑스러운 두 여자를 어쩌면 좋을까.

긴장감을 덜어내기 위해, 서로에게 잘 보이기 위해 사이좋게 청심환을 한 알씩 먹었다는 사실을 알리면 두 여자는 어떤 표정을 지을까 궁금해졌지만 그는 이 사실을 함구하기로 마음먹었다.

"태이야, 왜 그러는데?"

"좋아서. 너무 좋아서."

지금 이 순간 그의 '좋다'는 너무 뜬금없이 여겨졌다.

이유가 무척이나 궁금했지만 태이는 대답을 해주지 않고 의미를 알 수 없는 미소만 지었다. 하얀 이를 시원하게 드러내며 행복하게 미소 짓는 그를 보자 그 웃음에 전염이라도 된 듯 지원도 따라서 웃었다.

태이가 지원을 향해 손을 내밀었다. 크고 단단한 그의 손을 말없이 바라보다 지원은 자신의 손을 그 위로 살포시 포갰다.

13장

"반가워요. 나 태이 엄마예요."

경민은 지원을 향한 반가운 마음을 숨기지 않았다. 온화한 미소를 지으며 지원에게 손을 내밀었다. 수줍은 듯 얼굴을 붉힌 지원이 자신을 소개하며 조심스럽게 경민의 손을 잡았다. 마주 잡은 두 개의 손이 위아래로 부드럽게 흔들렸다.

지원의 옆에 서서 그 모습을 유심히 보고 있던 태이는 왠지 모를 뿌듯함을 느꼈다.

"두 분 이제 그만 자리에 앉으시는 게 어떨까요?"

"얘는. 인사 중인데 방해하지 마."

"어머니, 저 배고파요. 오늘 점심도 못 먹었어요."

태이의 강요에 경민이 못 이기는 척 의자에 앉았다. 지원은 아랫입술을 지그시 깨물었다. 윤태이의 투덜거림은 때와 장소, 그리고 상대를 가리지 않는다는 사실이 그녀를 절로 웃게 했다.

메뉴를 정하고 예약을 해서인지 음식들이 생각보다 더 빨리 나왔다. 접시에 맛깔스럽게 담긴 각가지의 요리들이 테이블을 한가득 채웠다.

"식사하기 전에, 우리 오늘 이렇게 만난 기념으로 건배할까? 지원 양, 와인 괜찮아요?"

"어머니, 그냥 편하게 부르세요."

"그래도 처음 만난 자린데 어떻게 그래. 앞으로 차차……."

"어머니가 그렇게 해주시면 지원이도 이 자리가 더 편해질 거예요."

"……그런가?"

미처 거기까지는 생각하지 못했는데 태이의 얘기를 듣고 보니 그 말이 맞는 것 같았다. 경민은 오래 고민하지 않았다.

"그럼 그래야겠다. 이제부터 편하게 이름 부를게. 지원아, 괜찮지?"

경민의 입에서 부드럽게 자신의 이름이 흘러나오자 지원은 가슴이 뭉클해지는 느낌을 받았다. 그녀에게서 느껴지는 따뜻함은 태이에게서 느꼈던 것과는 또 다른 느낌이었다.

경민과 함께하는 시간은 재밌고 즐거웠다. 지원은 그녀를 통해 그의 어린 시절에 대한 이야기도 듣게 되었고, 그동안 미처 몰랐었던 그의 새로운 점도 알게 되었다.

태이는 어렸을 때 무척 뚱뚱했다고 했다. 식탐이 어찌나 많았는지, 당시엔 심각할 정도의 수준이었다고 한다.

"지원아. 다음에 기회 봐서 태이 어렸을 때 사진 내가 보여줄게.

너 아마 배 잡고 웃을 거야."

계속되는 과거 이야기에 그가 발끈하자 그 모습에 지원과 경민이 동시에 까르르 웃음을 터뜨렸다.

"윤태이, 과거는 숨길 수 없는 거야."

"어머니가 여기저기 소문만 안 내시면 가능해요."

"태이 정말 당황했나 보다. 이 얘긴 우리 둘이 있을 때 다시 하자."

경민이 지원을 향해 눈을 찡긋거렸다. 지원은 언젠가 꼭 듣고 말겠다는 의지를 내비치며 힘차게 고개를 끄덕였다.

"손지원. 좋아 죽겠다는 얼굴인데."

"아, 아닌데……."

그의 따끔한 경고에 지원이 재빠르게 표정을 숨겼지만 머릿속엔 여전히 그에 대한 상상으로 가득했다. 굴러다니는 윤태이라. 지원은 그의 어린 시절이 정말로 궁금해졌다.

식사가 마무리되고 태이가 차를 가져오겠다며 먼저 자리를 비웠다. 지원과 경민은 레스토랑 입구에 서서 그가 오기를 기다리고 있었다. 셋이서 있다 둘이 되니 분위기가 또 달랐다.

경민에게 하고 싶은 말이 있는지 지원이 연신 입술을 달싹거렸다.

"어머니."

"음? 그래, 지원아."

"오늘 어머니 뵙게 돼서 정말 기뻤어요. 좋은 말씀도 많이 해주시고, 너무 감사해요."

"무슨 그런 소릴 해. 고맙다는 말은 오히려 내가 해야지. 갑자기 만나자고 해서 당황했을 텐데 이렇게 나와줘서 너무 고맙구나. 그리고 사실 지원이 너한테 미안한 마음이 너무 커. 태이랑 태이 아버지 일도 있었고, 중간에서 네가 얼마나 마음고생 했을까 그 생각만 하면…….”

“아니에요. 그런 말씀 마세요.”

“마음 많이 다쳤을 텐데 그런데도 이렇게 태이 옆에 있어주니 나는 그저 네가 고맙고, 또 고맙고 그래. ……지원아.”

“네.”

“서로 더 단단해진 계기가 되었다고 생각하고, 쉽지는 않겠지만 힘들었던 일, 가슴 아팠던 일 다 잊어버렸으면 좋겠어.”

경민이 지원을 애틋한 눈길로 바라봤다. 지원 역시 감사한 마음을 담아 경민을 보며 싱긋 미소 지었다.

외출 후 집으로 돌아온 경민은 주방에서 홀로 와인을 마시고 있는 남편을 보게 되었다. 간단한 안주 거리를 챙긴 그녀는 그의 맞은편에 가서 앉았다.

“당신, 나한테 화난 건 좀 풀렸나?”

“전에도 말했지만 화난 게 아니라 실망한 거였어요. 두 가지가 뭐가 다른 거냐고 묻지 말아요. 분명히 다른 거니까. 참, 당신 오늘 양평 갔었다면서요. 다음 주에 열무김치 해서 저도 가려고 했었는데.”

경민과 십수 년을 살 맞대고 살았지만 아내가 하는 말을 종종 알아듣지 못할 때가 있다. ‘화’가 난 것과 ‘서운’한 것이 뭐가 다른 것인지, 그 차이점이 무엇인지 묻고 싶었지만 그랬다간 또 한소릴 들을 것 같아 그는 입을 앙다물었다. 그나저나 그가 오늘 양평에 갔다는 건 어떻게 안 것인지, 태호가 눈을 동그랗게 떴다.

"집에 오는 길에 아버님이랑 통화했어요. 아비가 표정이 안 좋던데 집에 무슨 일이 있는 거냐, 하시던데요."

"……."

"당신보다 내가 아버님이랑 더 친해요. 여태 그걸 몰라서 아버님한테 비밀로 해달라고 해요?"

태호가 씁쓸한 얼굴로 와인을 입 안에 털어 넣었다.

"말 안 하려고 했는데, 당신한테 비밀 만드는 거 싫으니까 솔직히 말할게요. 사실 저 오늘 태이랑 지원이랑 같이 저녁 했어요."

성질을 낸다거나 인상을 쓸 줄 알았는데 경민의 예상과 달리 남편의 반응은 너무도 무덤덤했다.

"낮에 태이 놈한테 들어서 알고 있었어."

"낮에요? 약속 있다고 하더니 그게 태이였어요?"

"녀석이 밖에서 보자고 해서."

어머머, 웃긴 부자야. 집에선 눈도 안 마주치더니 밖에서 따로 약속이나 잡고.

"회사 일을 제대로 배워보겠다고 하더라고. 그 녀석이."

"네? 그게 무슨……."

"최선을 다하겠다고……. 그런 말을 했어, 태이가."

아내에게 말을 하고 있으면서도 그는 아직도 기분이 얼떨떨했다.

"태이가 그런 말을 할 거라곤 상상도 해본 적이 없어서 많이 놀랐어."

도통 태송에는 관심이 없어 보이는 녀석이 늘 불만이었던 태호는 더 이상 시간을 끌면 안 될 것 같아 아버지 윤 회장과 상의 끝에 반강제, 반협박으로 태이를 호텔로 발령시켜버렸다. 사위 윤우가 대표로 있는 곳에서 일을 시작하면 일에 조금이라도 흥미를 느낄 것 같아 내린 결정이었다.

　다행히 태이는 곧잘 적응했고 내부에서도 태이에 대한 평이 좋았다. 하지만 윤 사장의 흡족함은 오래가지 않았다. 호텔 내에서 더 많은 성과를 거두고 그로 인해 더 많은 이들에게 인정을 받길 바랐지만 태이는 그 이상의 결과를 그에게 가져다주지 않았다.

　"나는 그 녀석에게 늘 불만이었어. 아버지와 내가 평생을 함께하고 지켜온 태송을, 그놈은 강요에 의해 어쩔 수 없이 다니는 것 같아서. 애정을 가졌으면, 욕심을 냈으면 하고 항상 바랐지. 그런데 그 녀석 오늘 제대로 한 건 했어. 절대 변하지 않을 것 같던 녀석이 오늘 보니 어느새 변해 있더군."

　"지원이 때문이겠죠. 그 앨 위해서 내린 결정일 거예요. 당신한테 인정받고 싶으니까."

　"여자 때문에 바뀔 거라고는."

　"지원이한테 그만큼 진심이라는 거예요. 같은 남자면서 당신은 태이 마음을 그렇게 몰라요? 여보, 태이가 당신한테 먼저 내민 손 뿌리치지 말아요. 오늘 나란히 앉아 있는 그 애들 보는데 뭐랄까, 기분이 참 묘하더라고요. 세인이 때와는 또 달랐어요. 삼십 년 넘게 매일 보던 내 아들인데, 좋아하는 여자 앞에선 저렇게 웃기도 하는구나 신기하기도 하고 좀 서운하기도 하고, 여보, 난요. 음…… 우리 태이를 이만큼이나 웃게 하고, 행복하게 해줄 수 있는 사람이라면 그것만으로도 충분한 게 아닐까 생각해요."

"경민아."

"사실 지원이 만나기 전까지 저도 여러모로 걱정이 많았어요. 혼자 외롭게 자랐다고 들었는데 서늘한 아이면 어쩌나 또 마음에 그늘이 있으면 어쩌나 그랬어요. 그런데 다 쓸데없는 기우였어요. 애가 인상도 선하고, 또 차분하고 바르게 잘 컸구나 그런 생각이 들더라구요."

그는 말없이 고개를 끄덕였다. 지원을 처음 봤을 때 그 역시 아내와 비슷한 느낌을 받았기 때문이다.

"여보! 당신도 조금씩 마음 열어줘요."

그는 끝까지 아무 말도 하지 않았지만, 경민은 알 수 있었다.

이미 그의 마음이 열리기 시작했다는 것을.

지원의 만류에도 그는 기어이 지하주차장까지 내려왔다.

"번거롭게…… 입구에서 내려줘도 된다니까."

"집에 들어가는 건 내 눈으로 직접 봐야지. 요즘 세상이 어떤 세상인데. 내려."

태이는 빠른 동작으로 벨트를 풀고 지원보다 먼저 차에서 내렸다. 그러고는 밖에서 지원에게 얼른 나오라며 손짓을 했다.

곧 지원도 벨트를 풀고 밖으로 나왔다. 어느새 곁으로 다가온 태이가 지원에게 팔짱을 꼈다.

"다리 안 아파? 좀 기대. 구두 신고 너무 많이 걸었어."

"조금 아프긴 해."

"업힐래?"

"아, 아니!"

"뭘 그렇게 놀라. 업힐 수도 있지. 내 등이 얼마나 넓고 따뜻한지 안 궁금하시나?"

태이는 당장이라도 자신을 등에 업을 기세였다. 지원은 혹시라도 그런 일이 벌어질까 잡고 있던 태이의 팔을 더욱 힘주어 잡았다.

물론 지원도 태이의 넓고 든든한 등이 궁금하기는 했지만 지금은 이 팔 하나로도 충분했다. 하이힐 후유증으로 연인의 등에 업혀 집에 들어가는 건 지원의 입장에선 상상하기도 싫은 하루의 결말이었다.

"다음에 부탁할게."

"그렇게 쉬운 등이 아니라고."

갑자기 자신의 도도함을 뽐내는 태이를 보며 지원은 웃지 않을 수 없었다. 나란히 엘리베이터에 오른 두 사람은 같은 걸음으로 8층에서 내렸다.

복도를 걷고 코너를 돌자 익숙한 숫자가 적힌 현관문이 보였다. 지원은 자연스럽게 태이의 팔을 풀었다. 현관문을 등지고 서서 태이와 시선을 마주했다. 헤어지기 전 늘 그에게 건네는 인사.

"운전 조심하고."

"어. 근데 지원아."

"응?"

"나 진짜 가? 문 앞까지 왔는데 정말로 그냥 가? 음료수, 하다못해 물 한잔 마시고 가라는 말도 안 하냐."

"우리 지금 카페 있다가 왔거든."

"그건 그거고."

"처음부터 이럴 생각이었지."

"아니라고는 말 못하겠다."

"말했잖아. 이제부터 외박은…… 안 된다고."

지원의 목소리가 점점 작아졌다. 주제가 주제이다 보니 혹시라도 누가 들을까 가슴이 콩알만 해졌다.

"누가 자고 간대? 김칫국부터 마시지 마. 그리고 외박 금지, 하아……. 알아, 아는데. 손지원 너 그거 되게 이기적인 거야. 그런 말을 어떻게 그렇게 쉽게 해?"

또 무슨 말을 하려고 이리도 당당하게 구는 걸까. 지원은 이미 태이의 기에 눌려버렸다. 태이가 점점 가까이 다가오자 지원은 뒷걸음질 쳤다. 딱딱한 현관문이 등에 닿았다.

문과 윤태이 사이에…… 꼼짝없이 갇혀버렸다.

"어머니랑 식사한 시간 제외하면 너랑 나, 오늘 세 시간도 같이 못 있었거든. 나는 너랑 더 있고 싶은데, 넌 아니야?"

"그게 아니라…… 지금 그걸 말하는 게."

"너는 어떨지 모르겠지만 나는 헤어지고 싶지 않다고. 같이 있고 싶고, 손잡고 싶고, 안고 싶고, 키스……."

"태이야. 제발 좀, 응?"

그런 말 아무렇지도 않게 하지 마, 좀.

지원이 뜨악하며 태이의 입을 손바닥으로 막아버렸다. 그를 막을 방법이라곤 이것밖에 없었다. 행여 복도에 지나가는 사람이 없나 지원이 빠르게 눈동자를 굴렸다. 화르르, 민망함에 얼굴이 달아

오르고 가슴은 이제 귀가 멍멍하다 싶을 정도로 뛰어댔다.

지원이 눈꼬리를 매섭게 추켜올리며 그를 노려봤다. 태이는 어깨를 으쓱거리더니 입을 벙긋했다. 손바닥에 가로막혀 정확히 뭐라고 하는지 알 수는 없었지만 태이는 전혀 동요하지 않는 것 같았다.

손바닥에 닿는 부드러운 감촉에 지원이 다시 움찔했다.

또 무슨 말을 듣게 될까 겁이 나 손을 떼진 못하겠고, 장난치듯 손바닥에 입을 맞추는 태이 때문에 지원은 이러지도 저러지도 못한 채 발을 동동 굴렸다.

손바닥이 점점 축축해져갔다. 간질거리고 야릇한 느낌. 그 아찔함을 이겨내지 못하고 지원은 손바닥을 뗐다.

"약았어."

"그걸 이제 알았어. 빨리 문이나 열어."

지원은 고개를 저으며 깊은 한숨을 내쉬었다. 졌다. 애초에 이길 수 없는 싸움이었다. 문과 태이 사이에 갇힌 지원은 끙끙거리며 몸을 반대로 돌렸다.

좀 비켜주기라도 하든가. 지원의 투덜거림에 그가 고작 한다는 말은 '빨리빨리' 하며 지원을 재촉하는 것이었다. 나지막한 목소리가, 숨결이, 끊임없이 지원의 목덜미에 닿았다. 비밀번호를 누르는 손이 미세하게 떨렸다.

"자고 가는 건 안 돼. 진짜야."

"알았다니까."

지원은 어금니를 문 채 엄하게 말했지만 돌아오는 대답은 건성건성이다.

지원이 먼저 안으로 들어가고 혹여 문이라도 닫힐까 태이가 냉큼 몸을 안쪽으로 밀어 넣었다.

"세상에서 이 문 열고 들어가는 게 제일 힘들어."

이 세상에서 누가 저 말을 믿을까. 지원은 승리감에 도취된 얼굴로 엄살을 부리는 그가 어이없고 황당했다.

몇 시간 동안 그녀를 괴롭히던 구두에서 드디어 해방되었다. 맨발로 바닥을 밟자 발바닥부터 시작해서 발 전체가 쿡쿡 쑤시고, 어느 부분은 쓰라리기도 했다.

순간적으로 지원이 절뚝거리자 뒤에 서서 지원을 보고 있던 태이의 얼굴이 어두워졌다.

"많이 아파? 좀 주물러줄까?"

"괜찮아."

"보는 내가 안 괜찮아. 안 되겠다. 으쌰."

태이가 별안간 지원을 번쩍 안아 들었다. 순식간에 공중으로 몸이 뜨자 깜짝 놀란 지원의 입이 크게 벌어졌다.

"왜, 왜 이래? 내려줘."

"가만히 있어봐."

내려달라며 버둥거리는 지원을 한번에 제압하며 태이는 성큼성큼 걸어 홈 바에 지원을 내려놓았다. 눈높이가 다시 비슷해졌다.

홈 바에 이렇게 앉게 될 거라고는 생각도 못했는데. 내려가려고 했지만 그 앞을 태이가 막고 서 있었다.

"또 해달라고나 하지 마."

이렇다 할 설명도 없이 태이는 곧바로 까만 스타킹으로 감싸진 지원의 다리에 손을 뻗었다. 발목에서 종아리, 그리고 무릎 뒤까지 태이의 손이 분주하게 움직였다. 꾹꾹 누르는 힘의 강도가 제법 셌다. 곧바로 지원의 입에서 앓는 소리가 터져 나왔다.

"으으."

"금방 시원해질 거야. 조금만 참아봐."

퉁퉁 부은 다리 위로 강한 손길이 닿자 처음엔 눈물이 찔끔 나올 정도로 아팠다. 하지만 뭉쳐 있던 근육들이 점점 풀어지면서 태이의 말대로 아픔은 곧 시원함으로 바뀌었다.

지원의 얼굴이 한결 편안해졌다. 태이의 마사지는 효과 만점이었다.

"좀 낫지?"

"응, 완전 시원해. 살 것 같아."

"하루 이틀 쌓은 실력이 아니거든. 어렸을 때 할아버지 마사지 담당이었어, 내가."

"정말?"

"용돈 버는 데 그만한 아르바이트가 없었거든. 그래서 말인데."

태이가 갑자기 저렇게 게슴츠레 눈을 뜨고 이름을 부르면 불안해진다.

"왜…… 또."

"세상에 공짜는 없어. 기브 앤 테이크. 알지?"

이럴 줄 알았어. 그럼 그렇지. 지원이 한숨을 폭 내쉬었다.

"앉아봐. 나도 다리 주물러줄게."

지원이 자신 있게 양 손바닥을 펼쳐 보였다. 팔 힘이라면 지원도 나름 자신 있었다.

"설마 내가 너한테 그걸 원할까."

"그럼 뭐…… 를."

"여기."

그의 검지가 한군데를 정확히 가리켰다.

"정산해."

"뽀뽀하라고?"

"뽀뽀. 그 단어 진짜 오랜만에 듣네. 뭐가 됐든, 일단 정산."

정산, 정산. 빚쟁이처럼 지원을 다그쳤다. 지원은 스킨십에 유독 부끄러움을 많이 타고 소극적이었다.

태이 스스로가 워낙 적극적인 편이라 특별히 지원에게 서운하지는 않았지만 한 번씩 지원이 먼저 손을 잡는다거나 안아줄 때면 그보다 더 좋은 것이 있을까 싶을 정도로 그는 그녀가 해주는 애정 표현을 좋아했다.

기브 앤 테이크. 그 핑계로 태이는 기회를 만들었고, 지금 그는 지원이 표현해주길 기다리고 있는 중이다. 지원이 심각한 표정으로 다가오다가 멈칫하고, 또 다가오다가 멈춰서기를 여러 번. 감질맛 나는 행동에 애가 타면서도 이런 소심함 또한 그가 너무나 좋아하는 모습 중 한 부분이라 태이는 지원이 마냥 사랑스럽고 귀여웠다. 태이는 웃음을 꾹 눌러 참았다.

"눈은 감아주면 안 돼?"

"됐지?"

그 정도쯤이야. 뭐 어려운 일이라고. 그는 바로 눈을 감았다. 눈을 감으니 모든 신경이 앞에 있는 한 사람에게 오롯이 집중되었다. 작은 숨소리, 희미한 떨림까지 모두. 말랑한 손가락이 볼을 스치고 더운 숨결이 가까운 거리에서 느껴졌다. 남자의 가슴이 쉴 틈 없이 떨리고 있다. 뽀뽀 한번 받겠다고.

　키스도 아니고 뽀뽀. 쪽. 보드라운 입술이 닿았다가 순식간에 멀어졌다. 짧은 순간이었지만 여운은 길었다. 천천히 눈꺼풀을 들어 올렸다. 멋쩍은듯 지원이 그를 보며 어설프게 웃었다. 태이가 고개를 살짝 들어 올리자 서로의 코끝이 닿았다.

　손지원. 좋아서 죽을 것 같다고 말하진 않을 거야. 절대.

　"맙소사. 이렇게 건전할 수가."

　"네가 뽀뽀라고."

　"키스라고 했으면 네가 과연 했을까."

　"못, 못할 것도 없지, 뭐."

　"어쭈."

　이런 말도 할 줄 알고. 손지원, 장족의 발전이다.

　예상을 깬 지원의 말이 태이는 그저 놀라울 뿐이었다. 이렇게 된 거 조금 더 가볼까. 태이의 눈이 반짝거렸다.

　"그만 좀 쳐다봐. 민망해 죽겠어."

　지원이 태이의 가슴을 꾹꾹 밀어냈지만 그는 조금도 밀리지 않았다.

　"그냥 보는 거 아닌데. 모르겠어? 나 지금 너 꼬시고 있는 중인데. 손지원. 넘어, 올래?"

　"집에 들어간다고 약속했잖아."

　"그건 내가 여기 들어오기 전 얘기고. 아직도 날 그렇게 몰라?"

　"뻔뻔해."

　"널 너무 원하는 거지."

　뜨거운 눈빛, 그에 못지않은 뜨거운 숨결.

지원의 대답을 기다리는 남자의 눈은 이미 답을 알고 있는 사람처럼 당당했고 자신감이 넘쳐 보였다. 지원의 시선이 아래로 떨어지는 동시에 태이는 지원의 턱을 들어 올려 자신의 입술을 갖다 댔다.

쪽. 처음엔 가볍게.

쪽. 두 번짼 지원의 입술을 살짝 물었다가 떨어졌다. 그리고 세 번째. 입술도 호흡도 그에게 모두 빼앗겨버렸다.

"흐읍."

입술을 가르고 안으로 파고드는 강하고 뜨거운 움직임에 지원은 아무것도 생각할 수가 없었다. 능글거리던 말투, 표정. 특유의 짓궂음 또한 더 이상 찾아볼 수 없었다.

허리를 당겨 서로의 몸을 더욱 밀착시키고 태이는 지원의 다리를 벌려 그 사이로 자리 잡았다. 지원의 봉긋한 가슴에 손을 올렸지만 두툼한 옷의 재질 때문에 원하던 감촉이 느껴지지 않자 태이는 지원의 등으로 손을 가져갔다.

지익. 소리와 함께 지퍼가 한번에 끝까지 내려갔다. 옷의 어깨 부분을 잡아 앞으로 끌어당겼다. 팔에 걸려 옷이 완전히 내려가지 않자 태이는 잠시 키스를 멈추고, 지원에게 요구했다.

"팔 들어봐."

"아……."

지원이 어떤 행동을 할 필요는 없었다. 남자의 손에 의해 저절로 옷이 벗겨지고 맨살이 드러났다. 하얀 목덜미를 비비적거리던 입술이 조금씩 아래로 내려왔다. 쇄골에 입을 맞추고, 오른쪽 어깨를 물렸을 땐 오소소 소름이 돋기도 했다.

"태이야."

못 들은 척하는 건지 들리지 않는 건지 그는 여전히 제 할 일에 만 몰두했다. 순식간에 상체 모든 부분이 그에게 노출되었다.

지원은 황급히 태이의 목에 팔을 둘렀다. 이런 순간엔 차라리 그의 얼굴을 보지 않는 편이 덜 부끄러웠기 때문이었다. 망설임 없이 태이는 지원의 가슴을 입으로 머금었다. 원하는 것을 쟁취했는지 그에게선 만족스러운 소리가 흘러나왔다.

다른 한 손으로는 지원의 가슴을 강하게 쥐었다가 문지르기를 반복했다. 아찔한 행동에 지원의 입술에선 연신 가쁜 숨이 터져 나왔다.

"하아."

그가 주는 이 감각은 도무지 익숙해지질 않았다. 언제나 떨리고, 숨이 막히고.

태이는 지원의 허리를 가뿐하게 들어 올렸다. 순식간에 허벅지 안을 파고든 손이 스타킹을 발목으로 끌어내렸다. 홈 바 끝에 아슬 아슬하게 엉덩이만 걸치고 있던 지원은 바닥으로 떨어질 것 같은 같은 불안감에 다리로 태이의 몸을 감았다. 그 덕분에 두 사람의 중심이 더욱 가깝게 밀착되었다. 부풀어 오른 그의 남성이 적나라 하게 느껴졌다.

넥타이와 셔츠 단추를 풀어내는 태이의 손길이 거칠어졌다. 이 제부터 시작인데 실내 공기는 이미 뜨거워질 대로 뜨거워져 있었다. 지원의 온몸에 열꽃이 서서히 피어올랐다.

눈을 감은 채로 야릇한 소리를 내던 지원이 별안간 눈을 번쩍 떴다. 그들의 사랑을 방해하는 소리가 들려왔다.

"태이야. 전화……."

눈을 꼭 감은 채로 그에게 매달렸다. 갈라져 나온 목소리가 제 것이 아닌 것처럼 낯설기만 했다.

"그러네. 전화가……."

오네. 그게 다였다. 태이는 진동 소리에 조금도 관심을 두지 않았다. 그런 건 전혀 상관없다는 듯 여전히 지원을 만지기 바빴다.

전화 소리는 오래가지 않고 끊어졌다. 잔뜩 흥분해서 부풀어 오른 남성이 지원의 아랫배를 자극했다. 그와 거리를 두기 위해 지원이 허리를 뒤로 밀었지만 그럴수록 태이는 자신의 몸을 더 가까이에 붙이려고 했다. 상기된 얼굴로 금방이라도 눈물을 쏟아낼 것 같은 지원은 그가 주는 자극에 어쩔 줄 몰라 했다.

그는 지원의 이 얼굴이 미치게 좋았다. 내게만 보이는. 나만 볼 수 있는 이 표정, 숨소리. 황홀할 정도의 만족감과 지독한 소유욕이 동시에 찾아들었다.

힘 조절을 하지 못하고 가슴을 다시 세게 쥐자 지원의 입술이 벌어졌다.

"흐읍."

작은 틈 사이로 혀를 밀어 넣고 도망가는 작은 혀를 휘감아 소리 나게 빨았다. 두 개의 혀가 질척하게 섞였다. 깊어지는 키스에 점점 더 서로에게 몰입되자, 더 가지고 싶고, 더 원하게 되었다.

태이는 지원의 손을 잡아 자신의 벨트를 만지게 했다. 차가운 금속이 닿자 움찔하며 도망가려는 손을 꽉 잡았다.

"네가 해."

여지를 두지 않는 명령조에 조명 아래 겁먹은 눈동자가 이리저리 흔들렸다. 절대 물러서지 않겠다는 의지를 내비치는 남자에게서 벗어날 수 없었다.

엉킨 두 손이 동시에 움직였다. 벨트 버클을 풀고, 지퍼를 내리고. 지원의 손이 덜덜 떨렸다. 도움을 청하는 애처로운 눈빛을 남자는 외면하지 못했다.

"만져봐."

천 위로 볼록 솟은 남성의 위로 지원의 손이 스쳤다. 태이의 얼굴에서 웃음기가 싹 가시고 울대가 크게 들썩였다. 머리카락이 쭈뼛 솟을 정도의 지독한 쾌감에 그가 몸을 부르르 떨었다. 머리에 경고음이 울렸다.

위험해.

"하아."

고통스러워하는 태이의 얼굴을 보고 지레 겁먹은 지원이 황급히 손을 거두려 했지만 태이가 강하게 지원의 팔목을 잡아챘다. 그러곤 다시 한 번 자신의 것을 만지게 했다.

"싫다는 게 아니거든. 더 해달라는 뜻이거든."

솔직하다 못해 노골적이기까지 한 그 말에 심박 수가 또 배로 뛰었다. 지원은 아랫입술을 깨물었다. 오늘은 다른 날들과는 많이 달랐다.

늘 그가 하는 대로, 이끄는 대로 따랐던 지원에게 태이의 솔직하고 대담한 요구는 받아들이기가 쉽지 않았다. 그렇다고 해서 거절할 수도 없었다. 이렇게 강렬하게 자신을 원하는 남자에게 어떻게 싫다는 말을 할 수 있을까.

긴장한 탓에 침을 삼키는 것조차 쉽지가 않았다. 지원의 손이 천천히 움직이기 시작했다. 태이의 눈빛이 탁해지고 몸에 절로 힘이 실렸다. 몸의 모든 신경이 한곳으로 쏠렸다.

속옷 위를 배회하던 손이 조금씩 대담해지기 시작했다. 천 안을 파고들어 맨살을 만졌다. 또다시 들려오는 남자의 짙은 숨소리. 얼굴이 타들어갈 것처럼 달아올랐지만 지원은 멈추지 않았다.

손바닥에 느껴지는 까칠함. 부드럽고 말랑한…… 그 안에서 또 느껴지는 축축하고 따뜻한. 그 모든 것들이 여자의 손 안에서 시작되었다.

태이는 숨도 못 쉴 지경이었다. 자신이 원했지만 점점 감당하기가 힘들었다. 지원이 강하게 제 것을 쥐자 다리에 힘이 풀려 하마터면 그 자리에 주저앉을 뻔했다.

더는 버틸 수가 없겠다. 끓어오르는 지독한 욕망을 참을 수가 없었다.

"그만. 이제 내 차례야."

태이가 지원의 몸을 당겼다. 지원의 발바닥이 바닥에 닿기가 무섭게 한쪽이 다시 들어 올려졌다. 빠르게 움직인 손가락이 지원의 속옷을 엉덩이 밑으로 내렸다.

하체를 가깝게 밀어붙이자 서로의 중심부가 맞닿았다. 지원이 태이의 가슴팍에 얼굴을 묻었다. 태이가 부드럽게 허리를 움직이며 지원의 안으로 파고들었다. 끊어질 것처럼 아찔한 지원의 숨소리에 간신히 붙잡고 있던 이성이 완전히 날아가버렸다.

"흐윽. 흡."

"더…… 세게 하고 싶어."

얼마나 더? 그의 강렬함과 끝없는 욕심에 지원은 아무것도 생각할 수 없었다. 허리를 잡고 있는 그의 손에 더욱 힘이 들어갔다.

태이는 눈앞에서 춤을 추듯 움직이는 지원의 젖가슴을 입에 물었다. 소리가 날 정도로 세게 쭉 빨았다가 이를 세워 깨물었다. 그는 자신의 혀를 잠시도 가만두지 못했다.

가슴 끝이 너무 아려와 지원이 두 팔로 그를 밀어내려 했지만 곧바로 저지당했다.

"태이야. 하윽. 흑. 천천…… 히."

그의 거친 움직임이 버거웠는지 지원이 애원하듯 말했지만 이미 이성을 잃은 그에게 그 소리가 들릴 리 없었다.

태이는 한계가 없는 것처럼 끝없이 그녀의 안을 파고들었다.

한차례 관계를 끝내고 태이는 지원을 안아 침대에 눕혔다.

지원은 당황했다. 그의 몸이 가슴이 아닌 등에 닿았기 때문이었다.

"태…… 이야?"

그의 축축한 혀가 날개뼈를 핥고 커다란 손이 여자의 부드러운 엉덩이를 주물럭거렸다. 익숙지 않은 자세에 지원이 앞으로 몸을 돌리려고 했지만 그가 강하게 몸을 누르고 있는 탓에 그러지도 못했다. 그의 입술이 자잘한 입맞춤을 남기며 점점 밑으로 향했다. 대범해진 그의 입술은 그녀가 감히 상상도 못한 곳으로 향해 움직였다.

츄웁. 츄웁. 색정적인 소리가 지원의 작은 원룸에 울려 퍼졌다.

"아…… 안 돼. 그, 그러지 마."

"그럴 거야."

지원의 어설픈 저항은 그에게 어떤 힘도 발휘하지 못했다. 아래에서 느껴지는 선연한 감각에 지원은 숨쉬기조차 버거워졌다. 짙은 흥분과 쾌감에 머릿속이 하얘지고 눈물이 핑 돌았다.

"윽."

예고도 없어 또 한차례 그가 자신의 몸 안으로 들어왔다. 지원이 몸을 부르르 떨며 연신 가쁜 숨을 토해냈다.

그와 수차례 사랑을 나눴지만 이렇게까지 깊게…….

"그만……. 하아. 태이야."

그의 강한 허릿짓에 부드러운 시트에 닿아 있음에도 무릎이 따가워졌다. 지원은 있는 힘을 다해 시트를 움켜쥐었다. 그녀의 손마디마디가 하얗게 변했다.

사랑을 나눈 후 지원은 기절한 사람처럼 깊은 잠에 빠져들었다.

침대헤드에 등을 기댄 채 문자 메시지를 확인하던 그의 표정이 진지하게 변했다. 자신의 옆에서 곤히 잠들어 있는 지원을 보는 그의 눈빛에 애틋함이 서렸다. 시트 밖으로 드러난 지원의 맨어깨를 부드럽게 감싸 쥐고 제 쪽으로 슬그머니 당겼다. 품 안에 들어오는 여자의 작은 몸을 한참이나 끌어안고 있었다.

"지원아."

"……."

"지원아."

계속되는 그의 부름에 지원의 눈가가 파르르 떨렸지만 쏟아지는 잠을 이겨내진 못했다. 그마저도 사랑스럽다는 듯 입매를 휜 그가 긴 손가락으로 지원의 뺨을 쓸어내렸다.

"널 웃게 해줄 거라고 했던 그 말 기억해? 그건 널 아프게 하지 않겠다는 뜻이기도 해. 너한테 했던 그 약속 꼭 지킬 거야. 다른 건 생각도 안 날 만큼 네가 좋아. ……사랑해. 지원아."

달콤한 사랑 고백을 전한 그는 지원이 깨지 않도록 조심스러운 움직임으로 침대를 빠져나왔다. 옷을 챙겨 입은 그는 나가기 전 마지막으로 이불로 지원의 몸을 꼼꼼히 덮어주었다.

현관문을 닫고 밖으로 나온 그는 바로 누군가에게 전화를 걸었다.

"매형, 어디세요? 제가 지금 그쪽으로 갈게요."

출입구 앞에 서 있는 태이를 발견한 윤우는 바로 손을 들어 자신의 위치를 알렸다.

"처남, 금방 왔네."

"이 근처에 있었어요. 매형은요?"

"나도 막 내려왔어. 뭐라도 마셔야지? 주문부터 해."

주문한 맥주가 나오고, 두 사람은 가볍게 잔을 부딪쳤다. 이가 시릴 정도로 차가운 맥주가 목구멍을 타고 넘어갔다.

"누나는요?"

"집에 오니까 자고 있더라고. 오늘 애들 목욕시켰다고 하더니, 힘들었나 봐. 근데 처남."

"네?"

"요즘 세인이한테 꼬박꼬박 누나 소리를 하네. 어떻게 된 거야?"

"제가 그랬어요? 아, 그게, 지원이가 하도 뭐라고 해서……. '윤세인' 한 번 했다가 잔소리 엄청 들었거든요."

"하하. 지원 씨 대단한데? 처남 그 습관은 할아버님도 포기하셨던 건데."

"하라는 대로 해야지 별수 없더라고요. 다른 건 몰라도 지원이 잔소리는 절대 이길 수가 없어서요."

태이가 고개를 절레절레 저었다. 투덜거리는 것 같았지만 싫지 않은 표정이었다. 윤우는 그의 말에 공감했다. 절대 이길 수가 없다는 그 말은 절대 이기고 싶지 않다는 의미이기도 했다. 두 사람의 대화는 자연스럽게 지원에 대한 이야기로 이어졌다.

태이는 오늘 하루 자신이 느꼈던 감정들과 생각을 윤우에게 솔직하게 이야기했다. 어머니와 지원이 같은 공간에 함께 있었던 그 모습이 머릿속에서 잊혀지질 않는다고, 무척 만족스러운 시간이었고 행복했었다는 말도 빼놓지 않았다.

지원에 대한 얘기를 할 때 태이의 눈빛이 유독 깊어지고 진지해진다는 것을 윤우는 느낄 수 있었다. 영락없이 사랑에 빠진 남자의 모습이었다. 윤우는 그런 태이가 신기하고 대견했다.

각자 두 번째 잔을 비우고 세 번째로 주문한 맥주가 그들 앞에 놓였을 때 윤우는 의자에 올려놓았던 노란색 서류 봉투를 집어 들었다. 봉투를 본 태이의 얼굴이 긴장감으로 굳어졌다.

윤우에게 지원의 부모님에 대해 알아봐달라고 부탁한 이유는 한 가지였다. 오랜 시간 동안 지원이 혼자 느꼈을 외로움과 그리움을 조금이라도 위로해주고 싶은 마음.

어떤 추억도, 기억도 갖고 있지 않다는 그녀의 그 말이 너무나 가슴 아팠기에 혹시라도 그가 해줄 수 있는 게 있지 않을까, 그 마음 하나로 시작한 일이었다.

지원의 지난 시간들과 마주해야 할 시간.

"이건 당시 지원 씨 부모님 사고에 대한 경찰 쪽 보고서야."

서류를 건네받은 태이는 글자 하나하나를 천천히 눈으로 읽어나갔다.

<19xx년. 08월 xx일.>

지원의 나이 겨우 네 살, 그녀가 세상에 혼자가 된 날.

"음주운전에 의한 교통사고였어. 가해 차량이 중앙선 침범 후에 지원 씨 부모님이 타고 있던 차량과 정면으로 충돌했어. 가해자는 현장에서 바로 사망했고, 두 분은…… 병원으로 이송하던 중에 돌아가셨고."

"……"

"두 분한테 지원 씨 말고 다른 가족은 없었던 것 같아. 두 분 장례를 치러주신 분이 김선례라는 분인데, 당시 지원 씨가 살았던 곳에 집주인분이셨어."

"그분은?"

"6년 전에 돌아가셨더라고."

"아……. 네."

"그리고 이거."

윤우가 작은 메모지 하나를 그에게 내밀었다. 낯선 이름, 그리고 낯선 숫자들이 보였다.

"지원 씨 아버님 고향에서 친구분 몇 분을 찾았는데 그중 한 분이 이 연락처를 알려주셨어. 아버님 생전에 굉장히 가깝게 지내셨던 분 같아. 그런데 지금 이분은 캐나다에 계신 걸로 확인됐어."

지금에선 이 이름과 연락처가 유일한 연결 고리였다. 이분을 통해 지원의 부모님에 대한 새로운 이야기를 들을 수 있지 않을까. 태이는 희망을 가져보기로 했다.

14장

오전 9시 30분부터 시작된 회의는 세 시간 동안 계속되다가 2차 회의를 알리는 멘트를 마지막으로 마침내 끝이 났다. 2차 회의는 지금 시각으로부터 정확히 30분 뒤 각자 점심을 해결한 후 바로 속개될 예정이다.

태이가 속해 있는 신규사업부팀은 물론이고 태송그룹 내 전 부서가 오늘따라 더욱 바쁘게 돌아가고 있었다. 그 이유인즉슨, 2014, 15년 대규모 사업인 해윤시티의 오픈 예정일이 한 달 뒤로 공식적인 발표가 났기 때문이었다.

회의실에서 나온 태이는 거의 뛰다시피 해서 자신의 사무실로 돌아갔다.

"최 실장님. 혹시 저한테 연락 온 거 없었나요?"

최근 들어 본부장에게서 많이 듣는 질문이었다. 자리를 비웠다가 다시 돌아왔을 때, 그는 요즘 이 질문을 가장 많이 했다.

"대만지사 황 부장님께서 메시지 남기신 것 말고는 따로 없었습니다."

"……네, 알겠습니다. 혹시…… 후우. 아닙니다. 점심들 하고 오세요."

화가 난 것 같기도 하고 실망을 한 것 같기도 하고. 윤 본의 표정은 복잡해 보였다.

쾅. 본부장실 문이 닫혔다. 최 실장은 겉옷을 챙겨 사무실을 나서기 전 본부장실 창문을 쳐다봤다.

"대체 누구 연락을 기다리시는 건지……."

식사를 위해 모두 자리를 비웠지만 태이는 자신의 사무실을 지키고 있었다. 휴대폰과 책상 위에 있는 유선 전화기를 번갈아 보던 그는 유선 전화기를 들고 책상 끝에 엉덩이를 걸치고 앉았다.

톡. 톡. 톡. 그의 손가락이 숫자 버튼 위로 빠르게 움직였다.

"안녕하세요. 네, 저 또 윤태입니다. 사무실로든 휴대폰으로든 언제든 상관없으니 이 메시지 확인하시면 연락 꼭 주셨으면 좋겠습니다. 부탁드립니다. 꼭 좀 부탁드리겠습니다. 기다리겠습니다."

윤우에게서 석현의 연락처를 받고 다음 날 아침부터 사흘이 지난 오늘까지, 단 한 번도 그와 통화를 할 수가 없었다.

개인 휴대폰은 계속 꺼져 있는 상태라 태이가 유일하게 할 수 있는 일은 그의 집 전화로 전화를 걸어 음성 메시지를 남기는 것밖에 없었다.

가능하다면 당장에라도 캐나다로 날아가고 싶었지만 빡빡한 스케줄에 현실적으로 그건 불가능했다. 현재로선 그쪽에서 연락이 오기만을 기다리는 것밖에 방법이 없으니 태이는 더욱 답답하고 초조한 기분이 들었다.

결국 오늘도 아니라는 건가.

그 후로 일주일이라는 시간이 또 흘렀다.

"행사 일정표는 확인했습니다. 일단 이대로 진행하는 걸로 하시죠. 혹시 중간에 변경되는 사항 있으면 바로 보고해주시고요. 시향 쪽이랑 시간은 다시 조정하신 건가요?"

"네. 네 시 공연 예정이었던 사마밴드가 여섯 시로, 시향 공연 네 시로 변경되었습니다."

"그편이 식 분위기상 더 좋을 것 같긴 하네요. 초대장 발부는 다음 주부터 가능하다고 하셨던 것 같은데요."

"최종 시안 결정되면 적어도 목요일 오후에는 가능할 것으로 보입니다."

"그다음이……."

종이 문서를 넘기던 태이는 집게손가락으로 눈가를 꾹꾹 힘주어 눌렀다. 몇 시간째 같은 공간에서 딱딱한 의자에 앉아 하얀 종이와 그 위에 새겨진 검은 글자에만 집중을 했더니 눈에서 느껴지는 피로감이 상당했다. 회의를 주관하고 있던 윤 본의 말이 끊기자 회의실에 있던 다른 사람들도 그 틈을 이용해 기지개를 켜거나 뭉쳐 있는 어깨를 꾹꾹 눌러가며 각자만의 방법으로 피로를 해소했다.

똑똑.

"네."

노크 소리에 모든 이목이 회의실 문 쪽으로 쏠렸다. 다급하게 회의실 문이 열렸다. 그리고 회의실 안으로 최 실장이 들어왔다.

당장이라도 숨이 넘어갈 것 같은 위태로운 모습으로. 주르륵. 이마를 타고 흘러내리는 땀들이 그를 더욱 안쓰럽게 보이게 했다.

"허억. 헉, 헉. 본, 본부장님. 허억."

"최 실장님?"

"허억. 크으흠. 전화가, 전화가 왔습니다."

"네?"

"전화가 왔습니다. 그 장석현이라는 분께서 회사로 전화를……."

장석현이라는 이름에 태이는 즉각적인 반응을 보였다.

자리에서 얼마나 세게 일어났는지, 태이가 앉아 있던 의자가 요란한 소리와 함께 뒤로 넘어가버렸다.

"괜찮으십니까?"

"회의 30분만 미루죠. 먼저 좀 일어나겠습니다."

윤 본이 회의실을 빠져나가는 동시에 실내가 소란스러워졌다. 갑작스럽게 벌어진 상황에 다들 어리둥절한 표정을 짓고 있었다. 하나 곧 그들의 얼굴엔 화색이 돌기 시작했다.

"뭐지? 무슨 일 있으신가?"

"아무렴 어떻습니까. 30분 휴식이 거저 생겼는데. 나가서 커피나 한잔하시죠."

태이는 데스크 앞에 서서 길게 호흡을 한 번 뱉어낸 후 전화기를 손에 들었다.

"기다리게 해드려 죄송합니다. 윤태이입니다. 장석현 선생님 되십니까?"

-그래요. 내가 장석현입니다.

"연락주셔서 감사합니다. 정말 감사드립니다."

-한동안 집을 비우고 있던 터라 오늘에서야 윤태이 씨가 보낸 메시지를 확인했습니다. 오래 기다리게 해서 미안합니다.

"아닙니다. 이렇게 연락주신 것만으로도 충분히 감사하게 생각하고 있습니다."

-윤태이 씨한테 물어볼 게 있습니다. 내게 연락을 한 이유가 승호, 그 친구 때문이라고 했는데 윤태이 씨가 그 이름을 어떻게 알고 있는 겁니까. 그 친구를 대체 어떻게 알고…….

"그분의 따님인 지원이와…… 손지원 양과 현재 교제를 하고 있습니다."

-지금…… 뭐라고, 누구…… 지금 손지원이라고 했습니까. 승호 딸 지원이……. 지원이라고.

전화가 끊긴 걸까. 갑자기 아무 소리도 들리지 않았다. 당황한 태이가 몇 번이나 상대의 이름을 불렀지만 여전히 아무런 반응도 없었다.

통화가 끊어진 거라고 생각한 태이가 다시 연결을 해야겠다고 생각할 때쯤 희미한 소리가 수화기를 통해 전해졌다.

태이가 들은 건 분명 울음소리였다.

-흐윽. 크크흡. 미안합니다. 흐흑. 내가…… 그 이름을, 지원이 그 아이 이름을 다시 듣게 될 거라고는……. 생각도 못했던 일이라.

수화기를 통해 고스란히 전달되는 석현의 애달픔에 태이의 가슴도 먹먹해졌다. 얼마의 시간이 흐르고서야 석현은 안정을 되찾았고 태이는 앞서 하지 못했던 이야기들을 마저 그에게 꺼내놓았다. 태이가 그토록 애타게 석현을 찾게 된 이유와 그리고 그 과정들까지. 전후 사정을 모두 듣게 된 석현은 태이에게 몇 번이나 고맙다는 인삿말을 건넸다.

-그 친구 세상 떠났을 때, 그 옆을 지키지 못한 게 내 평생 한이고 응어리였네.

타국에 있던 그가 피붙이와 마찬가지였던 친구의 사망 소식을 알게 된 건 그가 세상을 떠나고 두 달이 지난 후였다.

-그렇게 허망하게 가선 안 될 사람들이었는데……. 눈에 넣어도 안 아플 그 예쁜 딸을 두고 그렇게 가서는 안 됐었는데. 하아.

뒤늦게서야 석현은 지원을 찾기 위해 최선을 다해 노력했었다. 하지만 지원은 이미 위탁보호시설로 맡겨진 후였고, 서류상 지원과 어떤 관련도 없는 석현이 할 수 있는 건 아무것도 없었다. 참담한 심정으로 석현은 다시 캐나다행 비행기에 오를 수밖에 없었다.

캐나다에 돌아와서도 그는 지원을 찾기 위해 여러 방법을 시도했지만 타국에서 그가 할 수 있는 일은 한계가 있었다.

-지원이 그 아이, 올해 나이가 몇인가?

"한국 나이로 서른둘입니다."

-시간이 참 많이 흘렀네. 그 작던 아이가 벌써 서른이 넘었다니.

석현은 지원이 보고 싶었다. 친구 내외를 대신해 어엿한 숙녀로 자란 그 아이의 모습을 눈에 담고 싶었다.

-한국으로 가겠네. 지원이 그 아이를 만나야겠어.

"연락만 주시면 제가 직접 모시겠습니다. 감사합니다. 정말 감사합니다."

-그 말은 내가 자네한테 해야겠지. 고맙네. 정말 이루 말할 수 없

을 정도로 태이 군에게 고마운 마음이네.

일주일 전 태이는 지원과 통화를 하던 중 자신의 신세를 한탄했다. 일이 너무 많아 밥 먹을 시간도, 잠잘 시간도 부족하다며 투덜거리는 그에게 지원은 엄살 부리지 말고 열심히 하라며 잔소리를 했었다. 그런데 아무래도 그의 말이 모두 사실이었던 것 같다. 하루 평균 3, 4번 통화를 하던 그들이었는데, 요 며칠 지원은 태이의 목소리조차 듣지 못했다.

먼저 전화를 걸면 혹시라도 일에 방해가 될까 싶어 그에게 몇 번 문자 메시지를 보냈는데 그것마저 확인할 시간이 없는지 태이는 지원이 메시지를 보내고도 한참 후에야 답장을 보내곤 했다. 당연히 서운한 마음이 들었다.

"종일 연락 한 번 없는 건 너무한 거라고. 뭐가 그렇게 바쁘다고."

지원은 이불을 확 뒤집어쓰며 침대에 누웠다.

"내일은…… 연락 오겠지?"

그런데 만약 내일도 안 오면? 만약 그런다면 그땐 정말 화가 날지도 모르겠다.

"아냐. 내일은 올 거야."

예전엔 안 그랬었는데 점점 겉과 속이 다른 여자가 돼가는 것만 같았다. 변해버린 자신의 모습에 괴로워하고 있던 그때 전화가 울렸다.

늦은 시간 지원의 휴대폰이 울리는 이유는 단 하나밖에 없었다. 받을까 말까 고민하는 것도 1, 2초뿐.

"여보세요?"

-오피스텔 앞에 왔는데. 나와라, 손지원.

"어디? 어디라고? 우리 집 앞?"

-추우니까 옷 두껍게 입고 나오고.

순 제멋대로야. 미워 죽겠어. 하지만 그녀의 마음은 순식간에 바뀌어버렸다.

그래도 보고 싶었는데. 와줘서 고마워.

"금방 나갈게. 잠깐만 기다려."

오피스텔 앞 공원 벤치에 앉아 있는 그를 발견한 지원이 빠른 걸음으로 그에게 다가갔다.

"태이야."

"따뜻하게 입고 나오라니까 말 안 들어."

"안 추워. 괜찮아. 근데 너, 오면 온다고 미리 말이라도 해주지. 나 잠들었으면 어쩔 뻔했어."

지원의 나무라는 말투에 태이가 가만히 웃어 보였다. 얇아 보이는 지원의 외투가 영 신경이 쓰이는지 태이는 자신의 코트를 벗어 지원에게 덮어주었다.

"나 정말 괜찮은데. 우리 그러지 말고 안으로 들어가자. 너 추워서 안 돼."

건물 안으로 들어가자며 지원이 태이의 손을 잡아끌었지만 어쩐지 그는 꼼짝도 하지 않고 그 자리에 서 있기를 고집했다.

"지원아."

"응?"

자신을 보고 있는 태이의 눈빛이 그 어느 때보다 다정하고 깊다. 그런데 불러놓고 아무 말 없이 자꾸 보기만 하니 혹시 무슨 일이라도 있는 건지 지원은 가슴이 철렁했다.

"왜 그러는데…… 무슨 일, 있었어?"

불안한 마음에 지원이 그의 손을 더 꽉 잡았다.

"손지원. 나 그동안 너한테 말 못한 게 있었어."

"그게 무슨 말이야?"

"전에 네가 나한테 했던 말. 돌아가신 아버님, 그리고 어머님 두 분 얼굴이 기억나지 않는다고 했던 네 말. 그 말이 계속 마음에 걸렸어. 잊혀지지가 않더라."

"그땐…… 몰랐어. 네가 계속 신경 쓰고 있을 줄은."

"모르는 척 넘길 수가 없었어. 그렇게 못하겠더라. 그래서 매형한테 부탁을 드렸어. 두 분에 대해 알 수 있는 게 더 있지 않을까. 지원이 네가 기억하고 있지 못하는 시간들을 더 알 수 있지 않을까."

"나 지금 네가 무슨 말 하는지 잘 모르겠어."

"너한테 상의도 없이 내 멋대로 굴어서 미안해. 너한테 미리 말 못했던 이유는 혹시라도 네가 아파하는 일이 생길까 봐, 그래서 그랬어."

지원은 여전히 혼란스러웠다. 그의 말을 아직 전부 이해하지 못했다. 엄마와 아빠 두 분에 대한 이야기라니……. 가슴이 두근거렸다. 묘한 흥분, 그리고 두려움. 두 개의 감정이 어지럽게 뒤섞였다.

"그리고 이거."

그가 지원에게 노란색 서류 봉투를 내밀었다.

"이게 뭔데?"

"아버님 생전에 가장 가깝게 지냈던 분이 이걸 너한테 꼭 전해 달라고 하셨어. 이 안에 뭐가 들었는지는 나도 모르겠어."

지원은 선뜻 손을 뻗지 못했다. 손가락을 꼼지락거리며 움직였지만 봉투에 닿지는 않았다.

겁이 나는 거겠지. 이 안에 뭐가 들었든 스스로 그것을 확인하기가 힘든 거겠지.

태이는 지원의 마음을 이해할 수 있을 것 같았다.

"손지원. 뭐가 문제야. 네 옆에 이렇게 내가 있는데."

그러니 아무 걱정 말라고. 무엇이든 나는 너와 함께할 준비가 되어 있다고. 태이는 지원에게 용기를 불어넣었다.

그녀의 손 위로 봉투를 올리고 그것을 꽉 쥐게 했다. 지원은 말 없이 그것을 바라보다가 얼굴을 들어 태이와 눈을 맞췄다.

크고 작은 다양한 크기의 종이들. 반듯하게 접힌 그것들은 편지처럼 보였다. 많은 종이들 중에서 유독 지원의 눈에 띄는 게 있었다. 대부분이 하얀색 편지지였는데 그 종이는 연한 핑크빛이 돌았다. 지원은 편지지를 펼쳤다.

지원의 두 눈동자가 단정한 글씨체를 따라 천천히 움직이기 시작했다.

<석현이에게.

답장이 너무 늦었다. 요즘 정신이 좀 없었어.

그렇다고 내가 돈을 많이 벌고 있다는 말은 아니다. 근데 앞으로는 지금보다 더 열심히 살고 열심히 돈을 벌어야 할 것 같다.

석현아. 혜은이, 아이 가졌다. 너 지금 입 헤 벌리고 웃고 있지? 나도 그렇다. 인마, 너 좋겠다. 작은아빠 소리 들을 수 있어서. 근데 난 너보다 백배는 행복하다. 왜냐고? 너는 작은아빠지만 나는 진짜 아빠가 되는 거니까. 진짜 아빠.

부럽지? 부러워 죽겠지?

근데 석현아. 혜은이 배 속에서 자라고 있는 우리 아기……. 아들일까? 딸일까? 요즘 그게 궁금해서 잠도 제대로 못 자고 있다. 혜은이는 느낌에 아들일 것 같다고 하는데, 나는 왜 그 반대인 것 같지?

너한테만 솔직히 말하는데 난 사실 공주님이길 내심 바라고 있다. 얼마나 예쁠까. 진짜 예쁠 거야. 그치?

아직 열 달이나 남았는데 벌써부터 보고 싶어 죽겠다.>

쿵쿵쿵. 지원의 가슴이 요란한 소리를 냈다. 지원은 바로 다음 편지지를 집어 들었다.

<보고 싶은 나의 벗.

석현아, 나다. 승호.

나는 아직도 네가 머나먼 타국에 있다는 사실이 믿기질 않는구나.

너와 함께했던 소주 한잔이 오늘따라 무척이나 그립다.

석현아. 아프지 말고 잘 지내라. 힘든 일 있으면 무조건 나한테 연락부터 하고. 알겠지?>

<석현아, 나다. 지난번에 보내준 옷이랑 신발 잘 받았다.

혜은이가 얼마나 좋아하던지, 내가 뭘 사줬을 때와는 비교도 할수 없을 정도로 행복한 얼굴이더라.

너무 고맙다고 혜은이가 석현이 너 한국 들어오면 먹고 싶은 음식 다 해주겠다고 꼭 편지에 적으라고 한다. 음식도 못하는 애가무슨 자신감인지 모르겠다. 안 그러냐. 그래도 너 올 때쯤이면 지금보다 실력이 나아지지 않을까 기대해본다.

그때 팔 다친 데는 이제 괜찮은 거야? 통화하면 실실거리고 웃기만 해서 도통 네 속을 알 수가 없다. 매번 우리한테 뭘 보낼 생각만 하지 말고 필요한 것 있으면 너도 꼭 말해.

외롭다고 술 많이 마시지 말고 항상 건강 챙겨라. 또 연락하마.>

<안 울 수가 없더라. 창피함이고 뭐고 그냥 덜 떨어진 놈처럼 소리 내서 울었다.

혜은이가 그만 좀 하라고 말릴 때까지 정말 많이 울었다.

석현아. 야! 이 자식아.

혜은이, 그리고 나. 우리한테 천사가 왔다. 내 딸, 우리 지원이가 드디어 우리 곁으로 왔어.

얼마나 작고 예쁜지, 말 그대로 천사다, 천사.

다행히 날 안 닮고 혜은이를 쏙 빼닮았어. 코도 오뚝하고 눈도 초롱초롱하고 살아 있는 인형이 따로 없다.

장석현! 우리 지원이 보고 싶어 죽겠지? 하루라도 빨리…… 얼른 와. 지원이도 작은아빠 보고 싶어 하는 것 같으니까. 그리고 나도 네가 너무 보고 싶다.>

지원의 가녀린 어깨가 흔들렸다. 두 눈에 그렁그렁 매달려 있던 눈물방울이 후두둑 소리를 내며 바닥으로 떨어져 내렸다.

<보통은 엄마를 먼저 한다고 하는데 우리 지원인 아빠가 절 더 사랑하고 있다는 걸 아는지 아빠부터 해주더라.

혜은이가 서운하다고 해서 오늘 열심히 엄마를 가르쳐주고 있

는데 사실 나는 무지 기뻐하고 있다. 우리 딸 완전 효녀 아니냐?

장석현, 빨리 비행기값 벌어서 와라. 너한테 우리 천사 빨리 보여주고 싶다. 작은아빠 열심히 가르치고 있으마.>

은은한 가로등 불빛 아래, 지원은 흐릿해진 눈으로 편지를 읽고 또 읽었다.

<한동안 편지를 못 보냈네. 한 살 한 살 나이가 들수록 왜 더 바빠지는 모르겠다. 10년 후에 우리 지원이 교복 입을 나이쯤 되면 우리도 좀 살 만해지겠지?

혜은이랑 어제 자기 전에 그런 얘기를 했어. 나중에 지원이 시집보내고 나면 그땐 공기 좋은 시골에서 둘이 소나 키우면서 살자고. 석현아, 너도 그땐 다시 한국으로 왔으면 좋겠다.

손주들 재롱이나 보면서 그렇게 같이 늙어가자. 그런데 석현아. 내가 우리 지원이를 시집보낼 수 있을까. 지원이가 우리 품을 떠나 시집간다고 생각하니 벌써부터 가슴이 미어진다.

미친놈 같다고? 인마, 너도 공주님 낳아봐. 지금 내 심정을 백 퍼센트 이해하게 될 거다. 아무래도 안 되겠다. 우리 지원이 평생 내가 데리고 살아야지. 그래, 그러는 게 좋겠어.>

다리에 힘이 풀린 지원이 바닥에 그대로 주저앉아버렸다. 지원은 입술을 꾹 깨문 채 멍한 얼굴을 하고 있었다.

내 아버지가 가장 소중한 친구에게 보내는 편지. 그리고 그 편지 속 '나'의 이야기.

지원의 존재를 처음 알게 된 순간의 설렘, 곧 만나게 될 거라는 기대. 그리고 탄생에 대한 축복과 기쁨까지. 문장 한 줄, 단어 하나하나에 자신을 향한 특별함이, 따뜻함이, 그리고 사랑이 담겨 있었다. 지원은 제 눈으로 직접 보고 있으면서도 실감이 나질 않았다. 가슴이 벅차올라 어떤 말도 할 수 없었다. 나를 이 세상에 있게 한 분들의 흔적들. 나의 어머니, 나의 아버지.

그리고 마지막으로 그녀의 손에 쥐여진…….

"태이야. 있지……. 여기에, 여기에 내가…… 있어. 우리 아빠, 우리 엄마가…… 있어."

지원이 태이에게 내민 건 작은 사진 한 장이었다.

그 사진엔 세 사람이 있었다. 환하게 웃고 있는 두 명의 남녀. 그리고 남자의 품에서 환하게 웃고 있는 작은 여자아이.

사진 밑엔 작은 글씨가 쓰여져 있었다.

<사랑하는 우리 가족. 지원 천사의 두 번째 생일을 기념하며.>

이날 그들의 하루가 얼마나 특별하고 소중했는지 태이는 느낄 수 있었다. 지원을 바라보던 태이의 두 눈이 천천히 젖어들었다.

지원의 어깨 위에 있던 태이의 코트가 바닥으로 떨어졌다. 태이는 안타까운 얼굴을 하며 바닥에 떨어진 코트를 주워 다시 지원의 몸을 덮어주었다.

지원이 운다. 꺼이꺼이 목 놓아 울고 있다.

귓가에 생생하게 들리는 울음소리에 가슴이 아렸다. 태이는 입을 굳게 다물고 눈가에 힘을 주었다.

지금의 넌 어떤 마음일까. 그는 감히 상상도 할 수 없었다.

부모님에 대한 막연한 그리움을 안고 살아가던 지원에게 이보다 더 큰 선물이 또 있을까. 가슴속 깊은 곳으로부터 불어오는 따뜻한 바람. 한겨울의 차가움은 이미 잊은 지 오래다.

어떻게 이런 일이 일어난 거지. 상상도 해본 적 없었던 일이 지원에게 현실이 되었다. 그녀에게 일어난 작은 기적. 그리고 이 기적을 일으킨 한 사람. 이 남자로부터 모든 것이 시작되었다.

어쩌면 그녀에게 진짜 기적은 '윤태이' 이 남자일지도 모르겠다.

"태이야."

지원이 흠뻑 젖은 목소리로 그의 이름을 불렀다. 마치 그래주기를 기다렸다는 듯 그의 시선이 지원에게 향했다.

커다란 손으로 자신을 감싸주고 따뜻한 눈빛으로 바라봐주며 괜찮다는 말로 끊임없이 자신을 위로해주고 있는 남자.

네게 뭐라고 말할 수 있을까. 어떻게 이 고마움을 전할까.

지원은 태이를 와락 안아버렸다. 그의 허리에 양팔을 두르고 단단한 가슴팍에 얼굴을 묻었다.

"고맙다는 말로는 부족한데. 한참 부족해. 근데 지금은 그 말밖에 생각이 안 나. 태이야, 고마워. 고마워. 이건 정말……."

감격스러움에 또다시 목이 메어온다. 더는 울고 싶지 않은데. 하지만 정말 너무 행복해서……. 지원이 말을 잇지 못했다. 이번엔 태이가 지원의 몸을 강하게 끌어안았다.

"괜찮아. 더 울고 싶으면 그래도 돼."

다정한 한마디에 다시 아이처럼 엉엉 소리 내어 울고 싶어진다.

"널 힘들게 했던 시간과 외로웠던 순간들, 오늘 여기서 다 털어버리자. 그리고 비어진 그 공간은 나랑 같이 채우는 거야. 내가 다 해줄게."

"흐으으으응. 왜…… 왜 너는, 왜."

어째서 이 남자는 나를 이토록 사랑해줄까.

간신히 붙들고 있었는데. 결국엔 울컥하고 터져버렸다. 지원이 주먹을 쥔 손으로 태이의 가슴을 툭툭 두드렸다.

"왜 이렇게 잘해주는데. 여기서 뭘 더 해주겠대. 왜 나는 매번 너한테 받기만 하는 건데."

태이 넌 알까. 아니, 아마 모를 거야.

내게 전부를 주려고 하는 너에게 늘 받기만 하는 나.

한없이 고마운 만큼 또 한없이 미안한 마음.

"나도 널 행복하게 해주고 싶어. 기쁘게 해주고 싶어. 너한테 그런 사람이 되고 싶어."

"저기요. 전 지금도 너 때문에 무지하게 행복하거든요?"

"거짓말. 그럴 리가 없잖아. 나는 너한테 해준 게 아무것도 없잖아. 아무것도……."

"이 여자 진짜 바보네."

너로 하여금 내 세상에 얼마나 많은 변화가 생겼는지, 또 내가 얼마나 많이 달라졌는지 하나하나 짚어가며 백번 천 번 설명해줄 수도 있지만, 이미 스스로 답을 정하고 괴로워하고 있는 지원과 정상적인 소통은 불가능할 것 같았다. 어떤 말을 해도 들으려 하지 않겠지.

훌쩍거리면서도 미안하다는 말만 거듭 반복하는 이 바보를 어떻게 하지? 널 어쩌면 좋지.

통통 부어오른 눈이 안쓰럽고, 오물오물 움직이는 작은 입술은 그저 사랑스럽기만 했다.

이 지경이라고, 내가. 너만 보면 그게 기쁨이고 그게 행복인데, 너한테 이걸 어떻게 설명을 해.

웃을 수도, 그렇다고 화를 낼 수도 없는 상황이었다. 한숨을 폭 내쉬고 말없이 지원을 바라보다 문득 그는 궁금해졌다. 지원이 자신에게 주고 싶은 행복은 어떤 것일까.

"그럼 어디 한번 해줘보든가."

"……으응?"

"행복하게 해주고 싶다며. 그렇게 해달라고."

"지금?"

"그래, 지금."

"어떻게?"

"그걸 왜 나한테 물어. 방법은 네가 알고 있어야지."

그의 말에 지원의 얼굴이 심각하게 변했다. 고민을 하고 있는 거겠지. 저 작은 머릿속 안에서 지금 무슨 일이 벌어지고 있을까.

태이는 궁금한 마음에 자꾸만 새어 나오려는 웃음을 참은 채 조용히 그녀를 기다렸다.

두 눈의 깜빡거림, 미세한 입술의 움직임, 흘러나온 머리카락을 귀 뒤로 넘기는 가느다란 손가락까지. 태이는 지원의 순간순간의 움직임을 관찰했다.

집중하면 나오는 저 표정. 결코 지원에게 부담을 주려는 것은 아니었다. 농담 반, 진담 반. 딱 그 정도의 마음이었다. 하지만 지원에게서 보여지는 진지함에 그도 어느새 기대라는 걸 하게 되었다. 그리고 그의 마음 한편에선 잔잔한 떨림이 시작되었다.

"태이야."

자신이 그에게 줄 수 있는 행복. 그에게 무엇을 줄 수 있을까 고민하던 지원은 마침내 답을 찾았다. 그런데 자신이 찾아낸 이 답이 그에게도 과연 같은 의미가 될 것인가에 대해선 확신이 없었다. 지원이 울음기를 걷어내고 그를 보며 말했다.

"나는 대단히 예쁘지도, 그렇다고 키가 크고 몸매가 좋지도 않아."

"뭐?"

"그리고."

"네가 뭘 모르는 것 같은데 너 딱 내 취향이거든. 눈, 코, 입 전부 다 내 타입이라고."

태이가 못마땅하다는 얼굴로 지원의 말을 자르고 자신의 의견을 토해냈다. 얼굴까지 벌게지며 말하는 그를 본 지원이 눈매를 부드럽게 휘었다. 그러곤 다시 담담하게 말을 이어나갔다.

"그리고 성격은 너도 알다시피 되게 소심하고 말도 없고, 또 다정하지도 살갑지도 않아. 그리고 애교 같은 것도 전혀 없어."

"애교 없는 건 인정. 참, 너 무드도 없다? 근데 그건 뭐, 앞으로 차차 변할 수도 있는 거고."

"안 변할 수도 있어."

"괜찮아. 전혀 상관없어. 나 원래 애교 있는 사람 별로 안 좋아해."

바로 말을 바꾸며 자신의 편에 서려는 그의 태도에 또다시 웃음이 났다.

"또……."

"또?"

"요리도 그렇고…… 여러 가지로 잘하는 것보다 서툰 게 더 많아."

"3분요리라고 해도 네가 해준 거면 나는 뭐든 맛있게 먹을 자신 있고. 또? 두루뭉술하게 얘기하지 말고 있으면 또 말해봐. 전부 해결해줄 테니까."

"뭐가 이렇게 후해, 넌."

"몰라서 물어? 너를 좋아하니까. 말했잖아. 네가 뭘 하든 네가 뭘 어쨌든 난 그런 거 전혀 상관없다고."

오만하다 싶을 정도로 자신감 넘치는 표정, 확신에 차 있는 말투까지. 그를 보며 새삼스럽지만 이 모습이 가장 윤태이다운 모습이라고 생각했다.

지원이 살포시 웃자 그 웃음의 의미를 알 수 없었던 태이가 뾰로통한 얼굴을 했다.

"왜 웃는데? 그리고 넌 행복 달라니까 왜 뜬금없이 자기반성이야. 너 했으니 이제 내 차례인 거야? 나 시작하면 돼?"

"항상 작아지는 느낌이었어."

"……뭐?"

"고3 교실에서 널 보면서도 그랬고, 병원에서 널 다시 만난 날도, 또 너랑 가까워졌다고 느꼈던 그 순간에도."

"……."

"오늘의 우리가 되기까지 셀 수도 없이 나는 네 앞에서 작아지고, 초라해지고, 또 서글퍼지고…… 그랬어."

"손지원."

"알아. 지금 내가 하는 말들이 널 아프게 한다는 거."

"근데 왜 해. 알면서 왜."

모아진 눈썹과 딱딱해진 말투. 조금은 화가 난 듯 지원을 보는 태이의 눈빛이 복잡해 보였다. 지원은 서늘한 태이의 시선을 피하지 않았다. 피하기는커녕 오히려 여유로운 얼굴을 하고선 그를 마주했다. 촉촉하게 젖어 있던 눈에 어느새 반짝반짝 생기가 돌았다.

예쁘게 웃자. 최고의 얼굴을 하고 그에게 말하자.

"이젠 그렇지 않다는 걸…… 달라진 나를 보여주고 싶어서."

지원은 자신감을 가지고 씩씩하게 말했다. 지원을 내려다보고 있던 태이의 눈동자를 비롯한 모든 움직임이 정지 상태가 되었다. 수줍음을 벗어던지고 생글생글 웃는 모습은 눈이 부실 정도였다.

쿵쿵, 요란하게 떨리는 가슴 덕에 정신이 하나도 없었다. 태이의 입이 살짝 벌어졌다. 하지만 본인은 그것조차 인식하지 못하고 있었다.

"그리고 전에 너 나한테 그랬어. 우리 둘 관계에 있어서 아쉬운 사람은 늘 너일 거라고. 그 이윤 네가 날 더 좋아해서 그런 거라고. 기억해?"

태이가 고개를 느릿하게 끄덕거렸다. 그는 여전히 제 페이스를 찾지 못한 것 같았다.

지원이 쫙 편 손바닥을 제 얼굴 옆으로 갖다 붙인 채 혀를 빠끔 내밀었다. 헤헤 웃던 지원의 입술이 다시 움직였다.

"근데 나 그 말에 이의 있는데……."

느리게 눈을 끔뻑거리던 그의 입에서 '하' 하고 바람 빠지는 소리가 터져 나왔다. 그는 새빨개진 얼굴로 한참을 제자리에 서 있다가 제 머리를 감싸 쥐었다.

"도대체가 넌…… 손지원. 너 진짜."

아무래도 심장에 고장이 난 것 같다. 그렇지 않고서야 이렇게 빠르게 뛸 수는 없었다. 행복을 주겠다고 하더니, 지원이 그에게 준 건 행복 그 이상의 것이었다.

당장에라도 지원의 손을 잡고 오피스텔로 올라가고 싶었다. 하지만…… 오늘은 지원이 혼자만의 시간을 갖고 싶을 거라고 판단한 그는 욕심을 부리지 않았다.

지원을 현관문 앞까지 데려다준 그는 아쉬운 마음을 가득 안고 차에 몸을 실었다. 자동차 스피커에서 흘러나오는 음악 소리에 태이의 손가락이 핸들 위에서 가볍게 움직였다.

피식, 또 한 번 피식. 그는 굉장히 기분 좋다는 듯 웃었다.

차안에서 혼자 정신 나간 놈처럼 실실거리고 있다는 게 조금은 민망하기도 했던 태이는 아래턱을 가볍게 문지르며 운전에 최대한 집중하려고 노력했다.

'나 그 말에 이의 있는데.'

"이게 진짜 사람을 혼을 다 빼놓고."

원망과 애정을 반반씩 섞어 태이는 중얼거렸다.

"괜히 집으로 간다고 했나."

태이는 약간 후회가 되기도 했다. 잠깐이라고 할지라도 늘 반복되는 지원과의 헤어짐이 싫었다. 이대로 차를 돌려, 말아? 이 문제를 가지고 태이는 여러 번 심각하게 고민했다. 이럴 때마다 드는 생각은 하나이고 결론도 하나다.

결혼. 언제부터였을까. 정확하게 기억이 나지는 않았지만 태이는 말 그대로 언제부턴가 자연스럽게 지원과의 미래를 생각하고 꿈꾸기 시작했다.

그녀가 너무 좋아져서 좋아한다는 말로는 부족해 '사랑'이 되고, 또 그 마음이 커지고 더 커져서 각자의 집으로 돌아가는 이 시간마저도 힘겨워하는 나를 책임져달라고.

윤태이가 손지원과 결혼하고 싶은 이유는 단순했다. 첫째, 너무 많이 사랑해서. 그리고 둘째, 앞으로의 모든 시간을 그 사람과 함께하고 열망이 간절해서.

그런데 오늘 그는 지원과 결혼하고 싶은 이유, 그 이유 한 가지를 더 알게 되었다. 그는 그녀와 가족이 되고 싶었다.

15장

그의 음성은 누가 듣기에도 딱딱하기 그지없었다.

"그래서 일정은요?"

"그게, 좀……."

"어느 정도 마음의 준비는 하고 있으니까 편하게 말씀하시죠."

"현장 둘러보시면서 최종적으로 확인할 부분들이 많아서요. 적어도 2주 전엔……."

2주라. 2주 전? 오늘이 며칠이었더라. 갑자기 오늘의 날짜도 떠오르지 않았다. 계산이 전혀 되질 않았다.

"그래서 그게 언젠데요?"

"내일…… 입니다."

"내일이요? 그러니까 최 실장님 말씀은 저보고 내일 당장 부산으로 떠나라, 지금 그 말을 하고 계신 거죠?"

어느 정도 성을 낼 거라고 예상은 했지만 눈썹을 가운데로 팍 모으고 있는 상사에게 '네. 가서야 합니다'라고 말하기란 쉽지 않은 일이었다. 최 실장이 태이의 눈치를 살피며 최대한 조심스럽게 '네' 하고 짧게 대답했다.

"가라면 가야죠. 가야겠죠, 잠자코. 하아. 가. 야. 겠. 죠."

체념을 한 건가. 아님 뒤끝을 보이는 건가. 영진은 알쏭달쏭했다.

사실 태이는 소리라도 버럭 지르고 싶었지만 어금니를 꽉 깨물며 간신히 참았다. 이왕 이렇게 된 거 현실을 받아들이고 직시하자. 그가 지금 할 수 있는 최선의 선택이었다.

"대신 저 오늘 칼퇴근 할 겁니다. 그렇게 알고 계세요."

"네, 알겠습니다. 그리고 본부장님."

"네."

"메일 확인 아직 안 하셨죠?"

"아직요. 무슨 메일인데요?"

"오픈식 1차 리허설 영상인데 확인하시고 내일 현장 미팅 참석하시면 될 겁니다."

"그렇게 할게요. 스케줄표 나오는 대로 가져다주시고요."

최 실장이 본부장실을 빠져나가고, 태이는 사무실 문이 닫히자마자 의자에 깊숙하게 몸을 기댔다.

"안 그래도 요즘 얼굴 보기 힘든데……. 부산, 부산에 가라고."

일 때문에 부산에 간다고 하면 지원은 분명 괜찮다고 말할 게 뻔했다. 그의 바짓가랑이를 붙잡기는커녕 열심히 하라고 최선을 다하라고, 그리 말하지나 않으면 다행이었다.

그러나 그녀는 괜찮을지 몰라도 그는 그러질 못했다. 태이는 벌써부터 눈앞이 깜깜했다. 아! 젠장.

널 작게 만들어 주머니 속에 넣어 다니고 싶어. 언제든 꺼내 볼 수 있게. 노래 가사에서나 나올 법한, 또는 어느 정신 나간 놈의 유치한 말장난이라 생각했던 그런 말들이 왜 이 세상에 존재 하게 되었는지 태이는 이젠 알 것 같기도 했다. 아니, 백퍼센트 그 마음을 이해했다.

마우스를 조작하는 손의 움직임이 영 거칠었다. 멀쩡하게 잘만 되는데도 괜히 책상과 부딪치게 해 탁탁 소리를 나게 했다.

로그인 화면에서 계정과 비밀번호를 입력하고 곧바로 메일함으로 들어갔다.

[최영진 - 오픈식 1차 리허설 영상입니다.]

영상을 다운 받고 재생 버튼을 누르고 있는 그는 여전히 조금의 감흥도 없는 무덤덤한 얼굴을 하고 있었다.

빠밤. 빠밤.

빠바바바바바밤.

"아, 깜짝이야."

갑작스러운 소리에 태이는 의자에 기대고 있던 몸을 벌떡 일으켰다. 사무실을 가득 채운 웅장한 소리에 정신도 번쩍했다.

태이는 황급히 음량을 줄이고 다시 모니터 화면에 시선을 고정했다. 태이의 검은 눈동자에 오색빛깔 화려한 빛줄기의 움직임이 그대로 반사되었다.

동영상 재생 시간 8분 26초.

정확히 8분 26초 후 태이는 책상을 손바닥으로 강하게 내리쳤다. 그는 어느 때보다 상기된 얼굴을 하고 있었다.

해가 완전히 뜨지 않아 집안은 여전히 어두웠다. 거실 불을 켠 경민은 벽시계를 한번 본 뒤 급하게 소매를 걷어붙였다.

그녀는 이틀 전 남편으로부터 태이의 부산 출장 소식을 전해 들었다. 안 그래도 요즘 얼굴 구경하기 힘든 아들인데, 보름간 출장이라니……. 혼자서도 어련히 잘할까 믿음이 있었지만 그래도 걱정이 안 되는 건 아니었다. 그녀는 남편이 좋아하는 나물반찬부터 태이가 좋아하는 요리들을 만들어 배를 든든하게 채워줄 생각이었다. 얼추 식사 준비를 마친 경민이 남편을 깨우기 위해 방으로 들어갔다.

"여보! 일어나요."

"으음. 몇 시야?"

"7시 다 돼가요. 얼른 일어나서 씻어요. 태이도 씻고 금방 밥 먹으러 내려온다고 했어요. 참, 그리고 여보. 저랑 했던 약속 잊지 않았죠? 오늘 태이한테 꼭 말해줘야 해요."

"뭐 급한 일이라고. 일 마무리 짓고 해도 늦지 않는다고 내가 분명히……."

"태이 당신 얘기 듣고 기분 좋게 부산 내려가면 좋잖아요. 안 그래요?"

"알았네, 알았어."

그때 준비를 끝내고 1층으로 내려온 태이가 식욕을 자극하는 고소한 냄새에 함박웃음을 지으며 주방으로 향했다.

"힘드신데 뭘 이렇게 하셨어요."

"힘들 거 하나 없었어. 얼른 앉아. 오늘 많이 뛰었니?"

"아뇨. 가볍게 공원 한 바퀴요. 아버지는요?"

"씻고 나오실 거야. 그나저나 네 아버지 큰일이야. 알람이 울리는데도 그 소릴 못 듣고 그냥 주무신다. 이걸 어쩜 좋으니."

태이가 가볍게 웃으며 자신의 자리로 가서 앉았다.

"바로 공항으로 가니?"

"일산 들러서 지원이 잠깐 보고 가려고요."

"그래, 그게 좋겠다. 근데 너 보름 동안 지원이 얼굴 못 봐서 어떡하니. 부산에서 잘 지낼 수 있겠어? 우리 아들, 일하다가 중간에 뛰쳐나오는 건 아닌가 몰라."

"저도 그게 걱정이 되긴 해요."

태이가 한 술 더 떠 심각한 얼굴을 하고 말했다. 능청스러운 아들의 얼굴을 보고 경민은 놀랍다는 듯 눈을 동그랗게 떴다가 이내 크게 웃음을 터트렸다. 태이와 이런 유의 농담을 주고받게 되다니, 놀라운 일이었다.

"태이야, 가서 아버지…… 아니다, 들어오신다. 여보, 얼른 앉으세요."

"알았네. 근데 뭐가 이렇게 많아? 아침부터 이걸 다 어떻게 먹으라고."

"요즘 두 사람 일 때문에 정신없는 것 같아서요. 아침 든든하게 드시고 힘내라는 의미로 준비했어요. 태이야, 맛있게 먹고 부산 내려가서도 열심히 일해야 돼. 중간에 뛰쳐나오지 말고."

"네, 그럴게요."

"뛰쳐나오다니, 그게 무슨 말이야? 일하다 말고 어딜 가?"

"그런 게 있답니다, 윤태호 씨. 모자 사이 비밀 더 이상 캐려고 하지 마시고 식사나 하시지요."

"잘 먹겠습니다. 아버지, 많이 드세요."

"……그래. 태이, 너도 많이 먹어라. 흠."

남편과 아들의 대화에서 말로는 설명할 수 없는 묘한 어색함이 느껴졌다. 아무래도 두 사람은 지난 일을 아직까지도 신경 쓰고 있는 것 같았다.

어쨌거나 일이 잘 마무리되어 다행이란 생각이 들었다. 경민은 제 손으로 만든 음식을 맛있게 먹어주고 있는 두 남자를 뿌듯한 얼굴로 바라봤다. 솔직하게 진심을 전한 태이도 그런 아들의 마음을 제대로 봐주기 시작한 남편도 두 사람 모두 기특했다.

식사를 끝내고 윤 사장은 숭늉으로, 태이는 생수로 가볍게 입 안을 헹궜다.

"잘 먹었습니다. 저 먼저 일어나볼게요."

"태이야, 잠깐만!"

경민이 다급한 음성으로 태이를 불러 세웠다.

"앉아봐. 아버지가 너한테 할 말 있으시대. 그렇죠, 여보?

"음?"

"태이 기다리잖아요."

경민이 눈을 뾰족하게 뜨고 윤 사장을 재촉했다. 마음은 급해죽겠는데 윤 사장은 여전히 미적거렸다. 대체 뭐 어려운 말이라고. 답답했던 경민은 남편의 옆구리를 쿡 찔렀다.

"알았다고. 태이, 너."

"말씀하세요."

"해윤시티 일 마무리 짓고 나서…… 그리고, 그러니까……."

"당신 정말! 자꾸 그렇게 뜸 들일 거예요? 됐어요. 관두세요. 제가 말해요. 태이야, 출장 마치고 서울 올라오는 대로 지원이 데리고 집으로 한번 와."

"네?"

"집에 정식으로 초대하겠다는 뜻이야. 날짜는 둘이 상의해서 정하면 될 것 같고."

"어머니."

"나 혼자서 내린 결정 아니야. 네 아버지도 좋다고 하셨어. 그렇죠, 여보?"

"어련히 알아서 얘기를 할까. 그새를 못 참고……. 당신은 뭐가 그렇게 급해?"

아내의 물음에 대답은 않고 윤 사장은 툴툴거리는 소리를 해댔다. 갈증이 난다며 물을 벌컥벌컥 마신 그는 한곳에 시선을 두지 못했다.

지원의 이야기가 나오면 그는 유난히 당황하는 모습을 보였다. 시간이 흘렀고 상황이 달라졌지만 남편에겐 시간이 좀 더 필요한 것 같았다.

"그러게 왜 그렇게 뜸을 들여요? 근데 여보, 태이 얼굴 좀 봐요. 얘 너무 좋은가 봐요. 넋이 나갔어. 윤태이! 정신 차려."

실감이 나지도…… 또 믿기지도 않았다. 제대로 들은 것이 맞나. 정말로 맞는 걸까 다시 확인하고 싶어 고개를 들었더니 미소를 머금은 어머니의 얼굴이 보였다.

자신을 보며 고개를 끄덕거리는 어머니를 보고 태이는 이것이 '진짜'임을 비로소 실감했다. 정말 어머니의 말대로 그는 넋이 나가버렸다. 조절이 안 되는지 태이는 하얀 이를 드러내며 입가를 씰룩거렸다.

"너무 좋아서요. 정말로…… 하아."

부모님껜 시간이 필요한 일이라고 생각했다. 특히나 아버지껜 더욱 그럴 것이라고.

"생각도 못했어요. 그렇게 말씀해주실 거라곤."

"너 좋아하는 모습 보니까 엄마도 너무 좋다."

"감사해요."

"태이가 인사하잖아요. 이 양반은 뭐가 그렇게 쑥스럽다고."

"쑥스럽기는 누가! 식사도 끝났고, 할 말도 다 했으니 이제 일어납시다. 너도 늦지 않게 출발해야지."

멋쩍은 기분이 들었던 윤 사장은 이 자리에서 벗어나기 위해 움직임을 서둘렀지만 아들 녀석이 저를 부르는 소리에 제자리에 설 수밖에 없었다.

"고맙습니다."

간결하지만 진심이 가득 담겨 있는 한마디에 윤 사장은 몸을 돌려 녀석과 마주했다.

"지원이 그 아이에 대한 네 진심이 널 변하게 했고, 그런 네 변화가 나를 움직이게 했다. 물론 그게 다는 아니었어. 이번엔 네 엄마 잔소리도 크게 한몫했어. 윤태이, 네 각오를 한번 믿어보마."

"저 때문에 실망하시는 일 없도록 할게요."

"그래, 그래야지. 그리고…… 그날 일은 아비도 너한테 제대로 사과하마. 미안했다."

"아버지?"

"여보?"

"그러니 이제 내 원망들은 그만해. 태이도. 김경민, 당신도."

"어머, 무슨 소리예요! 제가 당신을 언제 원망했다고. 호호호."

"이번 일로 나는 당신한테 느낀 점이 참 많아. 윤태이 넌 좋겠다. 무조건 네 편만 드는 사람 있어서. 나 참, 내가 나이 육십 먹고 서러워서."

곤란한 듯 태이가 이마를 만지작거렸다. 경민도 뭔가 찔리는 것이 있어서인지 연신 과장된 소리로 웃기만 했다.

"손지원, 아침에 보니 더 반갑다."

환하게 웃는 얼굴로 손까지 흔들며 인사를 건네는 태이를 보며 지원은 고개를 갸우뚱거렸다. 부산으로 출장이 결정된 후로 그는 무척 우울해하던 상태였다.

그런데 지금, 지난밤 전화 통화를 나눴던 음울한 목소리의 주인공이 눈앞에 이 남자와 동일 인물이 맞는 건가 헷갈렸다. 무슨 좋은 일이라도 있었냐고 물으니 그는 뜻을 알 수 없는 묘한 표정을 지었다. 지원은 무엇이 그를 기분 좋게 하는지 무척이나 궁금했다. 하지만 이유를 묻는다 해도 그가 대답해줄 것 같지가 않았다. 느낌이 그랬다.

그렇다면 더 이상 고민하지 않겠다. 메뉴나 골라야지. 지원은 태이 뒤로 보이는 메뉴판으로 시선을 돌렸다.

커피를 마실까, 아니면 주스를 마실까 고민하고 있는데 태이가 자꾸 자신을 보며 생글거렸다. 그러다 그가 불쑥 얼굴을 들이밀며 그녀를 불렀다.

"지원아."

두 사람 사이에 테이블이 놓여 있었기 때문에 그가 다가오는 데는 한계가 있었다.

"어? 응."

"나 이따 한 시간 후에 비행기 타잖아. 부산 가면 2주 이상은 거기서 꼼짝도 못 해. 알지?"

"알고 있어."

지원이 고갤 끄덕거렸다. 손가락을 만지작거리는 움직임에 진한 아쉬움이 묻어났다.

"보름씩이나 너 못 만날 생각하니까 벌써부터 눈앞이 깜깜해."

전혀 그래 보이지 않거든. 생글생글 잘만 웃더니. 그런 얘기해도 누가 믿는다고. 지원은 하고 싶은 말을 꾹 삼켰다.

"그래서 말인데, 내가 너 보고 싶어 죽을 것 같아서 와달라고 하면, 너 올래? 나 보러."

그러니까 결론은 '부산에 올래?'인 것 같은데……. 그냥 그렇게 물어보면 될 것을 그는 왜 그 한마디를 이렇게 복잡하고 어렵게 하는 걸까.

싫어, 안 돼, 못 가. 자신에게서 그런 대답들이 나올까 염려되어 그런가. 설마 그건 아니겠지. 그렇게 말 할 이유가 없으니까. 이건 굳이 고민 할 필요도 없는 문제였다.

"손지원, 올 거냐고."

재촉하는 그에게 바로 답을 해주었다.

"갈게. 갈 수 있어. 근데."

"근데?"

"내가 거기 가면 일하는 데 방해되는 건 아니야? 아무래도 나한테 신경 쓰다 보면."

"아니거든. 말했잖아. 내가 너 보고 싶어 죽을 것 같을 때라고. 네가 날 보러 온다는 건 날 살리는 거라고. 그러니까 사명감과 책임감을 가지라고."

"그건 좀 너무 거창한데."

"아무튼 약속했어. 꼭 오는 거다, 꼭."

"알았어. 꼭 갈게. 됐지?"

"어, 좋아. 아아, 맞다. 우리 주문부터 해야지. 뭐 마실래. 커피? 아니다, 너 앞으로 생과일만 주스만 마셔. 앉아 있어. 내가 갔다 올게."

태이는 의자에서 일어나 유유히 카운터 쪽으로 걸어갔다. 지원은 턱을 괸 채 점점 멀어지는 태이의 뒷모습을 감상했다. 등이 웃고 있는 것 같다고 하면 그건 말이 안 되는 걸까.

지원의 착각일 수도 있겠지만 어쩐지 그는 조금 전 아침 인사를 건네던 그때보다 훨씬 더 즐거운 듯 보였다. 그 이유에 대해선 여전히 알쏭달쏭했다.

카페에서의 짧은 데이트가 끝이 났다. 지원과 태이는 담담하게 서로에게 손을 흔들어주었다. 두 사람 모두 재회에 대한 기대감을 가지고 있었기 때문에 가능한 일이었다.

태이가 부산에 내려간 지 오늘로 정확히 일주일이 되는 날이다. 일주일 동안 그들은 하루에도 몇 번씩 연락을 주고받으며 서로 그리워하는 마음을 대신했다.

낮엔 통화하기가 어려울 때가 많았다. 타이밍 맞추기가 여간 쉽지 않아 메시지를 많이 이용했다. 그래도 자기 전엔 빼먹지 않고 꼭 통화를 했다. 하루의 고단함과 아쉬움을 나누고 '잘 자'라는 말로 통화를 마무리했다.

태이는 몇 번이나 지원에게 보고 싶다는 말을 했다. 그때마다 지원은 오늘일까, 내일일까, 기대감에 잔뜩 부풀었다가 '내일 연락할게'라는 태이의 한마디에 오늘도 아니구나, 실망하기도 했다.

불이 꺼진 방 안, 지원은 침대에 누워 태이의 전화를 기다리고 있는 중이었다. 12시가 넘어가니 점점 눈꺼풀이 무거워졌다. 눈을 감았다, 떴다 하는 횟수가 점점 줄었다.

삐빅-

휴대폰 알림음에 눈을 번쩍 뜨려고 해봤지만 정신이 이미 몽롱한 게, 도저히 이겨낼 수 없는 졸음이 쏟아졌다. 느리게 눈을 끔뻑이며 메시지를 확인하려 화면을 누르려는데 이번엔 전화 벨소리가 울렸다.

"응, 태이야."

-잤어?

"아니, 아직. 근데…… 나 너무 졸려."

지원이 투정을 섞어 말하자 태이는 낮게 웃는 소리를 냈다.

-전화부터 할걸. 시간이 이렇게 된 줄 몰랐네.

"오늘은 많이 늦었네."

-일이 좀 늦게 끝났어. 지원아, 많이 졸려?

"……"

-손지원?

"으응?"

-크크큭. 넌 어떻게 열두 시만 지나면 방전이냐.

그의 말소리는 들리는데 밀려오는 졸음에 지원의 정신은 이미 몽롱한 상태였다.

-기차표 메시지로 보냈는데 그것도 확인 못했지? 일어나서 보면 깜짝 놀라겠네.

느리게 끔뻑거리던 지원의 눈이 결국 완전히 닫혀버렸다.

-이제 한계야. 보고 싶어 죽겠어. 일주일 버티기 정말 힘들다. 그러니까 내일 나 보러 와. 와서 나 좀 살려주라.

그의 달콤한 말들은 잠들어버린 지원에게 닿지 못했다. 새근거리는 그녀의 숨소리를 들은 그가 허탈하다는 듯 한숨을 내쉬었다.

-근데 너 어느 정도 각오는 하고 오는 게 좋을 거야. 왜냐면 내가 너를 아주 많이 놀라게 할 거거든.

출발 17시 45분.

도착 20시 19분.

역 전광판에 적힌 숫자를 다시 한 번 확인한 후 지원은 플랫폼으로 가기 위해 계단으로 향했다. 하나, 둘 계단을 내려가는 지원의 걸음이 사뿐사뿐 가벼웠다.

지하철은 종종 이용하곤 했지만 기차는 타는 건 굉장히 오랜만이었다. 같은 열차라고는 해도 둘의 느낌은 확실히 달랐다. 부산까지의 거리 때문일까. 그를 만나러 가는 이 길이 마치 여행을 떠나는 것 같은 설렘을 갖게 했다.

기차 문이 닫히고, 열차가 조금씩 움직이기 시작했다. 약 두 시간 후면 태이를 만날 수 있다. 핼쑥해진 건 아닌지 얼굴부터 꼼꼼히 살펴야지. 그리고 맛있는 걸 먹으러 가자고 하고, 또 그다음엔, 그다음엔…….

"바다 보면서 걷자고 해야지."

그와 꼭 해보고 싶은 일들 중에 하나였다.

기차가 쉼 없이 달리고 달려 그가 있는 부산에 도착했다. 기차에서 내려 플랫폼을 밟는 순간, 그에게서 전화가 걸려왔다.

"응, 태이야."

-도착했지?

"지금 기차에서 내렸어. 넌 어디야?"

-부산 역 앞에서 누군가를 애타게 기다리고 있는 중이지.

"벌써? 나도 다 올라왔어. 어느 쪽으로 가면 돼?"

-그럼 정문 쪽으로 나올래? 어? 너 나왔지? 으음. 난 너 보인다. 핑크색 목도리…… 맞지?

"나는 아직 너 못 찾았는데. 어느 쪽에 있어?"

지원이 오른쪽, 왼쪽 번갈아가며 바쁘게 움직였다. 전부터 느꼈던 건데, 지원은 왜 좌우는 살피면서 정작 가장 중요한 앞은 보려고 하지 않을까. 태이는 뚜벅뚜벅 걸으며 지원과의 거리를 좁혔다.

지원아. 앞 좀 보라고. 앞 좀.

"보인다. 나도 너 보여, 태이야."

"참 빠르기도 하십니다."

눈이 마주치는 동시에 두 사람 모두 휴대폰을 내려놓았다.

지원이 히죽 웃으며 태이에게 반가움을 표현했다. 태이는 자연스럽게 지원의 손을 잡아 제 품으로 가까이 끌어당겼다. 다른 한 손으론 지원의 헝클어진 머리카락을 정리해주는데, 그 움직임이 매우 부드럽고 다정했다.

"오는데 지루하진 않았어?"

"재미있었어. 잠도 자고, 음악도 듣고. 넌 오늘 일은 다 끝난 거야? 나랑 있어도 돼?"

"당연하지. 그런 걱정은 하지 말고, 우리 뭐부터 할까. 부산까지 왔는데 생각해놓은 건 있어?"

"음. 일단 윤태이 배부터 채워줘야지. 안 그래?"

"어. 그래주면 고맙지. 사실 너랑 저녁 먹을 생각에 점심 먹고 그 후로 아무것도 안 먹었거든. 차 대리가 중간에 떡볶이 먹자고 꼬셨는데 그 유혹도 뿌리쳤다고, 내가."

"흐흐흐. 그게 뭐야."

"배고파 죽겠다. 가자. 조금 가면 괜찮은 초밥집 있는데, 초밥 괜찮아?"

지원이 힘주어 고개를 끄덕거렸다.

차로 20분쯤 달려 그가 말한 초밥집에 도착했다. 규모가 큰 회전초밥 전문점이었지만 저녁 시간이기도 했고, 맛집으로 유명한 곳이라 대기 중인 사람들 꽤 있었다. 태이와 지원도 대기석에서 순서를 기다렸다가 자리를 배정받았다. 자리에 앉기가 무섭게 태이는 무서운 속도로 접시를 비워냈다. 열심히 제 배를 채우면서도 지원이 좋아하는 새우와 연어초밥이 지나갈 땐 놓치지 않고 그 접시를 지원 앞에 놓아주었다.

'많이 먹어.'

'맛있게 먹어.'

'더 먹어.'

당부도 잊지 않았다.

하고 싶은 게 있냐고 묻는 그에게 바다를 보고 싶다고 했더니
태이는 지원을 편의점으로 데리고 갔다. 정확히 말하자면 바다가
보이는 편의점으로. 코앞에 바다를 두고 편의점에 들어온 이유는
아이스크림 때문이었다.

"바람도 찬데 따뜻한 걸 마시지 무슨 아이스크림을 먹겠대."

못마땅한 얼굴로 지원이 구시렁거렸다. 이 추운 겨울날 아이스
크림이라니.

신중한 표정으로 아이스크림을 고르는 태이의 뒤에 서서 작은
소리로 그를 말려보지만 끝내 고집을 꺾을 순 없었다. 그는 기어코
아이스크림 콘 하나를 손에 들었다.

"넌? 따뜻한 거 마셔."

"난 괜찮아."

계산대로 가는 그의 뒤를 쫓았다.

"이거 계산해주……."

아이스크림을 계산하려는데 온장고에 눈에 들어왔다. 태이는
온장고를 열어 캔커피 두 개를 계산대로 내밀었다.

"같이 계산이요."

"그건 왜? 나 안 마신다니까."

"먹지 말고 손에 쥐고 있어. 손난로 대용. 밖에 춥다며. 이 정돈
가지고 있어야 바닷가를 걷지."

따뜻하다 못해 뜨겁기까지 한 캔커피를 건네받았다. 그것도 두
개씩이나.

물건값을 치르고 밖으로 나온 둘은 드디어 바닷가를 향해 걸었다.

차가운 바람이 얼굴을 스쳤다. 지원의 어깨가 한껏 움츠러들었다. 이렇게 추운데 태이는…… 괜찮을까?

"왜?"

"안 추워? 나는 너 보는 것만으로도 추운데."

"춥긴 한데 맛있어. 아하, 근데 확실히 바닷가라 바람이 강하네. 으으으."

태이는 부르르 몸을 떨면서도 아이스크림을 야금야금 잘도 먹었다.

"감기 걸릴까 봐 걱정돼."

"그렇게 걱정되면 옆으로 더 가까이 붙든가. 원래 사람 체온이 제일 따뜻한 거야. 몰라?"

에휴. 말이나 못하면.

두툼한 패딩을 입고 있는 지원과는 달리 태이는 달랑 모직코트 하나 입고 있었다. 코끝은 빨개져가지고, 옷이라도 두껍게 입고 다니든가. 그게 안 되면 장갑이나 목도리…….

목도리?

"……까맣게 잊고 있었어."

"뭘. 뭐 놓고 왔어?"

"그게 아니라 너한테 줄 게 있어. 왜 진작 이 생각을 못했지. 나 잠깐 이것 좀."

들고 있던 캔커피를 그에게 건네고 지원은 메고 있던 가방을 벗어 지퍼를 열었다. 가방 안엔 내용물이 들어 있는 종이봉투와 직사각형 모양의 포장된 상자가 들어있었다. 지원은 종이봉투를 먼저 꺼내 그에게 내밀었다.

"이게 뭔데."

"크리스마스 때 주려고 했던 건데 이제야 주게 됐네. 늦었지만 크리스마스 선물."

크리스마스…… 선물.

태이가 느릿하게 지원의 말을 따라했다. 무엇이 들어 있을까 궁금했지만 그의 손은 이미 커피와 아이스크림으로 포화 상태였다.

"꺼내서 보여줘. 보시다시피 손이 이래서."

"아! 그렇지. 별, 별건 아니고…… 목도리. 이 색이 어울릴 것 같아서 사긴 했는데 네 마음에 들진 모르겠어."

"목소리는 왜 작아지는데, 바보야. 마음에 들어. 좋아하는 색이야."

"다행…… 이다."

"그렇게 들고만 있지 말고 얼른 좀 해주지. 보시다시피 난 손이 이래서."

그가 재차 자신의 상태를 강조했다.

"날더러 해달라고?"

"얼른. 지원아, 나 추워."

참을 만하다며 잘 버티고 있다가 갑자기 엄살이다.

"아, 알았어."

엉겁결에 대답은 했지만 지원은 여전히 목도리만 만지작거렸다.

이걸 어떻게 해주지. 세 번 정도 돌리면 되려나. 아니, 태이는 키가 크니까 두 번이면 되려나. 아니지, 춥다고 하니까 일단 둘러주는 것부터. 지원이 다리를 모아 까치발을 들려고 하는데 그가 갑자기 허리를 숙이는 자세를 취했다.

키가 작은 자신은 배려해준 것까지는 정말 너무 고마웠지만 또다른 문제가 발생했다. 태이의 얼굴이 지원의 바로 코앞으로 다가와 호흡이 느껴질 정도로 그의 얼굴이 너무나 가까웠다.

"이렇게 해야 네가 더 편하겠지."

아, 아니? 아닌데. 조금만 뒤로 가주면 안 될까? 난 그게 더 편할 것 같은데. 눈을 끔뻑거리며 허둥거리는 지원을 보며 태이는 안간힘을 다해 웃음을 참았다.

작정하고 지원의 얼굴을 더 뚫어져라 응시하니 지원은 눈을 마주치기는커녕 입술을 파르르 떨었다. 이게 말로만 듣던 동공지진이라는 건가. 이러니 내가 널 자꾸 놀리고 싶지.

"상자에 든 건, 그것도 내 거야?"

"어? 아……. 어, 그것도 선물."

태이가 주제를 바꿔 대화를 유도했다. 조금 진정이 되었는지 지원이 태이의 목에 목도리를 한 번 둘렀다.

"뭘 두 개씩이나. 그건 뭔데."

"흰색 셔츠인데…… 셔츠. 셔츠야."

"고마워. 잘 입을게."

긴 부분을 한 번 더 목에 감자 모양이 제법 잡혔다. 목을 덮어주니 훨씬 따뜻해 보였다.

툭툭. 손바닥으로 가볍게 태이 어깨를 두드렸다.

"다 됐어. 근데 사이즈를 정확히 몰라서 혹시 입어보고 안 맞으면……."

"그럴 리가 있나. 직접 골랐을 거 아냐."

"그렇긴 한데."

"그럼 맞겠지. 맞을 수밖에."

어째서 그는 이렇게 확신을 하는 걸까. 남자 옷을 사본 적이 없어서 매장 직원에게 태이의 체형을 설명하고 상의하고 그렇게 해서 겨우 산 건데.

"네가 내 벗은 몸을 한두 번 본 것도 아닌데."

"……뭐?"

"보기만 했나. 만지고, 안고, 할 건 다 했지."

유들거리는 윤태이가 이제는 익숙해질 법도 하지만 아직 완전하다 할 정도는 아니었다. 얼굴색 하나 안 바뀌고 저런 부끄러운 말들을 서슴없이 꺼내는 그가 어이도 없고, 기도 차고. 지원은 강하게 그를 한번 흘겨보고 웃을 수밖에 없었다.

손을 잡고 나란히 바닷가를 걸었다. 태이와 둘이서 꼭 해보고 싶었던 일이었다. 도시의 화려한 조명들과 합쳐져 더욱 아름답게 반짝이고 있는 밤바다. 파도, 손잡은 우리.

잡고 있는 손에 더 힘을 주자 태이가 '응?' 하고 돌아보았다. 지원은 그저 말간 얼굴로 그를 향해 미소를 띠며 별일 아니라는 듯 가볍게 고갤 저었다. 그리고 제 눈으로 보여지는 가장 먼 곳을 바라보았다.

엄마, 아빠. 제가 사랑하는 사람이에요.

16장

해윤시티에 도착했다. 주차를 하고 내리려는데 일정이 고되었는지 지원이 입을 가리며 하품을 했다. 아래로 처진 눈이 '저 피곤해요'라고 말하고 있는 것 같았다.

12시까진 아직 시간이 남았으니 조금 더 버텨달라고 하니 지원이 자신 없는 표정으로 이마를 긁적거렸다.

엘리베이터를 타고 지상으로 올라왔다. 지하주차장과 연결되어 있어 당연히 실내라고 생각했었는데 올라와서 보니 그곳은 뻥 뚫린 하늘이 보이는 야외였다.

그의 친절한 설명을 들으며 지원은 해윤시티 이곳저곳을 둘러보았다. 그런데 어느 순간부턴가 귀에 물소리가 들리기 시작했다. 걸음이 더해질수록 그 소리는 더 크고 선명하게 들렸다. 어디서 나는 소리인지 궁금해져 주변을 살펴보았지만 어두운 탓에 소리의 출처를 알아낼 수가 없었다.

근데 여긴 왜 이렇게 어둡지? 아까도 이 정도는 아니었던 것 같은데. 인기척이라고는 하나 없고 길은 점점 어두워지고 거기다 알 수 없는 소리들까지. 의식하기 시작하니 모든 감각이 더욱 예민해졌다.

의지할 수 있는 건 태이뿐이어서, 지원은 그의 코트를 잡고 있는 손끝에 더욱 힘을 주었다. 이제 그만 돌아가는 게 어떻겠냐고 그 말을 하려는데 태이가 그녀보다 빨랐다. 가던 길을 멈춘 태이가 몸을 돌려 지원을 마주 봤다.

"지원아. 여기서 잠깐만."

싱긋 웃는 그는 몹시 신이 난 사람처럼 보였다. 태이는 다시 한 번 '잠깐만'이라고 말하며 코트를 붙잡고 있는 지원의 손을 부드럽게 떼어냈다. 갑작스러운 그의 행동에 지원은 갑자기 초조한 기분이 들었다.

"손은…… 그냥 잡고 있으면 안 돼? 사실 나 지금 좀 무서운데."

"무섭다고? 왜, 뭐가?"

그가 눈을 동그랗게 떴다.

"여기 너무 어둡기도 하고 물소리도 나고……. 근데 너는 갑자기 손도 놔버리고."

"그게 아니라, 놓은 게 아니라."

순간 이마에서 땀이 삐질 났다. 당황스러워 말도 잘 나오질 않았다.

무섭다. 무섭다라. 전혀 예상 못한 변수다. 지원을 위한 서프라이즈를 계획했는데 정작 그녀는 이곳에서 두려움을 느끼고 있었다니. 자신에겐 익숙한 공간이지만 지원에겐 이 공간이 낯설 테니 충분히 그럴 수도 있겠다 싶으면서도 이 상황이 좀 웃기기도 했다.

"전화 한 통 할게. 괜찮지?"

지원이 고개를 끄덕이자 태이는 애정 가득한 시선으로 그녈 바라보며 어깨 아래로 흘러내린 지원의 머리카락을 만지작거렸다.

"이 소장님. 네, 저 윤태입니다."

-안 그래도 본부장님 연락 기다리고 있었습니다. 놓고 가신 족발은 아주 맛있게 잘 먹었습니다.

"맛있게 드셨다니 다행이네요. 그런데 그 족발, 제가 드리는 뇌물이기도 했는데요."

-아! 역시 그런 거였습니까? 하하하하하. 이왕 이렇게 된 거 얻어먹은 족발값은 해야지요. 저희는 이미 스탠바이 상태입니다.

"이 은혜 잊지 않고 두고두고 갚도록 하겠습니다."

-은혜는요, 무슨. 하하하하. 그럼 쇼 타임…… 시작할까요?

쇼 타임. 너를 위한. 그러니까 무서워하지 말라고. 바보야.

머리칼을 만지던 그의 손이 어느새 위로 올라와 지원의 볼이며 이마에 닿았다. 간질거리는 느낌에 지원이 고개를 모로 틀자 태이는 다시 자신을 보게끔 만들었다.

혹 통화에 방해라도 될까 무어라 말은 못하고 입만 벙긋거리는 모습이 귀여웠다. 지긋한 시선으로 지원의 눈을 마주 보던 그가 천천히 입을 뗐다.

"시작, 하시죠."

그렇게 말한 그는 지원의 코를 집게손가락을 꾹 눌렀다. 마치 스위치를 누르듯이.

"시간이 별로 없어. 한 20초쯤 남았을까?"

"……뭐가? 뭔데. 뭘 하는데?"

"음……. 네가 나한테 준 선물, 그 선물에 대한 내 보답. 일단 그렇게 정리하자. 이제 한 5초쯤?"

일단은 그렇게 정리를 하자니. 지원은 그의 말이 이해가 되질 않았다. 분위기로 봐선 무슨 일이 일어날 것만 같은데.

기대와 흥분으로 아이처럼 들떠 있는 태이와는 달리 지원은 시한폭탄을 끌어안고 있는 사람처럼 불안해 보였다.

째깍째깍. 시간은 흘러간다.

"3……."

"아, 저기."

"2……."

"태이야?"

"1……."

그가 손끝으로 하늘을 가리켰다.

찰나의 정적. 그리고 그의 손끝에서 시작된 마법.

푸쉬이이이잉이이이이이. 펑.

엄청난 굉음과 함께 온 세상에 빛이 쏟아져 내렸다.

태이의 등 뒤로 거대한 물줄기 하나가 하늘을 향해 거침없이 솟구쳐 올랐다. 그 끝이 보이지 않을 만큼 멀어졌다고 생각하는 순간, 수십 개의 물줄기가 양쪽에서 다시 솟구쳐 올랐다.

숨이 탁 막힐 것만 같았다. 엄청난 광경에 지원이 두어 걸음 뒷걸음질 쳤다. 쿵쾅쿵쾅. 가슴이 요란한 소리를 내며 뛰었다.

커질 대로 커진 지원의 두 눈 속에 형형색색의 화려한 빛들이 쉼 없이 터졌다. 살짝 벌어진 입에선 연신 감탄사가 흘러나왔다.

어느새 그녀의 뒤로 가 선 그는 지원의 허리에 두 팔을 감고 제 쪽으로 부드럽게 끌어당겼다. 고개를 숙여 지원의 어깨에 얼굴을 올렸다. 무게감이 느껴졌는지 지원이 자연스럽게 그쪽으로 얼굴을 돌렸다.

"기절하면 어쩌나 조마조마했어, 내가 아주."

"미리 말해줬으면……."

"서프라이즌데 그걸 미리 말하는 사람이 어디 있어. 아까도 무섭다고 해서 내가 얼마나 놀랐는 줄 알아? 하아. 이것도 쉬운 일이 아니네."

태이는 지원의 어깨에 얼굴을 비비며 엄살을 부렸다. 그의 친밀한 스킨십에 지원은 긴장감을 완전히 내려놓았다. 훨씬 편해진 얼굴로 지원은 그가 준 '선물'을 마음껏 감상했다.

노래가 완전히 끝이 나고 분수를 밝혔던 조명들도 대부분 꺼졌지만 지원은 여운이 남은 듯 여전히 그곳에서 시선을 떼지 못했다. 태이는 지원의 손을 잡아 분수대 가까이로 갔다. 두 사람은 분수대 턱에 나란히 몸을 기댔다.

"분수 보면 뭐 떠오르는 거 없어? 난 있는데."

"어떤 거?"

"동전 던지면서 소원 빌기."

"소원. 그러네. 어렸을 때 몇 번 해본 것 같긴 한데."

"해볼래? 소원 빌기."

"여기에다?"

"하자. 나 소원 있어. 동전도 있고."

코트 주머니에서 동전을 꺼낸 태이는 백 원짜리 하나를 지원에게 건넸다. 동전을 받고 나니 무슨 소원을 빌어야 하나 고민이 되었다.

이루고 싶은 건 너무 많은데 그중에 하나를 고르려니 그것도 어려웠다. 그런 그녀의 고민을 눈치챘는지 태이가 지원의 이마를 콕 찔렀다.

"제일 먼저 떠오르는 거, 그걸로 해. 하나, 둘, 셋 하면 동시에 던지는 거다."

"아……. 잠깐만, 30초만."

"무슨 30초씩이나. 10초."

"15초."

"10초."

"힝, 알았어. 10초."

꼬리를 내린 지원은 곧바로 눈을 감고 집중했다. 가장 이루고 싶은 간절한 내 소원.

내…… 소원은.

"하나, 둘, 셋."

태이가 '셋'을 외치는 동시에 지원은 있는 힘껏 분수를 향해 동전을 던졌다.

이루어져라. 이루어져라. 속으로 간절하게 주문을 외웠다.

퐁, 퐁 소리를 내며 동전 두 개가 차례대로 물속으로 떨어졌다.

어디쯤 떨어졌을까 물속을 쳐다보고 있는데, 태이가 무슨 소원을 빌었냐고 물었다.

"그걸 말하면 안 되지. 소원은 원래 비밀인 거야."

"말을 해야 이루어지는 거 아닌가. 내 생각은 그런데."

"안 해. 절대 비밀이야. 넌 나한테 말해주려고?"

"어. 난 그래야 이루어질 것 같거든."

물어볼 생각은 요만큼도 안 하고 있었는데 그가 얘기를 해준다고 하니 지원이 그걸 마다할 이유가 없었다. 무엇일까. 태이가 이루고 싶은 것은. 왠지 그의 비밀을 알게 되는 것 같아 기분이 묘해졌다. 지원은 귀를 쫑긋 세우고 눈을 반짝였다.

하지만 무슨 이유에서인지 그는 아무것도 하지 않은 채 1분, 그리고 또 1분. 시간을 흘려보냈다. 갑자기 마음이 바뀐 걸까. 표정도 약간 어두워진 것 같기도 하고.

"고민되는 거면 굳이 말 안 해줘도 되는데."

"그게 아니라 좀 긴장이 돼서."

후우. 태이는 깊게 심호흡했다. 그리고 주먹을 꽉 쥔 채 지원의 눈을 바라보며 최대한 담담한 투로 말했다.

"내 소원은…… 네가 예스라고 말해주는 거."

응? 지원은 미간을 모으며 태이가 했던 말을 다시금 천천히 되새겼다. 도대체 어느 부분이 소원이라는 거지. 태이가 말한 '소원'이란 건 평범한 걸 떠나서 정말 아무것도 아닌 느낌이었다. 장난일까 싶었지만 그렇다고 하기에 그는 지금 이 순간 또 너무 진지한 얼굴을 하고 있었다.

"정말 그걸 빌었다고?"

태이가 고개를 끄덕거렸다. 지원은 여전히 그가 이해되지 않았다.

"뭘 그런 걸 소원으로 빌어. 그냥 해달라고 해도 얼마든지 해줄 수 있어. 어려운 일도 아닌데."

"정말 그래줄 수 있어?"

"당연하지. 백번도 할 수 있어."

기분 좋은 듯 입가를 늘어트리며 지원이 그를 올려다봤다. 해맑은 얼굴엔 그가 원하는 건 무엇이든 들어주겠노라 강한 의지도 담겨 있었다.

"그래, 그럼 그렇게 해줘."

"응. 아! 예스라고 하면 되는 거지? 다시."

제게 주어진 임무를 충실하게 수행하려는데 태이의 나지막한 목소리가 그녈 저지시켰다.

"손지원."

곧은 시선, 웃음기가 사라진 태이를 본 지원이 꼴깍 침을 삼켰다. 혼자서 너무 들떠 있었나. 그랬나 보다. 아무래도 분수쇼의 영향인 것 같았다. 괜스레 얼굴이 화끈거렸다.

어설프게 웃으며 볼을 만지작거렸다. 이유를 알 수 없는 어색함에 숨이 막힐 것 같았다. 다른 이야기라도 꺼내볼까, 지원이 그렇게 마음을 먹은 순간이었다.

"결혼하자."

간결하고 선명한. 그리고 강렬한 한마디가 귓가에 파고들었다. 그의 말뜻을 머리로, 또 가슴으로 이해하고 받아들이기까지 오랜 시간이 걸리지 않았다.

다리에 힘이 풀리고 쿵쾅쿵쾅, 가슴 뛰는 소리도 배로 커졌다. 이러다 심장이 터져버리면 어쩌나 걱정이 될 정도였다.

"지원아."

한결 부드러워진 음성에 지원이 간신히 고개를 들었다. 붉어진 얼굴과 파르르 떨리는 눈동자가 차례대로 그에게 보였다.

놀랐겠지. 그럴 수밖에. 훨씬 오래전부터 수십 번, 수백 번 생각하고 연습했지만 네게는 오늘 처음이었으니까.

"결혼해줘."

놀라움 뒤에 당황스러움. 그 뒤에 너를 가득 채우는 건 기쁨이었으면 해. 그랬으면 좋겠다.

온 신경이 지원의 작은 움직임 하나하나에도 반응했다. 대답을 기다리는 이 순간엔 그 역시 떨림을 숨길 수가 없었다.

뭔가를 말하려는 듯 벌어졌던 입술이 오므라지고 또 열렸다 닫히길 반복했다. 그리고 마침내.

"꿈…… 인 거 같아서. 안 믿겨져서."

기다리던 대답이 아니라 조금은 허탈했다. 꿈인 것 같다고 말하는 그녀의 얼굴엔 확실히 현실감이 없어 보이긴 했다. 태이는 고개를 숙여 지원의 귀 가까이에 대고 속삭였다.

"이거, 꿈 아니거든요."

그의 친절한 설명에 지원이 풋 하고 웃음을 터트렸다. 어딘가 뾰로통함이 묻어나는 목소리는 지원을 다시 현실로 데려다놓았다.

지원은 어깨에 힘을 주고 목을 빳빳하게 세워 그를 올려다봤다. 자신이 선물한 목도를 칭칭 감고 있는 남자. 보이는 곳 어느 하나 예쁘지 않은 데가 없는, 이 세상에서 그널 가장 사랑해주는 사람. 윤태이다.

"기뻐. 정말로 너무 기뻐."

"너 대답 아직 안 했어. 혼자만 기뻐하지 마. 아직 난 초조한 상태라고."

"그럼 다시 한 번만. 다시 해줘. 결혼, 그 말."

"그러니까 청혼을 다시 해달라고?"

"이번엔 정신 똑바로 차리고 들을게. 앞에 두 번은 너무 순식간이어서."

두 번을 했는데 세 번 네 번을 못할까. 어려울 건 없었다. 말똥말똥 뜬 눈으로 그의 세 번째 청혼을 기다리고 있는 여자.

내가 당신과 결혼하고 싶은 이유. 당신이 내게 '예스'라고 말해 줘야 하는 이유.

"처음으로 내가 아닌 다른 사람의 삶을…… 시간을 책임지고 함께하고 싶다는 생각을 했어. 늘 같이 있고 싶고, 지켜주고 싶고, 또 웃게 해주고 싶고."

"태이야."

"손지원. 나는 그냥…… 내가 네 전부였으면 좋겠어."

네가 내 전부가 되어버린 것처럼.

그가 원하는 만큼의 욕심을 솔직하게 드러냈다. 지원은 얼굴을 붉힌 채 입술을 지그시 물었다.

"매 순간순간을 행복하게 해줄게, 사실 그런 대단한 약속은 못해. 살다 보면 나한테 화가 날 때도 있을 거고 서운하다 느낄 때도 있을 거야. 물론 난 네가 그런 마음이 들지 않도록 최선을 다하겠지만 완벽할 순 없을 테니까. 그래도 한 가지는 자신 있게 말할 수 있어. 날 선택한 것만큼은 절대로 후회하게 안 해. 절대로."

그의 솔직함, 그리고 넘치는 자신감은 지원이 그에게 받을 수 있는 최고의 믿음이기도 했다.

"손지원. 결혼하자, 우리."

지원은 그를 향해 환하게 웃어 보였다. 그리고 조금의 망설임도 없이 대답했다.

"예스."

"예스?"

"무조건 예스."

"무르기 없어."

"무를 이유 없어. 내가 거절할 거라고 생각했어?"

"결혼은 아직일 수도 있겠다 그런 생각은 했지. 혼자 너무 앞서 가는 건 아닌가 했고."

"혼자 앞서 간 거 아니야. 언젠가부터 그런 생각들을 하게 됐어. 너랑 같은 공간에서 매일 얼굴 보면서 하루의 시작을, 또 끝을 같이할 수 있다면 참 좋을 것 같다. 그랬었어."

"그런 기특한 생각을 다 했어? 잘했어."

머리를 쓰다듬는 특급 칭찬에 지원은 착한 어린이라도 된 기분이 들었다. 태이가 하하하 소리 내 웃으며 지원을 부둥켜안았다.

강하고 따뜻하고, 말할 수 없을 만큼의 깊은 떨림과 세상 그 어느 곳에서 느껴보지 못했던 안락함이 있는 곳. 지원은 이 품 안이 참 좋다. 어리광을 부리듯 그의 가슴에 얼굴을 비볐다.

"다음 주면 나 서울 올라가. 그럼 바로 우리 집에 인사드리러 가자. 그때 결혼 얘기도 말씀드리는 게 좋을 것 같아."

"그건 아직…… 시간이 더 필요한 일인 거 같아. 우리 급하게 생각하지 말고……."

"급해. 원래 그랬지만 네 대답 듣고 나니까 더 급해졌어."

"나 이제 안 흔들려. 너만 보고 갈 거야. 믿어도 돼. 진짜야. 그러니까 우리 천천히……."

"믿어. 믿고 있어. 네 말 굉장히 기쁘긴 한데, 어떡하지? 이번엔 너 내 말대로 해야 돼."

태이의 확고함에 지원이 한숨을 폭폭 쉬었다. 자신의 문제로 태이가 또 아버지와 부딪치게 될까 봐, 그게 두려웠다. 지원의 불안과 염려가 그에게 고스란히 전달이 되었다.

"말했잖아. 네가 걱정하는 일은 안 만들겠다고."

"그건 알지만."

"지원이 데리고 집으로 한번 오라 하셨어."

"……어?"

"너 정식으로 초대받은 거라고."

지원은 한동안 말을 잇지 못하며 믿을 수 없다는 반응을 했다. 한참이 지나고 나서야 '정말이야?' 하며 그에게 되물었는데 떨림 가득한 목소리는 물기로 젖어 있었다. 자그마한 얼굴을 들어 올렸더니 두 눈에 그렁그렁 눈물이 맺혀 있었다.

"흐읍. 정, 정말? 정말로 그러셨어?"

"정말. 정말로 그러셨어."

반복되는 질문에도 그의 대답은 한결같았다. 지원의 눈에서 굵은 눈물이 뚝뚝 떨어졌다. 긴 손가락이 스윽 다가와 그녀의 눈물을 훔쳤다.

"갈 거지? 안 갈 거야?"

순식간에 바뀌어버린 질문에 지원의 고개가 세로로, 가로로 급박하게 움직였다.

"갔다가 안 가겠다고? 아니면 안 갈 건데 가겠다고?"

되지도 않는 말장난에 지원이 픽 하고 웃음을 터트렸다. 작전이 성공한 듯 태이는 만족한 얼굴을 했다. 많이 놀랄 거라 짐작은 했지만 이렇게 펑펑 우는 모습을 보게 될 줄이야. 훌쩍임으로 붉게 변한 작은 코를 잡고 흔들었다.

"좋으면 웃어야지. 왜 울어. 보는 사람 맘 아프게."

"원래 너무 좋으면 눈물부터 나오고 그럴 수도 있는 거야."

"아! 그러십니까. 근데 너 아까 청혼받았을 땐 안 울더라."

"그땐."

"그땐?"

"꾹 참은 거지. 안 울려고 내가 얼마나 노력했는데."

"참아졌다는 건가. 그럼 말해봐. 내 청혼, 부모님 초대. 둘 중에 어느 쪽이 더 좋았어?"

"그, 그런 질문이 어디 있어. 다 좋은 거고 기쁜 거지."

설마 지금 당황한 건가? 그럴 리가. 답은 정해져 있잖아.

어느 한쪽으로 무게를 두기 어려운 듯 그녀는 곤란해했다.

그녀의 정직함이 때로는 그를 서럽게 해도 결국에 그마저도 수긍하고 받아들일 수밖에 없는. 윤태이, 나란 놈은 그냥 약자.

"내가 유치했어. 그래, 그건 인정. 근데 너……! 빈말이라도 청혼이 더 좋았어 그래주면 안 되냐."

"청혼이 더 좋았어."

"엎드려 절 받기 사양이거든."

배시시 웃어버리는 그녀를 보며 더 이상 토라진 척도 할 수 없었다. 태이는 코트 안주머니에 숨겨둔 반지 케이스를 꺼냈다. 반지를 무기로 원하는 대답을 얻어볼까 잠시나마 그런 생각을 했지만 그랬다간 영영 그의 주머니 속에서 나오지 못할 것만 같았다. 이제 더는 미루기 싫었다.

"나도 이걸 이제서야 주게 되네. 참 오래도 걸렸다."

그가 네모난 모양의 작은 상자를 그녀 앞으로 내밀었다. 상자 속 은색의 반짝이는 물체는 반지였다. 지원의 눈이 또 한 번 커졌다. 반지 한 번, 그의 얼굴 한 번. 또 반지 한 번, 얼굴 한 번.

영롱하게 빛이 나는 모양새에 사로잡힌 듯 지원은 한참 동안 시선을 떼지 못하다 혼잣말처럼 중얼거렸다.

"예쁘다."

"앞으로 돈 많이 벌어서 더 큰 걸로 사줄게."

당찬 그의 말에 지원이 까르르 소리 내며 웃었다.

"손 줘봐."

콩콩콩. 지원의 가슴이 요란한 소리를 내며 뛰었다.

지원이 입술을 앙다문 채 그에게 손을 내밀었다.

"왼손을 줘야지."

"아! 왼손."

잔뜩 긴장했는지 지원은 어딘가 넋이 나간 표정이었다. 태이는 쭈뼛거리는 지원의 손을 더 이상 기다리지 못하고 제 쪽으로 확 잡아당겼다.

하얗고 작은 손. 다섯 개의 가는 손가락 중 여기, 네 번째.

케이스에서 반지를 꺼내 곧바로 그녀의 손가락에 끼워주었다.

"반지도 꼈으니 너 이제 꼼짝없이 나랑 결혼해야 돼. 알지?"

지원이 웃으며 고개를 끄덕였다. 주먹 쥐듯 손을 동그랗게 말아 네 번째 손가락에서 빛을 내고 있는 반지를 만지작거렸다. 반지를 보고 있으니 더욱 실감이 났다. 그와의 소중한 약속.

두 팔을 벌려 그를 꼭 안았다.

"고마워."

근사한 분수쇼, 진심 가득했던 프러포즈. 그를 통해 날아온 특별한 초대장. 그리고 손가락에 끼워진 반지까지.

지원은 이 순간들을 절대 잊을 수 없을 것 같았다.

너로 인해 나의 하루는 이만큼이나 특별해. 소중해. 아름다워.

지원은 확신했다. 이 사람과 함께라면 오늘과 같았던 순간들이 매일매일 자신을 찾아올 것이라고, 그녀가 느끼고 있는 이 행복이 그에게도 고스란히 전해지길 바라며.

"사랑해. 태이야."

태이가 서울로 올라온 직후부터 모든 일은 매우 빠르고 막힘없이 진행되었다. 제일 먼저 그는 지원을 집에 데리고 갔다. 집에 찾아온 특별한 손님을 태이의 가족 모두 따뜻하게 환영해주었다. 특히 경민과 세인은 지원을 보고 기쁨을 감추지 못했다.

물론 그게 다는 아니었다. 지원의 얼굴을 보고 유독 긴장하고 어색해하는 이가 있었으니, 그건 바로 윤 사장이었다. 그리고 지원의 사정도 별반 다르진 않았다.

그런 두 사람을 위해 경민이 발 벗고 나섰다. 그녀는 평소보다 더 밝게 목소리를 내며 남편과 지원에게 번갈아가며 대화를 시도하고 눈을 맞추며 함께 웃었다. 그녀의 다정한 배려 덕분에 분위기는 훨씬 편안해졌고 친밀해졌다.

저녁을 먹기 위해 다 같이 주방으로 들어갔다. 8인용의 긴 식탁 위엔 경민이 정성껏 준비한 음식들이 맛깔스러운 모양으로 한상 가득 차려져 있었다.

지원은 요리 가짓수에 놀라고 그 맛을 보고 나서는 두 번, 세 번 더 놀랐다. 태이가 대식가이자 미식가인 이유가 여기에 있다는 걸 깨닫게 되었다.

　경민은 식사를 하면서도 지원을 살뜰히 챙겼다. 그녀는 지원이 너무 마른 것 같다며 열량이 높은 음식을 위주로 지원의 개인접시에 올려주었는데, 태이가 그중 하나를 젓가락으로 집더니 제 입으로 쏙 집어넣었다.

　"걱정 마세요. 지원인 제가 잘 먹이고 다니니까요."

　"내가 본 게 있는데 그 말을 어디 믿을 수 있겠니? 지금도 봐, 지원이 먹으라고 챙겨줬더니 제 입으로 홀라당 가져가기나 하고. 평소에 안 뺏어 먹으면 그게 다행인 거지."

　"많이 먹긴 해도 뺏어 먹거나 그러진 않아요. 지원아, 그렇지?"

　그가 억울하다는 듯 지원에게 도움을 요청했다. 사뭇 진지해 보이는 그의 얼굴을 보자마자 웃음이 팍 터지고 말았다. 다른 것도 아니고 먹는 걸로 가족들에게 이런 오해를 받게 되다니. 웃음을 참아보려고 해도 좀처럼 쉽지 않았다.

　"지원이 대답 못하는 걸 보니 진짜 뺏어 먹기도 했나 본데? 그치, 윤우 씨?"

　"처남. 그건 좀 너무했다."

　세인과 윤우가 한마디씩 거들었고, 마지막 주자는 윤 사장이었다.

　"이노무시키. 밖에선 식탐 좀 줄이라니까."

　태이를 향해 눈을 치켜뜨며 그가 중얼거리듯 말했다.

　졸지에 그는 연인의 먹을 걸 빼앗아 제 배를 채우는 파렴치한

먹보로 낙인이 찍혔고, 그런 그로 인해 모두들 한바탕 웃을 수 있게 되었다.

"너 되게 좋아하는 것 같다?"

태이가 지원의 귀에 대고 투덜거렸다. 지원은 그런 게 아니라 손을 저으며 미안하단 얼굴을 했다. 어이없어하던 태이도 결국엔 픽 웃어버리고 말았다.

모두들 한통속이 되어 지원의 편에 서서 그를 향해 한마디씩 하는 게 그렇게 싫지가 않았다. 아니 오히려 그를 기분 좋게 했다.

식사를 마친 후 윤 사장은 태이와 지원을 서재로 따로 불러들였다. 두 사람 모두 긴장이 되는지 고개를 아래로 숙인 채 윤 사장의 말이 떨어지길 기다리고 있었다.

윤 사장은 지원을 바라보며 그날의 기억을 잠시 떠올렸다.

그때도 그랬었지. 앉아 있는 내내 고개도 들지 못하고 눈도 한 번 제대로 보질 못하고. 태이의 아비라는 이름으로, 부탁이라는 말로 내가 이 아이의 가슴을 찢어놓았었지.

아무런 대꾸도 하지도 못하고 힘겹게 감정을 삼키던 지원의 모습이 여전히 선명했다. 그는 그날의 엉킨 실타래를 꼭 풀어내고 싶었다. 그래야 앞으로 지원을 마음 편히 볼 수 있을 것 같았다. 그는 태이에게 했던 것처럼 지원에게도 미안하다며 사과의 말을 건넸다.

화들짝 놀란 지원의 눈에 금세 물기가 차올랐다. 그를 원망하지는 않았지만 가슴이 아프지 않았던 것은 아니었다. 하지만 미안하다는 말을 바랐던 적도 없었다. 그래서 한없이 죄송스럽기도 했다.

다양한 감정들이 봇물 터지듯 한꺼번에 쏟아져 나왔다. 떨쳐낼 수 없는 긴장감, 밥 한 끼의 따뜻함, 함께 소리 내며 웃었던 순간, 그리고 전혀 예상하지 못했던 한마디까지.

"지원아."

윤 사장이 처음으로 지원의 이름을 불렀다. 그 음성은 매우 다정했고 따스했다.

"제멋대로에 고집도 세고 거기에 또 식탐까지 많은 이 녀석, 우리 아들 태이, 앞으로 잘 부탁하마."

3개월 후.

꽃이 피는 5월. 내일은 두 사람의 결혼식이 있는 날이다.

디데이 하루 전. 퇴근하자마자 지원은 곧바로 집으로 귀가했다. 내일을 위해 저녁밥은 생략하기로 했다. 샤워를 끝내고 편한 옷을 걸친 지원은 냉장고에서 시트 팩을 얼굴에 올렸다.

풀썩 침대에 누워 높은 천장을 바라보던 그녀는 이런저런 생각에 빠져들었다. 원래도 썰렁했던 방이었는데, 얼마 되지 않던 짐마저 상자 안에 넣어놓으니 집안이 정말 휑했다.

2년간 자신의 보금자리였던 이곳에서 잠드는 일도 오늘로 마지막이었다. 어쩐지 시원섭섭한 기분이 들었다.

지원은 그간의 일들을 하나하나 떠올려보았다.

양평에 계신 할아버님께 인사를 드리러 가던 날, 신혼집 문제로 말다툼을 했다가 반나절 만에 합의점을 찾고 하하 웃으며 화해했던 날. 결혼식 준비로 크고 작은 문제가 발생할 때마다 짠 하고 나타나 전화 한 통으로 모든 문제를 해결해주던 세인이 정말로 하늘에서 온 천사가 아닐까 진지하게 생각했던 날.

또 뭐가 있었지 생각하던 지원은 어느새 곤히 잠들어 있었다.

드디어 그토록 기다리고 기다리던 그날이 되었다. 태이는 세상에서 가장 아름다운 신부가 되어 자신 앞에 선 지원에게서 잠시도 눈을 떼지 못했다.

사회를 맡은 규성의 목소리가 장내에 울려 퍼짐과 동시에 예식이 시작되었다. 식장 문이 열리고 입장을 기다리는 두 사람의 모습이 보였다. 식장 내 모든 시선이 그들에게 집중되었다.

"지원아. 긴장돼?"

"조금 떨리기는 해. 근데…… 그래도 괜찮아. 태이 네가 옆에 있으니까."

눈을 맞추고 서로에게 미소를 건넨다.

같은 시간, 같은 장소, 같은 생각, 같은 마음.

당신이 있어 오늘도 나는 행복합니다.

"신랑 신부, 입장!"

태이와 지원이 동시에 발걸음을 뗐다.

한 걸음 한 걸음 앞으로 걸어가는 그 길은 축복으로 가득했다.

에필로그

"언니, 정말 여길 올라가려고요? 위험해요. 우리 그러지 말고 시장에 가서 사면 안 될까요? 시장 것도 맛있을 텐데."

"괜찮아. 할 수 있어. 현지야, 사다리만 좀 잡아줄래? 부탁해."

몇 번을 말렸지만, 지원의 의지를 꺾을 수 없었다. 현지가 한숨을 내쉬며 절레절레 고개를 저었다. 아무리 대추가 탐나도 그렇지, 겁도 없이 저 큰 나무에 오를 생각을 하다니.

"형부가 보면 기절하겠어요. 아……. 정말……."

"태이한테는 비밀."

지원이 손가락을 입술에 갖다 대곤 씨익 웃었다.

탁. 탁. 탁.

지원은 망설임 없이 사다리를 밟고 위로 올라갔다. 사다리가 튼튼하다지만 밑에서 지원을 보고 있는 현지로선 불안해서 딱 죽을 맛이었다. 할 수 있는 거라고는 자신의 체중을 실어 사다리를 붙들고 있는 것뿐. 현지의 이마에 땀이 송골송골 맺히기 시작했다.

"언니, 이제 그만 올라가요. 그 정도면 충분해요."

"응, 다 올라왔어."

지원은 조심스럽게 사다리 위에서 다리를 고정시켰다. 그러고는 손목에 걸어놓은 검은색 비닐봉투를 양쪽으로 벌렸다. 위험한 높이는 아니었지만 아무래도 사다리 위인지라 움직임 하나하나가 조심스러웠다.

지원의 손이 바쁘게 움직였다. 싱그러운 빛을 내며 토실해 보이는 대추를 보자 지원은 함박웃음 지었다. 따고, 또 따고. 어느새 봉투가 두둑해져 제법 무게가 느껴졌다.

"이제 그만이요. 그러다 봉투 찢어져요."

"응, 알았어. 근데 대추 정말 맛있을 거 같아. 향도 아주 좋고 색도 고와."

"어휴, 대추 칭찬은 우리 땅에서 합시다. 네? 얼른 내려와요. 조심조심."

사다리를 잡아주느라 벌게진 현지의 얼굴을 보니 지원은 더는 욕심을 부릴 수 없었다.

"미안. 이제 진짜 내려갈게."

올라올 때는 무섭지 않았는데, 내려가려니 오히려 더 긴장되었다. 지원은 한 발 한 발 천천히 움직였다. 현지가 밑에서 '조심, 조심' 하며 구령까지 넣어주었다.

조금만 더, 조금만 더. 거의 다 왔다. 그래서 방심했던 걸까.

"어? 어? 어? 언니! 지원 언니! 꺄아아!"

사고는 아주 순식간에 일어났다.

"지원아, 나 왔어."

태이의 목소리가 들리자 지원이 긴장하기 시작했다. 점점 가까워지는 그의 발소리에 심장이 콩콩 정신없이 뛰어댔다.

지원은 어설프게 웃는 얼굴로 그의 퇴근을 반겼다.

"왔어? 오늘도 수고했어. 저녁은?"

"대충 해결했어. 넌?"

"나는 현지랑 먹고 들어왔어."

"잘했네. 근데 아까 전화하니까 안 받더라? 얼마나 바쁘면 서방님 전화도 못 받아."

태이가 전화했을 땐……. 병원에서 치료 중이라 지원도, 현지도 정신이 하나도 없었을 때였다.

"으응. 그게, 좀 바빴어."

태이는 서류 가방과 양복 상의를 거실 테이블 위에 던져놓고 지원에게 가까이 다가갔다.

"그러니까 뭐가 그렇게 바빴냐고. 근데 너 추워? 이불은 왜 덮고 있어. 몸살 기운 있나? 얼굴도 벌건데? 가까이 와봐. 이마 좀 만져보자."

춥기는커녕 지원은 지금 더워서 죽을 지경이었다. 두꺼운 이불 덕에 체온은 점점 오르고 있는 중이었다. 당장에라도 이 이불을 걷어내고 싶었지만 그럴 수가 없었다.

"그, 그냥 포근해서."

"어디 안 좋으면 바로 말해. 또 고집부려봐. 나 진짜 화낸다."

지원은 걱정 말라는 듯 고개를 끄덕였다. 태이가 싱긋 웃더니 지원의 옆으로 바짝 몸을 붙여 앉았다.

"십 분만 쉬었다가 씻어야겠다."

피곤한지 태이는 소파에 몸을 깊게 파묻은 채 중얼거렸다. 갑갑하게 목을 죄는 타이부터 아래로 늘어트렸다.

"태이야."

"어?"

"나 너한테 말할 게 있는데."

"음, 말해. 참, 오늘 재미있었어? 뭐 하고 놀았어, 둘이?"

"그게 있잖아. 나 오늘…… 음, 그게……."

"뭔데 그렇게 뜸을 들여. 잠깐만, 나 좀 눕자. 어깨 아파 죽겠네."

태이가 자연스럽게 지원의 다리를 베개 삼아 누웠다. 태이의 두 다리가 소파 완전히 위로 올라온 그때였다.

"아악."

아악? 이라고?

지원의 비명에 놀란 태이가 몸을 벌떡 일으켰다. 몸을 짓누르던 피곤이 거짓말처럼 싹 사라져버렸다.

"……왜 그래?"

"어? 아아아, 하하. 다리에…… 다, 다리에 쥐가 나서. 아하하. 많이 놀랐지. 미안."

웃는 게 웃는 게 아니었다. 지원은 눈을 질끈 감았다. 순간 찾아온 엄청난 통증에 눈물이 팍 터질 뻔했다. 하지만 여기서 울어버리면 태이가 정말 놀랄 테니까……. 지원은 주먹을 쥐며 가까스로 통증을 참아냈다.

"쉬라고? 이불 좀 치워봐. 심한 거 같은데 다리 주물러줄게."

"아니야, 괜찮아. 안 그래도 돼."

"뭐가 돼. 좀 보자고. 근데 땀까지 흘리면서 이불은 왜 계속 덮고……."

태이가 지원이 덮고 있던 이불을 확 치워버렸다. 지원이 미처 말릴 틈조차 없었다. 이불에 가려져 있던 지원의 두 다리가 그의 시선에 노출되었다.

아! 안 되는데……. 이게 아닌데.

"……뭐야, 이거?"

지원의 발목에 칭칭 감겨 있는 붕대. 그걸 본 태이의 얼굴이 싸늘하게 굳어졌다. 태이는 정확히 그 부분을 손가락으로 가리키며 지원에게 다시 물었다.

"뭐냐고. 다리 왜 이래, 너."

숨길 생각은 아니었다. 그에게 말할 적당한 타이밍을 기다렸던 것뿐인데. 갑작스러운 상황에 그에게 뭐라고 해야 할지 생각이 나질 않았다.

"대답 안 해? 너 다리 왜 이러냐고!"

그의 목소리가 한 톤 더 높아졌다. 성난 음성으로 태이가 다그치자 머릿속이 더욱 하얘지는 지원이었다. 지원은 아무 말 못하고 입만 벙긋거렸다. 입이 떨어지질 않았다. 사실을 말할 수가 없었다.

대추 따러 나무에 올라갔다가 거기서 떨어졌다고…… 어떻게 말할 수 있겠는가.

"말 안 할 거지, 너? 그래, 그럼 알았어."

태이는 상의 주머니에서 전화기를 꺼냈다. 지원을 매서운 눈으로 한번 쳐다보더니 곧바로 누군가에게 전화를 걸었다.

"공현지, 난데. 지원이 다리 왜 이래? 지금 다 봤으니까 머리 굴리지 말고 똑바로 말해. 뭐가 아니야. 말 더듬지 말고. 후우. 지금 너희 집 앞으로 내가 갈까? 그러면 말할래?"

태이가 초반부터 목소리를 쫙 깔자 현지가 바로 반응을 보였다. 현지는 했던 말을 거듭 반복하며 횡설수설하더니, 집 앞으로 찾아가겠다는 그 말이 제대로 먹혔는지 오늘 일어난 일에 대해 실토하기 시작했다.

"어. 어. 뭐? 어디를 올라가? 하! 넌 옆에서 안 말리고 뭐 했어! 사다리 잡았어? 와, 진짜 너희 둘, 기가 막혀서 말도 안 나온다. 알았어. 일단 끊어."

태이가 신경질적으로 전화를 끊어버렸다. 무시무시한 그의 눈빛은 오롯이 지원의 차지가 되었다. 하지만 아직 사태 파악이 덜 된 지원은 미간을 찌푸리며 태이의 전화 예절에 대해 따끔하게 한마디하려 했다.

"전화를 왜 그렇게 끊어. 현지가 무슨 잘못을 했다고. 그리고 내가 다 너한테 설명하려고……."

"어디를 올라가?"

"그게……."

"손지원. 너 원숭이야? 아님 김병만이야? 위험하게 나무엔 왜 올라가!"

표정만 봐도 충분히 알 수 있었다. 그가 무지하게 화가 났음을. 큰일이다. 정말 화났다.

이제서야 분위기 파악을 하게 된 지원이었다. 지원은 슬금슬금 그의 눈치를 보기 시작했다.

"현지는 잘못한 거 없어. 올라가지 말라고 옆에서 말렸는데 내가 고집을 부려서…… 그런 거니까."

"네가 지금 공현지 편들 때가 아닐 텐데. 후우……. 거긴 왜 올라갔는데?"

"……."

"나 또 전화할까?"

"아니 그게, 대…… 추."

"제대로 말해. 얼버무리지 말고."

"……대추 따러."

"뭐를 따? 대추?"

잘못들은 게 아닌가 싶었다. 대추? 대추라니. 그건 너무 뜬금없었다. 도대체 대추를 왜?

"대추가 너무 좋아 보여서."

"그러니까 그 좋아 보이는 대추를 네가 왜 따느냐고."

"아버님 드리려고……. 그래서 딴 건데……."

"그러니까 아버지 드릴 대, 대추를 따려고 나무엘 올라갔다고?"

기가 차서 말도 잘 안 나왔다. 풀 죽은 얼굴로 바닥을 응시한 채 작게 고개를 흔드는 지원을 보자 머리끝까지 열이 확 뻗쳤다.

"연락은 왜 안 했어? 다쳤으면 나한테 전화를 했어야지!"

"걱정할까 봐 그랬어. 심하게 다친 거 아니고 인대 조금 늘어난 거야. 그러니까 화내지 마. 응?"

"내가 어디 가서 코 한번 깨지고 와야 네가 이 기분을 알지. 하

아. 대추, 어디 있어?"

"주방에. 근데…… 그건 왜?"

태이가 빠른 걸음으로 주방으로 향했다. 소파에서 움직일 수 없었던 지원은 조바심 내며 몸을 떨었다. 그가 다시 모습을 드러냈을 때 그의 손엔 대추가 가득 담긴 검은 봉지가 들려 있었다.

"나 올 때까지 꼼짝도 하지 말고 거기 그대로 앉아 있어."

"어디 가는데. 대추는 왜 가지고 가는 건데. 그거 왜, 태이야?"

지원이 몸을 들썩거리자 가던 길을 멈추고 획 고개를 돌린 태이가 웃음기 없는 얼굴로 낮게 경고했다.

"분명히 말했어, 손지원. 꼼짝하지 말고 있으라고."

"씨이. 어차피 움직이지도 못한다, 뭐."

"서운해도 어쩔 수 없어. 나도 지금 되게 열 받았거든. 30분 안 걸려. 안아주는 건 갔다 와서 해줄게."

그렇게 말한 그는 정말로 집을 나갔다.

도대체 어디를 갔다 온다는 건지. 지원이 입술을 잘근잘근 씹으며 초조함을 감추지 못했다.

"내 대추는 왜 가져가는데……."

그가 대추를 가지고 사라진 이유. 지원은 그것이 알고 싶었다.

딩동. 딩동. 딩동.

초인종 소리가 요란하게 울렸다. 거실에서 TV를 보며 담소를 나누고 있던 경민과 태호는 서로를 보며 의아한 얼굴을 했다. 이 시간에 집에 찾아올 사람이 없는데.

"제가 나가볼게요."

경민이 머리를 매만지며 인터폰 앞으로 가서 버튼을 눌렀다. 화면에 비친 얼굴을 확인한 경민이 눈을 동그랗게 떴다.

"태이야? 이 시간에 네가 웬일이니?"

-어머니. 아버지 집에 계시죠?

"그럼, 안에 계시지. 일단 들어와."

잠시 후 현관문과 중문이 차례대로 열리더니 셔츠 차림의 태이가 모습을 드러냈다.

"이 시간에 어쩐 일이야. 연락도 없이. 근데 너 겉옷도 안 입고 이러고 온 거니? 아무리 집이 가까워도 그렇지 감기 걸리면 어쩌려고 얘가. 근데 손에 든 건 또 뭐야?"

"대추요."

"어? 대추? 아니…… 대추를 왜."

"아버지."

"그래. 네 집 안 가고 여긴 왜 왔어? 혼자 왔냐? 지원이는?"

"대추차 이제 그만 드시면 안 돼요? 그걸 꼭 계속 드셔야겠어요?"

"뭐? 이놈이 갑자기 쳐들어와서는 뭐라는 거야."

"태이야. 갑자기 그게 무슨 소리니? 네 아버지가 대추차를 얼마나 좋아하시는데."

"그러니까요. 그래서 제가 더 미치겠어요. 후우. 정원도 넓겠다, 이참에 그냥 대추나무를 심으시는 건 어떠세요?"

영문을 알 수는 없는 소리만 해대는 태이를 보면서 태호는 녀석의 머리가 어떻게 된 건 아닐까 순간 그런 생각이 들었다. 갑자기 이 무슨 대추 타령인지, 심지어 갑자기 정원에 대추나무를 심으라니. 어이가 없고 기가 찼다.

"너 대체 그게 무슨 소리냐?"

탁.

태이가 들고 있던 봉투를 테이블 위에 내려놓았다.

"대추. 이거 전해드리려고 왔어요. 이 잘난 대추 덕에 두 분한테 하나밖에 없는 며느리, 다리 부러져 지금 집에 누워 있어요."

"뭐?"

"뭐야?"

동시에 소리친 경민과 태호의 얼굴색이 창백하게 변했다.

"저 이제 집에 가요. 지원이 혼자 두고 왔어요."

정확한 이야기를 듣기 위해 태이를 붙잡으려 했지만 그는 이미 집안을 빠져나가버린 후였다.

"여보, 내가 뭘 잘못 들은 게 아니죠? 지, 지원이 다리가 부러져…… 어머! 이걸 어떡해. 어머, 어쩌면 좋아."

놀라고 당황스러운 건 태호 역시 마찬가지였다. 태호는 아내의 어깨를 토닥거려 소파에 앉게 한 후 방에 들어가서 겉옷을 챙겨 나왔다.

"당신도 얼른 옷 입어. 지원이한테 가봅시다."

"그래요, 우리가 가봐요. 어우, 여보. 나 가슴이 너무 떨려요. 우리 지원이 어떡해. 어떡해."

태이가 돌아오고, 쏟아지는 그의 잔소리에도 지원은 나 죽었소, 하고 엎드린 자세를 취했다.

"당분간은 외출 금지야. 그렇게 알아."

"알았어. 잘못했어. 다신 안 그럴게."

"병원에선 정확히 뭐래? 진짜 괜찮은 거래?"

"으응. 보름 정도 이렇게 하고 있으면 된다고 했어. 일주일에 한 번씩 병원 가면 되고. ……근데 태이야. 너 어디 갔다 온 거야? 대추는? 그거 설마 버렸어?"

"대추 따느라 네가 이렇게 된 건데 그 귀한 걸 어떻게 버려? 걱정 마. 주인한테 잘 전해주고 왔으니까."

"그게 무슨. 주인이라니? 나 이해를 잘 ……설마? 너 본가에 갔었던 거야?"

"이 잘난 대추 덕에 아버지 며느리 다리 부러졌으니 대추차 좀 그만 드시라고, 그러고 왔는데. 왜."

"미쳤어. 미쳤어, 미쳤어. 윤태이. 미쳤어."

그의 말이 전부 사실일까. 아니야, 아닐 거야 부정해보지만 그가 그렇게 말했다면 정말로 그렇게 말했을 확률이 99퍼센트 이상이라는 것. 퍽퍽. 지원이 그의 가슴을 때리다 두 손으로 머리를 감싸쥐며 절망했다.

"못 살겠어, 진짜. 이제 어떡할 거야. 흐으어엉. 부러진 거…… 흐으윽. 아니고, 크흐흡. 인대에에에…… 늘어난 거라고오오오오."

"뭘 잘했다고 울어. 울지 마, 손지원. ……울지 말라고."

"허어엉. 부러진 거 아니라고오오. 늘어난 거라고오오."

어머님, 아버님. 앞으로 두 분의 얼굴을 어떻게 봐야 하나. 그 생각을 하니 지원은 눈앞이 깜깜해졌다.

지원이 울음을 터트리자 태이도 난감해졌다. 물론 그 역시 어느 정도는 후회하고 있었다. 하지만 당시엔 아무 생각도 나지 않았다.

그저 대추가 미웠고, 싫었고, 원망스러웠다.

아! 망할 대추.

딩동. 딩동. 딩동.

집을 찾아온 손님은 초인종을 누르다 이내 현관문을 거칠게 두드렸다. 쾅쾅쾅 소리와 함께 들리는 다급한 목소리에 지원이 거짓말처럼 울음을 뚝 그쳤다.

"지원아, 태이야. 문 좀 열어봐. 얘들아, 얼른."

코를 훌쩍거리던 지원이 태이의 등을 밀었다.

"얼른 가서 문부터 열어드려."

"알았으니까 움직이지 말고 있어."

도어록 잠금이 해제되고 거실 복도에서 시작된 종종거리는 발소리가 점점 가까워진다.

"이게 대체 무슨 일이야. 지원이 다리가 부러졌다니! 지원아, 어디 좀 봐봐. 울고 있었어? 많이 아픈 거야? 일단 병원부터 가자. 병원 가서 검사 다시 하고……."

"어, 어머니. 그게 아니고요."

"태이 뭐 하고 있어? 가서 지원이 옷 챙겨서 나와. 당신은 김 박사님한테 전화 넣으시고요."

"어머니, 안 그러셔도 돼요. 저 다리 부러진 거 아니에요."

"응? 응?"

"부러진 게 아니라…… 인대가 살짝 늘어난 거예요. 많이 놀라셨죠. 죄송해요."

얼굴을 들 수가 없었다. 말 한마디로 이 사달을 일으킨 태이가 그저 원망스러웠다. 지원이 기어 들어가는 목소리로 일의 자초지

종을 이야기했다. 지원의 설명이 끝난 후가 돼서야 경민은 놀란 가슴을 쓸어내리며 안도의 숨을 내쉬었다.

"크게 안 다쳤다니 망정이지, 정말로 부러지거나 머리라도 다쳤으면 어쩔 뻔했어. 다음부턴 절대 그러지 마. 알겠지?"

"네. 죄송해요, 정말."

"이만하길 천만다행이야. 그리고 죄송하다는 말은 지원이 네가 할 게 아니라 태이 저 녀석이 해야지. 태이 넌 앞뒤 설명도 없이 그렇게 한마디 툭 던져놓고 가면 어떻게 하니? 아버지랑 내가 얼마나 놀랐는지 알아? 정신없이 쫓아오느라 옷도 못 갈아입고 양말도 못 신고. 대체 이게 무슨 난리야."

얇은 카디건 사이로 보이는 홈웨어와 두 분의 맨발을 보는 순간 지원은 가슴이 찡해지는 기분이 들었다. 두 분을 놀라게 했다는 것에 죄송한 마음이 들었지만 한편으론 감사한 마음이 들기도 했다.

지원은 시종일관 입을 꾹 다물고 있는 태이를 강하게 노려봤다.

'왜 가만히 있어? 얼른 죄송하다고 말씀드려.'

'알았어. 한다고. 해.'

몇 번의 눈짓을 주고받은 후에 그가 머리를 조아렸다.

"죄송해요. 제가 잘못했어요. 지원이 다친 거 보고 너무 흥분해서."

"아무리 그래도 그렇지. 아버지한테 '대추차 끊으세요'가 뭐니? 으이구, 이 팔불출아. 태이 너, 얼른 옷 챙겨 입어. 엄마랑 마트 좀 다녀오자. 여보, 당신이 지원이 좀 봐줘요. 우리 금방 갔다 올게요."

"지금 가시려고요?"

"그래. 얼른 가서 사골이라도 사가지고 오자. 그래야 당장 내일부터 챙겨 먹이지."

"어머니 저 정말 괜찮아요. 며칠 푹 쉬면 금방 좋아진다고 선생님도 그러셨어요."

"몸 아플 땐 영양가 있는 음식 챙겨 먹는 게 제일 중요한 거야. 태이 뭐 해? 얼른 가자."

옷과 지갑을 챙겨 경민의 뒤를 따르던 태이가 몸을 확 돌려 지원을 향해 입을 움직였다.

'아버지랑 둘이 괜찮겠어?'

그걸 묻는 것 같았다. 지원은 아무 문제 없다는 듯 태이에게 빨리 갔다 오라 손짓했다.

현관문이 쿵 닫히고 지원은 시아버지와 단둘이 되었다.

결혼 후 1년 동안 거의 매일 보다시피 했지만 오늘처럼 한 공간에 둘만 있었던 적은 거의 없었다. 어색한 공기가 두 사람의 곁을 맴돌았다.

지원의 다리에 감긴 붕대를 보는 태호의 얼굴에 안타까움이 가득했다.

"지원아. 많이 아프진 않고?"

"네, 통증은 별로 없어요. 아버님, 걱정 끼쳐드려 죄송해요. 저희 때문에 많이 놀라셨죠."

"그래. 네 어머니도 나도 아주 많이 놀랐어. 심하게 다친 게 아니라니 이제야 마음이 놓이는구나. ……태이 말대로 대추는 이제 그만 먹어야 되지 않나 그런 생각이 드는구나. 물론 지원이 네가 따준 그 대추까진 다 먹은 후에 말이다."

"네?"

"태이처럼 말이다, 나도 하나뿐인 내 며느리 다치게 한 이 대추가 더 이상 예쁘게 보이질 않는구나."

"아버님……."

"다시는 그런 위험한 짓 하지 마라. 너 이렇게 다치면 이 집안에 마음 아파할 사람이 어디 한둘이냐."

시아버지의 다정한 말에 지원의 코끝이 시큰해졌다.

"가져다준 대추는 내 천천히 아껴 먹으마. 고맙구나, 지원아."

태이는 대추에 대 자만 들어도 징글징글하다고 했지만 그녀에게 대추는…… 사랑이었다. 대추 때문에 비록 다리를 다치긴 했지만 아픔 따위 이미 잊은 지 오래였다.

그날 밤, 태이는 밤새도록 주방에서 나오지 못했다.

입을 함부로 놀린 대가로 그는 밤새 사골국에 생긴 기름을 걷어내야 했고, 다친 며느리를 두고 집으로 갈 수 없었던 태호와 경민은 하룻밤 묵기를 결정하고 정성을 다해 지원을 간호해주었다.

따뜻하고 뭉클한 가족애를 느끼며 떠들썩했던 하루가 마무리되었다.

-마침-

작가 후기

안녕하세요. 드레스입니다.

종이책 후기를 쓰게 되는 날이 제게 오다니…… 키보드를 두드리고 있으면서도 실감이 나지 않네요.

『너무 좋아해』는 겁도 없이, 또 아무런 준비도 없이 무턱대고 시작한 글이었습니다. 준비가 미흡했던 탓에 이야기의 끝을 맺기까지 참으로 오랜 시간이 걸렸습니다.

결코 쉽지 않은 작업이었지만 글의 주인공인 태이와 지원이를 예뻐해주시고 응원해주신 독자님들 덕분에 『너무 좋아해』를 연재하는 동안 전 참 즐겁고 행복했습니다.

이 자리를 빌려 연재 기간 동안 함께해주신 모든 분들에게 감사의 인사를 전하고 싶습니다.

또 감사 인사를 드려야 할 분들이 많은데요. 제일 먼저 생각나는 건 역시 이분들이네요.

언제나 제게 좋은 에너지를 주시고, 애정을 주시는…… 염원님, 하니로님, 세계수님. 앞으로도 좋은 인연…… 죽을 때까지 이어나가고 싶습니다. 협박 아니고요, 바람입니다.

그리고 우리 스무디님들! 스무디놀이터라는 따뜻한 공간에서 스무디님들과 인연을 맺을 수 있게 된 건 제겐 큰 행운이었습니다. 앞으로도 즐거운 추억 많이 만들 수 있었으면 좋겠습니다.

『너무 좋아해』를 예쁜 종이책으로 세상에 나올 수 있도록 해주신 와이엠북스 박지은 편집자님, 그리고 모든 직원분들께도 감사드립니다.

끝으로 사랑하는 저의 가족들과 첫 출간의 기쁨과 설렘을 함께하고 싶습니다.

막내딸의 못된 성질을 항상 웃는 얼굴로 받아주시는 육 여사님. 고맙고 사랑합니다.

하나뿐인 시스터와 형부! 9월에 만나게 될 춥춥이를 생각하면 벌써부터 가슴이 두근두근합니다. 이모가 될 수 있는 기회를 주셔서 고맙습니다. 사랑합니다.

2016년은 제게 여러모로 특별함으로 가득한 한 해가 될 것 같습니다.

부족함이 많았던 글임에도 끝까지 함께해주셔서 감사드리고요. 보다 나아진 글로 다시 인사드릴 수 있도록 노력하겠습니다.

-2016. 5월. 드레스 올림.